Chéri, je te quitte !

HERA LIND

Chéri, je te quitte !

Roman

Traduit de l'allemand
par Françoise Toraille

CALMANN-LÉVY

Titre original allemand :
DAS SUPERWEIB
(Première publication : Fischer Verlag, 1994)

ISBN 2-7021-2769-X

UNE FOIS ASSISE chez le coiffeur, je me dis toujours qu'au fond, y'a rien à redire à ma coupe.

À côté de moi, c'était une permanente. J'ai jeté un coup d'œil inquiet vers le miroir. Bizarre.

Le jeune homme décoloré qui prodiguait avec indifférence ses soins à la chevelure d'une dame d'âge certain m'emplissait de perplexité.

Chez Lauro, capilliculteur, à l'orée du bois. Une boîte de luxe, rien que du chrome partout, mazette ! Une autre classe que l'échoppe douteuse de notre quartier, qui propose une coupe-shampooing pour 7,5 marks et dont la vitrine blafarde s'orne depuis trente ans de la même photo publicitaire jaunie. Comment avais-je bien pu arriver ici ? Tout était allé si vite !

J'ai attrapé un des magazines que l'apprentie, sans beaucoup se tromper sur mon niveau intellectuel, m'avait fourrés sous le nez. Et j'y ai pris connaissance avec un intérêt très modéré des vicissitudes des destinées princières : Lady Di, princesse charmante mais — une exclusivité que seule *La Vie en rose* présentait dans le moindre détail — atteinte de boulimie (en haut), était en fait un cœur terriblement solitaire, car son époux princier (à gauche, avec un cheval) la trompait depuis treize ans avec une joueuse de polo dépourvue de toute féminité (petite photo en bas, malheureusement floue). La reine (page de couverture) se contentait de se draper dans un mutisme royal.

On ne pouvait en dire autant de la cliente installée sur le fauteuil voisin. Son besoin de communiquer semblait irrésistible.

« Un jour, mon mari est parti pour l'Amérique. Figurez-vous qu'il n'est jamais revenu ! » a-t-elle lancé dans le silence compassé du salon, pour engager la conversation.

Personne n'a bronché. Ni le maestro qui la considérait d'un œil indifférent, ni l'apprentie qui lui passait d'un air d'ennui les bigoudis de couleurs bigarrées.

J'ai louché par-dessus ma feuille de chou. Le récit de cette dame me semblait d'un intérêt infiniment supérieur à celui des commérages de *La Vie en rose*.

« Vous vous rendez compte, disait la dame, c'était juste à la fin de la guerre, je me suis retrouvée à la rue, seule avec mon gamin. »

Merde, je me suis dit, ces mecs ! Il se barre, il plante sa femme avec un moutard, et dans les ruines, en plus.

Pareil que pour moi. Sauf que des gosses, j'en avais deux. Et que c'était pas la guerre, bien sûr. D'un certain point de vue, c'était sans doute plus facile. Je ne me débattais pas dans les ruines, enfin pas au sens propre.

J'ai reposé *La Vie en rose* pour m'emparer d'un journal nettement plus ambitieux, *Les Femmes d'aujourd'hui*.

Ça grouillait de filles enjouées qui avaient l'air déguisées pour le carnaval. Elles adressaient aux lecteurs leur sourire le plus mutin, sans doute parce qu'elles portaient un collant en Lurex ou venaient de s'asperger — ce que la chère lectrice ne pouvait certes pas sentir, mais seulement pressentir — du parfum *Narcisse de printemps* de chez Lagerlöff.

Voilà qui m'ouvrait des perspectives...

Sous le titre « À la hâte », la créature qui, à la page précédente, taillait ses roses vêtue d'un soutien-gorge noir, arborait pour fendre du bois un costume d'homme bien trop grand et un chapeau à larges bords. Plus loin, elle se blottissait frileusement dans une vieille couverture jetée à la diable sur ses épaules, suivie par deux setters irlandais squelettiques qui considéraient d'un air bougon l'objectif du photographe. Mais elle, la fille, était d'une humeur follement joyeuse. Elle n'était manifestement encombrée ni de deux capricieux gamins en bas âge ni d'un époux qui brillait en permanence par son absence. Je la contemplais avec envie. Sa chevelure jaillissait du chapeau en boucles généreuses. J'en ai tiré la conclusion qu'elle ne se contentait pas d'une visite hebdomadaire à un salon aussi élégant que celui-ci, mais qu'elle devait y aller au moins toutes les heures. J'ai aussitôt souhaité que le nonchalant Lauro donne le même éclat à mes cheveux, d'un coup de baguette magique.

Parce que aujourd'hui, j'allais pour la première fois de ma vie me rendre chez un agent immobilier. Un homme, un véritable homme du monde, qui allait m'inviter à m'asseoir et m'appeler « chère madame ». Excellente raison pour poireauter deux heures chez un coiffeur chic !

« Plus jamais il n'a donné de ses nouvelles, mon mari, plus jamais, s'indignait la dame d'à côté, scandalisée. Il aurait au moins pu écrire ! »

Comme elle n'obtenait pas davantage de réaction, je me suis sentie obligée d'acquiescer : « Ça, c'est sûr ! »

Elle a accueilli ma remarque d'un air satisfait. Dans le miroir, son image a adressé un sourire enjoué à la mienne. Elle devait approcher les soixante-dix ans.

« Je crois qu'il avait une petite amie aux États-Unis, m'a-t-elle glissé sur le ton de la confidence. Mais il aurait au moins pu me le *dire* !

— Quand il a une copine, le mien, il me le dit toujours... » Ça m'avait échappé.

« Vous voyez bien, a répondu ma voisine. C'est ce qu'il faut faire. Ça nous permet au moins de savoir où on en est ! (Et, avec un sourire qui m'invitait à poursuivre :) Votre mari, il fait quoi ?

— Il travaille dans le cinéma. »

La dame s'est extasiée : « Oh, comme c'est intéressant ! Est-ce que j'ai déjà entendu parler de lui ?

— *L'Hôtel des Caraïbes* et *Docteur Frank Martin, médecin à bord*.

— C'est *votre* mari qui a fait ça ? » Elle était ravie. Lauro a dû interrompre la pose des bigoudis, car dans son enthousiasme, elle avait tourné la tête.

J'ai répondu « oui » en rougissant d'un air modeste. Quelle impression merveilleuse que de se prélasser fièrement dans l'ombre de son époux.

« J'ai vu tous les épisodes ! Parce que vous savez, j'ai tout mon temps. Mon Enno habite encore à la maison, mais il passe le plus clair de son existence à son bureau.

— Alors, le plus dur est derrière vous. » Il y avait de l'envie dans ma voix.

La dame s'est mise à rire. « Vous pensez bien ! Mon Enno, il a quarante-cinq ans ! »

Entre-temps, Lauro avait achevé la pose des bigoudis, et recouvert le chef de mon aimable interlocutrice d'un casque. Je lui ai adressé un signe de tête amical et me suis replongée dans ma lecture.

Une pin-up dont la gaieté se voulait communicative franchissait une clôture qui lui arrivait aux genoux. Ni son chemisier en soie ni sa minijupe moulante ne semblaient la gêner le moins du monde. À l'arrière-plan, quelques moutons la regardaient, l'air ahuri.

Ensuite, j'ai survolé un test de grossesse détachable qui semblait d'une simplicité déconcertante. C'était OUI ou NON. Accessible à la plus débile des utilisatrices potentielles.

Sous le titre « Une vraie sauvageonne ! », une dame souriait en montrant toutes ses dents. De toute évidence, elle n'était *pas* enceinte, et se protégeait de la pluie battante avec un manteau en faux léopard et un minuscule sac à main en vernis rouge. On avait l'impression qu'elle se tordait de rire parce que les vents adverses lui dénudaient complètement les jambes. À la page suivante, elle traversait à pied sec un paysage escarpé, tirant derrière elle un cheval fourbu. Elle s'était, pour cette aventure, vêtue de manière un peu plus adaptée : quelques hardes que la marche faisait peu à peu glisser, dévoilant son épaule nue. Si je m'étais pointée ainsi fringuée dans ce salon de coiffure, on aurait discrètement appelé les flics. Mais je n'étais pas un mannequin vedette. J'étais seulement Franziska Herr-Gros, sans profession, à bout de nerfs, et j'avais aujourd'hui rendez-vous avec un agent immobilier.

Lauro s'est enfin approché de ma modeste et peu gracieuse personne. Il a soupesé d'un air vaguement dégoûté mes mèches raides et m'a susurré que mes cheveux étaient dans un bien triste état. Ils avaient besoin de toute urgence d'une cure revitalisante qui en reconstituerait la structure.

« Mon Enno, il est avocat, spécialisé dans les divorces ! criait la dame d'à côté sous son casque. Le meilleur spécialiste de la ville en la matière ! »

J'ai braillé : « Comme c'est intéressant ! », puis j'ai dit à Lauro d'enduire mes cheveux de son truc hors de prix s'il jugeait ça absolument indispensable.

Le maestro est allé chercher un liquide à l'odeur nauséabonde contenu dans une bouteille en plastique marron.

« Mon Enno, il est célèbre pour ses divorces harmonieux ! Il en a derrière lui neuf cents, vous imaginez ! » La dame se rengorgeait.

J'ai crié mon admiration. « C'est fou ! Mais comment est-ce qu'il fait ?

— C'est dans sa nature ! Il déteste les querelles ! C'est un garçon adorable, qui n'aime rien tant que l'harmonie. »

Ça devait être un type absolument charmant. Le portrait qu'en faisait sa mère me le rendait tout à fait sympathique. Je me représentais un petit bonhomme imberbe, l'air un peu souffreteux, accoutré d'un costume marin, assis à un bureau bien trop grand pour lui, et qui disait d'une voix aiguë à ses clients : « Aimez-vous les uns les autres. »

Lauro avait commencé à me masser le cuir chevelu.

« C'est à base de camomille et d'essence de fleurs de tilleul. (Sa voix manquait d'enthousiasme.) C'est vous qui avez fait votre couleur ?

— Non. (J'ai marmonné.) Ça s'est fait tout seul, je veux dire, avec le temps. »

Mais Lauro n'était pas convaincu. « Ça a été trafiqué. » Il ronchonnait.

Je trouvais la couleur de mes cheveux parfaite. Une seule et unique application d'une laque éclaircissante agissant avec douceur et naturel, résultat : un blond extra. Le salon près de chez moi, bien sûr.

Lauro a fini par proposer d'un ton condescendant : « Je pourrais vous faire des mèches. »

« Mon Enno, tous les candidats au divorce se refilent ses coordonnées ! » La dame d'à côté poursuivait la conversation en criant à tue-tête. « Même le perdant le recommande à ses amis ! »

Je trouvais ça drôlement fair-play.

Le divorce en douceur ! Ça devait être la nouvelle mode !

En maugréant, Lauro m'a emballé le crâne d'un film plastique et s'est mis à en tirer des mèches qu'il allait pêcher avec un crochet à dentelle. Je grimaçais de douleur.

« Eh oui, il faut souffrir pour être belle ! » La voix de ma voisine était pleine de gaieté. « De mon temps, c'était déjà comme ça ! Nous, après la guerre, on se dessinait un trait sur les jambes pour faire croire que c'était la couture de nos bas de soie ! Mais tout de même, c'était le bon temps ! »

J'éprouvais pour elle une sympathie grandissante. Un tel débordement de chaleur, de joie de vivre, un tel besoin de communiquer ! Son fils, il n'était pas marié, c'était clair, il dormait toujours dans sa chambre de petit garçon ! Je me serais bien moi aussi réfugiée chez une mère comme celle-là... Elle faisait sûrement de merveilleuses pommes de terre sautées et des gâteaux pleins de calories, qui vous tenaient au corps. Choses dont j'étais complètement incapable. Tout comme je suis hélas inapte à la plupart des autres tâches ménagères. Nous nous sommes adressé un sourire de profonde complicité, la mère de l'avocat sous son sèche-cheveux et moi, la femme au foyer malgré elle, sous son film plastique.

« Vous avez des enfants ?

— Oui, deux petits garçons de quatre et deux ans.

— Comme c'est mignon ! L'âge des gros câlins ! »

Lauro levait les yeux au ciel, excédé.

« Et en ce moment, ils sont où ? Chez leur grand-mère ? »

Tout faux ! Pas de grand-mère chez nous.

« Non. Le grand est au jardin d'enfants et le petit chez une voisine. J'ai rendez-vous avec un agent immobilier. » Je m'époumonais.

« Plaît-il ?

— Un agent immobilier ! Je dois ACHETER UNE MAISON !

— Voilà une tâche bien sympathique !

— Si on veut ! Je n'ai plus que dix jours. Il faut que j'achète une maison avant la fin de l'année ! Vous comprenez, c'est à cause des IMPÔTS !

— Cadeau ? C'est vrai, dans le coin, on ne vous fait pas de cadeau, à qui le dites-vous !

— J'ai dit impôts, le percepteur ! »

Les autres clients, curieux, tendaient le cou. Lauro me tiraillait les cheveux sans manifester d'émotion.

« Ah, les IMPÔTS ! Là-dessus, mon Enno, il en connaît un rayon. Tout ce qui concerne les impôts, les avantages fiscaux, les finances, c'est son dada ! Et d'ailleurs, l'immobilier aussi ! C'est un garçon qui possède un sens pratique particulièrement développé ! Vous savez ce que je vais faire ? Je vais lui téléphoner, il aura sûrement un peu de temps à vous consacrer ! »

Elle s'est tortillée sous son casque, puis a pointé la tête et a regardé autour d'elle. « LAURO ! Apportez-moi le téléphone, je vous prie ! »

Mes mèches étaient vraiment réussies. Vêtue d'un ensemble flatteur — jambes dégagées, taille bien prise — qui venait du magasin de vêtements d'occasion « Tout à troc », j'étais assise, jambes croisées, dans la salle d'attente de l'avocat à succès. J'aurais à coup sûr pu figurer à la rubrique « Avant — Après » d'un magazine en vogue.

Ceux qui étaient sur la table basse aux chromes étincelants de ce cabinet d'avocat à la réputation quasi mythique, installé dans un des quartiers les plus chics de Cologne, avaient tous des noms aussi peu poétiques que *Mon capital et moi*, *Mon bon droit*, *Mes biens immobiliers et moi,* et ainsi de suite.

On n'y trouvait certes pas autant de jolies filles que dans les revues qui s'empilaient chez Lauro, mais celles qu'on y voyait levaient bien haut et d'un air ravi un ordinateur portable très maniable ou bien, installées dans un TGV, elles pianotaient sur les touches d'un téléphone mobile, leurs jambes nonchalamment étendues sur le siège d'en face. La demoiselle du secrétariat n'y aurait pas du tout été déplacée. Elle utilisait un traitement de textes et ses dix doigts laqués de rouge frappaient allègrement les touches sous la dictée que lui transmettaient ses deux écouteurs.

« Madame Herr-Gros ? »

J'ai bondi. « Oui ?

— Par ici je vous prie ! Maître Winkel vous attend. »

J'ai suivi la blonde secrétaire avec un pincement d'inquiétude. Et s'il me réclamait dix mille marks avant de seulement daigner m'adresser la parole ?

Maître Winkel était grand, portait la barbe, et ses yeux marron tachetés d'or et de vert me regardaient d'un air cordial. Il s'est levé et m'a tendu la main par-dessus son bureau.

« Bonjour, madame. Qu'est-ce qui vous amène ? » Tout en posant sa question, il m'invitait de la main à m'asseoir. J'ai sombré dans les profondeurs d'un fauteuil en cuir.

« C'est votre mère qui m'a conseillé de m'adresser à vous...

— Oui, j'ai une mère en or ! Elle adore donner ce genre de conseils. (L'avocat avait un ton réjoui.) Beate, apportez-nous des verres, je vous prie. Et je ne suis là pour personne. »

Une mère en or. Exactement ce que je me disais, on n'aurait pu trouver mieux.

« Je lui ai raconté mes problèmes...

— Et elle vous a conseillé de me consulter ?

— Oui. » Je n'en revenais pas : avec lui, tout devenait si facile ! Sa mère avait raison : il semblait véritablement doué d'une aptitude étonnante à saisir ce qu'on lui voulait.

« Avec moi, tout cela va se résoudre ! » dit M. Winkel.

J'en étais convaincue. Avec lui, il n'y aurait pas besoin de tourner autour du pot. Il savait de quoi il retournait. Beate a frappé, puis est entrée avec les verres.

« Un cognac ?

— Non, merci. Il faut que j'aille chercher les enfants...

— Tiens, tiens, a dit Enno. Il y a des enfants, cela complique bien sûr un peu l'affaire. Vous les laissez ? »

Beate s'est éclipsée avec discrétion.

« Non, non, je les emmène, bien sûr ! »

Il croyait peut-être que j'allais déménager sans mes enfants et les laisser au beau milieu de tout ce bric-à-brac dans un minable appartement de location, et que pendant ce temps-là, je mènerais la belle vie dans ma nouvelle villa ? Ah, ces hommes !

« Bon, donc vous les emmenez », a dit l'avocat en prenant des notes sur un bout de papier. Il était sans doute en train de calculer combien de mètres carrés il nous faudrait. Il allait vraiment vite en besogne. Sa mère l'avait bien dit ! Ensuite, il s'est adossé dans son fauteuil, détendu, humant avec gourmandise le liquide doré qu'il faisait tourner dans son verre ventru. Un arôme envoûtant m'a chatouillé la narine.

« Vous n'en voulez pas tout de même une larme ?

— Si. » Je ne voulais pas continuer à le regarder picoler à mes frais. Il allait sûrement compter le cognac dans ses honoraires.

« Mais juste un doigt, je n'ai pas l'habitude. »

Nous avons bu.

Nous sommes restés silencieux un long moment.

« Ça se monte à combien, si je peux me permettre une question aussi directe ? » a demandé l'avocat, rompant le silence.

J'ai regardé autour de moi, pour m'assurer que personne n'écoutait.

Puis j'ai chuchoté : « Un petit million. »

Mon interlocuteur n'a pas eu l'air plus impressionné que ça.

« Nous en récupérerons au moins trois septièmes », a-t-il annoncé d'un ton professionnel en griffonnant de nouveau quelques chiffres.

« VOUS toucherez trois septièmes ? Ma voix vibrait d'indignation.

— C'est VOUS ! Quand je dis “nous”, c'est de vous que je parle ! » L'avocat affichait un sourire un brin condescendant.

« Je ne me contenterai pas de trois septièmes. » J'ai lancé ça pour qu'il ne s'imagine pas que je m'empilerais avec les enfants dans trois septièmes de villa. Non, ce matin, au téléphone, Wilhelm avait été tout à fait clair : il fallait que je case le million, tout le million, avant la fin de l'année. Et cela ne voulait pas dire l'enterrer dans le jardin ou le coudre dans la doublure de l'abat-jour comme le font toujours les fiancées des gangsters à la télé, mais le mettre dans l'immobilier. C'est d'ailleurs justement pour ça que j'étais là.

M. Winkel m'a de nouveau considérée d'un air admiratif. En voilà une petite bonne femme qui sait ce qu'elle veut.

« Bien, la première chose à faire est de mettre votre époux au courant (Et, ce disant, il s'est levé :) Beate, notez je vous prie ! »

M. Winkel a pris le micro :

« Affaire Herr-Gros contre M. Gros, dossier numéro tant, daté d'aujourd'hui, adresse à préciser. Monsieur etc. ma cliente etc. m'a chargé de défendre ses intérêts dans l'affaire mentionnée ci-dessus. Et nous vous informons par la présente... »

Avec quelle évidence ce jargon administratif franchissait ses lèvres, sans « euh, euh », les formules toutes faites coulaient sans hésitation.

Un vrai pro, jusqu'au bout des ongles.

Je me suis adossée à mon tour, détendue, et j'ai trempé mes lèvres dans le cognac. Une bienheureuse lassitude s'est emparée de moi. Cet avocat sympathique faisait tout à fait penser à sa mère. Avec elle aussi, je m'étais sentie immédiatement en confiance. Mon regard errait dans la pièce, survolant le vaste bureau et gagnant la fenêtre, comme pour s'échapper...

Dans quelques instants, j'irais chercher mon grand au jardin d'enfants. J'espérais qu'il n'avait pas pleuré. Il y allait pour la première fois aujourd'hui. Et le petit ? Ça faisait des heures qu'il m'attendait chez ma voisine Else Schmitz ! Elle l'avait sans doute une fois de plus gavé de chocolat. Avec un peu de chance, il avait fait la sieste. Sinon, il risquait de chouiner tout l'après-midi. Pour fêter un si beau jour, j'ai décidé d'aller au McDo. Les enfants aiment ça, et moi aussi. J'ai déjà, je crois, signalé que mes qualités de maîtresse de maison ne méritent hélas guère d'être mentionnées. Hélas ?

« Avec ma plus haute considération, etc., etc. (Maître Winkel finissait tout juste de dicter.) Bon. Voilà qui est fait. (Et il nous a versé un second cognac.) Nous allons pouvoir bavarder un peu. » Il attendait que je parle.

Je dégustais ce breuvage inhabituel. Cet homme d'une gentillesse si parfaite me mettait en confiance. Poussée par ma spontanéité naturelle, je lui ai raconté que depuis cinq ans, je vivais seule avec les enfants ; Wilhelm, qui tournait des feuilletons télévisés, était presque toute l'année par monts et par vaux. La perspective de m'installer bientôt dans une grande et belle maison à l'orée du bois m'enchantait. Ainsi, les enfants grandiraient dans un quartier comme il faut.

« Je suis une vraie fana du grand air. (Parler me faisait du bien.) Vous savez, qu'il pleuve ou qu'il vente, je traverse la ville à pied avec les enfants, rien que pour atteindre le bois.

— Avec les enfants... Vous ne leur en demandez pas un peu trop ?

— Un dans la poussette, l'autre devant moi sur son tricycle. » Mon Dieu, qu'allait-il penser de moi, cet avocat si bienveillant ! Il allait me prendre pour une folle furieuse que le fanatisme de l'air pur poussait à traverser la ville et ses gaz d'échappement avec deux enfants en bas âge ! J'étais d'ailleurs sûrement en train de lui faire perdre un temps précieux ! Mais d'autre part, voilà qui lui ferait à coup sûr percevoir l'urgence qu'il y avait à acheter une maison à proximité du bois. Il allait retrousser ses manches pour mes enfants et pour moi, ça se voyait.

Beate est entrée avec un papier que maître Winkel a survolé du regard avant de le signer.

« Il ne nous manque plus que l'adresse de votre époux. »

J'ai fouillé dans mon sac à main.

« Hôtel-club *Sunshine City*. Il est aux Caraïbes. Il ne revient qu'en mai, il dit qu'à ce moment-là, le tournage sera fini.

— Aïe, a dit maître Winkel, ça va beaucoup nous retarder.

— Mais il faut que je règle cette affaire immédiatement ! (Je m'étais mise à crier.) AUJOURD'HUI même ! Il faut que ça soit liquidé avant la fin de l'année ! Vous n'avez pas l'air de comprendre à quel point c'est IMPORTANT ! »

Il croyait peut-être que j'irais deux fois chez le coiffeur, rien que pour ses beaux yeux ? Non, il fallait régler l'affaire sur-le-champ, sans tourner autour du pot.

« Il faut tout de même commencer par le mettre au courant, a repris maître Winkel. Puis-je partir de l'idée qu'il est entièrement d'accord ?

— Mais bien entendu. Il me l'a redit ce matin même au téléphone. » Je criais toujours.

« Alors, dans ce cas..., a repris l'avocat, si vous êtes si pressés que ça tous les deux... Pour gagner du temps, on va lui envoyer un fax.

— Comme vous voudrez.

— Vous avez déjà envoyé un fax ? » Sa voix avait pris un ton guilleret.

« Non. » Je me sentais complètement godiche.

Beate ricanait de l'air de quelqu'un qui sait de quoi il retourne. Elle a discrètement tourné les talons.

Maître Winkel s'est levé, s'est dirigé vers une boîte grise qui était contre le mur en disant : « Suivez-moi. »

Je l'ai rejoint, curieuse de la suite. Il sentait le cognac et une eau de toilette pour homme très élégante. Il était grand, massif, répandait une sorte de chaleur.

« Le numéro, c'est quoi ? »

Je le lui ai dicté, il a numéroté. C'était un numéro assez long, douze ou treize chiffres. Ses doigts frappaient les touches avec enthousiasme. Il semblait vraiment s'amuser ! Quel homme aux compétences multiples !

Je me serais volontiers blottie un instant contre sa large poitrine... Le cognac faisait son effet. J'ai retenu un bâillement.

Le fax avalait le papier, sans hâte, mais inexorablement. Je regardais, fascinée. Puis l'appareil a recraché avec dégoût ce qu'il ne pouvait pas digérer. Le papier est retombé par terre. Comme du gosier d'un animal rassasié qui se lèche les babines avec satisfaction, sortait lentement un mince ruban de papier, sur lequel on pouvait lire : « OK. »

« Vous voyez, a dit mon avocat d'un ton satisfait. C'est pas plus compliqué que ça. Et maintenant, notre courrier est arrivé. »

J'ai exprimé mon admiration : « Oh ! la la !

— Encore une petite goutte ?

— Si vous voulez. » Je me suis laissée retomber dans les coussins de cuir, et maître Winkel m'a servie. Nous avons levé nos verres ventrus.

« Et maintenant, pour l'autre affaire qui vous amène... » Le ton de maître Winkel témoignait de sa patience.

« Quelle AUTRE affaire ?

— Vous aviez l'intention d'acquérir un bien immobilier ?

— Bien sûr, c'est tout à fait mon intention. » J'avais la langue pâteuse.

En fin de compte, cet avocat ne semblait pas comprendre si vite que ça !

« D'accord, a-t-il dit d'un ton bienveillant. Mais il m'a semblé que le divorce était prioritaire. Vous voulez absolument mettre les choses en route avant la fin de l'année, n'est-ce pas ?

— Quel divorce ?

— Mais le vôtre ! (Maître Winkel me souriait de ses yeux marron tachetés de vert et d'or.) Nous venons à l'instant même d'engager votre procédure de divorce ! Ce n'est pas ce que vous souhaitiez ? »

Il m'a fallu près de onze secondes avant d'être capable de réagir. Puis j'ai répondu :

« Si... Maintenant que vous le dites... »

Je balançais mon verre et me taisais.

Quelle excellente idée ! Surtout maintenant, juste avant Noël... Cet adorable avocat savait sans doute toujours comment faire plaisir aux autres. Sa mère l'avait bien dit.

Je lui ai adressé mon sourire le plus enjôleur.

« À votre santé, mon cher maître ! »

Le cher maître a grimacé un sourire.

« À la vôtre, ma chère cliente ! Et je vous en prie, ne m'appelez pas "maître" ! »

C'était une journée d'hiver tellement sombre qu'on aurait dit une photo en noir et blanc. En réalité, le jour n'avait pas vraiment réussi à se lever. En allant chercher mon grand au jardin d'enfants, je ne me sentais pas encore bien nette. Les petits manteaux et les petits anoraks des pauvres petits enfants abandonnés, tous victimes de mères qui travaillaient ou de pères qui élevaient seuls leurs enfants, pendaient aux petits portemanteaux en un chaos bigarré.

« Alors, trésor, ça va ?

— Oui, a dit Franz. Mon copain, c'est Patrick, et mon autre copain c'est Kevin. On a une grotte de pirates, mais faut le dire à personne. »

J'en ai tiré la conclusion que pour l'instant, son psychisme n'était pas trop perturbé.

« Tu sais quoi, j'ai dit en l'attachant à l'arrière de la voiture, on va aller chercher Willi et on ira au restaurant. T'as faim, toi aussi ?

— Oh oui, a dit Franz, on va au restaurant où y'a un toboggan ! Et aussi un manège, on peut faire des tours en mangeant. »

Je n'avais pas plus envie de tourner sur un manège en mangeant que de faire du toboggan la bouche pleine. Et la perspective de plateaux graisseux qui s'empilaient entre des jeunes en train de recopier leur devoir de maths et des retraitées frissonnantes en manteaux élimés, donnant la becquée à leur clebs atteint de tremblote, ne me séduisait pas davantage.

Maintenant que nous étions sur le point de nous installer dans un quartier résidentiel, j'ai décidé que le choix du restaurant prenait une nouvelle importance.

« Et le McDo, ça te va aussi ? » demandai-je à mon compagnon, assis sur son siège et en train de faire vrombir dans mon cou un bombardier miniature.

« Le plus cool, ça serait le Chicken Chic, on nous y donne toujours un œuf surprise. »

On est allé chercher Willi chez Else Schmitz. Il était passablement barbouillé de chocolat et dégageait une odeur épouvantable. Tout en luttant pour lui retirer son pantalon trempé, je me représentais le poulet tout croustillant et tout doré qui serait bientôt dans mon assiette.

Mes dernières forces ont tout juste suffi à traîner les enfants à la salle de bains avant de les fourrer dans la voiture et de les saucissonner sur leurs sièges. J'étais rompue. Je me suis affalée sur le siège avant.

Les nuages s'amassaient, il faisait nuit noire. Des files d'autos progressaient en laissant des traînées grises derrière elles.

Avant que Franz et Willi aient eu le temps de me demander POURQUOI la barrière descendait juste maintenant, POURQUOI le camion qui était devant nous avait clignoté et POURQUOI le chauffeur de la Mazda à gauche devant nous était un con, pour calmer tout le monde, j'ai mis une cassette de Papou. Aussitôt, des autobus jaunes, des hérissons qui ne voulaient pas être caressés et des fantômes qui sortaient tout glacés du frigo ont envahi l'habitacle. Les enfants écoutaient, fascinés. Papou, y'a vraiment que ça de vrai.

Et mes pensées ont pu retourner avec ravissement vers Enno Winkel. Un avocat tellement sympathique. Comme il riait de bon cœur en comprenant notre petit malentendu. Il avait immédiatement proposé d'envoyer un second fax dans les Caraïbes, pour annuler le premier ! Mais après tout, c'était une bonne idée d'engager une procédure de divorce. D'ailleurs, ça avait été si facile : une feuille glissée dans une fente, et voilà, j'étais libre !

Je me réjouissais à l'avance de notre prochain rendez-vous. Nous avions deux raisons de nous revoir avant Noël. D'abord, il fallait que je lui note noir sur blanc tout ce qui en valait la peine à propos de ma vie avec Will Gros. Et d'autre part, il voulait s'occuper de nous trouver une maison. Et le faire vite. Il y avait urgence. Un homme tellement serviable, tellement charmant !

J'ai annoncé d'un ton joyeux : « On est arrivés ! », et nous nous sommes extraits de la voiture sur le parking bondé.

J'ai hissé Willi hors de son siège bébé et lui ai demandé avec bonne humeur d'éviter de patauger dans les flaques d'une impressionnante profondeur pour ne pas fâcher la gentille demoiselle aux œufs surprises. Et j'ai prié Franz de laisser son bombardier dans l'auto. On ne sait jamais, il pouvait y avoir dans le restaurant quelques retraités avides de tranquillité.

Comme à chaque fois, la gentille demoiselle aux œufs surprise nous a demandé si « not'papa était pas là ? », et j'ai commandé le menu habituel, poulet-frites. Nous nous sommes régalés des nourritures terrestres qu'on nous a apportées sans trop nous faire attendre. Les enfants avaient respectueusement déposé sur le bord de leur assiette les petits drapeaux qui ornaient le dos des défunts volatiles.

Pendant que je retirais soigneusement les os de leurs assiettes, ils ne perdaient pas une miette de ce qui se passait autour d'eux. À côté de nous, c'était une dame seule, une ancienne princesse, ou plus chic encore, chargée d'une telle quantité de chaînes, de bagues et de boucles d'oreilles que je me suis demandé combien de temps il lui faudrait pour s'affaler dans son assiette sous le fardeau. Elle n'avait pas quitté son manteau de fourrure, et un stupide renard la regardait manger en louchant de son œil de verre. J'attendais le moment où l'animal ouvrirait sa gueule d'un air d'ennui pour happer une bouchée dans l'assiette... Willi m'a demandé, impressionné : « Maman, pourquoi il est venu avec un chien mort, le roi ? »

Il m'a fallu reprendre contenance avant de lui répondre : « Mon chéri, c'est une vieille dame qui a mis une fourrure sur ses épaules parce qu'elle a froid. » J'ai vite avalé une gorgée d'eau minérale et j'ai glissé une assiette sous le nez de Willi qui s'est sagement mis à manger.

Franz, bouche bée, regardait la vieille dame dont les mille et une rides suivaient avec une simultanéité fascinante les mouvements de sa mâchoire.

« Maman, la dame, elle a cent ans ? chuchota-t-il d'un ton empreint de respect.

— J'ai quatre-vingt-quatorze ans, a répondu la dame sans lever les yeux de son assiette.

— Moi, j'ai quatre ans, a dit Franz avec fierté.

— Alors, nous avons presque le même âge », a rétorqué la vieille dame en continuant à manger sans émotion ses rognons garnis de riz.

Je la trouvais extraordinaire.

« Ton renard, il a aussi quatre-vingt-quatorze ans ? a demandé Franz.

— Non, a dit la dame, il est mort. Et je serai bientôt morte moi aussi.

— Pourquoi ? »

J'ai vite rapproché l'assiette de Franz en lui disant que ça allait refroidir.

À ce moment-là, la porte s'est ouverte, et une dame bien en chair, d'un âge certain, est entrée, a secoué son parapluie assorti à son tailleur et a libéré sa tête d'un chapeau très chic. Sa coiffure était à peine dérangée, on aurait dit qu'elle sortait d'une boîte.

Elle est allée droit vers la table de l'élégante vieille dame et de son renard, en disant : « Bonjour, tante Gertrude ! » et s'est assise d'un air décidé, en faisant signe à la serveuse.

Je suis restée la fourchette en l'air.

C'était Mme Winkel, la mère de mon avocat ! Elle m'avait reconnue, elle aussi.

« Quel hasard ! On parlait de vous à l'instant !

— Qui ça, *on* ?

— Enno et moi, voyons. Il vient de rentrer, et je lui ai préparé à manger avant qu'il aille au sauna. Oui, il va au sauna tous les mardis, mon fils, il le fait pour sa santé !

— Ça alors ! » J'étais épatée.

Un avocat aux qualités si diverses ! Et qui allait même au sauna !

« Et voilà vos petits ? » Mme Winkel paraissait ravie.

« D'abord, on n'est pas petits, et toi, t'es grosse ! » a répondu Willi, la bouche pleine.

Entrée en matière réussie pour lier amitié !

Mme Winkel a ri : « Toi, au moins, t'as pas ta langue dans ta poche !

— Ça non ! » Willi a continué à mastiquer avec bruit.

« Eh, ma tante, cette jeune dame est une cliente d'Enno elle aussi ! Elle veut DIVORCER.

— Ça ne regarde personne ici, a affirmé la tante d'un ton indifférent.

— Maman, POURQUOI tu veux divorcer ? » a demandé Franz.

Le pauvre gamin ne pouvait pas imaginer ce que ça voulait dire, ça faisait bien huit mois qu'il n'avait pas vu son père, il devait l'avoir purement et simplement oublié.

D'ailleurs, nous n'avions pas besoin d'un homme à la maison. Ou en tout cas, pas d'un homme comme celui-là. J'étais très contente d'avoir enfin pris cette décision.

Aller chez le coiffeur, ça mène à tout ! On devrait beaucoup plus souvent faire quelque chose pour assurer son confort moral. C'est d'ailleurs ce que disent toujours *Les Femmes d'aujourd'hui*.

...Qui doivent bien savoir de quoi il retourne.

Vingt ans plus tôt, une petite pensionnaire semblable à toutes les autres appuyait son front fiévreux contre la vitre du dortoir. C'était le soir. Victor Lange, le prof d'expression théâtrale, l'idole de toutes les filles, s'éloignait sur son vélo. Il roulait vers une vie que Franziska ne partagerait jamais. Elle se contentait donc de rêver, les yeux grands ouverts, et de soupirer pour lui en secret.

Victor Lange réchauffait son cœur de lycéenne avide de rencontrer l'âme sœur. Il lui faisait répéter des textes, des rôles, lui enseignait l'art d'évoluer sur une scène. Il était pour elle le seul être au monde qui comptait. Elle voulait faire carrière, mais rien que pour lui. Pour qu'enfin il la remarque !

Elle passait des heures à apprendre tous les rôles susceptibles de lui convenir. Elle suivait tous les cours de Victor avec assiduité, et pourtant, elle n'était jamais rassasiée. Le soir, quand elle le regardait s'éloigner sur son vélo, elle se sentait infiniment seule, abandonnée.

Vint le jour où son rêve se réalisa. Les petites internes étaient trimbalées en bus jusqu'à la ville pour le cours de danse de salon. Aucun des jeunes gars en pleine puberté du lycée de garçons n'aurait invité Franziska, le vilain petit canard. Toutes les autres filles trouvaient des cavaliers, elle seule faisait tapisserie et elle attendait, livide, au bord de la piste de danse. Dans un de ces instants-là, elle se jura d'en finir avec ce rôle de potiche dès que le destin lui ferait le plus petit clin d'œil.

C'est alors que se produisit un événement merveilleux : Victor Lange vint vers elle et l'invita à danser...

D'un seul coup, Cendrillon était devenue une princesse rayonnante. Devant les yeux envieux des autres filles, elle volait d'un pied léger au bras de son prince charmant. À partir de ce jour-là, plus trace de la petite Franziska que personne ne remarquait. Au moins provisoirement.

Peu de temps avant son bac, il lui fallut rédiger sous l'œil vigilant de Victor Lange une dissertation sur un sujet difficile : il s'agissait de comparer plusieurs poètes postromantiques. Par amour pour lui, Franziska, qui ne se sentait plus aussi insignifiante qu'avant, avait appris par cœur tout ce qui, de près ou de loin, pouvait concerner le romantisme précoce, tardif, bref le romantisme dans l'absolu. Elle avait déversé avec dévotion ce fatras intellectuel sur les copies délivrées par l'Éducation nationale. À la fin des six heures prévues, alors que sa main droite engourdie serrait le stylo d'un geste voisin de la crampe, elle avait abandonné ses élucubrations pour faire quelques pas dans la cour.

Le soir même, sur le coup de dix heures, elle tombait de sommeil mais s'était tout de même penchée à la fenêtre dans l'espoir d'apercevoir son idole. À ce moment-là, ouvrant son cartable pour y prendre un roudoudou de réglisse, elle sursauta : horreur ! Elle avait oublié de rendre son devoir.

Elle décida alors d'aller toutes affaires cessantes déposer sa prose dans la salle des profs. Sans grand espoir d'être crue quand elle raconterait son oubli, elle traversa la bâtisse endormie, pieds nus, en chemise de nuit, avec son roudoudou de réglisse dans la bouche. Pas une seconde à perdre. Elle frappa à la porte, le cœur battant. Devinez qui lui ouvrit ?

Victor Lange en personne, qui était resté là pour corriger les devoirs. Muette, rouge de confusion, elle tendit son œuvre au professeur qui la dévisageait d'un regard las.

Il n'avait rien dit. Il avait pris le devoir avec un bref signe de tête et avait refermé la porte.

Rien de plus.

Lors de la correction, le devoir lui avait été rendu comme si de rien n'était. Avec la mention « Très bien ».

Victor Lange ne fit jamais la moindre allusion à cette affaire.

C'est ça qui l'avait rendue le plus heureuse.

« Willi, je te prie de me rendre ce couteau !

— Non, je veux aussi éplucher les pommes de terre.

— *Couteaux, fourchettes, feu, ciseaux...*

— *Attention ça fait bobo !*

— Tu vois. Alors, rends-moi le couteau.

— Non. » Willi se cramponnait au couteau pointu, d'un air de défi.

J'ai commencé à avoir peur.

« Regarde, Willi, la belle tour en Lego.

— J'en veux pas. T'as qu'à jouer avec, TOI ! Moi, faut que j'épluche des pommes de terre. »

J'ai poussé un profond soupir. Il allait falloir exercer la vertu de patience. À ce moment-là, le téléphone a sonné. Willi a laissé tomber le couteau et s'est traîné vers le séjour sur son postérieur capitonné. J'ai vite attrapé le couteau et l'ai posé sur le haut de l'armoire. Puis j'ai suivi Willi dans le séjour.

« Allô ? (Willi braillait dans le combiné.) Comment ça va ?

— Qui c'est ? je lui ai demandé en essayant de lui reprendre l'appareil.

— J'sais pas, a répondu Willi d'un air déçu en se cramponnant au combiné.

— Alors, passe-le-moi ! » J'avais pris un ton enjôleur.

Mais Willi ne voulait pas. Puisque je l'avais empêché d'éplucher les pommes de terre, il fallait que je le laisse téléphoner en paix. Les mères, qu'est-ce que ça peut être pénible par moments !

Il serrait rageusement le combiné contre son oreille.

« Ma maman, elle épluche les pommes de terre », expliquait-il à son interlocuteur.

Impatiente de reprendre la communication, je me suis penchée vers mon fils.

« Et toi, tu fais quoi ? » C'était une voix d'homme.

La voix d'Enno Winkel !

« Je téléphone », a dit Willi. Puis il a décidé de marquer une minute de silence en tournicotant d'un air satisfait l'oreille de son lapin en peluche.

Je me suis précipitée à la cuisine pour préparer un biberon à mon petit Willi chéri.

Au moment où je le lui tendais, à l'autre bout du fil, M. Winkel demandait patiemment : « Comment vas-tu ?

— Bien, a répondu Willi en se fourrant avec délectation le bout de la tétine dans le bec.

— Et comment tu t'appelles ?

— Willi.

— Quel joli nom, susurra Enno Winkel. Tu me passes ta maman, maintenant ?

— Ma maman, elle épluche les pommes de terre », répondait Willi sans se laisser démonter.

J'ai trouvé qu'il allait trop loin, qu'il se moquait de moi : ça faisait une bonne minute que j'étais à genoux à côté de lui et que j'essayais de lui retirer le combiné par la douceur.

Je l'ai attrapé sans violence mais avec fermeté, je lui ai donné son lapin et le biberon. Décontenancé, il a lâché le combiné (je t'ai bien eu, ha, ha !) et j'ai dit bonjour à mon avocat. Je lui ai demandé, avec en bruit de fond les hurlements scandalisés de mon rejeton : « Quoi de neuf ? »

Maître Winkel doutait manifestement de mes dons d'éducatrice. En tout cas, il ne semblait pas vraiment avoir envie de poursuivre la conversation avec Willi. Il criait dans le combiné que mon époux avait eu l'air très étonné d'entendre parler d'une procédure de divorce.

« Et maintenant ? (Je hurlais à mon tour, serrant contre moi mon gamin qui se débattait.) Qu'est-ce qu'on fait ?

— J'ai besoin de toute urgence des notes que je vous ai demandé de rédiger. Tant que je ne les ai pas, nous ne pouvons pas avancer. »

Au moins, ça avait le mérite d'être clair.

« D'accord, d'accord ! Mais vous entendez bien ce qui se passe ici ! »

Dans la seconde qui suivit, maître Winkel exprima toute sa sollicitude.

« Prenez tout votre temps, chère madame, je comprends parfaitement votre situation. Mais n'oubliez pas que plus vite je les aurai, plus vite je pourrai servir vos intérêts.

— Et la maison ? » La chère madame l'interrompait.

« Je n'oublie pas. J'ai quelque chose en vue.

— Fantastique ! »

Willi s'était calmé, il tétait, l'air béat. Quel bonheur, ce silence.

« Qu'est-ce que vous avez en vue, cher maître ?

— Je vous le dirai dès que l'affaire sera mûre. À part ça, tout va bien ?

Mais Willi voulait participer à la conversation : « Maman, le cher M. Maître, qu'est-ce qu'il a vu ?

— Le cher M. Maître, il a vu une maison ! » J'avais pris un ton joyeux. Et dans le combiné, j'avais répondu : « Bien, très bien. Et pour vous-même ? »

Enno a eu un petit rire. « Je veux dire, où en êtes-vous sur le plan sentimental ? Maintenant que vous êtes décidée à faire le pas décisif qui vous mène à l'autonomie ?

— Mais POURQUOI il a vu une maison ? »

Je le voyais comme si j'y étais, mon avocat, en train de déballer sur son bureau le casse-croûte que sa maman lui avait préparé avec amour le matin même.

« Mon très cher maître... (Je susurrais d'une voix flûtée, cherchant de toutes mes forces à me dominer.)... Je suis autonome, depuis des années et des années, même si je ne suis qu'une femme qui passe ses journées à des balivernes avec deux petits enfants.

— POURQUOI il a vu une maison ?

— Mais chère, très chère madame...

— Maintenant, excusez-moi, mais l'eau des pommes de terre bout !

— POURQUOI il a vu une maison ? » Willi hurlait, hors de lui, et me tapait avec son lapin.

« C'EST SEULEMENT UNE FAÇON DE PARLER ! (Je lui ai répondu sur le même ton.) VIENS À LA CUISINE, JE VAIS T'EXPLIQUER.

— Eh bien, bonne fin de journée ! » avait conclu Enno avant que je lui raccroche au nez.

Maintenant, Franz fréquentait régulièrement le nouveau jardin d'enfants près du bois municipal, et Willi allait parfois dans le groupe de tout-petits, c'était bon pour sa socialisation. Je n'économisais pas mes déplacements : ça ne m'amusait pas, mais je me disais que ce n'était que provisoire et que nous serions bientôt installés dans un coin plus agréable. Puisque Enno avait quelque chose en vue.

Pendant la séance de gym « maman-bébé », une dame très chic m'avait adressé la parole. À la séance précédente, je l'avais déjà remarquée, elle sautait sur le trampoline avec ses enfants, vêtue d'une blouse de dentelle repassée avec le plus grand soin et d'une jupe plissée très féminine qui lui tombait jusqu'aux mollet. Son brushing demeurait impeccable. D'ailleurs, toutes ces dames avaient le même air posé. En tout cas, on ne rencontrait dans ce cercle très fermé aucune actrice au chômage de mon style encombrée de deux enfants sans père.

Pour ma part, je trouvais commode d'arriver en jeans et en chaussettes, puisqu'on passait une heure à soulever des marmots.

La dame bien mise m'a dit d'une voix douce, tandis qu'elle veillait sur son Raphaël qui se balançait aux anneaux, que je devrais venir lui faire une petite visite, parce que son Raphaël souhaitait jouer avec mon Franz. J'ai considéré l'être fragile de quatre ans à peine qui se balançait dans les airs, en me demandant comment ce fils d'intellos pouvait bien avoir réussi à s'acoquiner à mon Franz, qui grandissait dans une atmosphère plutôt relâchée. La dame me demandait s'il me serait agréable de venir en toute simplicité prendre un petit café. Pour sa part, elle trouvait que le jour de la Saint-Nicolas était l'occasion rêvée. « À propos, a ajouté la dame au brushing parfait, je m'appelle Susanne, on se dit tu, pas de chichis. »

En toute simplicité, comme cela se pratique dans ce genre de société.

La villa se dressait à l'abri des regards indiscrets, dans un jardin si grand qu'on aurait plutôt pensé à un parc. Nous avons sonné au portail. En guise de poignées, des têtes de chevaux. La domestique de Susanne a appuyé sur un bouton, et la grille s'est ouverte sans bruit. J'aurais dû remarquer la quantité inhabituelle de monospaces pimpants garés devant la propriété. Mais j'ai besoin de me dépenser, et comme d'habitude, nous étions venus à pied, ce qui expliquait que nous ayons une heure et demie de retard. Depuis que Willi a découvert les joies de la locomotion autonome, il n'est plus si facile que ça de suivre une direction bien précise. Tandis qu'à chaque carrefour, Franz criait avec impatience : « Je peux traverser ? », je cherchais à convaincre mon benjamin d'une voix enjouée de laisser cette poubelle, nous allions à coup sûr en rencontrer sur notre route une foule d'autres tout aussi intéressantes. Lorsque enfin nous arrivâmes devant la propriété, la nuit était déjà tombée. Écrasée par une telle magnificence, j'ai serré contre moi mes deux petits et nous avons emprunté l'allée couverte de gravier qui conduisait à la villa illuminée et entourée de rosiers.

Je tenais bien fort le cadeau que j'apportais, un bouquet fripé constitué de sachets de thés exotiques, tout en regardant autour de moi ce parc hivernal. Les meubles de jardin étaient soigneusement protégés, la piscine recouverte d'une bâche. Le terrarium, humide, marécageux, était protégé par une grille de sécurité, et un léger brouillard indiquait la respiration des reptiles en hibernation. Quelques nénuphars attardés pourrissaient dans la mare aux poissons rouges. Pas de jet d'eau jaillissant de la gueule du lion de la fontaine. Devant l'entrée de la maison se dressait un sapin qu'illuminait une bonne centaine de bougies électriques.

Susanne attendait avec tact dans le hall d'entrée que je réussisse à franchir avec mes deux bambins récalcitrants les vingt mètres nous séparant de la porte.

J'ai discrètement garé la poussette brinquebalante et sa garniture en peau de mouton crasseuse et jaunâtre à l'abri d'un saule pleureur.

La porte en bronze était décorée de branches de sapin, d'une guirlande électrique et de nœuds rouges. Un joyeux brouhaha parvenait de l'intérieur de ce palais.

« Tu as d'autres invités ? » La question trahissait ma surprise.

— Nous n'attendions plus que vous. » Le sourire de Susanne était immuable. Même entre ses quatre murs — et surtout là —, elle portait un chemisier à col claudine, une jupe plissée, et deux rangs de perles. Des mocassins de daim pleins de classe, agrémentés de nœuds vernis du dernier chic, parachevaient l'élégance de sa tenue.

J'ai empoigné mes enfants, les hissant jusqu'à la porte et les débarrassant de toute urgence de leurs chaussures crottées, de leurs anoraks et de leurs pantalons de velours. Ravis, mes deux lascars en collants se sont précipités vers le salon. Une domestique en robe noire avec un petit tablier blanc nous a débarrassés de nos affaires. Je me suis discrètement mouchée, recoiffée, puis me suis dirigée d'un pas incertain vers la maîtresse de maison.

Ouvrant toutes grandes les portes du salon, Susanne a proclamé : « Voici Mme Gros, avec Franz et Willi. » Il y avait là près de vingt-cinq mères en tailleur Chanel, flanquées d'une trentaine de gamins en tenues bariolées, assises autour d'un immense arbre de Noël. Elles buvaient du vin chaud ou du café, portant délicatement à leurs lèvres des tasses minuscules, et me considéraient d'un air réjoui. Il était manifeste qu'au nom de Gros, elles avaient imaginé quelqu'un dans mon style.

Une marginale sous le feu des projecteurs.

« Mais prenez donc place, je vous en prie ! »

Et merde ! Voilà ce que je pensais au fond de moi-même. Mais j'ai répondu, un sourire aux lèvres : « Bonsoir, tout le monde ! » et j'ai pris ma place dans le cercle, faisant les yeux doux à une tasse de vin chaud pour surmonter le choc.

Franz et Willi avaient disparu dans la foule des autres enfants, j'en étais tout à fait ravie : je pouvais m'asseoir par terre sans complexe et boire sans retenue.

Je venais de porter à mes lèvres le bienfaisant breuvage quand saint Nicolas est apparu à la fenêtre, dans sa houppelande de velours, accompagné de son valet tout en noir. Mes enfants, qui jusqu'alors avaient été préservés de tels traumatismes, se sont précipités sur moi, pris de panique, pour se blottir contre mes jambes, un de chaque côté. J'ai tout juste réussi à me débarrasser de la boisson brûlante avant qu'elle se renverse. Terrorisés, ils me suppliaient : « On s'en va ! » Je dois avouer que je trouvais le spectacle assez pénible. Mais les autres mères étaient manifestement ravies, leurs enfants aussi, et tout le monde se bousculait autour du bonhomme. Caméras vidéo, éclairs des flashs. Puis saint Nicolas s'est adressé aux enfants d'une voix grave.

Pendant la demi-heure qui a suivi, j'ai réussi, mes deux mioches dans les bras, à regagner le salon, d'où l'on voyait saint Nicolas tout en gardant une distance respectueuse. J'avais l'impression que mon dos se brisait. Après le départ du saint homme, j'ai pu remettre mes deux gars par terre. Je me suis écroulée, grimaçant de douleur. Je n'étais malheureusement plus en état de prendre part aux conversations de ces dames. De toute façon, j'étais nouvelle, je n'aurais pas été capable de participer à la discussion, j'aurais mélangé les noms des profs d'équitation, de danse, d'escrime.

Personne ne m'adressait la parole.

D'ailleurs, pourquoi l'aurait-on fait ?

Je n'étais l'épouse de personne, et ça se voyait bien.

Ce soir-là, je me suis sentie encore plus abattue que d'habitude.

Avant que les enfants soient au lit, il y avait du pain sur la planche. Willi n'avait pas encore démêlé à quoi correspondaient les saints qui peuplent les contrées célestes. Il m'a demandé si saint Martin portait lui aussi des tennis, comme saint Nicolas aujourd'hui. Franz voulait savoir si saint Nicolas avait charitablement partagé son manteau avec le clochard qui l'accompagnait. J'ai essayé de leur expliquer les tenants et aboutissants pour leur permettre de s'abandonner à l'insouciant sommeil de l'enfance.

Vers neuf heures et demie, complètement lessivée, je me suis affalée sur le canapé du séjour, tout juste capable de feuilleter le journal télé.

J'ai bu une bonne rasade de pinard, directement à la bouteille. Eh oui.

Au fond, le moment était idéal pour me mettre à rédiger mes Mémoires. Enno Winkel manifestait un tel intérêt pour mon existence ! Il fallait peut-être commencer par la tournée en Russie.

Dans le compartiment, nous étions huit. Le train se tortillait dans la nuit. Le petit Franz, un an et demi à peine, dormait sur mes genoux. Je me faisais l'effet d'une réfugiée de la Seconde Guerre mondiale. D'autant plus que j'attendais Willi, et que mon légitime époux était monté au front : dans le couloir, Will Gros se divertissait avec la belle Dorothée, l'actrice principale de sa pièce. Trimbaler une épouse enceinte jusqu'aux oreilles et un marmot pendant une tournée à travers les pays de l'Est et par une température extérieure de moins seize degrés n'a rien d'inhabituel dans les milieux artistiques, l'ambiance était donc au beau fixe. J'étais un peu fatiguée, mais quelle importance ? Pour maintenir la bonne humeur, nous improvisions des rôles, et seule l'exiguïté du compartiment imposait des limites à notre imagination. Puis nous nous sommes raconté des bonnes histoires de notre jeunesse. J'ai parlé du temps où je soupirais pour Victor Lange. J'étais à peu près certaine qu'il se moquerait complètement de me revoir, enceinte ou pas. Il m'avait sans doute oubliée depuis belle lurette.

Ensuite, quelqu'un s'est lancé dans un conte à dormir debout, un meurtre où les flics mangent sans concevoir le moindre soupçon l'arme du crime, un gigot congelé avec lequel l'épouse machiavélique a estourbi son mari.

L'idée du gigot m'a fascinée.

Tout au long de la tournée, j'ai plusieurs fois été tentée d'en faire l'expérience sur Wilhelm. C'est lui qui avait absolument voulu que nous soyons du voyage, Franz, Willi dans mon ventre, et moi. Parce qu'il ne voulait pas se priver de la chance d'un reportage exceptionnel qui lui aurait mis le pied à l'étrier pour la suite de sa carrière : *Accouchement dans le Transsibérien !* Un film de Will Gros !

Mais dès le trajet d'aller, le grand reporter est tombé amoureux fou de l'actrice principale, ce sont des choses qui arrivent dans les milieux d'artistes. Et je le comprenais, car cette Dorothée, elle, au moins, n'était pas enceinte, et ne traînait pas, pendu à ses basques, un bébé qui tombait de sommeil.

Wilhelm Gros faisait à Dorothée une cour effrénée. À Varsovie, il lui a offert toutes les fleurs qu'on pouvait dégotter dans cette gare sinistre — douze, pas une de plus. Et juste après, il roucoulait avec elle au bar de l'hôtel. Je suis restée avec Franz dans notre chambre minable, pour que le pauvre petit puisse s'endormir — il était complètement à bout de nerfs. Les autres se cassaient la tête à ma place, ils ne comprenaient pas comment je pouvais supporter un mufle pareil. Je me donnais des airs d'indifférence. Mon Dieu, il est si beau, tellement doué, je me doutais que ça se passerait comme ça. Ou bien : un flirt avec l'actrice principale, ça fait partie du boulot du metteur en scène, c'est tout à fait normal. Moi aussi, je flirterais avec Will Gros, si je jouais le rôle principal de sa pièce.

Bien sûr, je comprenais, je comprenais parfaitement !

La deuxième nuit, mon époux attentionné n'a pas regagné la chambre d'hôtel conjugale. Pendant des heures, je me suis tournée et retournée dans le lit sans trouver le sommeil. Est-ce que je devais, dans mon déshabillé de future maman, fureter à pas de loup dans les couloirs et écouter aux portes jusqu'au moment où j'entendrais mon mari gémir de plaisir dans les bras d'une autre ? Puis prendre d'assaut le nid d'amour en poussant des hurlements, asperger Dorothée du contenu d'une bouillotte et rappeler à mon époux qu'il m'avait juré fidélité ? Assommer le beau Gros ? Je n'avais pas de gigot congelé à me mettre sous la main, je ne disposais donc pas de l'arme requise pour le crime. J'aurais pu arracher du mur un des robinets déglingués, et complètement gelés d'ailleurs. Si je ne l'ai pas fait, c'est seulement l'idée de subir un interrogatoire dans une cellule sans fenêtre qui m'a retenue, la peur d'être livrée aux questions insidieuses de soldats sibériens qui m'éblouiraient avec une lampe et me pousseraient dans mes retranchements, tout en buvant de la vodka et en beuglant des chansons paillardes.

Compréhensive et tolérante comme je l'étais, j'aurais peut-être dû m'asseoir au bord de leur lit, ou même me fourrer avec eux sous la couette, tellement on se gelait dans cet hôtel. Leur demander une explication « entre six yeux » ? Ma chère Dorothée, excuse-moi de te déranger, mais ne penses-tu pas que, compte tenu de mon état, un écart de conduite aussi éclatant aurait éventuellement pu être remis à un moment plus opportun ? Ah bon, ce n'est pas le jour de ton ovulation ? Et donc, pour toi, il n'y a pas de moment plus favorable ! Je comprends, je comprends, pardonne-moi, Dorothée, bon, je vous laisse, il faut que je jette un coup d'œil au petit.

Autre attitude possible : ignorer complètement Dorothée et m'adresser exclusivement à Will Gros. Chéri, était-ce vraiment indispensable ? Justement aujourd'hui ? Tu sais bien que quand j'en suis au neuvième mois, j'ai tendance à déprimer.

Mais non, je ne voulais pas être l'empêcheuse de batifoler en rond.

Le teint gris, épuisée après une nuit blanche, je me suis retrouvée pour le petit déjeuner avec Franz dans cette hideuse salle de restaurant qui aurait eu besoin d'un bon coup de peinture. Armé de deux cuillers à café, le gamin crapahutait sur le sol crasseux. Dans mon ventre, Willi me donnait des coups de pied ; je ne savais pas si je devais rire ou pleurer.

Sur le coup de onze heures, Dorothée et Wilhelm se sont pointés, rayonnants, et se sont approchés de ma table, main dans la main.

« T'as bien dormi ? »

Je les ai regardés d'un air hagard.

« Non. Et vous ?

— Oui. Super », a répondu Will en lançant une œillade pleine de reconnaissance à Dorothée.

« Si tu savais comme on est heureux ! »

J'ai failli rétorquer : « Plus pour longtemps ! » (Vlan !) Mais j'ai préféré me taire.

Dorothée a posé sa main aux ongles soigneusement vernis sur mon épaule. « Dis, faudrait qu'on parle. »

Impossible de ne pas remarquer dans sa voix un soupçon de mauvaise conscience et même une once de culpabilité.

« On peut s'asseoir ? » a demandé Will. Ils se sont installés à notre table.

Franz s'est mis à brailler. Il avait faim, il avait froid, était fatigué et souffrait d'une diarrhée épouvantable. J'ai ramassé sa tétine qui traînait par terre, je l'ai sucée pour la nettoyer et la lui ai fourrée dans le bec. Pendant que je le berçais, nous avons entamé une conversation mémorable :

« Tu sais, Franziska, je suis tombée amoureuse de ton mari, tout simplement. »

J'ai fait oui de la tête. Au fond, il m'était arrivé exactement la même chose.

« Et maintenant, il faut que nous vivions ça à fond, a ajouté Will.

— Vous n'avez pas vraiment l'air de vous gêner ! (Ça m'avait échappé.)

— Ça n'avancera personne si nous faisons taire nos sentiments sous prétexte que tu es enceinte.

— Oui, on les assume.

— On les laisse s'exprimer. »

Silence pesant. Allez Franziska, fonce ! Ça a toujours été ton mot d'ordre. Absolution, bénédiction, allez en paix !

« Pas de tergiversations. Nous n'avons pas le choix.

— C'est la vie. C'est notre destin. »

Je continuais à me taire. Le plus dingue, c'était que je les comprenais ! Où est-il écrit qu'on serait propriétaire de quelqu'un ? L'a-t-on acheté, loué, lié à soi, pour la simple raison qu'on s'est marié avec ?

Et si maintenant il ne VOULAIT plus ? S'il en aimait une autre ?

J'ai murmuré d'une voix sourde : « Je voudrais disparaître, me volatiliser.

— Pas question ! Nous devons assumer tous les trois !

— Absolument ! Agir dans ton dos, pas possible !

— Ça serait complètement malhonnête !

— Oui, nous devons surmonter l'épreuve tous les trois ensemble.

— Et parler, parler, parler.

— Pour le moment, je trouve ça un peu dur tout de même. » J'essayais de sourire.

« J'imagine sans peine ce que tu ressens, a dit Dorothée en posant sa main sur mon épaule et en caressant de l'autre la tête de Franz.

— Écoute, si tu veux, on peut dormir tous les trois ensemble la nuit prochaine, a proposé Will. J'ai réglé la question avec Dorothée. Elle te comprend parfaitement.

— Merci. » J'en avais les larmes aux yeux. Tant de bonté, de chaleur, de compréhension ! « Seulement, dans un lit, je prends pas mal de place.

— Dans la chambre de Dorothée, il y a un canapé, a ajouté Will, prévenant. Pour l'instant, toute sa trousse de maquillage y est étalée, mais pour toi, elle rangera volontiers. »

J'étais tout émue. « Et Franz ?

— Ah, je n'avais pas pensé à lui. (Dorothée était ennuyée.)

— La nuit, il va sans doute pleurer ! »

Will n'a pas hésité : « Alors là, ça ne va pas, il faut que Dorothée soit en forme pour les représentations. Moi aussi, d'ailleurs. Tu sais, nous avons besoin de sommeil. Déjà hier et aujourd'hui, on n'a pas eu notre compte, loin de là... »

Les tourtereaux se regardaient d'un air complice. Non, non, je ne voulais en aucun cas les priver d'un repos tellement mérité : en fin de compte, contrairement à moi, ils ne voyageaient pas pour leur plaisir !

Il était presque minuit, j'étais complètement prise par mon récit, quand Enno Winkel a téléphoné ; sans doute avait-il choisi d'appeler à une heure aussi tardive pour être sûr de pouvoir enfin me parler sans être dérangé. Ou bien peut-être se sentait-il seul. Sa mère était sûrement déjà au lit.

« Allô ? Je vous dérange ? Pouvons-nous parler de votre divorce ?

— Vous ne me dérangez pas du tout. (J'étais tellement contente que j'en balbutiais.) Je suis justement en train de noter quelques-uns des moments de notre vie commune. C'est ce que vous m'avez demandé, n'est-ce pas ?

— J'ai du nouveau.

— À propos de Wilhelm Gros ? » J'ai arrêté la machine à écrire.

Enno Winkel m'a expliqué que Wilhelm Gros avait pris un avocat lui aussi. On ne pouvait pas le lui reprocher.

Cet avocat était d'ailleurs un de ses bons copains, Hartwin Geiger, avec qui il allait au sauna tous les mardis. Je les ai aussitôt imaginés tous les deux, accroupis dans le bain à remous, Enno Winkel en train de parler à son copain de la plus idiote de toutes ses clientes, qui avait par erreur engagé une procédure de divorce alors qu'elle voulait seulement placer de l'argent dans l'immobilier pour le dissimuler au fisc.

Engager une procédure de divorce sur un malentendu, quelle bonne blague !

Et j'imaginais le confrère partant d'un éclat de rire sonore...

Ils s'en tapaient les cuisses, se tenaient les côtes, et bras dessus, bras dessous, la serviette sur l'épaule, s'en allaient vers l'étape suivante de leur séance de sauna. C'était sans doute l'effet du vin, je les voyais devant moi comme si j'y étais.

« OK. Et votre collègue, quel est son avis ? ai-je demandé.

— Il pense que votre époux...

— Laissons là l'époux. (J'avais pris un ton enjoué.)

— Bon... d'accord... M. Gros... enfin... Will Gros... ses deux derniers films lui ont rapporté beaucoup d'argent...

— Et alors... (Il y avait de l'attente dans ma voix.)

— Des succès tout à fait inattendus, trois séries en “prime time” coup sur coup...

— Ah bon ? (Ma question trahissait mon intérêt.) Vous pensez qu'il va éventuellement m'en revenir quelque chose ?

— Sûrement. Mais vous n'allez pas me faire croire que vous n'étiez pas au courant de ce gain supplémentaire ? »

Il me prenait à coup sûr pour une calculatrice, pour une femme qui attend pour demander le divorce que son époux ait amassé quelques millions et qui encaisse la moitié du magot en s'appuyant avec un sourire glacé sur le paragraphe numéro tant du code civil.

« Mon cher maître — tout en parlant, je versais le fond de la bouteille dans mon verre — l'idée de demander le divorce m'est venue au moment précis où vous en avez parlé. Jusqu'à ce soir, je n'avais pas entendu la moindre allusion à des gains supplémentaires. Mon but, c'est un divorce serein, sans linge sale lavé en public, sans bagarre pour le fric.

— Ah bon. Alors, la manière dont votre é... M. Gros... Will Gros a couvert les frais engagés pour rembourser les avances sur recettes ne vous intéresse sûrement pas.

— Mais si, maintenant que vous m'en parlez.

— Pouvez-vous passer demain à mon bureau ? »

Pas question d'attendre aussi longtemps. C'était tout de suite que j'avais envie de voir maître Winkel et ses millions.

J'ai regardé ma montre : minuit.

« Ça vous tente de passer prendre un verre ?

— Plaît-il ?

— Je veux dire : pourriez-vous avancer notre rendez-vous et me l'accorder tout de suite, chez moi. Les enfants dorment, le moment est tout à fait favorable.

— Oui, c'est faisable. »

Rien à redire à un avocat qui se présente aux alentours de minuit, surtout s'il se pointe avec dans sa sacoche tout un paquet de gains imprévus. Ce soir-là, c'est de ça que j'avais envie.

Enno Winkel sur le pas de ma porte, déguisé en saint Nicolas, déversant dans mon couloir deux sacs pleins de liasses de billets. Quelle vision !

« Alors, je vous attends ! » Ma voix vibrait d'impatience.

Vingt minutes plus tard, j'ai entendu la voiture d'Enno Winkel s'arrêter. Je lui ai ouvert, toute joyeuse. Il était agréablement surpris. Pour un peu je lui aurais sauté au cou.

« Bonsoir. » Je cachais mon excitation sous une retenue polie.

« Bonsoir, ma belle cliente », a répondu Enno Winkel. Il était vêtu d'un gros manteau en cuir gris clair un peu luisant et avait un dossier sous le bras.

« Voyons, mettez-vous à votre aise. » Je rougissais, feignant d'être gênée. Il avait une allure de voyageur de commerce lapon ! Sa mère aurait pu le lui dire ! Ou bien trouvait-elle que cette houppelande de baleine avait du chic ?

Enno Winkel a retiré sa peau de loutre et l'a accrochée au portemanteau, qui a aussitôt basculé. Au lever du jour, on nous aurait sans doute retrouvés écrasés tous les deux dessous (« Cruauté du destin : cinq minutes avant les révélations décisives, l'avocat et sa cliente frappés ensemble par la mort. ») si Enno n'avait eu la présence d'esprit de l'arrêter dans sa chute.

« Ce manteau est trop lourd », a-t-il constaté d'un ton neutre en posant le gros nounours sur l'escalier.

Soucieuse de respecter les bonnes manières, je l'ai précédé d'un pas mal assuré vers le séjour.

« Attention, ne marchez pas sur les rails ! »

Enno Winkel cherchait à garder son équilibre, naviguant entre les Lego vers le canapé sur lequel il s'est laissé tomber en soupirant.

« Qu'est-ce que je vous offre ? » Mon ton était on ne peut plus officiel. Mes petites cellules grises se réveillaient péniblement et se souvenaient de leurs devoirs de maîtresse de maison.

L'avocat a fait sauter les serrures à code de son attaché-case et en a extirpé une bouteille de champagne. Hélas, pas de liasses de dollars.

« Des verres ! » Il arborait un sourire satisfait. Il y avait dans son regard quelque chose qui m'a rendue pensive. Quand Beate, sa secrétaire, était dans les parages, il n'était pas le même.

J'ai enjambé le paysage en Lego et suis revenue avec deux flûtes à champagne. Il a fait sauter le bouchon, j'ai tendu les verres sous la mousse jaillissante. Ah misère, après le vin rouge !

Il allait écarter les verres, j'en étais sûre, et proclamer : « Franziska, je vous aime », puis me serrer contre lui à m'étouffer. Ivres de désir contenu, nous allions nous appuyer contre la cheminée, nous prenant par les mains au son impétueux de violons invisibles. Nous lèverions vers le plafond des yeux pleins de ravissement avant de nous écrouler sur la peau d'ours et de nous arracher nos vêtements dans un élan de passion torride.

« Pourquoi vous me regardez comme ça ? Ça ne va pas ? » Un verre dans chaque main, Enno Winkel me dévisageait sans trop savoir quoi faire.

« Merci, tout va très bien. » J'en bégayais.

Nous avons vidé nos verres.

Après avoir sifflé une bouteille de rouge, j'avais envie de tout sauf de champagne. Mais j'ai fait mine de boire avec délices.

« Mm... » J'ai repoussé le verre.

« Mm... » a répondu Enno en m'encourageant du regard.

« Bon, alors, on passe aux choses sérieuses ? » Je me dandinais d'impatience sur le canapé.

Enno m'a lancé un regard amusé. Comment aurait-il pu s'imaginer qu'une femme au foyer, jeune mère débordée de surcroît, sur le pont depuis six heures du matin, n'est plus aux alentours d'une heure du matin en état de parler calmement d'une chose aussi triviale que de partage des biens acquis pendant le mariage ?

Lui, il avait dû roupiller jusqu'à onze heures du matin, puis passer deux heures à lire les journaux en s'offrant un petit déjeuner copieux.

« Je ne sais comment m'exprimer, mais ce soir, vous êtes tout particulièrement en beauté », a dit Enno Winkel.

Je gloussai.

« Vous le sentez vous aussi, n'est-ce pas ? » reprit-il en m'effleurant l'avant-bras.

« Je sens QUOI ? » Ma question vibrait d'une impatience joyeuse. Allez, vas-y.

« Qu'on s'entend bien tous les deux », a roucoulé Enno en continuant de me caresser l'avant-bras.

Pour être tout à fait honnête, je dois avouer qu'il y avait des mois, et même des années, que je n'avais pas été aussi proche d'un être de sexe masculin âgé de plus de quatre ans. Oui, j'étais bien avec Enno, qu'il apporte des millions de dollars ou pas.

Il s'est penché vers moi, ce qui n'était pas vraiment facile, parce que la table et les verres faisaient obstacle, et a pris mon visage rougissant dans ses grosses pattes moites et impatientes.

Il a murmuré : « Franziska.

— Enno », j'ai répondu. Je ne vois pas ce que j'aurais pu dire d'autre.

Nous nous sommes embrassés, d'abord très délicatement, puis j'ai été submergée par les vagues depuis longtemps oubliées de la passion. Enno vibrait à l'unisson. Des milliers de bouteilles de rouge et des quantités de verres de champagne s'entrechoquaient dans ma tête, mes yeux se transformaient en dollars, mes mains caressaient une barbe, des cheveux, ma bouche découvrait la douceur de lèvres au goût de champagne, je trouvais merveilleuse la façon dont il me serrait dans ses bras à me briser. C'est exactement comme ça que j'avais imaginé des baisers d'Enno, pas autrement.

On s'embrassait depuis déjà un bon bout de temps, on s'est retrouvés presque au pied du canapé. Enno Winkel a rajusté sa cravate et a pris son verre.

« Buvons à notre affaire ! » a-t-il dit d'un ton officiel en se rasseyant bien droit. Je le regardais, j'avais du mal à recouvrer mes esprits.

« Vous aviez quelque chose à me dire à propos de partage... (Je l'encourageais à poursuivre.)

— Eh bien, donc... (Enno Winkel s'est éclairci la voix.) La dernière... manœuvre... de votre époux lui a rapporté la bagatelle de deux millions de marks.

— Saperlotte ! » Cette réflexion m'avait échappé. Et en même temps, j'avais du mal à étouffer un fou rire. Je trouvais d'un comique achevé que nous en soyons toujours au vous solennel après nos baisers fougueux sur le tapis plein de pâte à modeler, au beau milieu des Lego et des jeux de constructions.

« Cela signifie que vous devriez pouvoir compter au minimum sur quelques centaines de milliers de marks, a poursuivi M. Winkel, vraisemblablement sur un million.

— Quelle excellente nouvelle ! » J'ai explosé de rire, incapable de me contenir. Enno m'a regardée en coin, l'air agacé. Il n'était sans doute pas habitué à tant de spontanéité de la part de ses clients.

« Si l'on calcule sur cinq ans, en ajoutant la période de non-conciliation instituée par le législateur... » Un peu surpris de me voir me tordre de rire sur le tapis, il essayait de retrouver le fil de son discours. Il a sorti de sa poche une petite calculette en fronçant les sourcils.

« Allons, chère madame, un peu de tenue, je vous prie ! » Mais les petites cellules grises étaient complètement lâchées, elles hurlaient de joie dans leur prison, secouaient les barreaux en criant dehors, liberté, divorce, bénéfices ! Le cher maître a énuméré des chiffres, des faits, des pourcentages et des théories de probabilités, j'étais étonnée de le voir capable d'aligner tant d'arguments avec une telle clarté. À chaque chiffre, mon exubérante gaieté se manifestait à nouveau. En fin de compte, on aboutissait à une somme coquette : si vraiment il m'appartenait à moi toute seule, ce petit magot, il y avait de quoi se réjouir.

Pour arroser ces bonnes nouvelles, nous avons vidé la bouteille de champagne. Et puis maître Winkel m'a de nouveau embrassée, avec plus de fougue, plus de passion encore. Je manquais d'étouffer.

Ça devait faire partie de ses prestations contractuelles. Il se réjouissait avec autant de débordements que moi.

« Il va falloir que vous rentriez. » J'ai dit ça parce que je venais de découvrir qu'en plus de ses deux yeux brun chamois tachetés d'or, que je connaissais bien, il en avait maintenant un autre sur le front et un quatrième sur le menton. Celui du menton était immense, il commençait même à se dédoubler.

« Dommage, je suis si bien chez vous.

— Vous pouvez dormir sur le canapé si vous le voulez, mais moi, il faut que je me couche immédiatement. Dans trois heures maximum, ma nuit est finie, je préfère ne pas y penser.

— Dans trois heures, il sera six heures un quart, la nuit ne fera que commencer !

— Pour vous peut-être, mais pas pour moi. » Et j'ai pris en titubant la direction de la salle de bains.

Il m'a suivie, il voulait sans doute me rattraper si je n'arrivais pas à prendre le virage toute seule. Dans la salle de bains, nos regards se sont rencontrés dans le miroir, entre les autocollants publicitaires pour je ne sais quel dentifrice et les brosses à dents usées des enfants.

« On pourrait se tutoyer ? » La question de mon avocat a résonné derrière mon épaule.

« Pourquoi pas. » J'avais du mal à articuler. J'ai déposé un baiser sur le miroir, mon avocat a fait de même. Les empreintes de nos bouches étaient du meilleur effet parmi les éclaboussures de dentifrice. Sur le bain moussant pour enfants, le dinosaure nous regardait d'un air narquois.

Vite, faut que je me couche.

Je lui ai dit bonsoir en chuchotant : « Si tu pars, éteignez la lumière, et éteignez-la si vous restez ! »

Puis je l'ai mis à la porte de la salle de bains.

Je n'ai pas entendu sa réponse parce que je venais de tirer la chasse d'eau.

Rien de pire que la gueule de bois quand on n'a dormi que trois heures. Si, il y a pire : avoir la gueule de bois et devoir s'occuper de deux gamins après trois heures de sommeil. J'aurais pu faire n'importe quoi d'autre, nettoyer un tram, taper une thèse, ranger un supermarché ou distribuer au hasard des journaux dans des boîtes aux lettres. Oh oui, surtout ça. Le seul traitement efficace contre la gueule de bois, et plus particulièrement à six heures dix du matin, c'est de faire de l'exercice au grand air.

J'ai donc habillé les enfants tant bien que mal malgré mes nausées (surtout quand il fallait se pencher), j'ai pris une douche glacée et j'ai bu quatre ou cinq tasses de café. Chaque fois que les enfants faisaient du bruit ou poussaient un cri aigu, je sursautais de douleur.

J'ai lutté pour leur enfiler leurs anoraks malgré la résistance farouche qu'ils m'opposaient. J'ai fourré Willi dans sa poussette et attaché la ceinture avec ce qui me restait d'énergie.

« Aujourd'hui, on va à pied jusqu'au nouveau jardin d'enfants. » J'avais dit ça d'un ton décidé. Ça faisait bien huit kilomètres, mais il n'était pas sept heures, je comptais arriver vers les neuf heures. Avec la meilleure volonté du monde, je n'étais pas encore en état de conduire, et pas davantage de me livrer avec eux à n'importe quelle occupation utile sur le plan pédagogique, pour laquelle on doit en général se mettre à quatre pattes, par exemple construire une tour, ou gratter des restes d'œuf incrustés dans les rainures du plancher : j'étais sûre de vomir immédiatement.

Au premier carrefour, Franz a refusé d'avancer, il fallait s'y attendre. En gémissant, tellement j'avais mal partout, je l'ai hissé à son tour sur la poussette, qui s'est mise elle aussi à geindre. Et dans le petit matin blême, j'ai poussé le véhicule grinçant chargé de ses trente kilos de chair fraîche.

Tous les citadins qui me doublaient, confortablement installés dans leur bulles mobiles puantes, me prenaient sans doute pour une marginale échappée de l'asile de nuit. Ça ne m'a pas empêchée d'avancer plus vite que ces messieurs et dames bien reposés, prisonniers du trafic matinal.

L'air frais nous avait effectivement fait du bien.

À neuf heures un quart, trempée de sueur, j'atteignais le jardin d'enfants.

Notre équipage n'était pas très convenable pour le coin, j'ai donc déposé Franz à l'entrée. Mes genoux tremblaient d'épuisement, mais dès que je m'arrêtais, tout se remettait à tourner. J'ai donc décidé de refaire à pied le chemin inverse. Punition bien méritée.

J'ai promis à Franz : « Je viendrai te chercher en voiture. » Parfaitement décontracté, il est parti se construire une cabane de pirates avec les Patrick et autre Kevin.

J'allais m'éclipser discrètement quand est arrivé l'élégant monospace de Mme Flessenkemper, d'où a bondi son Sébastien qui semblait toujours sortir d'une pub de fringues pour enfants.

Mme Flessenkemper a descendu sa vitre.

« Pardon, madame... Gros ! »

Compte tenu des circonstances, car je partais de l'idée que notre conversation allait se prolonger, et comme j'avais à nouveau horriblement mal au cœur, je lui ai suggéré de couper le contact. L'idée que je risquais de maculer l'aile de son véhicule resplendissant du vin rouge d'hier soir et du champagne d'Enno mélangés aux quatre tasses de café de ce matin ne m'amusait pas le moins du monde.

Mme Flessenkemper suivait son idée.

« À propos, je voulais vous dire, la maison de la rue Mendelssohn...

— Oui ? (Mon intérêt était manifeste.) Et alors ?

— C'est vrai que... (Mme Flessenkemper m'a toisée d'un air méprisant.) La mère de maître Winkel, cet avocat qui défend vos intérêts, m'avait chargée de... J'avais pensé que cela pourrait vous intéresser, mais il me semble que pour vous, c'est trop...

— Comment ? » Ma curiosité grandissait.

— Oh, rien, l'affaire est sans doute réglée, puisque vous divorcez, a conclu Mme Flessenkemper, cela ne peut sans doute plus vous intéresser.

— Au contraire, plus que jamais ! » J'essayais de couvrir le bruit de son moteur, j'aurais même mis mon pied devant ses roues, mais il m'a bien fallu reconnaître que ce n'était pas ça qui l'empêcherait de repartir.

« Bon, alors... (et son regard me jaugeait à nouveau, il y avait dans son arrogance de la provocation) vous pouvez passer voir, ça ne vous engage à rien, et si la maison vous plaît, vous pouvez prendre rendez-vous à l'agence immobilière Flessenkemper et fils.

— Quelle adresse ? » Je ne parvenais pas à masquer mon impatience, mais je regrettais déjà d'avoir à entrer en contact avec ces gens tellement imbus d'eux mêmes.

« C'est au 9, a répondu Mme Flessenkemper, à tout juste trois minutes d'ici.

— Merci pour le renseignement. » Et l'élégant monospace s'est éloigné.

La maison m'a plu autant qu'à Blanche Neige la maison des sept nains. J'aurais voulu pouvoir m'y installer tout de suite, me coucher et faire passer ma cuite en dormant. Mais hélas, la maison était fermée, ce qui était à prévoir.

Elle se trouvait au beau milieu d'une voie piétonne particulièrement calme, et même les rares voitures qui roulaient dans les parages ne dérangeraient pas les enfants dans leurs jeux. C'était un quartier résidentiel, la circulation était limitée aux riverains. Au bout de la rue commençait la forêt municipale. Et à l'autre bout, on trouvait le salon de coiffure Lauro ! J'étais donc en terre connue. À vue de nez, la maison faisait deux cents mètres carrés habitables, mais sans paraître trop grande. Tout autour, un gentil petit jardin, et à droite et à gauche, des maisons coquettes avec leurs jardinets. Cette maison de Blanche Neige ne pouvait pas coûter plus d'un million de marks.

« Je la prends ! (Je m'adressais à Willi, qui dormait.) D'ailleurs, le Chicken Chic est tout à côté. »

J'ai senti un bonheur profond m'envahir. Quelle situation idéale ! Je me moquais complètement de savoir à quoi ça ressemblait à l'intérieur, pourvu que les papiers peints ne se décollent pas des murs. Et même si c'était le cas, je réussirais bien à trouver un sympathique artisan en salopette pour tout retaper.

Enfin ! Enfin, j'allais vivre dans la maison que j'avais choisie, près du restaurant favori des enfants et surtout : dans un quartier qui me plaisait. Cette maison, j'allais l'acheter. Et alors, je serais libre, plus rien ne manquerait à mon bonheur.

Si ma cuite n'avait pas continué à peser sournoisement sur mes épaules, je me serais sans doute mise à sautiller de joie dans la rue. Je me suis répété que j'allais acheter cette maison, maintenant, tout de suite.

Vite, une cabine téléphonique. Un annuaire. Mme Flessenkemper n'avait pas daigné me laisser sa carte.

Je m'éloignai, la poussette devant moi. Au même moment, quelqu'un a remonté les volets roulants de la maison d'en face.

J'ai jeté un coup d'œil ravi. Salut, madame la voisine, nous ferons connaissance bientôt, pas aujourd'hui, je ne suis pas à mon avantage, mais à l'occasion...

À la fenêtre de la maison d'en face, le rideau a bougé.

J'ai pressé le pas. Je ne voulais pas qu'on me prenne pour une clocharde, dans un quartier aussi chic, et qu'on me flanque la police aux trousses. Même si, au fond, une cellule pour dessoûler, c'était exactement ce qu'il m'aurait fallu. À la condition que pendant ce temps-là, un des gentils policiers joue aux constructions avec Willi, j'aurais volontiers eu recours à ce genre de service.

La fenêtre s'est ouverte autant que le permettaient les rideaux et les plantes vertes qui la masquaient.

La forme derrière les rideaux a crié quelque chose, on aurait dit qu'elle appelait : « Franziska ! »

Je me suis arrêtée. J'avais des hallucinations ? Franziska ? Je me suis retournée doucement. Non, non, ça devait être une erreur. Cette robuste ménagère me criait sans doute « Qui va là ? ».

J'ai fait quelques pas de plus. Willi se réveillait.

« Franziska ! » Cette fois, j'avais bien entendu.

Pour une raison qui m'échappait, cette femme, dans la maison d'en face, connaissait mon nom.

J'ai fait demi-tour et suis revenue sur mes pas.

La porte s'est ouverte, livrant passage à Alma Winkel, la mère de mon avocat et fougueux compagnon de la nuit précédente, avec qui, passablement éméchée, j'avais fini la soirée en couvrant de baisers le miroir de la salle de bains.

« Bonjour ! » J'avais pris un ton enjoué.

« Bonjour ! a répondu Alma Winkel. Si ce n'est pas un sacré hasard... »

Je ne savais trop que penser. « Oui vraiment, pour un hasard... »

Mme Winkel s'est retournée vers la maison pour crier : « Enno, tu dors encore ? »

J'ai eu des sueurs froides.

« Enno ? Il est là ?

— Mais oui, a répondu Mme Winkel gaiement. Vous n'avez pas dû terminer la soirée de bonne heure hier, hein ?

— C'est-à-dire... » Mais en même temps, je me sentais de plus en plus mal. Pas étonnant, après une bouteille de rouge, une demi-bouteille de champagne, cinq tasses de café, et par-dessus tout un froid de canard.

« Voulez-vous entrer ? » a demandé Mme Winkel en m'y engageant du geste.

J'ai refusé poliment, et pourtant, j'aurais apprécié ses toilettes. « Non merci, puisque Enno, je veux dire maître Winkel dort encore. »

Je l'enviais terriblement, Enno, car il était dix heures du matin. Ça faisait quatre heures que j'étais debout et luttais contre toutes sortes de désagréments.

« Je vais le réveiller ! a proclamé Mme Winkel, ravie. Et vous partagerez notre petit déjeuner. »

Quelle excellente idée. Rien que pour Willi, qui avait besoin d'un biberon de lait et qu'il fallait changer.

« Je ne voudrais pas déranger...

— Mais pas du tout, au contraire, je suis ravie ! De la jeunesse chez nous ! »

J'ai bredouillé : « Excusez mon allure...

— Ne vous tracassez donc pas. (Elle parlait d'un ton énergique, me serrant la main avec vigueur.) Vous savez, juste après la guerre, je n'étais guère plus présentable. »

J'ai fait, dans tout, et suis [illegible] pas.

La porte [illegible] est ouverte, [illegible] Mme Winkel [illegible] de [illegible] avoir [illegible] accompagné [illegible] de la [illegible] précédente [illegible] par [illegible] tout en [illegible] de la [illegible].

« Bonjour [illegible] », [illegible] pris [illegible].

« Bonjour [illegible]. Alors [illegible] est [illegible] passé ? »

Je ne savais trop que penser. « Oui vraiment, petit [illegible]... »

Mme Winkel [illegible] à son [illegible].

« Emma, [illegible] ? »

J'ai [illegible].

« [illegible] ? Il est là ?

— Mais oui, » [illegible] Mme Winkel [illegible]. Vous n'avez pas eu [illegible] de [illegible].

— [illegible]... » Mais en même temps, je me sentais de plus en plus [illegible] après une bouteille de [illegible] demi-bouteille de champagne et [illegible] tasses de café [illegible] par-dessus [illegible].

« Voulez-vous [illegible] ? » demanda Mme Winkel [illegible] du geste.

[illegible] et tout en [illegible] j'aurais apprécié ses [illegible]. « Non, merci, [illegible] ceux d'un autre Winkel d'un [illegible]. »

Je [illegible] lentement. Emma, [illegible] dix heures du matin. Ça faisait quatre heures que j'étais debout et [illegible] toutes sortes de [illegible].

« Je vais le [illegible] », [illegible] Mme Winkel. [illegible] vous [illegible] un petit [illegible]. »

Quelle [illegible] idée [illegible] que pour Walls, qui avait besoin d'un [illegible] de lait [illegible].

« Je ne voudrais pas [illegible]...

— [illegible], au contraire, je suis ravie ! De la jeunesse chez [illegible] ! »

J'ai bredouillé : « Excusez-moi d'[illegible]...

— Ne vous [illegible] donc pas. » Elle [illegible] d'un ton [illegible], me serrant la main [illegible] juste après [illegible] remarquable. »

ET QUELQUES INSTANTS PLUS TARD, nous étions installés autour de la table ovale, la grand-mère, la mère, l'enfant. Willi avait souillé la poubelle des Winkel de l'une des ses plus superbes productions, et trônait, ravi, sur une pile de coussins, qu'Alma avait glissés sous son postérieur garni d'une couche propre.

Enno avait enfilé un peignoir. Poussée par une impérieuse nécessité, j'avais pu admirer, dans les toilettes pour invités de la maison Winkel, le rouleau de réserve recouvert de sa housse au crochet. Le savon pour invités, acheté à la droguerie du coin, répandait une odeur fleurie qui se mêlait à celle du produit WC aux effluves printaniers persistants. Après nous être lavé les mains et avoir quitté nos chaussures, mon fils et moi, nous nous sentions presque chez nous.

« Et c'est vraiment le hasard qui vous a menée ici ? » Mme Winkel me versait ma troisième tasse de café et me tendait les toasts tout chauds.

C'était suspect, évidemment : après avoir un peu flirté avec mon avocat la nuit passée, je traînais autour de chez lui avec mon gamin sans père, comme un chat galeux, pour me faire inviter au petit déjeuner et ensuite, tant qu'on y était, me faire épouser ! Cette chère mère de mon avocat était-elle au courant de tout l'argent que j'avais gagné ? Pas sûr.

Je me suis empressée de préciser : « J'ai visité la maison d'en face, je pense qu'elle pourrait nous convenir. »

Un rapide coup d'œil à mon avocat prenant paisiblement son petit déjeuner.

« Veux du cacao », a dit Willi.

Aussitôt, Mme Winkel se précipite à la cuisine.

« On se dit tu ou vous ? » J'avais sifflé entre mes dents.

« Hier, il nous est arrivé de nous tutoyer. Mais il me semblerait préférable d'éviter de le faire pendant l'audience. »

J'ai ricané.

« Veux du cacao », a répété Willi en trempant sa biscotte dans mon café.

Je l'ai descendu sans ménagements de son perchoir et l'ai persuadé d'aller voir ce que faisait dans sa cuisine la gentille Mme Winkel.

« J'ai seulement visité la maison d'en face, je te le jure ! (Pas la moindre trace d'humour dans ma voix.) La bonne femme de l'agence a un fils qui va au même jardin d'enfants que Franz. Voilà, c'est tout !

— Ça doit être Flessenkemper qui s'en occupe », a commenté Enno.

Sans me demander si Flessenkemper aussi traînait au sauna le mardi, je me suis empressée d'aligner les détails susceptibles, en cas de nécessité, d'être produits à ma décharge.

« Oui, et c'est justement sa femme qui ce matin conduisait son petit Sébastien à l'école avec leur monospace... »

« Voilà ton cacao, mon mignon », a susurré Mme Winkel, dans une main la verseuse, dans l'autre la menotte pleine de confiance de mon petit dernier. Image attendrissante. J'ai compris d'un seul coup que Mme Winkel ne désirait rien plus ardemment que d'avoir un petit-fils. Et sans doute la belle-fille qui allait avec, pour le bon ordre des choses. Elle s'est gaiement mêlée à la conversation.

« C'est vrai, Enno, Mme Flessenkemper roule dans une belle monospace depuis qu'elle a le petit. (Puis, s'adressant à moi :) Avant, elle roulait en coupé sport, mais maintenant, c'est moins pratique...

— Nous nous occuperons tout à l'heure de cette affaire d'immobilier », a dit Enno en retombant dans ce ton officiel que je connaissais déjà quand il disait : « Beate, vous nous apporterez des verres, je vous prie », ou : « Je ne suis là pour personne. »

« Willi veut une tartine au fromage !

— Willi voudrait, s'il vous plaît ! » Je le reprenais, pour satisfaire aux bonnes manières.

Mme Winkel s'est précipitée. Willi a glissé au bas de son siège et l'a suivie en se dandinant.

« En voilà deux qui s'entendent ! a constaté Enno d'un ton satisfait.

— Enno, je... (J'ai reposé le toast dans l'assiette, je n'avais pas faim.) Je n'ai aucune peine à m'imaginer ce que vous pouvez penser de moi en ce moment...

— Si tu n'y vois pas d'inconvénient, on peut se tutoyer », a répondu Enno.

Je n'y voyais aucun inconvénient. Je le trouvais tout à fait charmant. Même quand j'étais à jeun. En fait, surtout à ce moment-là. Il avait le sens du concret. Je l'avais senti dès le début.

« Est-ce que tu pourrais m'avoir un rendez-vous pour visiter cette maison ? » En posant ma question, j'ai avalé ma salive. J'avais encore un mal fou à utiliser le tu. Mais vous-soyer à nouveau un homme qui m'avait enlacée la veille sur le tapis de mon séjour, ça me semblait difficile, avec toute la bonne volonté du monde. D'autant plus qu'au même moment, dans la cuisine, sa mère préparait une tartine de fromage à mon fils, en toute simplicité.

« Je vais téléphoner aussitôt après le petit déjeuner, a dit Enno en regardant l'heure. Il va être onze heures. Il devrait y avoir du monde à l'agence. La mère Flessenkemper y sera sûrement. »

Mme Flessenkemper allait être rudement surprise quand elle apprendrait que non seulement j'étais toutes affaires cessantes allée voir cette maison qui selon elle ne pouvait plus m'intéresser, mais qu'en outre j'avais chargé l'avocat qui représentait mes intérêts — c'est ce qu'on dit, ha ! ha ! — et habitait juste en face de régler cette affaire.

« Qu'est-ce qu'il est mignon, votre petit bonhomme ! » Mme Winkel revenait de la cuisine avec Willi, elle était complètement sous le charme.

« Le vôtre aussi ! », voilà ce que j'aurais aimé lui répondre, mais je n'étais pas certaine que ce genre de repartie soit adapté aux circonstances.

Enno avait quitté la table et s'était retiré dans son bureau pour régler cette affaire de maison. Il allait réapparaître dans cinq minutes, aucun doute, pour me remettre les clés de la propriété. La seule chose qui manquait encore à mon bonheur, c'était un petit roupillon. Quand Enno était là, je me sentais tout de suite tellement détendue... Je bâillais sans me cacher.

« Mais vous devez être épuisée, ma chère ! dit Mme Mère en dégageant doucement sa main de celle de Willi. J'ai une idée. Je vais vous préparer la chambre d'amis, il y en a pour deux secondes ! »

J'ai protesté : « Oh non ! », mais en même temps, en moi-même, tout criait : « Oh oui ! »

Mme Mère était exactement le genre de femme que j'ai l'intention de devenir quand j'aurai atteint la soixantaine. Elle avait deviné sans la moindre hésitation mon désir le plus fort du moment.

« Mais si ! Vous ne pouvez pas imaginer combien je vous comprends, disait-elle en récupérant les draps dans un cagibis. Enno a été petit lui aussi. C'est pas si loin. Et un enfant, ça peut être terriblement fatigant. Moi aussi, j'élevais mon gamin toute seule, et en plus, c'était juste après la guerre, mon Dieu, j'étais toujours fatiguée ! » Sa voix me parvenait comme assourdie, elle était sans doute noyée sous une pile de draps. « La seule chose que j'aurais voulu avoir, en ce temps-là, c'était un bon lit, bien chaud, bien douillet, et quelqu'un pour s'occuper d'Enno pendant que je dormais. À l'époque, j'avais encore ma mère, ah, vous savez, c'était le bon temps, malgré tout. Si on ne se serrait pas les coudes, entre femmes, le monde serait encore plus dur... » Elle est réapparue dans l'embrasure de la porte, et s'est emparée de la menotte de Willi. « On va très bien réussir à passer le temps, le petit et moi, pendant que vous dormirez. Et tantôt, vous irez chercher l'autre, vous l'amènerez ici, comme ça vous serez tranquille pour visiter cette maison ! Qu'est-ce que vous dites de ce programme ?

— Parfait ! » Je suis retombée sur ma chaise, épuisée par tant de chaleur et de compréhension. Au même moment, Enno revenait, après avoir donné ses coups de fil. « Il n'y avait que Mme Flessenkemper, mais elle a dit que nous pouvions visiter la maison cet après-midi, son mari viendra à coup sûr. »

J'ai grimacé un sourire.

« Elle a laissé entendre que d'autres acheteurs éventuels vont aussi visiter la maison cet après-midi. Dommage !

— Enno, tu ne peux pas laisser ces gens-là souffler la maison sous le nez de Franziska ! » (Mme Winkel était surexcitée.) « Ça serait tellement bien qu'elle devienne notre voisine ! »

Elle était merveilleuse. Si Enno ne prenait pas de dispositions pour l'en empêcher, elle était capable de prendre son balai pour mettre les autres acheteurs potentiels en fuite.

« Mais maman, laisse d'abord Franziska reprendre ses esprits ! Ne te passionne donc pas tout de suite comme ça ! Si nous montrons trop d'intérêt, Flessenkemper va monter les enchères ! »

J'ai avalé de travers. Je n'avais même pas encore réfléchi au prix que pouvait coûter cette maisonnette située à l'abri des grands axes de circulation et près de la ceinture verte de la cité.

« Ça peut aller chercher dans les combien ? » J'avais essayé de prendre un ton détaché, pendant que Willi nettoyait la croûte de sa tartine aussi soigneusement que si ça avait été un os de poulet.

« Ça se négocie », dit Enno, faisant le mystérieux.

Je me suis remise à bâiller. « Franziska va commencer par se reposer, a dit sa mère. Je lui ai préparé la chambre d'amis. »

J'ai rougi : « Ta mère a pensé que je pourrais...

— Pas question, le lit est trop étroit, et la pièce froide. Pas question, Franziska est ma meilleure cliente ! »

Je m'apprêtais à l'assurer de mon immense gratitude : pouvoir m'allonger, n'importe où, me permettrait de mettre de l'ordre dans mes pensées, mais maman Winkel disait déjà : « Enno, tu as tout à fait raison. Va chercher les draps, mets-les sur mon lit. Il suffit que tu abaisses le pied, je suppose que Franziska ne dort pas avec les jambes surélevées. »

J'étais horriblement gênée. À force, une telle hospitalité semblait suspecte. Je me voyais déjà, l'instant d'après, enfouie dans la liseuse rose de Mme Mère, sous ses couvertures chauffantes antirhumatismes, sa bouillotte aux pieds et peut-être même la tête en contrebas, ce qui, dans l'état dans lequel je me trouvais, n'était pas vraiment indiqué.

« Oh non, merci, je...

— Ma maman, elle va dormir dans ton lit », a dit Willi tranquillement en désignant Enno avec la croûte de sa tartine.

Enno, surpris et tout joyeux, nous a regardés, l'un après l'autre.

« Tu crois ?

— Ça, a dit Mme Winkel, c'est vraiment une bonne idée. Tu n'auras pas besoin de rabaisser le pied du lit. »

Je me suis dit que le lit d'Enno, c'était somme toute un moindre mal. Entre croupir dans la chambre d'amis sans chauffage sur une couche froide et humide et dormir la tête en bas sur le lit d'une septuagénaire, la solution intermédiaire, c'était : « Je m'offre un petit somme dans le lit de mon avocat pendant qu'il s'occupe pour moi de l'acquisition d'une maison et règle mon divorce. » J'étais vraiment complètement épuisée. Tout m'était égal. Je voulais seulement dormir.

« Si ça ne vous dérange pas...

— Pas le moins du monde ! »

Tout était dit. J'ai pris les draps et suivi Enno d'un pas lourd. Il s'est arrêté devant la porte de la chambre. « Tu vas te débrouiller ?

— Bien sûr. Je suppose qu'il n'y a pas cinquante lits, et si c'était le cas, je m'en choisirais un. »

Enno m'a prise par les épaules et m'a embrassée, ce qui n'était pas facile, parce que nous étions séparés par la couette.

« Tu es une sacrée bonne femme, a-t-il conclu.

— Tu en dis des choses. » Et sur ces mots, je me suis éclipsée, titubant de fatigue.

En laissant mon avocat devant la porte.

Le lit était exactement comme il faut. Large, confortable, pourvu de tous les raffinements requis. J'ai renoncé à programmer le radio-réveil et à utiliser la télécommande pour regarder la télé, sans accorder davantage d'attention à la bouteille de cognac posée sur la table de nuit en verre. J'ai repoussé hors de ma vue la tablette avec un jeu vidéo. En m'enroulant dans la couverture, j'espérais qu'il n'y aurait pas de bras métallique pour venir tapoter mon oreiller et par erreur le visage que j'y avais enfoui, et qu'une main électrique n'allait pas se glisser sous la couverture pour me masser les omoplates ou pire encore.

« Ça va comme tu veux, Franziska ? demandait Enno derrière la porte.

— Ça va. » J'avais émis un grognement de satisfaction. « Pendant ce temps-là, pour l'amour du ciel, achète la maison ! Tu m'entends ? Et n'oublie pas de demander toutes les dix minutes à Willi s'il a envie de faire pipi.

— D'accord, tout ça fait partie du service », a marmonné Enno en redescendant l'escalier d'un pas lourd.

Mais acheter la maison, ce n'était pas si simple. Impossible de dire si les Flessenkemper avaient par ruse engagé pour l'après-midi une série de figurants chargés de feindre justement ce jour-là un intérêt des plus vifs pour la maison, ou si elle était vraiment l'objet de tant de convoitises. Bien sûr, sa situation était quasi idéale entre la forêt municipale, le salon de coiffure Lauro et le Chicken Chic, mais en dehors de moi, quel autre client potentiel pouvait s'intéresser si ardemment aux poulets et aux petits fanions, aux mèches décolorées et à des rues réservées aux riverains ?

Quand notre tour a été venu de visiter la maison, mon enthousiasme est retombé d'un seul coup.

L'intérieur cossu était dominé par des teintes marron foncé. Partout où il avait été possible de monter un mur, on l'avait fait. Dès l'entrée, on se sentait comme étouffé. On tombait sur une paroi de verre foncé qui avait dû être édifiée entre l'entrée et la salle de séjour par un maniaque des murs et parois. La cuisine ressemblait aux toilettes pour invités, avec le même carrelage vert foncé. La seule communication entre la cuisine et le reste du monde était établie par un minuscule passe-plat, du genre « Tu la fermes et tu fais la bouffe », le comble de la misogynie.

Derrière la cloison vert foncé se trouvait une salle de séjour marron subdivisée en plusieurs niches et cellules, sans doute parce que voir en même temps le bureau ancien et un coin de jardin derrière la fenêtre — masquée pourtant par de lourds rideaux — était plus qu'on ne pouvait supporter. Pour qu'on ne risque pas d'être obligé, parce que quelques rayons obliques du soleil d'hiver auraient par erreur pénétré dans la pièce, de cligner des paupières, les fenêtres étaient agrémentées de vitraux multicolores, comme dans une église. Tous les voleurs et gangsters qui passaient leur temps à défiler dans le jardin ne pouvaient donc pas lorgner à l'intérieur et contempler en se frottant les mains le mobilier ancien ! Le coin repas — est-il bien nécessaire de préciser qu'il s'agissait d'un coin — était derrière une cloison, se trouvant ainsi dans l'obscurité presque complète, mais offrant à la vue le passe-plat, sans cependant livrer aux regards la maîtresse de maison qui végétait dans son cachot carrelé de vert foncé.

Un escalier de pierre obscur menait aux étages supérieurs. Trois chambres, toutes lambrissées de bois sombre. Derrière les lambris se cachaient les placards si pratiques et dont Mme Flessenkemper ne se lassait pas de vanter les avantages. J'imaginais le nombre d'édredons à moitiés moisis pour invités, de matelas pneumatiques hors d'usage, de pièces détachées de bicyclettes cassées qui pouvaient y trouver place, et j'avais peine à réfréner mon enthousiasme.

Au moins, les chambres d'enfants n'avaient pas de vitraux d'église, mais des vitres tout ce qu'il y avait de plus normal, et si l'on arrachait du plafond les rideaux passés qui, ici et là, servaient à subdiviser l'espace et à assombrir les pièces, deux âmes enfantines pourraient sans doute s'y développer sans trop d'entraves.

Quant à la salle de bains, elle était, oh surprise, carrelée de vert foncé, et subdivisée par autant de cloisons japonaises et de cabines de douche que possible, ce qui, compte tenu de la pente du toit, n'avait pas dû être vraiment facile à réaliser. Il reste à mentionner un débarras qui, tant il était exigu, ne pouvait pas, même avec la meilleure volonté du monde, être subdivisé. Il n'avait pas de fenêtre, ce qui sans doute explique aussi qu'on n'ait pas éprouvé la tentation d'y installer de cloison.

Profondément déçue, je décidais donc de plutôt continuer à habiter mon petit appartement, quand l'inlassable Mme Flessenkemper et son incessant babillage ont attiré mon attention sur l'appartement en entresol qui faisait bien entendu partie de la maison, et était donc évidemment inclus dans le prix.

Je n'avais certes qu'une envie très modérée de visiter une cave divisée et subdivisée, à coup sûr encombrée d'une foule de rideaux marron foncé et renfermant dans ses cagibis cloisonnés de planches tout le bric-à-brac d'une famille manifestement fâchée avec la lumière. À ce moment-là, Enno a ajouté qu'à sa connaissance, c'était un couple d'étudiants qui l'avaient habité. J'ai repris espoir.

Dès l'escalier qui menait vers le sous-sol, on était agréablement surpris : moquette gris et rouge. Murs jaune et rouge éclatants. Ce n'est qu'après un examen très attentif qu'on identifiait, au milieu de la pièce, une tringle à rideaux suspendue au plafond à laquelle, en une époque antérieure, un lourd rideau avait certainement rempli son office de séparateur de l'espace. Les placards jadis marron foncé étaient recouverts d'une laque blanche et rouge et rivalisaient avec le reste de l'installation, rouge et blanche elle aussi. Quelques fauteuils de velours dans les mêmes tons entouraient une table basse en pin clair, le tapis était bleu, le canapé aussi, et un grand lit qui, placé en diagonale, ne divisait pas l'espace, était habillé de jaune vif, comme les autobus dans les histoires de Papou. C'était de loin la pièce la plus grande et la plus claire de la maison. Une merveille ! De nombreux petits spots lumineux disposés de manière discrète le long d'un rail qui traversait le plafond en diagonale diffusaient une lumière joyeuse. Mon humeur s'est éclairée comme un ciel d'avril après l'orage. Mme Flessenkemper m'a aussi fièrement montré une cuisinette rouge vif, une salle de bains carrelée de rouge et de blanc, et la salle de travail des étudiants, aménagée dans ce qui avait été un garage. Tant de place ! Je pourrais sous-louer, d'abord peut-être aux gens de maison (on peut rêver !) et ensuite, par exemple, à ma future belle-fille. Ici, on était accueilli par la gaieté d'un canapé bariolé, par de nombreuses gravures de couleurs vives et un bureau en pin clair avec armoire et étagères assorties. J'ai su à ce moment-là que cette maison, j'allais m'y installer, l'aimer et y être heureuse jusqu'à la fin de mes jours. Avec mes petits gars. Pour Blanche Neige et les deux nains, c'était idéal.

Avec de la patience et de l'imagination, on pouvait en faire quelque chose. Pas de problème.

J'ai regardé Enno.

« Combien ? »

Il n'a rien répondu. Il tapotait les murs, les canalisations et les radiateurs, hochant la tête d'un air dégoûté, ou soulevait le couvercle des toilettes, marmonnant : « Installation standard.

— Et après ? Si besoin est, on peut bien s'asseoir sur une lunette standard ! »

Enno a fait semblant de ne pas entendre cette remarque aigre-douce.

Je n'avais pas la moindre intention de le laisser me gâcher cette maison presque de rêve. J'ai proclamé d'une voix ferme que j'envisageais sérieusement de l'acheter.

Enno a objecté d'un air buté qu'il avait d'autres propositions.

« Mais pas situées de manière aussi idéale. » Je lui ai balancé ça en pleine figure. C'était à moi de décider, non ? « Je sais bien qu'il y a quelques détails à modifier, mais une telle situation, c'est de l'or ! »

Enno m'a décoché un regard chargé au minimum de mort-aux-rats, un regard à faire tomber raide n'importe qui. Mais pas moi.

« Je peux tout transformer, Enno, tout ! Sauf la situation ! »

Mme Flessenkemper lançait à son époux des regards ravis. C'est sans doute ainsi que les épouses araignées regardent le leur quand une mouche s'égare dans leur toile.

« Bon (j'insistais avec l'obstination qui m'est propre), alors, cette propriété, elle coûte combien ?

— Pour ton argent, tu peux prétendre à beaucoup mieux. » Enno faisait mine de partir.

« Il va falloir que je vous déçoive, je le crains, a dit Mme Flessenkemper sur un ton consterné. Les messieurs-dames de cet après-midi ont pris une option, et hier soir, il y a eu d'autres clients.

— Quoi, d'autres clients encore ? » Ma déception s'entendait.

Mme Flessenkemper a regardé sa montre.

« Je le déplore, mais nous allons devoir en rester là pour aujourd'hui. » Elle avait des trémolos dans la voix. « Chéri, tu feras parvenir un plan à maître Winkel ?

— Je ne sais pas s'il m'en reste. Tous les plans sont dans la nature.

— Je la prends, même sans plan ! » Ma voix avait l'accent du désespoir. « Pas besoin de plan, il ne s'agit pas de reconstruire cette maison, juste de faire quelques modifications. »

Enno Winkel me tirait par le bras.

« Ma mère est en face avec les deux enfants. » L'explication s'adressait aux deux Flessenkemper. « Il faut que nous allions voir si elle s'en sort. »

Je me suis laissé entraîner à contrecœur.

« Qu'est-ce qui te prend ? (Je hurlais.) Je la veux, cette maison, et je suis en parfaite possession de mes moyens intellectuels.

— On ne dirait pas ! » Enno était furieux.

« C'est moi qui achète cette maison, oui ou non ? (Je m'énervais de plus en plus.) Ou bien je n'ai pas assez de fric ? »

Enno s'est aussitôt arrêté, et m'a prise par le bras.

« Tu es la créature la plus naïve que j'aie jamais rencontrée », a-t-il dit. Il y avait dans sa voix des accents qui n'avaient plus rien à voir avec la colère.

Il s'est mis à me coller de gros baisers humides sur la bouche.

J'étais impressionnée par ses paroles, mais surtout par son brusque changement d'attitude devant mon comportement manifestement aberrant selon les critères en vigueur dans le monde des affaires.

Eh oui, me suis-je dit en savourant son baiser, les hommes sont comme ça. Ce qu'ils aiment chez une femme, c'est toujours et encore la bêtise, la naïveté, l'ignorance. À ce moment-là, ils sont sûrs d'être les plus forts.

« Je pense que nous devrions aller voir en face, ai-je dit en m'essuyant la bouche du dos de la main. Parce qu'on ne sait jamais, ta mère ne s'en sort peut-être pas avec les enfants. »

Mais Mme Mère s'en sortait parfaitement. Bien mieux que je n'aurais été capable de le faire sans jouets, sans la *Rue Sésame* à la télé, sans Smarties et sans cassettes de Papou.

Les petits étaient d'humeur radieuse ! Ils me regardaient, rayonnants, leurs bonnes joues toutes rouges. Ils n'avaient ni l'un ni l'autre fait dans leur culotte, pris un domino en pleine figure ou mis leur pull à l'envers. Comme il n'y avait pas de jouets chez elle, la mère d'Enno avait fait preuve de créativité : elle leur avait fabriqué une foule de petits bateaux en papier qui flottaient dans la baignoire. Pour mon grand, elle avait bricolé un arc et des flèches, au petit elle avait donné des ciseaux à bout rond pour qu'il découpe du papier. Ils étaient allés tous les trois à la mare aux canards, les bateaux y avaient sombré, bien sûr, mais ça leur avait permis d'entrer en conversation avec tous les canards du quartier. Après avoir distribué aux habitants de l'étang un pain entier, que les volatiles s'étaient partagé selon l'adage « Canards de tous les pays, unissez-vous ! », et lancé dans l'eau toutes les pierres et tous les bâtons de la forêt municipale, ils étaient rentrés, heureux et de joyeuse humeur, à la maison Winkel.

Une petite maison si bien située !

La mare aux canards à deux pas !

Comment la mère d'Enno avait-elle réussi pendant si longtemps à maintenir la concorde entre Franz et Willi ?

C'était pour moi une énigme. J'ai dû faire beaucoup d'efforts pour ne pas lui demander sur-le-champ si elle voulait devenir ma belle-mère. La seule chose qui m'en a empêchée, c'était la conséquence qui en découlait directement : pour cela, il fallait nécessairement que j'épouse Enno.

Mme Mère avait elle aussi pris le plus grand plaisir à cette expédition, ça sautait aux yeux.

« Bon, alors à partir d'aujourd'hui, nous allons nous voir souvent », a-t-elle lancé alors que nous étions déjà dans la voiture. Enno venait de mettre le contact.

« J'ai peur que cela soit difficile. » Mon ton cherchait à inspirer la pitié. « Enno ne veut pas acheter cette maison !

— Enno ! » Mme Winkel frappait à la vitre de l'auto. « Et pourquoi ne veux-tu pas acheter cette maison à Franziska ? » Elle faisait demi-tour, fermement décidée à aller dire leur fait aux Flessenkemper.

Enno lui a crié d'arrêter, montrant pour la mettre en garde la porte de la maison, grande ouverte, où l'on voyait Flessenkemper & Co en train de sonner le départ.

« Cette maison, c'est exactement ce qu'il faut à Franziska et aux enfants ! (Mme Mère hurlait.) Tu n'as pas vu que le jardin d'enfants est tout à côté ? »

Enno est sorti de la voiture, il écumait de rage. « Maman ! Vous êtes bien les mêmes, Franziska et toi ! Ah, les bonnes femmes ! Pas le moindre sens du poker !

— Il faut que tu achètes cette maison à ma maman ! » a crié Franz avant qu'Enno ne l'empoigne et ne le balance sur le siège arrière.

« Et pourquoi jouer au poker ? (Mme Mère parlait sur un ton péremptoire.) J'ai tout de même le droit de dire ce que je pense !

— Absolument ! » Je me suis campée à côté d'elle en signe de solidarité. Je n'étais plus seule, j'avais une alliée.

Willi s'est mis à brailler : « Je veux acheter la maison ! », et les Flessenkemper nous ont lancé un regard en coin plein de joie maligne. Ils ont refermé la porte en se frottant les mains.

J'ai installé un Willi hurlant à côté de son frère qui hurlait lui aussi. Et j'ai sifflé entre mes dents : « Cette maison, nous allons l'acheter, je vous le promets ! » J'ai adressé un sourire mielleux à l'assistance : « Grand merci pour cette charmante journée ! Au revoir, madame Winkel, j'espère que nous nous reverrons tout de même bientôt. » Et, malgré la timidité qui me caractérise, je l'ai serrée fort dans mes bras.

« Appelez-moi Alma », a-t-elle dit.

Quelle femme super ! Je ne souhaitais rien plus ardemment que de devenir sa voisine, son amie. Mais pas nécessairement sa belle-fille. Ça, il y aurait peut-être moyen d'y échapper.

Nous nous sommes fait des grands signes. Enno a démarré.

« Si tu t'imagines qu'une vulgaire lunette de chiottes ou quelques tuyaux percés vont m'empêcher d'acheter cette maison, tu te goures ! » En quittant cette accueillante rue Mendelssohn, je cherchais ouvertement la bagarre.

« Elle est dans un état de complet délabrement. » Le ton d'Enno était sans appel.

« Tu n'as jamais entendu le mot de rénovation ?

— Tu peux la fiche complètement par terre et en reconstruire une neuve, a rétorqué Enno, péremptoire.

— C'est malin.

— Et as-tu idée de ce que ces margoulins en veulent ?

— Pas du tout. (J'aboyais.) Tu ne me le dis même pas ! C'est dingue, dans un état démocratique comme le nôtre, les femmes sont encore complètement maintenues sous tutelle ! »

Je me représentais la scène : coincée sur le siège arrière avec la mère d'Enno, Mme Flessenkemper et une douzaine d'autres nanas flanquées de leurs mômes, je lorgnais d'un air craintif autour de moi, cachée par un foulard, tandis qu'Enno, et Chéri Flessenkemper, et Will Gros et Hartwin Geiger s'occupaient de nous acheter, à nous les filles, une quantité de maisons pour les brader ensuite. Je ne mange pas de ce pain-là, mon ami ! Pas question ! Tout ça parce que hier au soir, je me suis roulée avec toi sur une peau d'ours et que nous avons embrassé ensemble le miroir de la salle de bains ! Mais ça ne te donne pas pour autant le droit de me traiter comme une gamine débile, comme une mineure ! Ah, vous, les mecs, faut toujours que vous mélangiez tout !

Enno hochait la tête en signe d'apaisement.

« Bien sûr qu'on va la prendre, cette baraque. » Et il me souriait d'un air plein d'affection. « Mais nous allons l'acheter directement au propriétaire. »

Nous, tiens donc. Est-ce que c'était mon avocat qui parlait, ou celui qui prétendait à l'avenir régenter mon bonheur ?

« Et de qui s'agit-il, si je puis me permettre cette question ?

— En tout cas pas de Flessenkemper, ce tordu. Il va sûrement augmenter le prix de sept pour cent, maintenant qu'il a vu comme tu t'emballes. »

Je me suis enfoncée dans mon siège. Enno avait raison, y'avait pas à discuter. Pourquoi n'étais-je jamais capable de contenir mes enthousiasmes ? Pourquoi fallait-il toujours que je dévoile toutes mes batteries ? Pourquoi est-ce que je n'avais pas cent sous d'esprit de calcul ? Je me posais et me reposais ces questions, faisant mon autocritique. Si j'étais franche avec moi-même, force m'était de reconnaître que tous les échecs de mon existence, je me les étais attirés par ma capacité à me passionner si fort et si vite. Les gens raisonnables, comme Enno par exemple, prenaient les choses de façon objective, réfléchie. Le résultat était indiscutable : un cabinet d'avocat florissant, neuf cents divorces harmonieux, sans avoir été marié une seule fois. Enno ne se laissait jamais prendre au piège, lui, jamais !

« Alors ? (Mon ton était humble.) Qu'est-ce que tu penses faire ?

— Puisque tu veux me décharger de tes intérêts... » Enno parlait en savourant les mots. Il avait le poisson au bout de sa ligne, mais il le laissait se débattre sans espoir, étouffer, écumer. Le cruel.

« OK, j'ai dit. Continue à les défendre, mes fichus intérêts. Comment allons-nous dégotter le propriétaire ?

— Il réside à Saint-Baudoin. Ma mère lui a déjà rendu visite. »

Je lui ai lancé un regard en coin. « Il est entré au couvent ? » Cette tendance indiscutable à l'enfermement, à l'obscurité, l'hypothèse n'avait rien d'aberrant.

« Non, mon lapin. Maison de retraite. »

Donc, depuis le début, Enno savait comment contacter le vieux. Et il avait gardé le secret.

« C'est seulement maintenant que tu le dis ?

— Parce que tu aurais voulu que je m'en vante devant le type de l'agence ?

— Non ! » Je m'avouais battue.

Cet Enno, quelle astuce !

« Mais Mme Flessenkemper ne va pas être contente ! » Mon objection venait timidement. Je craignais qu'à partir de ce moment-là, son Sébastien ne veuille plus jouer avec mon petit Franz, et même lui lance des cubes à la figure.

« Oh, dans l'immobilier, on a l'habitude de ce genre de mésaventures ! a répondu Enno. Bon, alors dès demain, je passe à la maison de retraite. » Il semblait absolument décidé. Plus aucune trace de mauvaise humeur.

« Je peux venir ? » Ma question avait fusé. Une fois de plus, cette excitation soudaine qui était presque toujours synonyme de catastrophe ! Je me dépeignais la scène sous des couleurs idylliques : blottie contre le chétif grand-père, je lui extorquais, usant de mon charme irrésistible, sa maisonnette pour une bouchée de pain. Après, les larmes aux yeux, il me ferait de grands signes d'adieu, et le soir, au dîner, il raconterait à ses compagnons d'infortune qu'une adorable créature allait désormais s'ébattre au milieu de ses rideaux et portières.

« Non. » La réponse d'Enno était tombée, sévère. « C'est un rendez-vous d'affaires, pas autre chose. Ça se traite entre quatre-z-yeux. »

Je l'ai regardé en biais. Était-il au nombre de ces avocats retors qui se mettent sept pour cent du prix de vente directement dans la poche ? Et ensuite, il se taperait sur les cuisses dans la piscine à remous avec son copain de sauna Hartwin Geiger en éclaboussant tout autour de lui, et se gausserait de la stupide nana que j'étais.

« Pas d'histoires tordues, hein ? » Je lui lançais le même regard que ces types basanés en veste grasse et chapeau mou crasseux qui s'apprêtent à tapoter du bout de leur flingue la tête de leur adversaire avant de le planter là, pétrifié, entre des bagnoles bonnes pour la casse et des tonneaux fêlés.

Enno a lancé un coup d'œil dans le rétro. « Les enfants dorment ? » Donc pas de témoins. De plus en plus suspect.

« Ben oui, ils dorment. Tu crois que sinon, nous aurions réussi à mener une conversation un peu suivie ?

— Affaire d'éducation.

— Des blagues. T'as peut-être de l'idée en matière d'affaires ou de divorces, mais pour l'éducation des enfants, tu repasseras.

— C'est exact, a répondu Enno. Jusqu'à présent, ça ne me disait rien. »

Je l'ai regardé par en dessous. Jusqu'à présent ?

« Bon, alors maintenant, il nous faut lancer au plus vite ton divorce », a dit Enno. Quel pouvait être, au stade où en étaient parvenus les événements, les raisons qui le poussaient à s'intéresser à mon divorce ? Des raisons d'ordre professionnel ? D'ordre privé ? Ou même les deux à la fois ?

« Dis, Enno... » J'avais saisi une idée au passage.

« Oui, mademoiselle Herr ? » Enno souriait avec gourmandise. C'était donc vrai : il me considérait comme une petite femme charmante, désemparée, qui cherchait le rempart d'une poitrine virile.

« Je voudrais (je m'efforçais de parler sans passion) poser une question au défenseur de mes intérêts.

— Oui ? » Enno avait mis son bras autour de mes épaules en un geste protecteur. Ce qui rendait toute concentration impossible.

« Je voudrais savoir si tu as déjà informé mon époux de ce que, malgré ma demande de divorce, j'ai l'intention d'acheter une maison ?

— Mais ça ne le regarde absolument pas. » Enno grommelait.

« Il me semble que si.

— Il t'a bien informée clairement par communication téléphonique de son désir de voir ses enfants grandir dans un quartier plus propice à leur épanouissement ? Alors ! Tu as suivi sans retard ses instructions ! Le fait que tu aies au même moment décidé de divorcer ne change rien à l'affaire.

— Ah ben, non, au fond, rien.

— Alors tu vois », a souligné Enno en garant sa voiture devant la maison où j'étais locataire.

Nous avons hissé ensemble nos deux paquets endormis et les avons déposés sur leurs lits.

« Sont mignons... » Enno était tout essoufflé.

« Je suis d'accord. Surtout quand ils dorment. » J'espérais qu'il n'envisageait pas maintenant, pour fêter la journée, de coucher avec moi, sans autre forme de procès. Je n'en avais absolument aucune envie.

« Ma mère a toujours rêvé d'avoir des petits-enfants. » Enno avait passé son bras autour de mes épaules et me serrait fort contre lui.

« Oui, ça se voit. » J'ai eu un petit rire.

« Mais jusqu'à présent, j'ai toujours eu la flemme de me marier.

— Je trouve que c'est une façon super d'envisager les choses. » Je m'étais dégagée.

« Pas la peine de se précipiter dans le mariage quand on est bien avec quelqu'un. » Il me serrait à nouveau contre lui.

« Enno, j'ai besoin d'être un peu seule. » Et je l'ai vivement repoussé.

« C'est une bonne idée, il faut que tu recouvres tes esprits. La journée a été longue. »

Dans l'escalier, il s'est retourné.

« Attaque ton récit. Il me faut des pièces, d'urgence !

— D'accord, je m'y mets.

— Je pourrais te prêter mon dictaphone. Pourquoi est-ce que je n'y ai pas pensé plus tôt ?

— Non merci. Je préfère écrire.

— Je ne te comprends pas. Je serais bien trop paresseux.

— Et moi, je serais bien trop paresseuse pour utiliser tous ces appareils. » J'étais à peine capable d'appuyer ma tête contre la porte mi-close.

« Mais pourtant, c'est tout simple ! » Du bout du pied, Enno avait rouvert la porte. « Si tu veux, je te prêterai le mode d'emploi. » On sentait qu'il commençait à prendre feu et flamme.

« Non, merci beaucoup. Je veux écrire, un point, c'est tout. »

Ma voix résonnait à travers la cage d'escalier. J'écoutai l'écho de ma dernière phrase.

En fait, c'était ça que je voulais.

Écrire, et rien d'autre !

« Est-ce qu'au moins tu as un ordinateur ? » En criant ça, Enno avait à nouveau réussi à mettre le pied dans mon entrée. « Je vais t'en apporter un. Dès demain matin.

— OK. Mais à une condition.

— Laquelle ?

— Tu achètes la maison. »

Il a eu un sourire un peu forcé.

Je me suis mise sur la pointe des pieds et lui ai collé un baiser sonore au beau milieu de la figure.

Cette nuit-là, j'ai écrit pendant six heures d'horloge. J'ai raconté ma vie avec Will Gros.

J'écrivais pour Mme Mère. Elle me lirait, elle, je le savais.

« Tu ne pourrais pas emmener les enfants quand tu vas te promener dans la forêt ? J'ai mille choses à faire ! »

Demander « une fois de plus » à Will Gros de perdre son temps à s'occuper des bébés, c'était vraiment dépasser les bornes. Il a rectifié d'un ton excédé :

« Je ne vais pas me promener, je fais mon jogging.

— Eh bien emmène-les faire du jogging. Si ça t'arrange, cours en poussant la voiture d'enfants, ou pose-les à côté du court de tennis, si tu ne peux pas t'empêcher de t'adonner à ce genre de loisirs ! J'aimerais bien, moi aussi, aller au bowling, mais je n'en ai pas le temps ! »

Et j'ai ajouté timidement qu'il me semblait que j'avais le droit de chercher à retrouver ma forme, physique et morale, et que les enfants étaient les miens, mais aussi les siens.

Alors là, Willi Gros s'est mis en colère.

« Tu perds beaucoup trop de temps avec ces bouquins féministes. Du temps, tu en as encore trop, sinon tu ne les lirais pas. Mais si tu me casses les pieds avec tes idioties d'émancipation de la femme, je me barre. Et c'est fini entre nous. »

C'était une de ses formules favorites.

« C'est fini entre nous », il m'envoyait ça à la figure quand je me rebiffais, quand je tentais de revendiquer l'égalité des sexes, ce qu'il trouvait ringard et tout à fait inacceptable. Quand par exemple, à l'occasion, il m'arrivait d'évoquer l'éventualité qu'il puisse à son tour vider le lave-vaisselle, descendre la poubelle pleine de couches sales ou même beurrer une tartine qui ne soit pas destinée uniquement à sa propre consommation... « Si tu me parles sur ce ton, c'est fini entre nous. »

Ça s'expliquait : Will Gros avait fui un foyer petit-bourgeois de Westphalie où, petit garçon, il subissait l'emprise d'une mère autoritaire et d'un père prof qui savait toujours tout mieux que les autres. Il lui avait fallu de longues années pour s'en remettre à force de réflexion, d'analyse, de thérapie. Alors, il n'allait pas tolérer que la première épouse venue l'empoisonne pour qu'il se comporte comme une mauviette. Il n'allait tout de même pas se mettre à faire « à dada » avec ses mioches ou à empiler des cubes, sous le prétexte que leur mère voulait courir à droite et à gauche !

C'est comme ça que j'avais pris l'habitude de me passer de Will Gros en tant que père de mes enfants.

Aller n'importe où avec les deux petits, ça ne me dérangeait pas. Pourvu que je puisse bouger ! La seule chose dont j'étais incapable, c'était de rester plus d'une heure d'affilée avec eux dans l'appartement. Par tous les temps, nous nous mettions en route, je poussais l'un dans la voiture d'enfant, traînant l'autre derrière moi. Je faisais des kilomètres à travers les rues, et parfois, j'allais même jusqu'à la forêt municipale. Là, je me sentais heureuse, gaie comme un pinson.

J'ai participé à toutes sortes de séances « mères et enfants », des groupes de nourrissons, de jeux, de gymnastique, j'ai rencontré une foule de jeunes mamans épanouies dont il m'a fallu constater qu'elles s'accommodaient de leur rôle de « femme au foyer et rien d'autre ». Je ne suis jamais parvenue à savoir dans quelle mesure leurs maris prenaient part à la vie familiale et domestique. Loin de moi l'idée de faire allusion à mes problèmes conjugaux, c'était un sujet qui de toute façon n'était pas abordé dans ce genre de réunions.

En même temps, je trouvais inutile de lancer à la figure de mon époux des assiettes ou des tasses.

Ou de lui faire tournoyer aux oreilles mes chaussons de gym.

J'ai horreur des scènes de ménage.

Je n'ai aucun talent dramatique, tout simplement.

Mais je n'en pense pas moins.

Et j'agis à mon heure.

Le lendemain, Enno me rappelait.

Il avait acheté la maison.

« Oh Enno, tu es le plus grand, le plus adorable, le plus prévenant et le plus charmant avocat du monde ! Merci, merci, merci !

— Je t'en prie. Y'a pas de quoi ! »

Il voulait savoir à quelle heure passer nous prendre, le soir de Noël.

« Pourquoi le soir de Noël ? On déménage déjà ? Je pensais que nous allions d'abord faire quelques travaux ?

— On n'ira pas chez toi, vous êtes invités chez nous !

— Mais pourquoi ?

— Ma mère a décoré un sapin, elle va faire une dinde !

— Comme je suis contente pour toi, Enno ! Joyeux Noël !

— Est-ce que cela veut dire que vous n'allez pas venir ?

— Imagine : moi aussi, j'ai décoré un sapin ! Et la dinde, de toute façon, c'est mauvais pour le foie. Nous allons manger des saucisses en boîte.

— Maman va être toute triste ! Et personne ne se demande ce que je pense, moi ! »

D'un seul coup, je me suis sentie comme à l'étroit.

Il aurait fallu que j'aie des remords, parce que je ne voulais pas passer Noël avec mon avocat et sa mère au pied du sapin à regarder des photos d'Enno petit ?

Alors que je commençais tout juste à apprécier ma solitude.

Avant, j'étais seule sans l'avoir voulu.

Maintenant, je voulais être seule.

Et personne n'allait m'en empêcher, même sous prétexte que c'était Noël.

Être seule avec les enfants. Fêter Noël. Ça allait bien ensemble.

Surtout pas de manœuvres de diversion maintenant.

J'étais d'humeur à prendre congé.

À prendre congé de toute une époque de ma vie.

J'avais tant de choses à rattraper.

Enno voyait les choses autrement, bien sûr. Il était dans son nid, depuis quarante-cinq ans.

Non, merci, pour l'instant, pas la peine de venir m'installer l'ordinateur. Dans la vieille maison, ça ne vaut plus le coup.

La vie nouvelle qui commençait était à moi, à mes enfants.

Nous avons entrepris d'interminables promenades à travers la forêt municipale, dans un air gris, humide, aux senteurs merveilleuses.

Quand nous étions à la maison, les enfants montaient tout de suite voir Else et King Kong Schmitz, nos voisins. King Kong, c'était le petit clebs toujours en train d'aboyer qui faisait partie d'Else comme ses mots croisés, ses cigarettes et sa toux de fumeuse.

Je trouvais ça bien. Les enfants aussi allaient devoir faire leurs adieux. Plus tard, peut-être qu'ils ne se souviendraient plus de King Kong, d'Else et de sa toux.

Assise à ma table de cuisine, j'écrivais. L'atmosphère était très particulière, très recueillie, je n'aurais pour rien au monde voulu m'en priver. C'était un cadeau que je me faisais à moi-même.

Enno et Mme Mère m'avaient offert un cadeau de Noël encore plus sympa : une remorque à bicyclette.

Mme Mère l'utilisait souvent, autrefois, quand elle allait au marché à vélo.

Mais ensuite, la remorque a longtemps traîné dans le garage des Winkel, inutile et solitaire, en attente d'une nouvelle destination.

Oh Mme Mère, oh Enno !

C'était le plus merveilleux des cadeaux de Noël, si l'on excepte la maison de Blanche Neige !

Aussitôt, l'envie de bouger m'avait reprise ! Je retrouvais ma liberté de mouvement. Les deux gamins bien emmitouflés, installés avec des bouillottes dans la remorque que je tirais derrière moi, et en route pour l'étang. Les enfants s'amusaient avec des bâtons, des morceaux de glace, et moi, je faisais les cent pas, infatigable, ou bien, assise sur mon banc préféré, avec la bouillotte et la couverture de laine, je me racontais mon histoire dans ma tête.

Les arbres dénudés formaient une étrange toiture au-dessus de nos têtes et, une fois de plus, je me disais qu'un hiver en noir et blanc, c'est magnifique, quand on a chaud au cœur.

Le matin de la Saint-Sylvestre, Franz venait de monter avec King Kong Schmitz chez Else pour jeter des pétards depuis son balcon, quand Enno a téléphoné.

« Allô. Tu fais quoi ?

— Je téléphone. »

C'est de Willi que je tenais cette réponse géniale.

« Oui, mais à part ça ?

— Je suis en train d'essayer de convaincre Willi d'aller sur son pot. »

Willi était tellement perturbé par ce que je lui demandais qu'il n'était même pas capable de dire bonne année.

À l'autre bout de la ligne, mon avocat se raclait la gorge.

« Et ce soir ?

— Je me régalerai de l'insoutenable légèreté de la solitude.

— Encore ?

— Toujours !

— Je ne peux même pas passer ce soir ?

— Non. » Je n'avais pas la moindre envie de me laisser aller encore une fois cette année. Surtout pas sur une peau d'ours crade. Ni avec lui, ni avec quiconque.

Je voulais être seule, avec mes petits. Seule quoi qu'il en coûte. Seule pour contempler le no man's land de mon existence. Voilà. Toute seule.

« Tu attends quelqu'un d'autre ? » La voix d'Enno n'annonçait rien de bon.

C'était évident, des filles comme moi faisaient toujours venir chez elles des représentants de commerce ou quelques rencontres de hasard, surtout le soir de la Saint-Sylvestre.

« Non, mon cher maître. Je vous le jure !

— Tu as rassemblé les documents que je t'ai demandés ? » Enno avait pris son ton professionnel.

« Oui, mon cher maître. Le récit de mon mariage se développe et prospère. Et je vais chercher les paperasses des impôts qui manquent encore. Mais si vous permettez... Mon fils est en train de quitter son poste de travail sans autorisation ! »

Une fois de plus, Willi, culotte baissée, son petit zizi ballottant gaiement, venait droit sur moi. Pas facile de juger d'un coup d'œil à quoi pouvait ressembler sa face arrière. J'ai balancé le combiné sur l'appareil et me suis précipitée d'un saut de carpe sur le tapis avant que Willi n'aie eu le temps de s'y asseoir. Il avait encore les fesses propres.

« S'il te plaît, Willi, va sur ton pot.

— Non.

— Et pourquoi non ?

— Parce que je ne veux pas.

— S'il te plaît, Willi, un peu de bonne volonté ! Pousse ! »

Willi s'est assis, et il s'est mis à pousser à en trembler de tous ses membres. Résultat : un petit pet.

« Voilà, tu peux le jeter aux cabinets. » Il était content de lui.

J'ai ri à ne plus tenir sur mes jambes. Et nous nous sommes roulés sur le tapis ensemble, Willi, zizi à l'air, et moi. Quand nous avons eu assez ri, je me suis demandé comment la génération de mères qui m'avait précédée aurait résolu ce grave problème.

a. Prendre l'enfant rétif, fesser le postérieur dénudé et par conséquent facile à atteindre et maintenir le petit hurlant sa rage sur le pot de chambre jusqu'à obtention du résultat désiré.

b. Éviter toute discussion avec l'enfant, même s'il possède un vocabulaire étonnant pour son âge. Exprimer sa demande sur un ton amical mais ferme et qui interdise toute protestation. Le contraindre le cas échéant, avec l'insistance nécessaire, à faire ses besoins dans son pot.

c. Laisser le petit merdeux irresponsable pourrir dans sa propre fiente jusqu'à ce qu'il ressente par lui-même un besoin naturel de propreté. Remarque : cette dernière méthode ne convient pas pour des enfants d'âge scolaire.

Tout cela me semblait dépassé. De nos jours, les conseillers en éducation procéderaient différemment.

J'ai poussé un profond soupir.

« Écoute, Willi, je veux que tu fasses dans ton pot pour la dernière fois de l'année.

— D'accord, a répondu Willi, qui n'avait aucune idée du temps qui séparait l'année de sa fin.

— Tu sais ce que tu dois faire dedans ? »

Pas de questions, pas de discussion, des ordres !

« Pas un petit pet qui s'envole, mais un caca.

— Bien. Et ce caca, où ne dois-tu pas le faire ?

— Dans ma culotte.

— Parfait. Parce que là, il y reste. »

Le petit Willi a fait oui de la tête. Je l'aurais bouffé.

« Mais alors, qu'est-ce qui t'empêche de faire caca dans ton pot ?

— Je m'ennuie.

— Tu veux un livre ? »

Ne pas poser de questions. Pas de discussion. Des ordres ! Oui, il faut donner à l'enfant un livre pendant qu'il pousse, un livre d'images, et à l'avenir, ce sera toujours le même. C'est ce qu'on appelle un réflexe de Pavlov, ou quelque chose d'analogue. Dès que l'enfant voit

Benjamin Fleurette, il éprouve le besoin de déféquer. Ça serait bien.

« Non, je veux la télé. »

J'ai allumé la télé. Comme c'était le matin, un homme politique gesticulait, penché sur son pupitre d'orateur, et parlait du bilan impressionnant de la politique économique qu'il avait menée.

Même image sur la deuxième chaîne, sur la troisième c'était la mire. Sur les quatrième, cinquième et sixième, on jouait bien sagement du Mozart. Sur la septième, un dragon de dessins animés était en train de taper avec une épée sur un horrible monstre. Ça ne convenait pas du tout pour un si petit. C'est le genre d'émissions que les enfants de sept ans regardent en faisant leurs devoirs, pas les bébés de deux ans quand ils sont sur le pot. Vite, autre chose, autre chose. Sinon, gare à l'occlusion intestinale.

Sur la huitième, une caméra branlante suivait une octogénaire incapable de se débrouiller toute seule, et le commentateur soulignait d'une voix de circonstance que l'on manquait de personnel soignant et qu'il y avait là un débouché intéressant. Je ne pensais pas que cela intéresse Willi outre mesure.

Sur la neuvième, un mannequin de magazine, une fille bouclée comme si elle sortait du salon Lauro, implorait d'une voix mal synchronisée son oncle à héritage qui se tenait au bord d'une piscine, un verre de whisky à la main.

J'ai rapidement réfléchi, me demandant si l'action serait accessible à mon fils Willi et favoriserait ce qu'il avait à faire. J'ai continué à zapper.

Sur la dixième, une famille de couleur était assemblée en toute simplicité dans le cadre d'une salle de séjour américaine. Tout ce qu'ils disaient, drôle ou pas, était ponctué par des éclats de rire venus du fond de la scène. Willi a ri aux éclats, et pourtant il ne comprenait pas davantage que moi les subtilités creuses de l'industrie des loisirs américaine.

J'ai jeté un œil sur le fond du pot, toujours désespérément vide, et j'ai éteint la télé.

« J'ai une idée. Je vais t'apporter les chansons pour être de bonne humeur.

— D'accord, a répondu Willi, et aussi Papou.

— Bien sûr, et aussi Papou. »

Et en ce soir de la Saint-Sylvestre, l'indescriptible se produisit.

Willi-Sebastien Herr-Gros fit dans son pot.

Alors, si ce n'était pas un événement !

J'AI DONC PASSÉ LA SAINT-SYLVESTRE comme je l'avais souhaité : tranquille, toute seule. Les enfants dormaient, sans se soucier de tout le raffut alentour. Debout sur mon balcon, un verre à la main, j'admirais le feu d'artifice au-dessus de la grande ville, et j'écoutais les cloches carillonner. Je me disais que l'année suivante, je ferais la fête autrement. Peut-être avec Enno et Mme Mère. Dans une jolie villa. Avec de nouveaux amis. Le champagne coulerait à flots, il y aurait du bruit. Peut-être. C'était à des années-lumière.

Mais cette fois-ci, c'était ma Saint-Sylvestre à moi toute seule.

Mes adieux à mon ancienne vie.

Quand le téléphone a sonné, juste après minuit, je n'ai pas décroché. En théorie, ça aurait dû être Will Gros. Mais il ne se serait pas donné la peine de calculer le décalage horaire. C'était sûrement Enno, qui voulait me dérider avec une bouteille de champagne. Je n'avais pas besoin qu'on me déride. J'allais bien. Je voulais être seule avec moi-même, et avec mes deux chérubins endormis.

C'est drôle. Je m'étais tellement sentie seule, abandonnée, dépassée, au début de mon mariage avec Wilhelm. Je l'avais parfois maudit au fond de moi-même, me jurant de lui coller les enfants sur les bras dès qu'il rentrerait. J'avais si souvent regardé d'un air d'envie et de jalousie ces superpapas qui jouaient au bac à sable ou participaient aux séances de gymnastique enfants-parents, hissant joyeusement leurs gosses sur leurs épaules et cavalant avec. Désemparée, incrédule, j'avais vu des pères moucher leur progéniture, ou, plus impressionnant encore, s'engager avec leurs petits dans de longues conversations sérieuses. Puis mon besoin de voir reconnues mes vertus de ménagère et le désir de me faire plaindre avaient disparu. Il avait laissé place à une sorte de fierté.

Moi, une vraie lionne, avec mes deux petits, je me débrouille toute seule.

Je n'ai pas du tout besoin d'un homme.

En tout cas pas pour la vie quotidienne.

Pour le plaisir, c'est une autre affaire.

Mais pas aujourd'hui.

Un jour, à l'occasion.

Chaque homme en son temps.

Demain est une autre année.

Pour le jour de l'an, le soleil brillait dans un ciel d'un bleu couleur glacier. Fini la grisaille et le crachin. En installant les enfants dans la remorque, je me réjouissais à l'avance à l'idée d'une belle promenade. Je les avais assis face à face, pour l'équilibre. Et je pouvais traîner la remorque sans peine d'une seule main. C'était d'ailleurs bien moins fatigant qu'une voiture d'enfant ! Sans parler d'un chariot, qui ne saurait concurrencer une remorque de bicyclette, est loin d'être aussi aérodynamique et ne peut même pas se démonter. Ma remorque de bicyclette était absolument tout terrain, elle avait un rayon de braquage extraordinaire. Les enfants étaient tout près de moi, et nous bavardions en marchant. En plus, ils pouvaient aussi discuter ensemble. Bien emballés dans leurs couvertures, avec chacun sa bouillotte, ils se tenaient chaud mutuellement. En chemin, ils faisaient un petit somme, ou bien ils jouaient avec leurs autos miniatures. C'était la solution idéale pour satisfaire mon amour de la balade. À partir de ce moment-là, j'ai regardé d'un air de pitié les autres mères qui n'arrivaient pas à avancer, avec leurs petits, la poussette, le tricycle, tout leur barda. J'appelais ça « se promener sur place ». J'en avais les pieds gelés pour elles. Bien sûr, les enfants avaient besoin eux aussi de faire de l'exercice. Je les mettais par terre aux endroits qui offraient de l'intérêt sans présenter de danger. Je sortais la peau de mouton de la remorque, je l'étendais sur un banc ou sur un tronc d'arbre, et je m'installais. Si nécessaire, avec en plus la couverture de laine. Comme ça, nous faisions tous de l'exercice, et nous pouvions nous reposer. Personne n'avait froid. Mes enfants avaient les plus belles joues rouges de la ville. Est-ce que j'ai déjà mentionné le fait que j'ai toujours eu le plus grand mal à me supporter avec eux plus d'une heure d'affilée dans l'appartement ?

Mais revenons à ce matin de nouvel an froid et lumineux.

Je faisais le tour de l'étang avec la fameuse remorque. J'étais tout à fait dans mon élément. Marcher, marcher, encore marcher. À côté du golf miniature, dans la baraque près du lac, nous mangerions une saucisse en buvant un chocolat chaud.

L'année débutait merveilleusement.

La nature attaquait sur tous les fronts !

Ciel bleu, il gelait à pierre fendre, on respirait un air frais, neuf.

Pas de Wilhelm Gros à côté de moi pour trouver à redire à tout et me demander au bout d'une demi-heure maximum si je m'imaginais qu'il n'avait rien d'autre à faire que de se promener. Désormais, je n'avais plus de comptes à rendre à qui que ce soit. Les enfants me lorgnaient de sous leurs couvertures, l'air content, avec leurs joues rouges resplendissantes.

Le lac. Si beau, bleu, calme. La maison au bord du lac était encore endormie. Un panache de fumée sortait de sa cheminée, signe des premiers préparatifs pour le coup de feu de midi. Mais dans le soleil du matin, on aurait dit une maison en pain d'épices comme sur le marché de Noël. C'était un endroit que j'aimais comme aucun autre au monde.

« Maman, je veux descendre ! »

Nous nous sommes approchés prudemment du bord de l'étang recouvert d'une couche de glace. Nous nous amusions à en détacher des morceaux pour les lancer sur la surface gelée, où ils se brisaient avec un bruit argentin.

Franz m'a tendu un gros bâton qu'il avait ramassé dans le fourré. Personne pour nous déranger.

« Tiens, maman, cramponne-toi ! »

Ça devait être un drôle de spectacle, deux petits bonshommes emmitouflés qui retiennent leur maman pour qu'elle ne se retrouve pas dans l'étang en brisant la couche de glace. Je prenais tant de plaisir à ce que je faisais que c'est seulement en entendant une voix familière que je me suis arrêtée :

« Votre maman, elle en a pour un moment à casser toute la glace de l'étang ! »

Je me suis redressée, croyant me trouver nez à nez avec mon concierge ou mon dentiste, à qui j'aurais cordialement serré la main en leur souhaitant la bonne année.

Erreur. C'était un homme que je ne connaissais pas. Je ne connaissais pas davantage la femme ni les deux enfants qui l'accompagnaient. C'était une famille totalement inconnue, du genre à faire des galipettes sur les matelas aux séances de gym enfants-parents. Le père était un jeune type en jeans, il portait des bottes et avait une chevelure de barde. Il avait l'air sympa, sans qu'on puisse dire pourquoi. Mais comment donc connaissais-je sa voix ? Le petit garçon était coiffé comme son père, il avait aussi ses yeux marron. Et un magnifique petit nez en trompette qu'il fallait moucher d'urgence. J'ai tiré sans réfléchir un mouchoir de ma poche et le lui ai essuyé. Le père a ri.

La petite blonde, avec ses nattes qui dépassaient de son bonnet, avait peut-être cinq ans. Elle avait un gentil petit visage doux. Mais quelque chose d'étrange dans le regard. Peut-être la trisomie...

J'ai toussoté pour cacher ma gêne. D'ordinaire, je répondais plutôt du tac au tac. La femme en manteau de fourrure était jolie, cheveux noirs, silencieuse. Elle avait une queue de cheval nouée d'un ruban de velours. Elle avait d'ailleurs tout à fait l'allure d'un petit cheval pomponné, habillée comme une gravure de mode, avec un pantalon fuseau impeccable et des bottines vernies garnies de fourrure.

D'une certaine façon, elle n'allait pas vraiment avec cet homme joyeux et détendu au visage de petit garçon. À côté d'elle, dans mon anorak tout difforme avec des bricoles qui déformaient les poches, je me faisais l'effet d'une bourrique mise au rancart.

« Passez-moi le bout de bois, a dit le barde d'une voix de baryton, c'est un boulot d'homme ! » J'étais encore sous le coup de la surprise, tout à fait incapable de répondre. Je lui ai tendu le bâton. Il s'est mis au travail avec ardeur. La femme a reculé pour éviter que ses jolies bottines ne soient éclaboussées.

« Pas très chaud aujourd'hui ! » j'ai remarqué. Elle a hoché la tête d'un air approbateur en s'allumant une cigarette. Les enfants avaient pris leur papa par la manche et le regardaient faire. J'aurais volontiers poursuivi mon chemin, ou plutôt, j'aurais encore plus volontiers attrapé moi aussi l'homme par sa manche, mais personne ne me demandait mon avis. Franz et Willi, pas du tout intimidés, se tenaient tout près de ce fanatique briseur d'iceberg. Et Willi, lui aussi plein d'entrain, avait à son tour agrippé l'homme par un des pans de sa veste.

Le flot des promeneurs croissait. D'un seul coup, le monde entier semblait émerger de la nuit de la Saint-Sylvestre pour faire le tour de l'étang. Ça grouillait de monde, enfants, chiens, tricycles, luges et voitures d'enfants. Ma remorque à bicyclette resplendissait au soleil.

Ah, mes enfants, que c'était beau !

Et j'étais là, plantée à côté d'une femme inconnue, tenant par la main mon benjamin, qui tenait à son tour le mari de cette inconnue par le pan de son manteau, et le père de famille étranger était en train d'agrandir mon trou dans la glace avec mon bâton et de mettre dans la main de mon grand des morceaux de glace gros comme des pans de vitre.

Les quatre gosses et le père étaient ravis, mais pas la femme, ça sautait aux yeux.

Je me suis demandé si je devais tenter de dérider un peu son humeur couleur soupe à la grimace, en faisant remarquer par exemple que la nouvelle année commençait bien.

Mais j'ai pensé qu'il valait mieux que je prenne part au concours de lancer sur glace. Quand on ébranlait la couche qui le recouvrait, le lac gelé émettait des bruits mystérieux qui donnaient le frisson, on entendait des sifflements et des craquements, on en avait la chair de poule. Les arbres dénudés se détachaient comme des milliers d'ombres chinoises sur le ciel bleu pâle, et le soleil bas baignait cette scène de nouvel an de la lumière la plus romantique qui soit.

« Martin, tu as l'intention de prendre racine ? » a demandé la femme en écrasant sa cigarette dans la neige. Elle se balançait d'un pied sur l'autre dans ses mignonnes bottines fourrées, comme un fougueux petit cheval que l'on empêche d'avancer. « Je commence à avoir froid. »

Il s'appelait donc Martin. Pourquoi avais-je le sentiment persistant de le connaître ? J'ai en moi-même passé en revue tous les copains de l'Université, tous les cours, tous les ateliers... Non, je ne voyais pas.

Je me suis accroupie pour soulever un très gros bloc de glace. J'étais en train d'essayer de le passer à Franz quand Martin me l'a pris des mains. Son gant a touché le mien, c'était le début de l'érotisme...

« Fabuleux, a-t-il dit en me regardant d'un air ravi, comme si j'avais inventé tout ça, la nature joue de ces tours... »

Cette phrase, où est-ce que je l'avais entendue ?

La chanson de l'écureuil !

D'un seul coup, j'ai su qui j'avais en face de moi.

Ça ne pouvait être que lui ! Cette voix !

Voici les tours que joue la nature,
Et le hérisson, pourquoi donc
Je ne peux pas l'approcher
Même pas le caresser ?

Papou.

C'était Papou, l'homme de mes dimanches sans grasse matinée, celui qui prenait possession de mon lit dès six heures du matin, qui nous accompagnait toujours en voiture, Papou, qui s'asseyait tous les soirs avec nous sur le bord du lit !

« Martin ! Tu viens ! »

L'épouse était manifestement furax.

Je souriais d'un air béat.

Papou.

Il savait que j'avais deviné. Il me rendait mon sourire, avec sa merveilleuse fossette au menton. Et ces cheveux noirs de barde, tout resplendissants ! J'aurais tellement aimé les toucher !

« Martin ! » Cette fois-ci, le petit cheval en manteau de fourrure trépignait de rage.

« Ne vous laissez pas retarder.

— Mais si, a jeté Franz, il faut qu'il se laisse retarder.

— Vous ne nous retardez pas, a dit le barde. Nous avons l'année devant nous. »

Nous avons tous ri. Sauf la femme.

Nous avons continué pendant un bon bout de temps à casser des bouts de glace, à les jeter joyeusement sur la surface gelée, ça faisait du bruit, ça éclaboussait, ça tintait, étincelait...

Papou.

Marié, deux enfants, une fossette.

La femme s'était écartée, et faisait les cent pas sur le chemin, en claquant des dents. Elle avait sûrement déjà été secouer la porte de la maisonnette au bord du lac pour qu'on la laisse entrer, mais le troquet n'était pas encore ouvert. Bien sûr, elle ne comprenait pas nos jeux infantiles, elle devait les trouver stupides.

Nous commencions à avoir l'onglée, nous avons remis leurs gants aux enfants.

« Vous habitez dans le coin ? » a demandé Papou quand nous nous sommes retrouvés accroupis côte à côte, chacun en train d'enfiler un gant sur une menotte.

« Pas encore, bientôt. Mais nous aimons venir nous promener par ici, c'est le plus bel endroit de la ville.

— Oui, a-t-il répondu en me lançant de nouveau un regard d'un naturel à couper le souffle. C'est tout à fait ce que nous pensons. En été, on peut faire du bateau.

— Et jouer au minigolf, s'est écrié Franz.

— Enno, il nous a acheté une maison, là-bas, juste en face, a renchéri Willi.

— Ah bon ! Il est gentil, Enno. Et où il est donc, votre papa, ce matin ?

— Notre papa, il est dans les Caraïbes, il fait un film, et Enno, il est au lit chez Alma. »

J'en ai avalé ma salive. Il ne restait plus à Papou qu'à essayer d'y voir clair. Mère déracinée et abandonnée avec deux enfants en bas âge, qui brise la glace pour pouvoir préparer une soupe chaude. Le père des enfants est en fuite, ou au lit avec une autre femme.

Papou était en train d'enfiler un second gant sur une menotte.

Nous nous sommes relevés en même temps.

« Enno, c'est l'avocat de maman, et papa, c'est son mari, a ajouté Franz. Il est dans les Caraïbes, il fait un film. » Ses joues étaient presque aussi rouges que son bonnet. Mais pourquoi était-il obligé de se jeter au cou de cet étranger avec les intrigues familiales de notre vie privée ?

« Tiens, alors aujourd'hui, vous êtes tout seuls ?

— On n'est pas tout seuls, on est trois, a rétorqué Franz.

— Et elle, c'est votre maman ? » Il y avait de l'amusement dans la voix de Papou.

« Évidemment. (J'avais répondu d'un ton cassant.) Ou bien avez-vous le moindre doute à ce sujet ? »

Nous nous sommes regardés.

« Non, pas le moins du monde. »

Les gosses continuaient à farfouiller dans la glace avec leurs bâtons. Willi et l'autre petit garçon essayaient de retirer leurs gants. J'ai donné le signal du départ. Je voulais m'éloigner le plus vite possible.

« Bon, eh bien...

— Enchanté d'avoir fait votre connaissance », a dit Papou. C'était si étrange, cette voix familière et ce visage inconnu. Soudain, le visage m'a lui aussi semblé familier. Avec sa fossette. Dommage que je ne puisse pas l'emporter. En souvenir.

« Bonne fin de journée.

— Et bonne année », a dit Papou, en passant sa main dans les cheveux de mes gamins en signe d'adieu.

Il m'a aidée à les hisser dans la remorque.
« C'est génial comme voiture d'enfants, a-t-il remarqué.
— Oui, vraiment ! » Je rayonnais.
Et ils sont repartis. Sa chevelure de barde flottait au vent.
Nous nous sommes retournés en même temps.
Il faisait des grands signes.
Je lui ai répondu de la main.

« Beate, apportez-nous des verres, je vous prie. Et je ne suis là pour personne. »
Enno était métamorphosé. Je l'ai dévisagé un moment avant de comprendre qu'il avait rasé sa barbe. Enno sans sa barbe ! Ça lui retirait son air cool. Comme ça, il avait vraiment tout d'un fiston à sa maman.
« Tu as bien commencé l'année ?
— Oui, et toi ? »
Maître Winkel, plissant son visage rasé de frais, a déclaré :
« Je me suis senti très seul.
— Mais pourquoi ? Tu as ta mère ! » J'avais envie de le taquiner un peu.
« Tu sais très bien ce que je veux dire. Sans toi, je me suis senti très seul. »
Je m'en étais doutée.
« Enno ! Tu ne vas pas tomber amoureux de moi parce que tu t'ennuies !
— Non, a répondu Enno d'un ton boudeur, ne te fais surtout pas d'illusions.
— Pardon. (J'ai essayé de garder mon sérieux.) Comment as-tu passé les fêtes ?
— J'ai réfléchi à ton sujet.
— Réflexions d'affaires, bien entendu. As-tu par hasard jeté un œil à ce que j'ai écrit ?
— Non. Mais ma mère a tout lu. Justement, j'y viens. Seulement avant, je voudrais savoir pourquoi tu ne t'es pas manifestée pendant presque deux semaines ? »
Aïe. J'avais réussi ! Le cher maître nous croyait davantage liés que cela ne me convenait pour le moment.

« Je croyais qu'il était inhabituel, dans le monde qui est le tien, de déranger son avocat pendant les fêtes pour des histoires de famille.

— Il y a d'autres sujets de conversation. » Enno continuait à bouder.

« Tu veux dire ?

— Ma mère a beaucoup ri en lisant ton récit.

— Eh bien, tant mieux. » J'avais au moins amusé la vieille dame avec mon gribouillage.

« Elle dit que tu es extraordinairement douée pour l'écriture.

— Oh, voyons... » Je feignais la modestie. En réalité, ce jugement me faisait énormément plaisir.

« Ma mère a eu une idée complètement folle, je ne sais pas comment te dire... »

J'ai toussoté. Pourvu qu'il ne commence pas à m'expliquer qu'elle trouvait qu'on devrait se marier, Enno et moi, que ça faciliterait tout, puisque de toute façon on allait bientôt être voisins.

« Eh bien, Enno, je pense que nous devrions parler affaires, il est temps... » J'ai attrapé mon verre de cognac pour me donner une contenance.

« Certes, ma mère a peut-être agi sans te demander ton avis... »

Je serrais nerveusement mon verre. Dieux du ciel ! Elle avait peut-être déjà acheté la robe de mariée ! Taille 40, manches bouffantes, décolleté sage, traîne et voile. Ou alors, elle avait fait publier les bans ! Ou les deux à la fois !

« Enno, je t'en prie ! Ta mère a cru bien faire en faisant quoi ? »

Ma gorge se serrait nerveusement.

Alors, Enno Winkel a lâché le morceau.

« Elle a... elle a passé tes histoires avec ton mari à un éditeur. »

Je le regardais fixement. « Elle a quoi... ?

— C'est que... Tu aurais pu nous donner signe de vie pendant tout ce temps-là ! En tout cas, elle a eu le temps de tout lire, et quand elle a eu fini, elle a décidé de tout faire publier.

— Tu ne l'en as pas empêchée ?

— Je n'ai pas pu, elle ne m'en a parlé que ce matin. »

Assise au fond de ce fauteuil en peau de porc, je ne trouvais rien à répliquer.

L'idée qu'en ce moment même, je ne sais quel zozo d'une maison d'édition feuilletait d'un air d'ennui mes notes et hochait la tête en marmonnant : « Débile, complètement débile ! » avant d'enfouir mes papiers au fond d'un tiroir, me remplissait de honte.

J'ai décidé de piquer une colère. C'était tout de même, en y réfléchissant bien, un véritable scandale.

« Alors là, vraiment, ça va beaucoup trop loin. Il me semble qu'en tant qu'avocat, tu dois savoir qu'il existe ce que l'on appelle le secret professionnel, et si déjà tu donnes quelque chose à lire à ta mère, tu es responsable de ce que cela ne tombe pas dans des mains étrangères. C'est une violation de la vie privée. Je te le garantis, ça va te coûter cher ! C'est une affaire qui relève des plus hautes instances ! Je vais porter plainte contre mon propre avocat ! »

J'écumais de rage. En même temps, je ne savais pas trop quelle action engager contre lui et Mme Mère. Alors qu'il avait d'ores et déjà une vue complète de ma situation personnelle et financière. Qu'il connaissait sur le bout des doigts toutes les ficelles de son métier. Qu'il venait d'acquérir pour moi la maison dont j'avais toujours rêvé, sans frais d'agence et sans intermédiaire ! Qu'il venait d'engager les travaux de rénovation ! Que sa mère était au fond tellement adorable ! Et que nous nous étions déjà roulés dans les bras l'un de l'autre sur une peau d'ours !

Mais tout de même ! Ou justement pour toutes ces raisons-là !

Enno était atterré. Il s'est abstenu de faire le tour de son bureau pour me prendre par le bras, de me dire : « Crie, crie, ma chérie ! », tout en appelant en cachette une ambulance aux parois capitonnées, avec une camisole de force.

J'ai attrapé la bouteille et, d'une main tremblante, j'ai rempli mon verre.

« Je savais que tu ne serais pas d'accord... », a dit mon avocat lorsque j'ai émergé de mon verre de cognac.

« Salaud ! » Et au même moment, je me demandais comment terminer la scène de manière sensée. Quand on dit « salaud » à son avocat, il faut être conséquent et lui lancer son verre à la figure ou flanquer son ordinateur par terre ou lui piétiner ses bijoux de famille à coups de talons aiguilles.

Enno s'était mis à fouiller dans les poches de sa veste, complètement paniqué. Avant même que j'aie eu le temps de penser qu'il cherchait son colt pour me le braquer dessus, il m'a mis sous le nez un bout de papier. C'était un numéro de téléphone, avec le préfixe de Hambourg.

« Tu peux les appeler. C'est le numéro de la maison d'édition, regarde, chérie, Éditions des femmes dans le vent. Ça convient tout à fait !

— Je n'ai pas la moindre intention de téléphoner à ces maudites Éditions des femmes dans le vent pour leur demander de me rendre mon gribouillage. À toi de les appeler ! C'est le minimum que tu puisses faire pour sauver ton honneur d'avocat ! Et gare à toi si tu me mets les frais sur le dos ! lui ai-je lancé à la figure.

— Mais je les ai déjà appelés, a dit Enno.

— Et alors ?

— Ils veulent publier.

— Ils veulent publier ?

— Oui, parfaitement.

— Tu te fous de moi.

— Non, c'est sérieux. Ils publieront ton histoire. Avec ton accord, bien sûr. »

J'en suis restée bouche bée. Enno s'est précipité pour remplir à nouveau mon verre, que j'ai pris comme une automate. J'avais arrêté de glapir, ce que mon avocat a interprété comme un signe d'apaisement.

« J'ai bien entendu fait immédiatement établir un contrat provisoire par un charmant monsieur... (il fouillait dans ses documents)... Faust. Un charmant vieux monsieur. Le responsable d'édition a proposé de publier ton manuscrit et l'a passé à ce M. Faust, qui l'a déjà lu lui-même, et sa femme aussi. Ils ont beaucoup aimé. Voilà quelque chose de tout à fait nouveau en matière de littérature féminine, selon ce charmant vieux monsieur... » Enno suait à grosses gouttes.

« Faust ! » J'en étais baba.

« Tout à fait. Faust. Il mise sur une nouvelle tendance, lire les femmes autrement, par l'angle de la légèreté et de l'insouciance. Sortir du sérieux, de la lourdeur, je crois que c'est l'expression qu'il a employée. Parce que du sérieux, le marché en est envahi. Il trouve que tu as une plume délicieuse. Nous nous sommes mis d'accord pour un premier tirage de cinquante mille exemplaires. »

Silence de mort.

Une grosse mouche bourdonnait près de la fenêtre.

Enno me regardait, plein d'attente.

Cinquante mille. Incroyable. Cinquante mille femmes dans le vent allaient lire mes histoires avec Victor Lange et Wilhelm Gros ? !

« Non ! (Mon ton était inflexible.) Ça ne regarde personne. Je veux divorcer, et qu'on me fiche la paix. C'est pour ça que je t'ai embauché.

— Mais personne ne pourra te reconnaître ! » Enno posait prudemment la main sur mon bras. Je l'ai retirée violemment. Bas les pattes, traître !

« Et alors ? Tu veux dire qu'ils vont se donner la peine de remplacer les noms par des lettres comme dans les romans de quat'sous du kiosque à journaux ? Franziska H., jeune mère abandonnée, qui habite K., raconte la pitoyable histoire de sa vie avec le célèbre metteur en scène Will G. de Münster-Bracklohe, et sur la photo de première page, nous avons tous le visage barré d'un grand trait noir, les enfants en larmes sont assis sur les marches d'une maison de location ? Mais pourquoi est-ce que tu n'essayes pas de négocier directement avec une télé privée, tu pourrais me tendre un bouquet devant la caméra en chantant *Pardonne-moi*, Will Gros sortirait des coulisses pour m'embrasser sur la joue en balbutiant à travers ses larmes que nous devrions refaire une tentative ensemble et Mme Mère, assise dans le public, tremperait son mouchoir ! Ça te rapporterait sans doute beaucoup plus gros ! »

Enno a sursauté. Il n'avait encore jamais eu en face de lui, devant son bureau en bois massif, autant de colère accumulée. En tout cas de colère dirigée contre lui, contre le paisible avocat ! Bravo ! Ça bougeait enfin dans cette satanée étude !

Je me trouvais grandiose. Voilà une scène qui me permettait de pousser mon personnage jusqu'au bout.

« Quand tu te seras calmée, a dit Enno, d'un ton posé, je t'expliquerai ce que l'éditeur a proposé. »

J'ai décidé d'arrêter les frais. En fait, je crevais de curiosité de savoir ce que cet éditeur avait proposé et comment Enno avait réagi, dans son rôle d'avocat et de manager.

« Ça y est, je t'écoute. Il dit quoi ?

— Il aimerait te rencontrer. D'après lui, avec ton talent et ton esprit, tu es capable d'en tirer un roman féminin plein d'humour. Il dit que c'est la tendance actuelle.

— Tiens donc.

— Oui, et il a ajouté quelque chose. (Enno s'était remis à fouiller dans ses pense-bêtes.) Ah oui, le chapitre avec le prof... Où est-ce que je l'ai fourré ? C'était un prof de danse, non ? »

Évident, Enno n'avait pas lu une seule ligne de mon manuscrit. Je m'en étais doutée.

« Un prof d'allemand.

— Enfin bref, c'est ce chapitre avec le prof qu'il a préféré.

— Et pourquoi ? !

— Ça, il te le dira lui-même. Tu n'as qu'à lui téléphoner. »

Et de nouveau, il me tendait le bout de papier.

Cette fois, je l'ai pris, et quand Enno a posé sa main sur la mienne, je ne l'ai pas retirée.

Un roman. Un roman...

J'allais écrire un roman.

Exactement ce dont j'avais toujours rêvé.

Un sentiment merveilleux, un sentiment de triomphe m'envahissait.

Hourra ! Nous voilà enfin, nous autres les handicapées du cerveau, les invalides de l'hypophyse, nous que l'on met sur la touche intellectuelle et que l'on cantonne dans un coin, voilà que nous apportons notre pierre à l'amélioration de la société ! Nous étendons notre champ d'intérêt —

limité jusqu'à présent à la créativité en matière de préparation des épinards ou d'étendage de la lessive — à la thématique de la « rédaction d'un roman avec présence simultanée de deux enfants en bas âge ».

Pas de problème : bricoler pour les deux jeunes perturbateurs deux ordinateurs-jouets : facile, avec deux cartons à chaussures et quarante-quatre petits cailloux. Leur donner ensuite des feuilles de papier recyclé, des feutres non toxiques, des trombones sans pointes, leur proposer des sujets attrayants et organiser une joyeuse séance de travail collectif dans le bureau de papa, cet individu qui dorénavant sera désigné comme « l'adversaire ».

Proposition refusée.

Autre possibilité : Déposer les deux adorables brise-nerfs chez la mère de l'avocat à qui en fin de compte on doit tout ce qui arrive.

Cette idée-là, je la trouvais géniale.

J'ai poussé un profond soupir.

Enno m'a souri d'un air soulagé.

« On fait la paix ?

— On fait la paix !

— OK, a dit mon avocat en me serrant fort la main.

— Dis, Enno ?

— Oui ?

— Je peux te demander autre chose ?

— Bien sûr !

— Laisse repousser ta barbe. J'y suis tellement habituée... »

Trois jours plus tard, j'étais dans l'avion, en route vers Hambourg.

C'était un tout petit avion livré sans défense aux bourrasques d'un matin d'hiver. Pas d'hôtesse de l'air pour poser sur ma tête ou sur celle de n'importe quel autre passager une jolie casquette à visière rouge. Et pas de distribution de feutres.

J'étais coincée entre deux hommes d'affaires qui ne portaient pas de chemises hawaïennes et ne buvaient pas leur bière directement à la bouteille. Ils avaient étalé sur leurs attachés-cases des documents importants qu'ils feuilletaient avec intérêt. Ils tournaient machinalement leur cuiller dans leur café et ne semblaient pas le moins du monde remarquer les sauts de carpe de notre petit coucou.

Je me cramponnais sans le montrer aux accoudoirs de mon siège, je fermais les yeux et respirais profondément.

Au moment de l'atterrissage, le jour se levait tout juste.

J'avais l'estomac complètement chaviré. Quelqu'un m'a tendu mon manteau avant qu'il tombe du coffre à bagages.

« C'est à vous ?

— Oui. »

Je me suis demandé si ça intéresserait ce monsieur de savoir que j'étais un écrivain en route vers son éditeur, mais il s'était déjà détourné et replongé dans son quotidien.

C'était donc ça, la vie de tous les jours de la jet-set. Des hommes d'affaires en costumes rayés tout ce qu'il y a de normal, qui regardent fixement devant eux, ou se plongent dans leur journal, le premier qui rira aura une tapette.

Le chauffeur de taxi a fait un rapide signe de tête quand je lui ai indiqué l'adresse. Lui non plus, il n'a pas demandé : « Seriez-vous par hasard écrivain ? Comment vous appelez-vous ? C'est un nom que je vais retenir. Je raconterai ça à ma femme. » Il a pris sa place, morose, dans la circulation matinale.

La maison d'édition était située dans une rue élégante, en plein centre-ville.

Je suis entrée la tête haute. Salut, les amis. C'est moi.

Une dame distinguée trônait dans une boîte en verre. Quand elle m'a aperçue, elle s'est penchée et a dit dans un micro : « Vous désirez ? »

J'ai fait une pause pour ménager mes effets, puis j'ai lancé comme une bombe : « Franziska Herr ».

La dame allait se précipiter, rectifier les plis de son tailleur, attraper un bouquet qui attendait dans le lavabo, bondir hors de sa cage de verre et me conduire vers la direction en se confondant en excuses : elle ne m'avait pas reconnue tout de suite, elle était désolée.

Mais rien de tel. Elle m'a considérée d'un air interrogateur. Puis elle s'est à nouveau penchée, pour remarquer avec condescendance : « Elle ne travaille pas ici. »

« Normal ! (J'ai haussé le ton en direction de la vitre.) C'est moi !

— Ah bon. (La dame s'est à nouveau penchée vers son micro.) Et que puis-je pour vous ?

— J'ai rendez-vous avec M. Faust. » J'ai expliqué la situation à cette pauvre réceptionniste ignorante qui n'était manifestement pas informée de l'importance des personnalités que son chef avait coutume de rencontrer.

« M. Faust est en vacances », a dit la femme à son micro.

Pour elle, cela réglait l'affaire. Avec un calme olympien, elle a repris l'activité interrompue, et s'est remise à nettoyer les verres de ses lunettes.

« J'ai déposé un manuscrit. » J'avais haussé le ton, j'avais envie de tambouriner du poing contre la paroi de verre, mais elle m'a lancé un regard noir en fronçant les sourcils.

« Vous n'êtes pas la seule. » Le ton était indifférent, elle ne semblait pas vouloir me prêter davantage attention.

« Mais M. Faust l'a lu et veut le publier ! »

Crénom, fallait-il que je sorte l'artillerie lourde ?

« J'ai déposé mes deux petits ce matin à six heures chez des amis, c'est sûrement pas pour rester plantée sur le seuil de votre palais ! » Je hurlais vers la cage en verre dans laquelle cette dame avait élu domicile.

« Votre nom, dit-elle, vous pouvez répéter ?

— Mon nom est et demeure Herr ! » Espèce de dinde ! Maintenant, il va falloir changer de ton.

La dame a décroché le combiné du téléphone intérieur. « Annegret ? Vous attendez une certaine Mme Herr ? » Nouvelle pause. Puis elle a raccroché.

Annegret avait sans doute répondu par l'affirmative, car la dame m'a laissée poursuivre mon chemin sans plus de tracasseries ou de remarques désobligeantes, m'indiquant l'ascenseur situé au bout du couloir. Elle a lancé : « Cinquième.

— Merci infiniment. » Je suis partie, planant à la rencontre d'Annegret qui m'attendrait sans doute au cinquième pour m'ouvrir la porte de l'ascenseur, l'air radieux.

En haut, pas un chat.

Vingt portes, toutes closes.

« Annegret ? ! » J'avais appelé à mi-voix.

Aucune réaction. Maintenant, j'avais le choix. Ou bien redescendre pour enguirlander la péronnelle à travers sa vitre et lui demander des comptes d'un ton sec : « À qui dois-je m'adresser, quel bureau ? Levez-vous quand je vous parle, vous ignorez sans doute à qui vous avez affaire ! »

Ou rester plantée là dans ce couloir désert, appeler « Annegret » en espérant qu'elle finirait par surgir de derrière un pan de mur en ricanant méchamment.

Je pouvais aussi frapper à toutes les portes, l'une après l'autre, en criant « Police », et amplifier l'effet de surprise en ajoutant : « Toutes les Annegret sont priées de me suivre et de s'aligner contre le mur ! »

Je me suis tout d'abord dirigée vers une des portes indiquée comme étant les toilettes pour femmes. Une charmante secrétaire y prenait de l'eau pour le café.

« Bonjour, est-ce que par hasard vous seriez Annegret ? »

À ma grande surprise, la gracieuse personne a répondu oui.

« Et vous, vous êtes Franziska, je suppose ? Je suis en train de nous faire un café.

— C'est gentil à vous, j'en avais justement envie. »

Bon. Un obstacle de franchi. Faire carrière, qu'est-ce que c'est fatigant, je ne l'aurais pas cru. Mais ça devait être de ma faute. Au bout de cinq ans passés à quatre pattes, j'avais perdu l'entraînement. Je n'étais plus habituée à marcher droit ni à m'entretenir avec des adultes.

Échangeant de courtoises banalités du style « Vous n'êtes arrivée qu'aujourd'hui de Cologne ? » et « Avez-vous fait bon voyage ? » — Non — « Et pourquoi non ? » et « À Hambourg, il fait toujours sale temps », nous sommes arrivées jusqu'à son bureau. Elle m'y a offert une chaise, et s'est assise à mes côtés pour papoter.

Avant que la bavarde Annegret ait eu le temps de me demander si je voulais du sel ou du poivre dans mon café et de s'enquérir de l'endroit où j'avais acheté ce tailleur qui masquait si avantageusement les rondeurs, je l'ai devancée en posant la question qui me brûlait les lèvres : « M. Faust n'est pas là ?

— Aucune idée, a répondu Annegret. Je suis la secrétaire de M. Lange, un autre éditeur.

— Ah bon. » Comme elle ne faisait pas mine de poursuivre sur le sujet que j'avais abordé, je suis revenue à la charge. « Et lui, il est là, peut-être ?

— Pas encore. En fait, il devrait être arrivé depuis longtemps. Je crois qu'il est allé à l'aéroport, je ne sais pas pourquoi. De toute façon, l'exactitude, c'est pas son fort. » Elle avait un sourire mutin. « Fait pas chaud à Hambourg, hein ? » Elle était vraiment super sympa, cette Annegret, mais elle ne semblait pas avoir la moindre idée de ce qui me torturait en ce moment. Que pouvaient bien faire les enfants ? Ils étaient depuis six heures du matin chez Mme Mère. Quand je les avais déposés, ils dormaient debout

Enno m'avait conduite à l'aéroport. Il me devait bien ça, comme avocat et comme... voyons... « nouvel ami de toujours ». Il fallait que je l'appelle quand je saurais par quel vol je revenais. En fait, j'aurais eu envie de retourner sur-le-champ les retrouver tous pour reprendre mon ancienne existence de femme au foyer. Ici, c'était clair, personne ne voulait de moi. Je n'avais quand même pas fait ce voyage pour boire un café avec Annegret en parlant de la pluie et du beau temps.

« Je peux passer un coup de fil ?

— Bien sûr. Faut faire le zéro. »

J'ai fait le zéro, puis l'indicatif de Cologne, et le numéro de Mme Mère.

Si en bruit de fond j'entends des enfants qui pleurent, j'appelle immédiatement un taxi.

Une porte s'est ouverte dans le bureau voisin.

Ça sonnait chez Mme Mère.

« Je crois que c'est M. Lange, a dit Annegret.

— Allô ? » C'était la mère d'Enno. J'écoutais attentivement. Pas le moindre hurlement.

« C'est moi, c'est Franziska ! » J'étais incapable de me concentrer.

« M. Lange, Mme Herr est arrivée, expliquait Annegret à son chef dans la pièce voisine.

— Allô, Franziska, disait Mme Mère d'un ton joyeux. Vous êtes bien arrivée à Hambourg ?

— Qu'elle entre, a répondu M. Lange. J'ai dû la manquer à l'aéroport.

— Oui, j'ai murmuré. Je voulais juste savoir comment ça se passe avec les enfants.

— Le mieux du monde ! » affirmait Mme Mère. Au même moment, Annegret disait : « Elle est en train de téléphoner. »

La porte s'est ouverte, et M. Lange en personne a fait son entrée. Un homme d'une petite cinquantaine, costume fripé, mon regard avait automatiquement repéré les plis de son pantalon.

Pas de pinces à bicyclette.

« Et vous, ça va ? demandait Mme Mère avec entrain.

— J'sais pas. » Je me suis sentie bête et j'ai lâché le combiné.

Je regardais M. Lange fixement.

Pas possible, non vraiment, pas possible.

« Allô, Franziska, disait Mme Mère à l'autre bout du fil, vous êtes toujours là ?

— Oui, j'ai balbutié, je suis toujours là. »

— Franziska », a murmuré M. Lange. J'ai senti mes genoux se dérober sous moi.

« Je suis tellement heureux que tu sois là. »

J'ai lentement reposé le combiné.

Assis l'un en face de l'autre, mon éditeur et moi, nous avions étalé les pages du manuscrit sur la table. Annegret s'était discrètement retirée après avoir constaté que, de toute évidence, nous nous connaissions déjà, et elle tenait à l'écart tous les importuns, un peu comme la Beate d'Enno.

« Pas besoin de te demander comment ça va, a dit Victor de sa voix grave qui, aujourd'hui comme autrefois, me donnait la chair de poule. Puisque je sais tout ce qui t'est arrivé.

— Oui. » Il ne m'est rien venu d'autre. C'est vrai, il connaissait trois cents pages de mon existence, il savait déjà tout !

« Pour une surprise, c'est une surprise. » Je n'ai rien trouvé à dire de plus original. « Comment ça se fait que tu... que vous... ?

— Si tu n'y vois pas d'inconvénient, on se dit tu, m'a corrigée Victor d'un ton paternel, j'aurais du mal à dire vous à ma petite Franziska ! »

En entendant « ma petite Franziska », mon cœur s'est mis à battre la chamade. Comme j'aimais entendre ces mots prononcés par ses lèvres. (Gare, si Enno s'était exprimé ainsi ! Je lui aurais aussitôt rappelé les principes du droit de propriété, et ce dans un langage juridique pas piqué des hannetons !)

« Bon, d'accord ! » et j'ai toussoté.

Victor a ajouté en souriant : « La dame qui m'a fait parvenir le manuscrit sans m'indiquer le nom de son auteur... » Il feuilletait la lettre qui l'accompagnait.

« Mme Winkel, Alma Winkel.

— Elle écrit qu'il s'agit de l'œuvre inédite de sa... comment dit-elle... de celle qui va sans doute, du moins, elle l'espère, devenir sa belle-fille... et se trouve justement, avec le concours de son fils, le meilleur spécialiste de la ville en matière de divorce (qui a déjà à son actif plus de neuf cents divorces harmonieux) en train de se séparer d'un metteur en scène de grand renom (il fait des séries avec belles voitures et hôtels de rêve)...Tout cela est un peu confus, mais c'est une lettre très intéressante !

— Cette histoire de belle-fille est un peu beaucoup exagérée ! » J'ai glissé ça rapidement, je n'allais tout de même pas me mettre à clamer : « Victor ! Je suis libre ! »

« Cette dame était de toute évidence ennuyée parce que l'auteur ne savait pas que son manuscrit avait été remis à un tiers. Je l'ai eue plusieurs fois au téléphone. Elle a chanté tes louanges sans mesure... »

Les regards de Victor me faisaient défaillir.

Mon Dieu, Victor, ne me fixe pas comme ça, sinon, je vais me jeter par-dessus la table aux pieds de ton costume fripé sans pinces à bicyclette.

« Et à quel moment as-tu su que c'était moi ? ai-je demandé d'une voix sourde.

— Au plus tard page 3, a répondu Victor. Ton style, y'a pas à s'y tromper. »

Je l'ai regardé. Il n'avait pas changé. J'avais l'impression d'être assise à ma place, en classe, et de me faire interroger sur un passage du *Faust* de Goethe.

« Et sinon, tu n'aurais pas manqué de le savoir quand j'ai abordé le sujet "Victor Lange" ! » J'ai ajouté ça d'un ton contrit.

« C'est sûr ! » a dit Victor. Il a pris ma main, qui était glacée et reposait sur le manuscrit. Sa main...

À la seconde, j'ai retrouvé la chaleur de la main du Victor des leçons de danse. À l'époque, j'avais quatorze ans. Et maintenant, j'en avais trente-quatre. Mon Dieu, trente-quatre ans !

D'un seul coup, j'ai pris conscience que je n'étais plus une gamine. Plus nécessaire de rougir en lui parlant, de bégayer, de balbutier, de m'enfermer dans le mutisme, de rêver, de me demander quels sentiments il éprouvait à mon égard. J'avais enfin le droit d'être moi-même.

De prendre cette main merveilleuse, d'y enfouir mon visage, de fermer les yeux en respirant son odeur.

J'avais le droit de faire tout ça.

Sans qu'on se moque de moi. S'il ne le voulait pas, il me retirerait sa main.

Et nous reviendrions à l'ordre du jour.

Mais il voulait bien.

Nous le voulions, nous le pouvions, tous les deux.

Personne au monde n'allait franchir le seuil, arracher ma main et me mettre à la porte avec des paroles brutales.

Nous nous sommes regardés.

Il avait vieilli, cheveux grisonnants, peau ridée, mains plus rudes. Mais c'était toujours mon Victor d'avant, qu'il ait trente-cinq ou cinquante-cinq ans. Autrefois, qu'est-ce qu'il avait bien pu ressentir ?

Pourquoi est-ce que je ne le lui demandais pas, tout simplement ?

« Autrefois, j'étais quoi, pour toi ? »

Plus aucune difficulté pour lui poser cette question. Je savais qu'il me dirait la vérité, sans se moquer de moi. Il n'avait aucune raison de le faire.

« À l'époque, tu me plaisais déjà rudement bien, a dit Victor, seulement, je n'avais pas le droit de te le montrer.

— Non, bien sûr.

— Quand je t'ai connue, tu avais quatorze ans.

— Et toi trente-quatre.

— Et maintenant, c'est toi qui as trente-quatre ans, a dit Victor.

— Oui.

— Mon Dieu, c'est incroyable comme le temps passe. Mais en te regardant, on s'en rend compte. Le petit canard est devenu cygne.

— Tu veux dire que le vilain petit canard est devenu un vilain cygne ? »

Victor a ri : « C'est toi qui le dis.

— Mais toi, tu n'as guère changé.

— Si. Le jeune cygne est devenu un vieux cygne.

— Un cygne gris, pas un vieux cygne. »

Nous nous sommes regardés.

Il y avait tant d'électricité dans l'air que j'avais peur que le manuscrit ne prenne feu.

« Comment as-tu trouvé la scène du devoir d'allemand ?

— La façon dont tu racontes ça aujourd'hui est fascinante.

— Parce que ça s'est passé autrement ?

— Ton récit est incomplet. Imagines-tu combien je me suis senti malheureux de te planter là, pieds nus, dans le couloir ? Tu étais si émouvante ! »

J'ai ricané. Émouvante, avec du roudoudou de réglisse plein la bouche.

« Je ne pouvais que prendre le maudit devoir et te claquer la porte au nez. Autrement, je risquais ma place, et toi ton bac.

— Je sais, j'ai répondu d'un ton de petite fille sage.

— Il nous a fallu attendre vingt ans, a dit Victor.

— C'est peu, si l'on songe au temps qui est devant nous. » J'étais pleine d'exaltation.

Cette phrase était venue du fond de mon âme d'irréductible écolière, mais elle n'est pas restée sans conséquences.

Victor s'est emparé de mon autre main. Un frémissement intense, délicieux, m'a envahie. Cours de danse, couloirs d'internat, devoirs d'allemand, répétitions théâtrales...

Assis l'un en face de l'autre, nos mains enlacées, séparés par cet affreux bureau avec ce terrible manuscrit, noyés dans les yeux l'un de l'autre. M'approcher toujours plus de cet homme, le sentir de nouveau si près de moi, l'embrasser de mes regards. Je le contemplais radieuse. J'étais tellement heureuse...

« Tu as tout à fait le même air qu'autrefois », a dit Victor.

Je caressais ses doigts. Je sentais sa jambe contre mon genou. Ah Victor, enfin, enfin, c'est permis ! Oh, quel bonheur que d'avoir trente-quatre ans, deux petits garçons et d'être libérée de tous les interdits et de toutes les contraintes du monde !

Je me suis penchée, m'approchant de son visage.

Juste au dernier moment, avant qu'il puisse m'embrasser, je lui ai retiré ma main. « Attends, attends, nous avons le temps. » Du bout de l'index, je caressais ses lèvres. Il avait fermé les yeux, embrassait mon doigt, l'avait par jeu pris entre les dents, le mordillait. Je suivais avec recueillement les contours de son visage, lui ai longuement baisé le front, les tempes, les joues. « Nous avons tout le temps du monde !

— Redis-le ! a murmuré Victor.

— Tout le temps du monde ! » Je lui souriais en parlant. « Oui, a dit Victor. Enfin. Enfin, nous avons tout le temps du monde ! »

Sa main, et le baiser de ses lèvres !

Nous nous sommes embrassés, nos lèvres s'effleuraient, goûtant le plaisir d'être tout près l'un de l'autre, d'avoir tout le temps du monde !

Où est-il donc écrit qu'on doive se précipiter dans les bras l'un de l'autre quand tout est clair et que l'on peut, que l'on a le droit et que l'on veut ?

Je savais maintenant ce que c'était que le désir. C'est comme avoir envie de boire quand on a soif.

Je jouais avec les mèches de son front. Douces, fines, elles avaient l'odeur de Victor. C'était merveilleux.

Sans m'en rendre compte, c'était moi qui donnais le rythme. Il me laissait faire, attendait, ne me pressait pas. C'était infiniment beau, comme un rêve sans fin. J'ai fini par me lever et par fermer à clé la porte qui menait au bureau d'Annegret. J'ai aussi donné un tour de clé à celle qui donnait sur le couloir. Puis j'ai fait le tour de la table, je me suis assise sur le bord du bureau, devant Victor, et j'ai fait glisser sa veste de ses épaules.

« Si tu peux patienter une seconde, allons ailleurs, a dit Victor. Ça sera un peu plus confortable qu'ici.

— Je ne peux pas patienter une seconde de plus !

— Je voudrais te sentir tout entière contre moi ! » a murmuré Victor, et son excitation me gagnait.

« Moi aussi, crois-moi !

— Ici, tout de suite ?

— Ici, tout de suite !

— Tu ne veux pas d'abord ranger le manuscrit ?

— Non.

— Tu sais ce que je pense ? a demandé Victor, et ce fut sa dernière phrase cohérente. Ça va être un best-seller ! »

« Alors, a demandé Enno en venant me chercher le soir, à l'aéroport, à la sortie des vols intérieurs. C'était comment ? Ça fait quoi d'être bientôt un auteur à succès ? »

« Merveilleux ! Je n'aurais jamais imaginé que ça puisse être aussi agréable ! » Je sautillais à ses côtés comme une gamine surexcitée.

« Je suis ravi de voir que ça te rend si heureuse. Alors, qu'est-ce que tu as fait ? Ton éditeur, il est comment ? Vieux ? Jeune ? Gros ? Maigre... ?

— Très gentil. » J'ai avalé ma salive.

Enno m'a prise affectueusement par les épaules et a tendu la main vers ma petite sacoche.

« Les enfants, qu'est-ce qu'ils font ? » Je voulais changer de sujet. Enno, demande-moi tout ce que tu veux ! Mais ne me demande pas ce que je ressens.

Enno a parlé des enfants et de Mme Mère, il a dit que tout était merveilleux et qu'ils étaient très heureux ensemble, comme par un coup de baguette magique, Mme Mère se retrouvait pourvue de deux petits-fils. En disant ça, il me serrait un peu plus fort.

« Viens, on traverse, ma voiture est derrière ! »

Enno a ouvert un grand parapluie noir et m'a guidée à travers le chaos d'autos, de taxis et de bus jusqu'à sa voiture, garée comme il fallait s'y attendre en stationnement interdit, et d'ailleurs à moitié sur le trottoir.

Il a récupéré une contredanse sur le pare-brise et l'a fourrée d'un air indifférent dans sa poche. Puis il a mis le contact.

« Qu'est-ce qui t'arrive, Franziska ? Tu ne dis rien !

— Tout va bien. Je suis seulement un peu fatiguée. »

Parce qu'il aurait fallu que je lui raconte ce qui s'était passé à Hambourg ? Que je lui lance à la figure, à lui qui était mon ami, mon avocat, mon chauffeur et baby-sitter, et en même temps l'administrateur de mon bonheur, que j'avais couché avec mon éditeur ? D'abord, dans un débordement effréné de passion, au beau milieu des feuillets du manuscrit, et ensuite, après une longue promenade sur l'Alster gelée, avec l'insoutenable légèreté de la folie, chez lui, dans son appartement.

Pas question. Il ne fallait pas qu'Enno ait le moindre soupçon.

« Oui, je m'en doute. Ce genre de rendez-vous de travail avec son éditeur, c'est sûrement pas une partie de plaisir. Tu as dû te concentrer toute la journée. Et en plus, deux vols coup sur coup, par temps agité... » Enno faisait preuve de la plus extrême compréhension. Pour bien le montrer, il s'est mis sans crier gare à me chatouiller le cou. « Il est comment, cet éditeur ? Il s'appelle Faust, non ?

— Il s'appelle Lange ! (J'ai avalé ma salive.) M. Lange. Faust, c'est le directeur, mais il n'était pas là.

— Comment ? Il n'était pas là ? C'est pourtant lui qui t'avait fait venir, lui en personne ! » Enno était scandalisé. Traiter de manière aussi peu convenable sa protégée !

« Mais c'est tout à fait bien comme ça, ne t'énerve pas. C'est l'éditeur qui doit s'occuper de moi, pas le directeur.

— Bon, et alors ? »

Une pause. Des chatouilles dans le cou. Attention à la circulation !

« Raconte ! De quoi avez-vous parlé ? »

C'était exactement ce que je ne pouvais en aucun cas lui dire. Ni maintenant, ni à n'importe quel autre moment.

« On a parlé du manuscrit. De ce que je peux faire pour l'améliorer. »

Silence. Victor. Re-penser. Re-sentir.

Je regardais fixement par la fenêtre, dans ce magma sombre d'une soirée de janvier par temps de crachin et de vent à Cologne. Les gouttes dansaient dans la lumière des phares, la vapeur s'élevait de sous les capots, et se mêlait au brouillard. Il faisait huit degrés de moins là où était Victor. L'Alster. Complètement prise par les glaces. Les baraques en plein air qui vendent du vin chaud. Les nez rouges, les visages radieux. Être jeune, s'éveiller, vivre, parler, se taire, à deux. Faire de la luge, rire, courir, s'embrasser, se câliner, bavarder.

Sans enfants. Une autre vie. Un autre monde.

« Et alors ?

— Comment, et alors ?

— Qu'est-ce que tu peux améliorer ?

— Eh bien, par exemple... la scène avec l'éditeur, je veux dire le professeur. On va rajouter un concierge... oh, Enno, de toute façon, le manuscrit, tu ne l'as pas lu ! Pourquoi veux-tu que j'entre dans les détails ?

— Mais si, bien sûr, je l'ai lu. » Enno ne voulait pas en démordre. « Je ne l'ai peut-être pas lu mot à mot, mais en diagonale. Excellent, vraiment excellent. »

Je lui ai lancé un regard en biais.

« Tu ne rougis même pas quand tu mens !

— Allez, parlons d'autre chose. Tu sais ce que j'aurais envie de faire avec toi en ce moment ?

— Non. »

Avait-il le droit de vouloir faire quelque chose avec moi ? En sa qualité d'avocat ?

Tout bien considéré, oui. Parce que au fond, il accomplissait mes quatre volontés avant même que j'aie pu les exprimer. Aïe ! Ça se corsait.

« Aller dîner avec toi ! »

Je n'arriverais pas à avaler la moindre bouchée. J'avais la gorge nouée.

« Mais les enfants... »

Je voulais récupérer les enfants, rentrer chez moi et m'enfouir sous ma couette. Ce soir, je ne voulais personne auprès de moi, sauf les enfants.

« Ah oui, c'est vrai, ils ne dorment pas ailleurs que dans leurs lits.

— Non.

— Nous devrions installer un lit de camp chez ma mère. Au moins jusqu'à ce que vous habitiez en face de chez nous. Après, il n'y aura plus de problème. »

Enno semblait avoir une vision claire et nette de ce qui allait se passer. Nous étions d'ores et déjà une grande famille, aux règles un peu souples, rien de plus évident. Nous n'étions pas obligés de nous bousculer pour nous marier, ça nuirait à la réputation d'Enno. Ça n'était pas indispensable ! La mère, le père, la grand-mère et les enfants dans deux maisons situées en face l'une de l'autre. Tout à fait normal. Et tellement pratique.

« On va commander une pizza.

— Non.

— Pardon ?

— Je n'envisage pas de fiançailles. »

Mais peut-être que lui non plus ?

C'était peut-être juste sa mère, qui aurait bien voulu caser son fiston ? Ne pouvait-on envisager une merveilleuse amitié avec Enno ? Il était grand temps d'aborder la question.

« Enno ? »

Enno allait droit devant lui. Il avait brusquement retiré sa main de mon cou.

« Hmm ?

— Je suis désolée. Excuse-moi. Je ne voulais pas...

— J'ignorais que madame l'auteur avait ses humeurs ! »

Mon avocat avait raison. L'auteur avait ses humeurs.

D'ailleurs, Enno n'avait plus envie de dîner avec sa cliente.

« Il y a du nouveau dans l'affaire Herr-Gros contre Gros », a-t-il dit sur un ton officiel. S'il ne te convient pas d'en parler ce soir, je te prie de bien vouloir passer demain à mon bureau. »

Aïe. Voilà que ce bon vieux nouvel ami était vexé. C'était à prévoir.

« Enno, je t'en prie ! Que peut-il y avoir de nouveau à propos de mon divorce ? Tu sais bien que demain, j'ai les enfants.

— Dépose-les chez ma mère, je ne peux pas faire plus. »

Bien sûr. Comme ça, il pouvait augmenter ma dépendance selon la formule « et maintenant, nous sommes une grande famille heureuse ». Pour pouvoir ensuite me reprocher de les avoir exploités, sa mère et lui.

« Les enfants, chez ta mère, ils y sont en ce moment. Alors, profitons-en. Quoi de neuf pour mon divorce ?

— J'en ai parlé avec Hartwin Geiger.

— Pourquoi, on est mardi ? » Je n'avais pas pu retenir cette remarque.

« Hartwin pense qu'il serait préférable de le retarder un peu. »

J'ai avalé ma salive. Maudit Hartwin, toujours des sornettes en tête, ces copains de sauna.

« Et pourquoi donc ?

— À cause de la maison. Ça vaudrait mieux, a dit Enno. Nous avons utilisé toutes les possibilités de l'an dernier en matière de réduction d'impôts. Si vous divorcez immédiatement, les services du contrôle fiscal vont flairer quelque chose.

— Je me moque du fisc comme de ma première chemise. »

Le fisc ! Un personnage minable en imperméable couleur muraille allait se pointer chez nous, rue Mendelssohn, examiner à la loupe le grillage du jardin avant de sonner pour me demander par l'interphone si j'avais encore de façon régulière des relations conjugales. Ensuite, il glisserait sous ma porte un formulaire pour que je m'acquitte d'un complément d'impôts !

« Ça serait quand même peu astucieux. Tu veux faire un bénéfice raisonnable, non ?

— Non ». J'écumais de rage. « Je veux ma liberté. Et je la veux aussi vite que possible.

— Mais tu comptes, quand tu dépenses ! Tu ne veux pas faire cadeau de ton argent aux impôts ?

— Est-ce que cela signifie que si je divorce tout de suite, je ne peux pas déménager ?

— Ça pourrait poser problème. Laisse-nous agir après mûre réflexion. Tu devrais attendre très officiellement une année de vie séparée. Sinon, il nous faudra sans doute envisager un redressement fiscal non négligeable, ce qui bien sûr viendrait en déduction de ton bénéfice. »

Mûre réflexion ! Hâte-toi lentement ! C'est justement quelque chose qui n'est pas dans mes cordes. Il faut toujours que j'agisse tout de suite. Tout de suite et avec éclat ! Je suis comme ça !

« Écoute, au fond, le divorce n'est qu'une formalité. » Enno avait posé sa main sur mon bras. « Ça ne change rien pour nous deux. »

Enno, ah Enno ! Pourquoi ne piges-tu pas que je ne divorce pas du premier pour me jeter dans les bras du second ? Pourquoi ne piges-tu pas que je ne me sens pas liée à toi ? Ou bien est-ce que je le serais depuis longtemps ? Les frontières sont tellement floues ! Bien sûr, on se comprend super bien, tu as pratiquement du jour au lendemain pris ma famille sous ta protection. Tu ne m'as pas encore fait parvenir la moindre note d'honoraires ! Ah, si seulement tu le faisais ! Est-ce que je te dois des comptes ? Est-ce que je t'appartiens ? As-tu des droits sur moi ? S'il te plaît, par pitié, ne me fais pas de scène maintenant. Il n'y a rien de plus pénible qu'un homme qui fait une scène à une femme.

Enno ne m'a pas fait de scène, Enno est un homme du monde.

Je me disais : Bien sûr, vu du dehors, depuis des semaines, j'ai une liaison avec lui, faudrait être aveugle... Mme Mère parle de moi comme de sa future belle-fille.

Dans les milieux conventionnels, on dirait que nous sommes fiancés. Droit de préemption. Option sur l'amour et la fidélité, sur toute une vie.

Nous nous rendions visite, nous partagions une mère, des enfants, une auto, la table et le lit (même si nous ne nous y retrouvions pas nécessairement ensemble) et nous passions le plus clair de notre temps l'un avec l'autre. Nous évoquions tous les problèmes du quotidien, nous parlions avantages fiscaux, nous discutions de la rénovation de la maison que nous avions achetée ensemble. Nous en serions bientôt à choisir des papiers peints et à discuter de couleurs de moquettes.

Enno m'accompagnerait aux réunions de parents du jardin d'enfants et moi, j'irais avec lui aux réceptions organisées par les huiles du monde de la justice.

Tout ça était tellement évident.

Enno, avec le sens pratique extraordinaire qui le caractérise, finirait par installer un système d'interphone ou même un passage souterrain entre ma maison et la sienne. Ce n'était qu'une question de temps.

Hé oui, Franziska, tout s'accorde pour le mieux. À toi de t'accorder aussi. Ne fais pas la mauvaise tête, ne résiste pas aux faveurs du destin.

D'autres nanas feraient n'importe quoi pour dégotter un avocat à succès pourvu d'une mère si adorable. Reviens sur le bon chemin. Et mets fin de façon aussi élégante que discrète à ta liaison déplacée avec ce type de cette maison d'édition féministe un peu suspecte. Le plus tôt sera le mieux : demande à Mme Mère si tu peux appeler Hambourg, et fais transmettre à ton éditeur par Annegret ce que tu as à lui dire : d'un commun accord, vous considérez ce qui s'est passé entre vous comme nul et non avenu. Et même, tu devrais donner à ton appel du piquant en remarquant, l'air de ne pas y toucher, que le hasard veut que ton avocat soit en ce moment à tes côtés et qu'il souhaiterait profiter de l'occasion pour discuter de questions de tirages et de droits d'adaptation cinématographique.

« Allô, monsieur Lange ? J'ai appris que vous aviez couché avec ma cliente. Ça ne peut évidemment pas continuer comme ça ! Je vous renvoie au paragraphe tant du code de la route d'où il ressort qu'un attentat aux mœurs pratiqué sur une personne insolvable est passible de la loi. Comment ? Vous prétendez que cela vaut tout autant pour moi, son avocat ? Je vous demande pardon, mais dans mon cas, c'est une tout autre affaire. J'ai en effet l'intention de prendre sous ma tutelle cette personne diminuée au plan intellectuel et spirituel, et pour aller jusqu'au bout, d'adopter ses enfants, qui sont en somme privés de leur père. Ah bon, vous n'étiez pas au courant ? Bien, si donc vous voulez avoir la bonté d'en prendre note, je vous en remercie. Hmm, hmm ! Mais venons-en au sujet de notre discussion... »

Au fond de moi, une voix a hurlé : Nooon !

Qu'ils discutent de la maison, du divorce, du livre, de tout ça, OK, c'est leur boulot.

Mais ils n'ont pas à discuter de moi.

Là, c'est moi qui décide.

Je ne veux pas redevenir le jouet des vanités masculines.

Il m'a fallu atteindre mes trente-quatre ans pour me libérer.

Et maintenant, je reste libre.

Pourquoi n'y ai-je pas pensé plus tôt ?

À PARTIR DE CE MOMENT-LÀ, plus un jour sans qu'Enno se pointe comme ça, en passant. Pour m'apporter un catalogue de moquettes, pour m'installer en vitesse l'ordinateur portable si facile à utiliser — impossible de se tromper —, sur lequel j'ai continué à travailler avec enthousiasme à mon roman (Victor, ah, Victor !) ou bien pour me persuader d'aller dans le plus grand et le plus moderne magasin de meubles d'Europe. Une autre fois, il voulait me faire une surprise et se pointait avec deux invitations pour un salon des arts ménagers où nous passions sans délai commande de la cuisine la plus chère, la plus chic, et équipée d'une quantité d'appareils programmés par ordinateur. À chaque fois, c'était la même entrée en matière : Mme Mère serait très heureuse d'accueillir sur-le-champ les enfants et de les garder au minimum cinq heures. Je dois reconnaître que c'était pour moi comme l'accomplissement d'un rêve longtemps inaccessible, car cinq années durant, dès que je mettais un pied hors de chez moi sans les enfants, je me rongeais de souci et j'avais le sentiment d'être une mère indigne. Chez Mme Mère, ils s'épanouissaient dans un cadre qui présentait toutes les garanties requises au plan pédagogique et affectif, je pouvais en être certaine.

Bien évidemment, Enno trouvait absolument insupportable que sa mère doive assumer sans le secours de quelques jouets modernes la distraction de ces chers petits. Aussi arrivait-il toujours les bras chargés d'objets dont il était convaincu qu'ils lui auraient quarante ans plus tôt apporté le plus grand plaisir. À côté d'un circuit pour petites autos et d'un ordinateur pour apprendre à lire ou à compter, d'un sous-marin téléguidé, de parkings, garages souterrains et systèmes lave-auto fonctionnant sur piles, les voitures de course et les avions à réaction que l'on envoie dans les chevilles de passants innocents s'empilaient dans tous les coins.

Mes gamins trouvaient ça super et se battaient comme des chiffonniers pour le moindre jouet, si bien qu'Enno avait pris l'habitude de tout acheter en double.

Mme Mère n'avait aucune idée de la façon dont on recharge les accus, dont on change les piles ou dont on rétablit les contacts électriques. Tout disparaissait donc bien vite dans le coffre-banquette de sa cuisine. Elle préférait leur bricoler, avec des bobines de fil, des pinces à linge, des bâtons et des marrons, des joujoux pleins d'imagination ; elle ne se lassait pas de leur fabriquer des bateaux, des avions ou des chapeaux de gendarme en papier journal. Je l'adorais chaque jour davantage. Plus même qu'Else Schmitz. C'était la meilleure amie, voisine et belle-mère du monde.

Pour les moments inévitables où nous étions, les enfants et moi, sans Mme Mère ou Else Schmitz, Enno avait acheté toute une série de cassettes vidéo qu'il mettait toujours dans le magnétoscope dès qu'il voulait « parler un peu avec maman sans être dérangé ». Et comme il voulait à chaque fois, sans exception, parler avec moi sans être dérangé, les enfants étaient complètement conditionnés et se préparaient à regarder une cassette dès qu'ils entendaient sa voiture se garer devant la maison.

Le temps que je passais avec Enno, je l'appréciais, car pour chacun des problèmes de l'existence, il avait au minimum une solution, qu'il mettait aussitôt en œuvre. Il avait agrémenté notre intérieur de toute une série d'appareils ménagers modernes, il m'apportait aide et assistance, au moins dix fois plus que nécessaire.

« Oh oui, dit Mme Mère, un jour où nous déposions à nouveau les enfants chez elle pour aller dans un magasin de luminaires qui venait d'ouvrir, vous avez de la chance, Franziska. Moi aussi, autrefois, après la guerre, j'aurais aimé avoir un ami tellement prêt à m'aider et à m'assister. Allez, bonne route, et profitez bien de votre liberté. »

Elle disait ça sans envie ni regret. Un jour, entre quatre-z-yeux, quand l'occasion se présenterait, je lui demanderais si elle m'en voudrait beaucoup de ne pas épouser son Enno. Mais chaque chose en son temps. Je ne voulais rien gâcher, ni avec Enno, ni avec son adorable maman. J'avais passé presque toute mon enfance et toute mon adolescence en internat, il était donc tout à fait compréhensible que je ne sois pas prête à renoncer si vite à une mère au grand cœur comme celle-là, si bonne et si gentille.

Quand nous sommes revenus du magasin de luminaires, les enfants jouaient, assis à la table de la cuisine, les joues rouges d'excitation. Quelle scène touchante, presque comme sur un livre d'images du bon vieux temps.

Mme Mère était allée au grenier chercher les pauvres joujoux tout simples de son petit Enno qui dormaient dans des boîtes et dans des cartons à chaussures : petits chevaux de bois, briques de Lego, pâte à modeler, boîtes d'allumettes, marrons, crayons de couleurs et albums à colorier. Mes garçons s'intéressaient tout particulièrement à une vieille ardoise.

Une scène idyllique. J'aurais voulu m'asseoir avec eux et fabriquer des bonshommes avec les marrons.

La seule chose qui m'en a empêchée, c'est que Mme Mère était allée jusqu'à affubler mes enfants des vieilles nippes d'Enno, culottes de cuir tanné, chemises de flanelle usées datant des années cinquante, et chaussettes Òà rayures grises tricotées main.

Le petit Willi était un peu noyé, mais le grand Franz, ça lui allait comme un gant.

Ils me regardaient d'un air innocent, victimes d'un retour en arrière de la mode.

« Comme c'est mignon ! » J'avais parlé par politesse. Enno avait ajouté : « Voyons, maman, c'était indispensable ? »

Désemparés, nous nous sommes regardés en grimaçant un sourire.

« J'ai retrouvé toutes tes affaires dans la vieille valise marron, a expliqué Mme Mère, rayonnante, tout était comme dans mon souvenir. Mon Dieu, comme le temps passe vite !

— Oh oui, c'est vrai », ai-je commenté, tandis qu'Enno ajoutait je ne sais quelle remarque anodine sur le fait que la vie a somme toute la pénible habitude de suivre son cours. J'ai gloussé.

« Pas vrai, Franziska, ça vous plaît ? » Mme Mère était toute contente.

« C'est mignon. Tout à fait ravissant. » Une fois de plus, mes talents de comédienne étaient mis au défi, et je le relevais avec panache.

« Je vous les donne », a dit alors Mme Mère.

Ma première pensée a été pour un grand sac bleu bien solide. Tout fourrer dedans. S'en débarrasser. Grenier. Croix-Rouge.

« J'en ai encore plein, venez voir ! »

Elle m'a entraînée au salon, où elle avait étalé sur les tables, les chaises, canapés et fauteuils toute la garde-robe de son rejeton, de la première grenouillère défraîchie au costume de communion à col marin et à la tenue relax style années soixante-dix. Le summum de la collection, c'étaient deux gilets orange sans manche tricotés main.

J'en avais les larmes aux yeux. Cette pauvre femme si touchante avait gardé précieusement pendant quarante ans toutes ces dépouilles pour me les remettre en un geste spontané à moi, Franziska Herr, la pauvre petite démunie. C'était de sa part, cela se voyait bien, le plus grand témoignage de confiance et d'amour qu'elle pouvait me donner.

Le seul problème, et il y en avait un, c'est que toutes ces affaires ne correspondaient à aucun des critères en vigueur en matière de mode enfantine. Je voyais déjà mes petits, assis sur le bord du trottoir dans les culottes de gym d'Enno, en train de pleurer parce que aucun Daniel, Sébastien, Alexandre ou Kevin ne voulait plus jouer avec eux.

Je me suis demandé au fond de quelle cave j'allais à mon tour les enfouir afin de les remettre un jour, dans quarante ans, à ma belle-fille encore à naître, Julie ou Lise-Marie ou

Anne-Christine. J'ai presque éprouvé alors la joie de la revanche en pensant à cet être qui se trouvait encore à l'état pré-embryonnaire.

Mme Mère avait préparé le dîner et, après avoir ensemble fourré les nippes au fond des sacs à vieux vêtements, nous nous sommes retrouvés installés comme de coutume autour de la table ronde avec vue sur notre future maison, d'un côté, et de l'autre sur les deux Enno en miniature qui mastiquaient avec sérénité.

« Ça bouge, en face, a dit Mme Mère. Tous les matins, ils arrivent à cinq sur le coup de sept heures. Je les surveille par la fenêtre de la cuisine. À dix heures, il font la pause, je leur apporte un café et quelques sandwichs. De braves garçons. »

Les « braves garçons » étaient tous d'anciens clients d'Enno, qui les avait délivrés de leurs horribles femmes. Et c'est pour ça qu'ils étaient si heureux de travailler sur notre chantier, ils adoraient Enno, ils lui vouaient une reconnaissance éternelle.

Après le repas, nous avons traversé la rue pour aller voir où en étaient les travaux. Quand nous sommes entrés sur le chantier ouvert à tous les vents, ça sentait le crépi, le ciment et le mortier. Mis à part les murs extérieurs, les gars reconnaissants et heureux de leur célibat retrouvé grâce aux talents d'Enno n'avaient rien laissé en l'état. Les vitraux de cathédrale avaient été déposés, et toutes les parois, démontées et découpées, étaient empilées proprement dans le jardin. Les enfants se sont précipités pour patauger dans des bacs à mortier ou s'enrouler dans des lambeaux de papier peint.

« Maman, emmène les enfants », a dit Enno.

Mme Mère s'est aussitôt exécutée. Willi a eu le temps de laisser tomber une perceuse et s'est mis à hurler, tandis qu'elle essayait de l'attirer en lui promettant des douceurs. Franz, très précoce, a fauché un mètre pliant qu'il a aussitôt transformé en colt. En repartant, il tirait dans les fesses de Mme Mère. Personne ne s'en était aperçu. Sauf moi, bien entendu. Je lui ai fait un clin d'œil et il s'est laissé emmener sans résistance.

Je trouvais la vie merveilleuse. Tout marchait comme sur des roulettes. Chacun jouait dans cette joyeuse comédie légère le rôle qui lui revenait.

Grand-mère s'occupe des enfants, papa domine la situation, les ouvriers travaillent et maman s'étonne et se réjouit. Une cuisine intégrée, une cuisine intégrée !

« Comme tout est clair, d'un seul coup ! » Ma voix exprimait l'étonnement et la joie. Les murs nus la renvoyaient en écho.

« Ici, tu auras un bar avec des tabourets, a dit Enno. Comme ça, les enfants et moi, on pourra te voir quand tu feras la cuisine. »

Tiens donc. Je les imaginais, tous les trois, dans leurs grosses chemises de flanelle, leurs feutres poussiéreux vissés sur le crâne, appuyés nonchalamment au bar, tapant en signe d'impatience sur le marbre avec leur cuiller. Pendant ce temps-là, je me hâterais de préparer les patates sautées et de couper les oignons, les doigts tremblants, tandis que couleraient sur mon visage les larmes de la ménagère frustrée.

« Si je fais la cuisine ! » Ma réponse était lourde de sous-entendus. Malgré tous les indices, je ne voulais pas lui laisser croire que j'avais donné mon accord tacite à une prochaine union d'intérêts domestiques avec monsieur l'avocat chargé de mon divorce. Non, je ne voulais pas faire la cuisine ! En tout cas, pas pour Enno. Il avait sa mère, c'était pas pour des prunes. Elle s'y entendait bien mieux que moi ! En plus, j'avais peur de me couvrir de honte le jour où je ne saurais pas me servir de la machine à couper les oignons télécommandée dont il était enfantin de décider la veille à quelle heure, pendant combien de temps, avec quelle lame, pour des rondelles de quelle épaisseur elle devrait fonctionner, opération que l'on pouvait si nécessaire programmer par fax depuis Hambourg. Ou même depuis le train interrégional au moyen de ce câble-ci (mais enfin, Franziska, tu as ton bac, non ?) relié au portable, à condition d'entrer dans l'ordinateur, qu'on avait de toute façon toujours avec soi, le code de la machine à couper les oignons. Alors !

J'ai pensé au Chicken Chic, qui était tout proche de la maison. Et je n'ai rien ajouté.

Nous enjambions des bâches plastiques, des câbles et des perceuses qui traînaient par terre, nous adressant des petits signes de tête satisfaits.

« Ça va être super », j'ai dit. Le lavabo dénué de tout charme, ainsi que l'équipement standard des toilettes, étaient déjà dans le jardin, à côté des carreaux vert foncé, et ils attendaient d'être recyclés sans nuire à l'environnement.

Enno m'a fait un signe de tête : « Viens voir en haut. »

Dans la salle de bains, les ouvriers s'affairaient à percer le toit à grand vacarme et fracas.

« Bonjour tout le monde ! » ai-je lancé d'une voix joyeuse aux travailleurs en salopettes qui jouaient allègrement du marteau aux accents d'une guitare diffusés par un transistor maculé de colle à tapisserie.

« B'jour, ma'ame Winkel », m'a répondu l'un d'eux, tandis que les autres me soupesaient du regard avec un plaisir visible. C'était donc ça, la future de monsieur l'avocat spécialisé dans les divorces. Pas du tout comme ça qu'on aurait imaginé ce genre de petite femme style « nouveau riche ».

« Herr ! ai-je rétorqué à la surprise générale.

— Franziska, viens voir ! » s'est empressé de dire Enno qui craignait que j'entreprenne sur-le-champ d'expliquer à ces messieurs les tenants et aboutissants compliqués de notre relation, mon nom, ou pire encore, le nom de celui qui était encore, pour la loi et devant Dieu, mon époux légitime.

« Ici, on va faire poser un Vélux.

— Il ne faut pas une autorisation ? »

Enno m'a tirée par la manche, m'a entraînée dans le coin où se trouvait la baignoire jaunie et sa robinetterie standard et a sifflé entre ses dents : « Ça regarde personne ! »

Derrière leurs perceuses, les gars nous lorgnaient.

« Parce qu'il ne faudrait pas que tu sois obligé de tout faire démolir si nous n'avons pas l'autorisation ! » J'avais répliqué sur le même ton.

« L'autorisation, je l'aurai, a grogné Enno en me faisant sortir de la salle de bains, d'une main douce mais ferme. Je connais le responsable des permis de construire. Compris ?

— Compris. » J'étais vexée. Bien sûr, toujours fourré au sauna avec les types du permis de construire, ils sont comme cul et chemise, ils discutent affaires en dégoulinant de sueur. Une fois de plus, j'avais énervé Enno en lui posant des questions stupides et superflues, je m'en voulais. Parce que les nanas, ça ne comprend rien à rien, bien sûr !

« Faut qu'on vérifie, pour la douche, a dit Enno, faut pouvoir bouger quand on est dedans. »

Si Enno voulait dire qu'il avait l'intention, lui, d'y bouger, alors je voyais rouge. J'ai aussitôt pensé à des images de Babar, le petit éléphant qui fait éclater les cabines téléphoniques.

T'as qu'à bouger dans ta douche à toi, je me suis dit. Mais je n'ai pas voulu engager une discussion à ce sujet devant les ouvriers qui pointaient leurs oreilles.

« Les chambres d'enfants peuvent rester comme elles sont, tu ne trouves pas ? » Enno n'avait pas l'air d'hésiter.

« Je trouve ces placards déprimants. » J'ai cependant noté avec satisfaction qu'il m'avait tout de même demandé mon avis.

« Tu veux les faire abattre ? C'est du noyer véritable ! »

Ils pouvaient bien être en bois de rose, en bouleau ou en églantier, je les trouvais lourds et étouffants. Je ne voulais pas que les enfants, pour s'endormir ou se réveiller, aient comme unique perspective des placards en bois marron foncé.

« Telle que je te connais, tu voudrais y coller des Mickeys et des Minnies, a dit Enno d'un ton railleur.

— Bonne idée. Mais ça serait déjà bien de les peindre en blanc, et les étagères en rouge. Comme en bas, à la cave, dans l'appartement des étudiants.

— T'es pas bien ?

— Mais si. (J'avais pris mon ton le plus charmeur.) D'ailleurs, pour autant que je sache, c'est moi qui m'installe ici et pas toi ! »

Voilà, c'était dit, peut-être avec un rien de pathos en trop.

« Ce sera tout à fait comme tu voudras », a répondu Enno avant de passer à la chambre à coucher, l'air vexé.

« Ici, on mettra une armoire à glace. (Il avait repris sans émotion apparente.) Je la ferai faire sur mesure, d'un mur à l'autre, ça agrandit la pièce. »

Quelle horreur. Je me suis vue, soir après soir. J'ai vu nos deux corps enlacés se rouler, soir après soir, sur cette couche de luxure et de perdition, dans cette chambre entièrement climatisée.

« Et tu as sans doute aussi envisagé de faire tapisser le plafond de miroirs ? (J'avais pris un ton indifférent.) Ça ferait un effet extraordinaire, surtout quand ils nous tomberont dessus au beau milieu de la nuit. »

Enno m'a prise par les épaules, l'air ravi.

« Nous ? Tu as dit nous ? »

Et merde. J'avais marqué un but contre mon propre camp.

« Enno, c'était une blague. » J'essayais de ne pas perdre la face.

« Mais tu as dit nous. (Enno nageait dans l'allégresse.) Donc, tu pars de l'idée que nous allons nous installer ici ensemble. »

Je me suis affalée sur un seau à ciment pour me relever immédiatement parce qu'il menaçait de se renverser.

« Enno... (Tout en parlant, je sentais mes fesses devenir froides et gluantes) tu dis tout le temps des choses de ce genre, rien d'étonnant à ce qu'il m'arrive de dérailler !

— Donc, tu refuses que je m'installe ici avec toi ?

— Il n'y a aucune raison pour que tu le fasses ! Tu habites juste en face. Mon petit Enno chéri. Sois raisonnable ! » Je lui secouais le bras pour le rasséréner, tout à fait comme avec Franz quand il met un pistolet sous le nez de son frère en hurlant : « Je vais le descendre, ce mec ! »

Enno se taisait, ulcéré.

Quelle réaction pouvais-je avoir maintenant, à la fois théâtrale et convaincante ?

L'affaire était allée beaucoup trop loin.

Lorsque arriva le gai printemps, accompagné de ses doux zéphyrs, notre maison était prête. Elle était merveilleuse, claire, pleine d'espace et de couleur.

J'allais de pièce en pièce, je nageais dans le bonheur, partout des murs d'un blanc éclatant, une moquette d'un bleu lumineux, je me mirais dans les meubles laqués de rouge vif de la cuisine américaine dont le réfrigérateur colossal regorgeait de bières pour les déménageurs. Dans les chambres d'enfants, les placards avaient bel et bien été laqués comme il convient pour des chambres d'enfants, et la salle de bains était un rêve en rouge et blanc. En passant ainsi d'une pièce à l'autre, j'entendais, venant du jardin de Mme Mère, les rires joyeux de mes fils.

Si seulement tout pouvait rester ainsi !

Mon nouveau chez-moi ! Ah mes enfants, quel bonheur, quel bonheur ! Devant la fenêtre de la chambre à coucher, le bouleau vert tendre ondoyait doucement au gré des brises printanières, un avion ronronnait dans le ciel bleu, et de temps en temps, on voyait une ménagère, l'air radieux, pédaler en direction du supermarché, un panier écolo sur le porte-bagages de sa bicyclette. Oh merveilleuse et douce idylle ! Dans un avenir plus ou moins proche, arborant un tablier repassé de frais, j'étendrais sur le sèche-linge pliant installé dans notre jardin les sous-vêtements d'Enno et ceux des enfants, je m'affairerais entre les plates-bandes fraîchement plantées du potager et l'escalier de la cave, tandis que les enfants, assis dans le bac à sable, feraient évoluer leurs pelleteuses télécommandées sur les dalles de la terrasse toutes neuves.

C'était exactement ce dont j'avais toujours rêvé.

Le dimanche, nous dégusterions tous ensemble le rôti de Mme Mère, avant d'aller avec elle nous promener au bord de l'étang, Franz sur son petit vélo, Willi sur son tricycle, et nous serions plongés dans une conversation animée. En été, nous partirions tous les cinq dans un hôtel chic de la Baltique, dans une station à la mode. Nous jouerions au golf, Enno et moi. Pendant ce temps-là, Mme Mère ferait des châteaux de sable avec les enfants autour de l'abri de plage en rotin que nous aurions loué.

Le soir, je mettrais mon petit ensemble noir pour aller danser avec Enno.

Et au maximum un an après, une voiture d'enfant neuve et son occupant trôneraient sur la terrasse, et à côté des sous-vêtements d'Enno, de Franz et de Willi, j'accrocherais une foule de grenouillères et de brassières. Facile. J'avais mon bac, et j'avais fait des études, donc pas de problème, je saurais faire marcher la machine à laver et le sèche-linge, le four micro-ondes et le fer à vapeur. Pour me détendre après mes tâches ménagères, je ferais le ravitaillement avec mon monospace flambant neuf, je conduirais mes enfants au hockey, au cours de danse, à l'escrime, à l'initiation musicale, à l'atelier de créativité manuelle, et le bébé sucerait paisiblement sa tétine, installé dans son siège auto homologué. Les voisins me lanceraient depuis leur jardin des coups d'œil bienveillants en me criant : « Profitez-en, ça passe tellement vite ! »

Je fréquenterais une foule de jeunes femmes charmantes, qui toutes auraient le bac et des foules de diplômes, et qui elles aussi trimbaleraient leur progéniture en monospace, avec parfois arrêt au bord d'un terrain de hockey où elles se cailleraient les miches.

La condition féminine, c'est le pied !

En fait, je ne trouvais toutes ces élucubrations que modérément drôles. Je me suis rendu compte que je n'étais pas prête à me représenter mon avenir sous ce genre de couleurs.

Non, pas du tout.

Je voulais mettre à profit mes aptitudes, et non pas aller à l'encontre de mes prédispositions.

Si ce n'était pas comme actrice, que ce soit au moins par l'écriture.

Je voulais voyager, rencontrer des gens qui aient d'autres sujets de conversation que les vomissements nocturnes de leur petit Constantin. Tout en profitant de mes enfants. Je voulais tout, avec mon avidité et mon égocentrisme légendaires.

À propos, les hommes, l'avidité et l'égocentrisme, ils ne connaissent pas, tout le monde sait cela.

Ça ne vaut que pour les femmes.

Pourquoi un être humain pourvu de facultés intellectuelles conformes à la moyenne et n'ayant qu'un seul handicap, celui d'être de sexe féminin, serait-il obligatoirement incapable d'accomplir une tâche qui prenne en compte son potentiel intellectuel et sa créativité, libérant de la sorte un emploi pour une personne qui, de son côté, se ferait une joie d'offrir un nid bien douillet à deux charmants bambins, de décorer des gâteaux avec des Smarties, d'aller avec eux à des séances de gym pour tout-petits, de lire des histoires, de faire cuire des épinards et de trier des chaussettes, en un mot, de répandre autour d'elle son débordant amour du prochain ?

Un être comme celui-là, ça devait exister.

En dehors de Mme Mère, bien entendu.

Dans le cas contraire, je ne pourrais pas éviter d'épouser son fils, tôt ou tard. Et par respect des convenances, évidemment.

Mais non, il y avait nécessairement des méthodes plus correctes.

Payer, par exemple. Rétribuer un service hors pair. Je pourrais me le permettre. Et avec mon argent, si ce n'était pas avec celui de Will Gros.

Mon livre était sur le point de paraître.

Le Bonheur sans mari, c'était son titre, et j'avais inventé le pseudo astucieux, et selon moi particulièrement spirituel, de Franka Zis.

Personne ne me démasquerait !

« Vous l'avez lu, le roman de Franka Zis ? C'est d'un drôle ! Tout le monde en parle ! » me dirait-on au jardin d'enfants.

« Franka Zis est sur la pile des best-sellers, juste à côté de l'escalier roulant. »

« Nous n'avons plus le Franka Zis, je regrette, mais nous pouvons vous le commander. »

« Mon mari me l'a arraché des mains, parce que j'ai refusé trois nuits de suite de coucher avec lui. Depuis, il est plongé dedans, il en a oublié le *Journal des sports* ! »

« J'ai offert Franka Zis à ma mère. J'ai été très étonnée par sa réaction, ça lui a beaucoup plu. »

« L'éditeur a donné une grande fête en son honneur. Il y a une photo d'eux dans *Le Courrier doré*. Quel beau couple ! »

« Il paraît qu'elle a vraiment deux enfants. Avec ce metteur en scène, voyons, comment s'appelle-t-il, ce type qui tourne des séries guimauves pour retraités ? »

En bas, une porte avait claqué, m'arrachant à mes rêveries.

« Y'a quelqu'un ? »

Quel dommage, c'était un si beau rêve, un si beau rêve éveillé !

Ça ne pouvait pas être les déménageurs : ils étaient justement occupés, suivant les instructions éclairées d'Enno, à vider l'ancien appartement de toutes mes affaires.

« Mme Mère, c'est vous ? »

Pas de réponse.

En bas, quelqu'un visitait les lieux, sans se gêner. Arpentait les pièces avec une lenteur gourmande. Ouvrait le réfrigérateur. Holà ! Qui se permet de pénétrer par effraction dans mon frigo américain ? À ma connaissance, je n'ai autorisé personne à le faire.

C'est ma maison à moi, et la maison de Franz et celle de Willi et de personne d'autre. Payée avec l'argent des impôts de mon ex !

Alors, du balai !

Le contrôle fiscal !

Sûr !

C'était le type au visage blême dans son imper couleur muraille qui venait tout mettre sous scellés en se frottant les mains d'un air mauvais.

J'ai couru au-devant de l'ennemi.

« Ho ! Qui va là ? »

La porte du frigo masquait l'intrus.

« Sortez immédiatement de chez moi ! » Je m'adressais, avec une folle témérité, à la pointe des chaussures qui dépassaient par-dessous.

« De chez nous ! » a dit le monsieur du fisc avant de refermer le frigo.

C'était Wilhelm Gros.

« Salut ! j'ai répondu d'une voix blanche.

— Tu as drôlement bonne mine !

— Je sais. » J'avais retrouvé mon assurance.

Il s'était sans doute imaginé que, privée de sa présence, j'allais m'étioler, et piquer du nez comme une fleur fanée au premier mot qu'il m'adresserait.

« D'où tu sors ? » Je me suis sentie autorisée à poser cette question parce que c'est celle que posent toutes les épouses qui n'ont pas vu leur mari depuis six ou sept heures. Moi, ça faisait sept mois.

« Des Caraïbes.

— Tu veux une bière ?

— T'as pas de champagne ? »

Imbécile ! Tu t'imagines sans doute que je vais t'offrir un cocktail exotique comme le font les beautés basanées aux yeux en amandes, au bar du *Sunshine Hotel*.

« Une bière, ou de l'eau du robinet ! » j'ai répondu froidement.

Will Gros a condescendu à boire une bière. Nous avons choqué nos deux canettes.

« Santé !

— Si tu veux.

— T'es en train d'emménager ?

— Oui. Aujourd'hui même.

— Alors j'arrive pile. » Will Gros s'adossait confortablement contre le comptoir de ma cuisine américaine fraîchement laquée. Il était d'un brun aussi croustillant qu'un poulet de chez Chicken Chic que le vendeur aurait, dans le feu de l'action, oublié sur le gril.

Le premier cannibale venu aurait repoussé d'un air dégoûté sa peau bronzée sur le bord de l'assiette et aurait demandé à parler à un responsable du restaurant.

« Tu veux donner un coup de main ? » Je m'efforçais de prendre un ton indifférent.

Wilhelm a haussé les sourcils d'un air ironique. Au-dessus de ses paupières, sa peau était toute blanche.

« J'imagine que c'était une blague ?

— Certes. »

« Où sont les enfants ? a demandé Wilhelm après avoir regardé autour de lui.

— Chez ma belle-mère. »

Ça m'avait échappé.

« À Münster-Bracklohe ? » Wilhelm avait l'air surpris.

« Non, hmm, pas chez ma belle-mère, chez... comment dire... une voisine. Une amie qui me donne un coup de main. La mère de mon avocat.

— Ah bon. » Wilhelm ne semblait pas du tout dans la disposition d'esprit du type qui réclame ses enfants à cor et à cri.

« C'est sympa ici ! a-t-il ajouté d'un ton condescendant, juste un peu petit peut-être.

— Pour nous trois, ça suffira. » J'avais répondu d'un ton neutre.

« Pardon ? Nous trois ? Mais on est quatre, non ? » Wilhelm semblait avoir de sérieuses difficultés à tout reconstituer. Est-ce qu'il n'y avait pas eu toute une histoire d'accouchement qu'un hasard stupide l'avait empêché de filmer parce qu'il se trouvait malencontreusement sur une île désolée en pleine mer du Nord avec une actrice prénommée Dorothée, à des fins de quête de soi et d'analyse des relations humaines ? Il a fait des efforts pour se concentrer. Il ne semblait plus en mesure de distinguer les treize épisodes de son feuilleton de la réalité.

« Tu as deux fils. » Je me suis empressée de lui porter secours. « Ils se prénomment Franz et Willi. C'est avec eux que je m'installe ici. Pour nous trois, cette maison a la taille idéale. Je l'ai choisie parce que le jardin d'enfants est à proximité, ainsi que la mare aux canards, le terrain de jeux et le Chicken Chic. Avec des enfants, la situation a une importance capitale, tu sais. Et puis, ici, il passe au grand maximum une auto par jour. »

Wilhelm a reposé bruyamment sa bière sur le comptoir.

« Et tu vois les choses comment ? Hmm ? Dis ? Tu t'achètes une baraque avec mes sous ? »

J'ai senti monter en moi un tremblement où se mêlaient la peur de la dispute et une énorme colère. D'un côté, je continuais à trouver d'une importance capitale que ma séparation d'avec ce charmant vaurien bouclé se fasse en bonne intelligence et en toute amitié. Mais de l'autre, je ne pouvais en aucun cas tolérer qu'il fasse valoir l'ombre d'un droit sur les enfants ou sur moi, ou sur un pouce de cette maison, après avoir depuis des mois accepté le divorce.

Je me suis discrètement raclé la gorge avant de reposer ma bière d'un geste brusque à côté de la sienne. Puis j'ai lancé d'une voix ferme : « Nos sous ! »

Wilhelm a éclaté de rire : « Nos sous ! Laisse-moi rire. Peux-tu me dire ce que tu as gagné comme argent depuis cinq ans ? »

J'ai pris une profonde inspiration. Devais-je lui débiter l'insipide rengaine des suffragettes : j'avais élevé ses enfants et avais donc été malheureusement empêchée de gagner mon propre argent ? Or, d'après les informations que je tenais de mon avocat — auquel d'ailleurs, soit dit en passant et tout à fait entre nous, j'accordais une confiance aveugle et auquel me liait, simple précision de ma part, une amitié personnelle très chaleureuse — cinquante pour cent au moins du bien qu'il avait accumulé me revenait, somme que je venais sans hésitation d'investir dans cette charmante maison individuelle. Je n'envisageais en aucun cas d'y héberger un époux indésirable, même sur un matelas pneumatique installé dans la plus petite soupente, tant qu'il jouerait ainsi au macho, accoudé au comptoir de ma cuisine. Hors de question. Je déteste les disputes. Déjà à l'internat, dès que le ton montait, j'esquivais en prenant la poudre d'escampette, un charmant sourire aux lèvres.

« Tu parleras de tout ça avec Hartwin et Enno, au fond, ils sont payés pour. Ils se retrouvent au sauna tous les mardis. » J'étais redevenue cordiale.

« Avec mes sous », a répété Will Gros.

À ce moment-là, j'ai entendu le camion de déménagement arriver. Portes qui claquent, voix.

« Les voilà ! » J'étais soulagée.

« Avec mes sous ! » Will était hors de lui. Parlait-il des avocats, du sauna ou des déménageurs ? Il avait parfaitement raison. Tout ici, sur deux, sur trois ou sur quatre pattes, se nourrissait sur son dos, de son argent. Somme toute, ça devait lui être assez désagréable.

La porte s'est ouverte brusquement, laissant passer les premiers meubles. Je me suis précipitée, ravie : mes meubles, achetés avec mon argent, et mes déménageurs, que je payais de mes sous. Et quel plaisir de me dire que c'étaient les petits lits à barreaux et les petites armoires de mes enfants, que Will Gros avait quelques années auparavant engendrés dans un moment de passion aveugle, qui s'élevaient maintenant vers l'étage supérieur, vers un avenir qui ne dépendrait plus en rien des humeurs et des séries télé de monsieur.

C'est à ce moment précis que s'est annoncé notre premier visiteur. Mon premier visiteur. Soudain campé au beau milieu des déménageurs, dans son splendide uniforme bleu, poussant devant lui une voiturette jaune qui brillait au soleil, un gars robuste à la trogne enluminée, avec un paquet à la main, qu'il m'a tendu.

Je fixais le paquet, comme frappée de stupeur. Expéditeur : Éditions des femmes dans le vent, Hambourg. C'était Victor.

J'ai déchiré le papier d'une main tremblante. Un relevé de compte est tombé du paquet, on pouvait y lire le nombre 50 000 suivi de toute une série de chiffres, TVA, chiffres, zéros. Et tout en bas, un nombre à cinq chiffres souligné de plusieurs traits et suivi d'un mot merveilleux : « Deutschemarks ». J'en avais le souffle coupé. Alors, j'ai complètement ouvert le paquet. Vingt exemplaires de mon livre, serrés les uns contre les autres et scellés sous cellophane. La couverture était colorée, pleine d'humour, elle allait attirer l'œil des clients, pour peu qu'ils mettent le pied dans une librairie ! Une svelte et jolie jeune femme — qui ne me ressemblait pas le moins du monde — radieuse, deux enfants sur le bras, renversait du bout du pied un grand seau d'où tombait une cascade de billets de banque qui noyaient un homme désemparé.

Le Bonheur sans mari, le titre que j'avais choisi, resplendissait en gros caractères noirs, suivi du mot « Roman ». Sous le dessin, on pouvait lire « Franka Zis » et Éditions des femmes dans le vent. C'était splendide. Mon cœur battait à tout rompre quand j'ai libéré le premier exemplaire de son enveloppe de cellophane. Mon livre ! Mon histoire ! Mon humour ! Et cette odeur ! L'encre fraîche ! Tu vois, mon Gros, c'est à moi, rien qu'à moi !

Sans me laisser le temps de lui tendre un exemplaire d'un air triomphal, mon futur ex en avait arraché un du paquet. « C'est moi qui ai fait la commande, ce paquet est pour moi ! » Le ton était sans réplique.

Accès de fièvre jaune ? Malaria ? Amnésie soudaine ? Je le considérais, désemparée. Voilà ce qui se passe quand on reste trop longtemps sous le soleil des tropiques à tourner des séries télé avec tout le monde à ses pieds. Il est incapable de se réadapter.

Il me faisait grand-pitié. Pauvre minou errant, pauvre apatride aux boucles noires ! Tiens, prends-le donc, ce livre, garde-le ! D'accord, c'est toi qui l'a commandé. Mais c'est pas un livre d'images !

Les déménageurs nous ont demandé de nous écarter de deux mètres, ça faisait un bon bout de temps que nous étions en plein dans leur chemin, il y avait assez de place dans la maison pour déballer ces bouquins ailleurs !

Wilhelm et moi, nous sommes retournés au comptoir, et, chacun un livre à la main, perché sur un tabouret de bar, nous avons repris nos bières complètement éventées.

« J'aurais pas cru qu'ils expédieraient ça si vite ! » a-t-il commenté après avoir humecté sa gorge desséchée par l'air des Caraïbes.

« L'armoire, c'est en haut ? » demandait un déménageur en équilibre dans l'escalier. J'ai répondu : « Je m'en fiche ! »

« Vraiment, c'est du rapide ! » Le pauvre gars, il devait en avoir perdu, des neurones, dans les Caraïbes !

« D'ailleurs, d'où ont-ils tiré ma nouvelle adresse ? » Wilhelm adressait la question plus à lui-même qu'à moi.

« Pourquoi *ton* adresse ? (Je ne savais plus que dire.) C'est la mienne, le paquet est pour moi. »

Wilhelm ne prêtait aucune attention à mes paroles.

« Sacrée histoire ! » disait-il en tapotant le livre d'un air de connaisseur.

Comment donc ? Il la connaissait déjà ? Je veux dire il connaissait déjà le récit que j'avais fait de notre vie commune ?

« Mais le livre n'est pas encore en librairie. Tu ne peux pas l'avoir lu ! »

Perdu dans ses pensées, Wilhelm Gros fixait le mur blanc. « Pourquoi donc m'envoient-ils tout un carton ? J'en voulais juste un exemplaire. »

J'ai renoncé à lui expliquer à nouveau que l'envoi m'était destiné et que mon livre ne le concernait pas le moins du monde, qu'il n'était que le modèle involontaire de l'homme qui, sur la couverture, disparaissait sous les billets de banque et que, le cas échéant, j'étais prête à lui offrir un exemplaire dédicacé, pour le cas où, l'ennui aidant, il lui prendrait l'envie de lire dans le meublé qu'il allait être obligé de se louer, qu'il le veuille ou non.

« Parce que tu ne voulais qu'un seul exemplaire ? » Mon ton traduisait mon impatience grandissante.

« Le piano ?

— Au fond à gauche, contre le mur ! Et pourquoi donc, je te prie ?

— Écoute-moi. » Will Gros était à nouveau dans son élément. « Tu ne peux pas le savoir. J'ai acheté les droits d'adaptation. J'ai du nez pour ce genre de trucs. Ça va faire un tabac. J'ai acheté l'histoire avant qu'un autre ne me la souffle. »

Je le dévisageais, horrifiée. Il avait acheté les droits ? Mais c'était mon histoire ! Elle n'était pas à vendre ! C'était l'éditeur qui l'avait achetée. Victor, au secours ! Le grand méchant Will veut me prendre jusqu'à ma création la plus personnelle ! Enno ! Au secours ! Je réclame l'assistance de la justice ! Qu'on lui passe les menottes ! Qu'on l'arrête !

« Mais mon histoire, tu ne peux pas l'avoir achetée, les droits appartiennent à l'éditeur, tiens, là, Éditions des femmes dans le vent ! » Cette fois, je hurlais.

« Le canapé rouge ?

— Dans le séjour !

— C'est comme ça qu'on dit dans le métier, m'a répondu Wilhelm d'un ton apaisant, j'ai acheté les droits d'adaptation cinématographique à cette maison d'édition des femmes comme tu dis. Tu piges ?

— Oh non ! » Je cherchais à me raccrocher au tabouret. Victor ! Tu m'as trahie. Trahie et vendue. Je ne t'en aurais pas cru capable ! Après tout ce qui s'est passé entre nous !

« Je vais en faire un film, a dit Wilhelm. C'est pour ça que je suis revenu. Faut que tu le lises, ce bouquin. Enfin, une histoire qui ne se passe pas aux Caraïbes ! Tu n'imagines pas à quel point j'en ai marre de ce coin ! Et toujours ces récits insipides où tout le monde il est beau, tout le monde il est gentil ! Avec, à la fin, *happy end* et coucher de soleil... Des mensonges, rien que des mensonges ! Mais là, cette histoire-là, elle est...

— L'armoire à glace ?

— Dans la chambre !

— Le grand miroir aussi ?

— M'enfin, bien sûr !

— Quel miroir ?

— T'occupe pas, Gros. Alors, cette histoire, tu lui trouves quoi ?

— Où j'en étais ? Ah oui, enfin une histoire crédible de bout en bout. Tellement réaliste, je veux dire avec une utilisation si habile de faits réels, ça pourrait être vrai. Enfin un *reality show* réaliste, je ne sais comment l'expliquer à une profane comme toi, en lisant, on a vraiment l'impression d'y être...

— Ah bon ! » Je faisais mine de prendre au sérieux son blabla pseudo-intellectuel.

« Au cinéma, ça passera super, a dit Wilhelm, faudra juste trouver les acteurs qui conviennent.

— Évidemment. » Je me suis retenue pour ne pas illico lui proposer deux noms pour les rôles principaux...

« Mais l'essentiel, c'est le scénario. Si le scénario tient la route, plus de problème.

— Tiens donc ! » Et au même moment, j'ai empêché un des déménageurs de porter dans mon bureau le siège des toilettes et le balai *ad hoc* ainsi que les canards en plastique et les bateaux télécommandés.

« Et le scénario, qui va l'écrire ? » Je m'impatientais.

« Je pense m'y mettre avec l'auteur. Une sacrée plume ! C'est exactement ce qu'il faut pour le film. Des dialogues, de la vie !

— Oui, bien sûr ! » Ça devait bien faire cinq ans que Will Gros n'avait pas fait l'expérience de mon humour. Et en ce moment, j'étais en train de le perdre pour de bon. C'était clair, il ne bluffait pas. Il ne se doutait pas le moins du monde qu'il avait justement en face de lui le spirituel auteur à la plume si alerte. Et que c'était du récit des avatars de *sa* vie conjugale qu'il voulait divertir le public qui remplissait les cinémas du pays. Il ne s'en doutait pas le moins du monde. Typique mec.

« Et... tu comptes t'y prendre comment pour contacter l'auteur ? » Ma question était prudente.

« Aucun problème. J'appellerai l'éditeur.

— Demande M. Lange.

— Pardon ? »

Au même moment, Enno est apparu dans l'embrasure de la porte en nage et hors d'haleine, encombré d'un lampadaire et d'une boîte de Lego.

« Ça va où, chérie ? Ah, de la visite ? »

Enno a lui aussi eu l'air de prendre Wilhelm pour un type des impôts, d'autant plus que ce fonctionnaire, qui manifestement passait sa vie en vacances, était en train de saisir un des vingt exemplaires de mon livre qui établissaient la preuve de mes revenus non déclarés.

« Enno, je te présente Wilhelm. (J'ai bondi au bas de mon tabouret.) Wilhelm, c'est Enno ! »

Ils se sont serré la main à contrecœur, attendant tous deux des explications complémentaires.

« Mon avocat, mon mari. » Et d'un seul coup, je n'avais plus la moindre envie de prendre part à cette rencontre aussi gênante que superflue.

« Enno, je te prie de faire savoir à M. Gros que premièrement je n'ai pas l'intention de reprendre la vie commune, et que je n'ai deuxièmement pas davantage celle d'écrire le scénario avec lui. » Et j'ai tourné les talons.

« Quel scénario ? » a aussitôt demandé Enno.

« Devine ! » ai-je lancé par-dessus mon épaule sans pouvoir retenir un rire sarcastique. « J'ai un coup de fil à donner. »

J'ai entendu Enno commenter : « Elle va être obligée d'acheter un portable, il faut qu'on puisse la joindre à tout moment. »

Mme Mère était dans le jardin avec les enfants.

« M'man, m'man, viens voir !

— Attends, faut que je passe un coup de fil. »

J'ai arraché le combiné houssé de velours de son support et j'ai composé le numéro de Victor. Dire que j'avais été à deux doigts de le donner à Wilhelm !

Les enfants m'avaient suivie. Mme Mère avait suivi les enfants.

Annegret a commencé par se confondre en congratulations et félicitations. Puis elle a consenti à me passer mon éditeur, non sans avoir auparavant pesé et soupesé la situation météo de Hambourg comparée à celle de Cologne.

Pendant ce temps-là, Mme Mère cherchait à retenir les enfants qui se bagarraient pour monter sur mes genoux et hurler : « Comment ça va ? » dans le combiné.

Je leur ai lancé : « Votre père est là, allez lui dire bonjour ! », mais ils ont continué à tirer sur le fil du téléphone et à faire des nœuds avec.

« Allô, Victor ! (Je continuais à lutter pour garder le contrôle de la situation.) C'est vrai que tu as vendu les droits d'adaptation à l'écran ? Pourquoi tu ne m'as pas demandé avant ? »

Je n'ai pas réussi à aller plus loin, parce que Franz avait gagné, et il hurlait dans le combiné : « Comment ça va, espèce de trou du cul ! »

Willi ne voulait pas être en reste.

Ils se tordaient de rire et c'était à qui hurlerait les plus horribles insanités dans l'écouteur.

Mme Mère en était baba. Son petit Enno chéri n'aurait pas été si grossier, ni après ni pendant la guerre.

Sans compter que dans son jeune temps, Mme Mère n'avait pas de téléphone qui aurait pu susciter l'envie de gentils petits Ennos en culotte de cuir. Mais elle ne pouvait pas imaginer que son fiston aurait jamais utilisé un tel vocabulaire envers quelque écouteur de téléphone ou tout autre interlocuteur. Et même sans assistance masculine — c'était justement ce qui nous rapprochait si merveilleusement, Mme Mère et moi — jamais Enno n'aurait eu un comportement aussi déplacé.

Mes deux rejetons avaient hélas par trop tendance à se comporter de manière déplacée, surtout quand j'étais énervée, ou par exemple quand j'étais au téléphone, quand je signais un contrat, me garais, faisais la queue au supermarché ou, ce qui était la situation la plus fréquente, quand j'aurais voulu qu'on me fiche la paix parce que j'étais au petit coin.

À bout de nerfs, j'ai donc hurlé dans l'appareil : « Je te rappelle tout de suite ! »

J'avais à peine raccroché que mes deux loustics étaient redescendus de mes genoux, me plantaient là et allaient faire évoluer leurs chars télécommandés dans les platesbandes de Mme Mère, dévastant les pensées et les marguerites fraîchement plantées.

J'ai rappelé Hambourg. Annegret a été ravie de papoter à nouveau, me demandant si les vents qui soufflaient sur Cologne étaient toujours aussi violents et si la neige fondante et la gadoue me tapaient sur le système autant qu'à elle, parce que ça l'empêchait d'inaugurer son collant neuf et d'aller faire un tour au bord de l'Alster avec ses nouveaux mocassins qui lui avaient coûté les yeux de la tête.

J'ai demandé Victor, elle a dit qu'il avait justement un appel sur l'autre ligne, elle regrettait, mais pouvait faire une commission.

J'ai réfléchi. En fait, elle ne pouvait rien lui transmettre. Sauf qu'il me manquait terriblement, que j'avais une folle envie de le débarrasser de sa cravate, de folâtrer avec lui sur un manuscrit, de poser ma tête sur sa poitrine et d'écouter battre son cœur, pendant que ma main s'égarerait avec insistance vers des zones où elle susciterait certaines réactions joyeuses et qu'à chaque fois que je pensais à sa chevelure si douce lui retombant sur le front, je sentais des frissons délicieux me parcourir le dos. Il était préférable de ne pas demander à Annegret de lui transmettre ce message-là.

« Non, merci, je rappellerai.

— Ah, madame Zis, euh... madame Herr... ne raccrochez pas, la ligne est libre, je vous le passe. »

Clic, crac, clac !

« Franziska... ?

— Victor ! » Mon cœur battait la chamade.

« Tu peux parler ? »

Je me suis raclé la gorge, j'ai regardé autour de moi.

« Oui. »

Je ne savais pas qu'on pouvait avoir si mal de l'envie de voir quelqu'un. Victor, Victor chéri ! J'ai fermé les yeux et me suis blottie tout au fond du fauteuil moelleux de Mme Mère en me serrant contre l'écouteur.

« Comment vas-tu, mon petit ? »

Mon petit ! Personne ne m'avait jamais appelée comme ça ! Et personne n'avait le droit de le faire. Sauf Victor.

Dans sa bouche, ces mots étaient merveilleux.

« J'étais en train de t'appeler sur l'autre ligne. Tu n'es pas chez toi ?

— Non... ou plutôt si. Aujourd'hui, je déménage.

— Mon pauvre lapin ! Que de soucis. Écrire des livres, s'occuper de ses enfants, déménager... Je voudrais être auprès de toi ! »

Comme c'était bon. Pauvre lapin ! Enfin des caresses ! Personne au monde ne m'adressait des paroles si douces, si tendres, si compréhensives et paternelles ! Je me suis blottie encore plus fort contre l'écouteur.

« Franziska ! Je pense sans arrêt à toi.

— Moi aussi, je pense à toi.

— Tu me manques tellement.

— Toi aussi.

— J'aimerais te sentir contre moi...

— Moi, c'est pareil !

— Oui, Annegret, qu'est-ce qu'il y a ? » J'ai sursauté.

« Non, je n'ai pas oublié le rendez-vous avec les représentants ! Vous ne pouvez pas frapper ? »

J'avais si fort envie de Victor qu'une idée complètement folle m'est venue.

Dehors, les enfants couraient.

À la cuisine, Mme Mère vaquait aux soins du ménage.

En face, les déménageurs s'affairaient, tandis qu'Enno et Wilhelm discutaient, assis au bar américain.

Et au plus profond de moi, les hormones s'agitaient. Tout à fait normal, à mon âge, voilà ce que j'ai pensé en m'entendant dire :

« Victor, je viens, tout de suite !

— Pardon ?

— Je viens à Hambourg.

— Maintenant, tout de suite ?

— Oui. Le prochain avion est quand ?

— Annegret va s'en occuper. Annegret ! Mais tu n'es pas en train de déménager ?

— Si, mais je veux venir ; quand on veut on peut. *Primo*, j'ai mon compte de déménagement pour aujourd'hui et *secundo*, les déménageurs travaillent pour moi.

— Et tu peux te permettre de partir, comme ça ?

— Oui. C'est une liberté que je m'accorde.

— Quelle fille super !

— Hein, tu vois ! » Personne n'avait le droit de me parler ainsi, personne. Sauf Victor.

« J'irai te chercher à l'aéroport.

— Et tes représentants ?

— La réunion cessera au moment même de mon départ pour l'aéroport.

— Victor...

— Franziska...

— Je t'aime !

— Moi aussi !

Un clac sur la ligne. « Madame Herr ? Hmm, madame Zis ? Vous venez à Hambourg ? Formidable, mais habillez-vous chaudement, il y a encore des tas de neige aux coins des rues, prenez vos après-ski en fourrure, bien imperméabilisés, si vous en avez... bon, alors, décollage... mais allez-vous y arriver ? Il y a un vol à treize heures trente. »

J'ai jeté un œil à la pendule qui faisait son tic-tac dans le séjour de Mme Mère : une heure moins cinq.

« C'est bon.

— Votre billet vous attend au comptoir Lufthansa, comme la dernière fois ! » a ajouté Annegret.

J'ai couru à la cuisine et ai couvert Mme Mère de baisers. Elle était en train de râper des carottes, pour un peu, son doigt y passait.

« Mon livre va être porté à l'écran, il faut que j'aille immédiatement à Hambourg. »

Mme Mère s'est essuyé les mains sur le tablier vert qui lui avait certainement servi il y a quarante ans à torcher le nez du petit Enno, et m'a serrée dans ses bras. Je me suis enfouie dans sa chaude et vaste poitrine. Mme Mère !

« Fabuleux, Franziska, je savais bien que vous étiez une fille super. » Une fille super. Victor et Mme Mère avaient le droit de dire ça. Et personne d'autre.

« Mon avion décolle dans une demi-heure !

— J'ai fait comme vous dans mon jeune temps, j'ai pris des trains en marche ! » Elle riait.

Ah, Mme Mère ! C'est exactement ça, je prends des trains en marche avant qu'ils soient loin, avant que les plus beaux moments de la vie ne soient passés ! « Est-ce que vous pourriez coucher les enfants si je rentre un peu tard ?

— Pas de problème. Mais où sont leurs couettes ? »

Mme Mère avait éteint les plaques de cuisson.

« Aucune idée. »

Je ne savais pas où étaient les couvertures, mais pour rien au monde je n'aurais maintenant remis les pieds dans ma nouvelle maison, pour y trébucher sur des caisses et me prendre les pieds dans les tapis. Je n'avais pas la moindre intention d'expliquer à Enno ni à Wilhelm où j'allais, et encore moins de leur dire pourquoi. Et je ne voulais pas que les enfants me tombent dessus et me demandent de leur construire un château de sable ou de viser les narcisses avec un arc et des flèches.

« Je trouverai, a dit Mme Mère en riant, la maison n'est pas si grande ! Allez-y donc, mon petit, vous avez tout à fait raison. »

Je lui ai sauté au cou avant de courir jusqu'à mon auto.

J'allais voir Victor, toute seule et tout de suite ! J'y volais !

« Je serai là ce soir, pas forcément de bonne heure ! » Et j'ai bondi dans ma monospace familiale, comme j'étais, en jean et en tennis. Tout le monde a dû penser que je faisais en vitesse un saut à l'ancien appartement pour couper l'eau ou l'électricité.

Mme Mère me faisait de grands signes d'adieu, et je l'ai vue dans le rétro essuyer le nez du petit Willi avec un pan de son tablier vert. Ah, Mme Mère !

Une demi-heure plus tard, j'étais dans l'avion pour Hambourg. J'avais laissé la voiture à un emplacement autorisé pour la dépose des passagers et j'ai foncé pour franchir le contrôle au dernier moment. Après moi, le déluge !

J'ai poussé un soupir de soulagement. Mais qu'est-ce qui m'avait donc pris ? La joie de vivre, pure et simple. À mon tour. Je me suis adossée, et j'ai essayé de me détendre comme on fait quand on va d'un coup d'aile à Hambourg pour un petit rendez-vous galant. Cette fois, je ne portais pas l'ensemble strict de ma première rencontre avec Enno, mais sinon, rien de changé : autour de moi, des hommes d'affaires, une charmante hôtesse de l'air qui, avec toute l'amabilité dont elle était capable, s'enquérait de savoir si nous souhaitions du sel et du poivre dans notre jus de tomates, et le ciel et ses nuages gris qui passaient en lambeaux sous nos yeux.

J'ai jeté un coup d'œil prudent sur ma droite. Attaché-case et valise d'homme d'affaires, costume trois pièces à rayures grises, deux boutons sur un menton mal rasé.

À gauche : barbiche, lunettes, calvitie en tonsure. Pas de boutons, en revanche, des ongles rongés. Stylo à plume or émergeant d'un étui en cuir.

Salut, les mecs ! Alors, cette fois-ci, on ne me demande pas ce que je vais faire à Hambourg ? Ce n'est pas hmm... l'auteur au talent prometteur des Éditions des femmes dans le vent qui va rencontrer (toussotement) son éditeur pour discuter de l'adaptation cinématographique de son premier roman, c'est parce que (oyez, oyez, braves gens !) j'ai envie de mon éditeur, parfaitement, une envie irrésistible, que rien ne saurait endiguer, et j'ai la certitude absolue qu'il est nécessaire de la satisfaire sur-le-champ ! À propos, j'élève seule mes deux jeunes enfants, il faut que vous le sachiez, candidat numéro un. Et aujourd'hui, je suis en train de déménager. Ah bon, ça ne vous intéresse pas ? Et vous, candidat numéro deux, qu'en dites-vous ? Ça pourrait être passionnant, vu sous l'angle « une femme déménage, au propre et au figuré ». Elle s'installe dans un quartier plus agréable. Beau sujet, non ? Et comment célébrer l'événement plus dignement qu'avec une escapade spontanée pour... voyons, comment dit-on dans votre monde ? Un tête-à-tête ? un rendez-vous galant ? une partie coquine ?

Pour un homme, c'est tout à fait permis.

Depuis la nuit des temps.

Vous ne le saviez pas ?

Je suis prête à vous faire sur le sujet un exposé détaillé, histoire de passer un moment.

Vous voyez, vous brûlez de m'entendre. J'en étais sûre.

Alors, je commence. Une femme n'a pas le droit d'agir ainsi. Parce que, vous le savez, quand elle a trouvé l'homme de sa vie, et que ses nombreuses années de régimes, de gymnastique, d'épilation ont enfin porté leurs fruits, en règle générale, elle n'est pas longue à se retrouver enceinte. Et elle en est toute contente. Elle devient grosse et balourde, et elle n'a plus seulement du poil aux pattes, mais aussi de la peau d'orange. Par bonheur, au plus profond d'elle-même, les hormones accomplissent leur tâche, et il ne lui reste plus qu'une seule idée en tête : le bébé.

Vous en connaissez beaucoup, vous, des nanas capables, au neuvième mois, de s'exhiber en bikini sur les planches ?

Ensuite, elle a son bébé.

Ce qui signifie — outre les joies de la maternité, en veux-tu, en voilà, et je ne souhaite en aucun cas réduire ou même contester leur importance — qu'elle n'a pas la moindre envie d'engager de nouvelles manœuvres de séduction à l'adresse d'un mâle. Et surtout d'un mâle qui ne serait pas celui auquel l'unissent les liens du mariage. Elle a d'ailleurs envie de plus en plus rarement du sien. Surtout s'il ne lève pas le petit doigt pour les tâches ménagères. Et ne s'occupe pas du bébé.

Et la revoilà enceinte. Ce qui fait qu'elle a encore moins le temps, et encore moins l'envie...

Et tandis que l'homme — qui ne s'est jamais retrouvé enceint, énorme, qui n'a subi aucun bouleversement hormonal —, dont les pulsions négligées sont devenues irrépressibles, se précipite tête la première, au prétexte qu'« elle ne veut pas » ou « ne peut pas », vers diverses aventures. Pendant ce temps-là, elle garde la maison, les enfants, le lit conjugal.

Et elle est priée d'être satisfaite de son sort.

Ensuite, elle se remet au régime, fait soir après soir cinq tours de piste et serre les dents en agitant les jambes au son d'une cassette de *Véronique et Davina* pour se débarrasser de sa peau d'orange et de son ventre qui pend. Et pour plaire de nouveau à son mari.

C'est super, non ?

J'y suis passée, je sais de quoi je parle.

Mais n'allez surtout pas croire que maintenant que mes enfants ne me pendent plus à la mamelle et sont parfaitement capables de survivre une journée sans moi, je ressente l'ombre d'un remords pour avoir abandonné mon époux à son triste sort, perché sur un des tabourets de ma nouvelle cuisine américaine, alors que le hasard a voulu qu'il revienne justement aujourd'hui des Caraïbes. Vous trouvez qu'il eût été convenable que je reste en un tel jour à la maison ?

Pour fêter son retour d'un succulent plat de lentilles ? Hein, c'est ça ?

Mon avocat va le mettre au parfum. Et le Chicken Chic n'est pas loin. Pour moi, c'est pas deux poids, deux mesures.

Je suis désolée d'avoir les déménageurs aujourd'hui, comme un fait exprès.

Mais en fait, y'a toujours quelque chose qui cloche.

Autrefois, avec Dorothée, tout bien réfléchi, ça n'était pas non plus vraiment le moment.

Personne ne se pose de question, l'amour tombe où il veut.

Vous vous rendez compte, Enno et Wilhelm, assis ensemble dans ma cuisine, qui se flairent comme deux matous rivaux se disputant un territoire ? Ha ! ha ! la comparaison n'est pas mauvaise, au fond ! D'un côté une espèce de chat errant, hirsute, sauvage, qui revient tout juste d'une longue expédition de chasse, et ne s'est nourri en chemin que de rats maigres et autres vermines.

Et l'autre est un gros minet domestique au pelage brillant, à qui sa maîtresse ne propose que des pâtées de luxe avec une feuille de menthe au bord de l'écuelle.

Vous dites que de toute façon, je les aurais seulement dérangés ?

C'est bien mon avis.

Et maintenant, c'est moi qui pars en chasse.

Mais vous êtes plongé dans votre journal, je ne vous dérange pas davantage.

Vous me croirez si vous voulez : je pense qu'en allant retrouver Victor, j'agis exactement comme il faut. Je me serais reproché toute ma vie de ne pas l'avoir fait par souci des convenances, égards pour autrui ou lâcheté. Je vous prie d'ailleurs de noter qu'en ce moment, je n'ai pas de peau d'orange.

Notre conversation m'a été tout à fait agréable. Le vol a passé avec une rapidité folle. Voilà, et maintenant, vous m'excuserez, mais nous sommes en train d'atterrir.

QUELQUES JOURS PLUS TARD, je flânais en ville avec les enfants. Je voulais leur acheter des blousons légers pour éviter que Mme Mère n'ait à nouveau l'idée de les affubler des frusques défraîchies d'Enno. C'était par une magnifique journée de printemps, les terrasses des cafés étaient bondées. Au fond de moi aussi, c'était le printemps. Et même plus : l'été commençait.

« Maman, je veux une glace, a dit Franz.

— Moi aussi, a renchéri Willi.

— D'accord, mais *primo*, on dit "je voudrais" et *secundo*, il faut d'abord que je passe par la librairie. Quand j'aurai trouvé ce que je cherche, on ira manger une glace énorme.

— Et c'est quel livre, maman ?

— *Le Bonheur sans mari*, de Franka Zis !

— Je connais pas. Je vais aller regarder des livres de Papou.

— Si tu veux. Tu emmèneras ton frère. »

Je me réjouissais tant de voir une pile d'exemplaires de mon livre sur la table des best-sellers. Je brûlais de me mêler, mine de rien, à la foule des gens qui se l'arracheraient des mains.

D'un pas alerte, nous avons pris le chemin de la plus grande librairie de la ville.

« On peut aller voir les livres pour enfants ? » Franz adorait se blottir parmi les coussins et les peluches poussiéreuses pour feuilleter les albums de Papou.

Willi a traîné jusqu'au coin des petits son lapin bleu-gris et manchot dont il balançait toujours les membres restants, a envoyé sa peluche infirme rejoindre les autres favoris tombés momentanément en disgrâce et s'est abandonné au bonheur de feuilleter des livres d'images fatigués.

Je me suis éloignée sur la pointe des pieds.

Mon livre, où pouvait-il donc être ?

Là, devant, c'était la table des best-sellers.

Je suis passée devant furtivement, comme un voleur de grand magasin. En louchant à la dérobée sur chacun des titres.

Pourvu que personne n'entende mon cœur battre à tout rompre. J'étais sur le point de défaillir, tellement je brûlais d'impatience.

Là, c'étaient les œuvres complètes de cet auteur américain qui avait écrit des milliers de pages sur des barbiers du Moyen Âge, des rabbins, des médecins et autres figures oubliées de la Perse du Xe siècle. Par piles entières ! Moi aussi, je trouvais tout cela passionnant, sans aucun doute. Avec tout de même quelques longueurs, un peu trop de détails.

Ou bien là : des montagnes de romans d'une vieille lady de Cornouailles en reliures précieuses. Dans chacune de ses histoires qui n'en finissaient pas, la valeureuse héroïne parcourait à pied des contrées escarpées. Elle surprenait le fils de hobereau pour lequel elle soupirait en secret en train de bricoler dans son garage, et comme dans tous ces romans, l'orage ou tout au moins le crépuscule n'était jamais bien loin, ils sirotaient ensemble un thé dans une cuisine rustique, bavardant de choses et d'autres sans aborder jamais de sujet trop intime. Ensuite, elle parcourait le même chemin en sens inverse. Il était toujours aussi escarpé, mais plongé cette fois dans la plus complète obscurité. Ces héroïnes étaient toutes très équilibrées, elles n'avaient pas besoin de télé pour se distraire, même quand elles repassaient leurs draps raidis par la brise marine. Elles avaient du temps, des loisirs, pas de petits nez à essuyer ou de boulot éreintant comme caissière de supermarché. Elles pouvaient donc avancer de chapitre en chapitre, traversant le goémon et les contrées inhospitalières, pour terminer autour d'une tasse de thé bue dans une semi-pénombre, en compagnie d'un fils de hobereau avare de ses paroles, ou de sa mère qui ne l'était pas moins, mais néanmoins leur offrait toujours des petits gâteaux faits maison avec le thé. Pour finir, elles renonçaient toutes à la belle insouciance de leur existence emplie de promenades et de tasses de thé, pour s'installer chez le fils de hobereau qu'elles épousaient, sans doute par pure cupidité. Et la noble lady taisait en général la sombre tournure que prenaient alors les événements.

Soupir !

Pas moyen non plus d'ignorer une pile de livres offrant en couverture des femmes voilées et l'émouvant récit de leur enlèvement vers un pays du Moyen-Orient. Je les dévorais, avec des sentiments de colère et d'incompréhension mêlées. Quand j'étais plongée dans ce genre de lecture, personne n'avait intérêt à m'adresser la parole ou à m'importuner. Je remerciais tous les jours le destin qui me permettait de circuler à visage découvert et d'aller en toute liberté où bon me semblait.

À côté de la pile des livres féministes consacrés à la situation de dépendance et d'asservissement dans laquelle était maintenu le sexe dit faible, on trouvait les livres consacrés à la libération du sexe réputé fort, c'est-à-dire du sexe féminin, sur un ton dépourvu de la moindre once d'humour, de charme et de féminité. Par esprit de fair-play, je m'imposais la lecture d'ouvrages dont le titre donnait à lui tout seul envie de les refermer — *Après trente-cinq ans, une femme trouve plus facilement un poisson dans sa trousse à maquillage qu'un vélo d'homme dans son lit* —, mais je ne cachais pas mes bâillements.

Mon livre allait enfin apporter un peu d'air frais dans cette atmosphère poussiéreuse.

Absolument !

Regards furtifs lancés à la dérobée.

Pas trace du *Bonheur sans mari* sur la table des best-sellers. À n'y rien comprendre.

Frustration énorme, sentiment d'échec !

Profonde déception !

Honte, honte infinie !

Pauvre de moi, malheureuse vouée à l'insuccès !

Je croyais presque sentir les regards des autres clients.

« Alors, Franziska, tu cherches ton livre ? À qui veux-tu le faire lire ? Y'a belle lurette qu'il est passé au pilon ! »

J'ai cherché les enfants des yeux. Au moins, il me restait les enfants. Ils s'ébattaient du côté de Papou, sans trop se faire remarquer. Que faire ? Renoncer, battre en retraite ? Non, à l'assaut !

« S'il vous plaît ? Y'a un vendeur ?

— Je peux vous aider ? » Une pâle jeune fille à lunettes s'est aussitôt précipitée.

« Non, enfin, si. »

Moment mémorable : j'allais pour la première fois prononcer en public le titre de mon livre.

J'ai fait comme si je me souvenais à l'instant même de ce qu'une vague connaissance m'avait récemment chargée de lui procurer ce titre pour une de ses collègues, qui était malade.

« Je crois que ça s'appelle *Le Bonheur sans mari.* » En disant ça, j'aurais voulu me cacher dans un trou de souris.

« *Le Bonheur sans mari*, a répété la donzelle avec un regard interrogateur. Ça doit être sorti récemment. Si ça existe. »

Si ça existe ! Voilà comment elle parlait de mon premier livre ! Si ça existe ! Elle a fait le tour d'un immense comptoir, a feuilleté son gigantesque catalogue, après avoir plusieurs fois demandé : « Zis, c'est bien ça ? Zis, avec un S ou avec un Z ? Ah, attendez... » Son petit doigt suivait les milliers de titres qu'on trouvait sur une page. « Nous y sommes. C'est bien ça, *Le Bonheur sans mari* de Franka Zis. Bon, il va falloir le commander... »

Elle a extirpé un carnet de commandes des profondeurs d'un tiroir et m'a demandé avec empressement à quel nom c'était (j'ai bien sûr dit, rouge comme une pivoine, « Franziska Herr », et pas « Franka Zis, espèce de crétine »), et elle m'a annoncé avec entrain que ce petit livre serait sans doute livré au début de la semaine qui venait, avec la prochaine commande. Il coûtait douze marks quatre-vingts et elle me saurait gré de bien vouloir lui verser des arrhes, parce qu'elle ne pouvait pas imaginer que quelqu'un d'autre que moi puisse s'intéresser à cette œuvre — elle dit bien œuvre — et que sinon, cet invendu lui resterait sur les bras. Et vous comprenez, le chef n'y tient guère...

Naturellement. Je comprends. N'y aurait-il pas ici un endroit où l'on puisse discrètement aller se pendre ?

Tandis que la souris à lunettes remplissait laborieusement et de la main gauche le bon de commande, je me suis retenue pour ne pas lui faire savoir que c'était de mon livre qu'elle parlait de façon aussi peu respectueuse, que c'était mon œuvre qu'elle était en train de commander et que c'est pour voir mon film qu'elle ferait bientôt la queue. Parce qu'elle ferait la queue, parole d'honneur ! Je m'en suis fait le serment, mon poing serré caché sous le comptoir. Comme Scarlett O'Hara. Plus jamais je ne commanderai en bégayant de timidité mon propre livre, plus jamais je n'en épellerai le titre ! Plus jamais !

Rouge jusqu'aux oreilles, je lui ai balancé douze marks quatre-vingts sur le comptoir et me suis en même temps juré de ne pas remettre les pieds dans cette librairie tant que *Le Bonheur sans mari* ne tiendrait pas la tête du hit-parade. Je me suis faufilée jusqu'au coin des livres pour enfants, j'ai pris mes petits sur mes genoux et je leur ai lu tous les Papou que j'ai pu trouver. Tout en luttant contre une terrible envie de pleurer.

Le soir, j'ai raconté mes malheurs à Enno. Il était « passé en coup de vent », comme il faisait presque chaque soir, il voulait juste voir si tout allait bien. Maintenant, il n'avait plus que quelques pas à faire. Plus besoin de la voiture.

Le retour inopiné de Wilhelm l'avait fait renoncer, par souci des convenances, à venir avec sa table de nuit télécommandée s'installer dans la moitié droite de mon lit.

Bien entendu, Wilhelm avait lui aussi dû renoncer à s'installer chez moi. Les deux hommes se tenaient mutuellement à l'œil. Je trouvais ça très commode.

Donc, Enno était passé, une fois de plus un paquet sous le bras. Tout en essayant de deviner s'il s'agissait cette fois d'un presse-tomate entièrement automatique à télécommande programmée par ordinateur ou d'un jeu de Super Mario à imprimante laser pour Franz et Willi, j'ai décidé de lui confier immédiatement mon échec d'auteur de best-sellers afin qu'il fasse son devoir d'avocat et joue son rôle de manager.

« La bonne femme de la librairie ne me connaissait pas ! » ai-je commencé, retenant à grand-peine les larmes qui trahissaient mon degré de frustration.

« Comment ça, je croyais que tu étais une de leurs meilleures clientes ? a demandé Enno tout en s'escrimant pour ouvrir le paquet.

— Pas comme cliente, comme auteur ! » Je pleurnichais, je voulais me faire plaindre.

« Elle ne savait pas que c'est toi Franka Zis ? Mais comment voudrais-tu qu'elle le sache ? C'est pas écrit au bout de ton nez ! »

Je me suis souvenue de l'auteur qui refusait qu'on la photographie et j'ai décidé de ne prendre aucune mesure restrictive à cet égard.

« Voyons, Enno ! Je veux dire qu'elle ne connaissait pas mon livre ! Elle a cherché dans un catalogue (en disant ça, je me suis mise à balbutier) et a eu toutes les peines du monde à trouver mon titre. »

Ma voix se brisait. « Enno, moi qui me voyais déjà au sommet de la gloire ! »

Enno s'est détourné de son paquet et m'a considérée d'un regard pénétrant : « Il faut que nous prenions des mesures. »

« Au plan juridique ? » À la seconde même, les larmes de la fantasque diva étaient taries.

J'imaginais Enno, traînant derrière lui ma modeste personne tout éplorée, entrant dans la librairie et hurlant : « Est-ce vous qui avez offensé ma cliente ? » Il informerait la vendeuse rougissante et balbutiante des droits qui étaient les siens en matière de refus de déposer et demanderait le gérant. Il exposerait à ce dernier la situation en termes juridiques et l'obligerait, en le menaçant des conséquences prévues par la loi, à empiler des centaines d'exemplaires de mon livre dans ses vitrines, à édifier des tours artistement dressées sur les marches de l'escalier, et de plus à remettre à chacun de ses clients un tract — conçu et réalisé par Enno lui-même avec son ordinateur et son imprimante laser, comme il se doit — sur lequel on pourrait lire que l'auteur à succès Franka Zis venait de lancer sur le marché son premier roman et que chaque citoyen avait le devoir d'en acquérir sur-le-champ un exemplaire, en menaçant les contrevenants de poursuites.

« Non, a répondu Enno, nous n'avons pas les moyens de le faire. Mais il faut organiser tout l'aspect relations publiques. Cela suppose un minimum de technique. »

Et il a continué à s'affairer pour ouvrir le mystérieux paquet. D'où il a extrait un boîtier métallique noir avec une quantité de petits boutons qui tous portaient des indications en anglais, comme on pouvait le constater après un examen attentif.

« Kékséksa ?

— Un répondeur.

— Mais j'en ai déjà un ! » Et j'ai montré le monstre chéri, à côté du téléphone, sur lequel, aidée par les enfants, j'avais enregistré un message tellement original que personne ne parlait après le bip sonore. Mais tout le monde éclatait de rire.

« Ici le répondeur de... maman, c'est moi... d'accord, Franz, à toi de parler ! Non, donne le micro, c'est moi qui le tiens !... Ici le répon... Je veux dire allô ! Non, vilain, donne... laisse ça ! Bon anniversaire ! Aïe ! Idiot ! Bing, bong, patch, crac, ouille ! » Et dans tout ça, moi : « Vous disposez de tout votre temps pour... clic ! »

Alors, comme message original...

Mais selon Enno, ces enfantillages devaient cesser, j'étais maintenant une personnalité. Il m'avait apporté le modèle dernier cri, le fin du fin, un produit de chez Nixtaugi pas encore homologué en Europe, tellement facile à utiliser : même pour moi, Franziska la nunuche, ce serait un vrai jeu d'enfant. Un speaker professionnel informerait jour et nuit mes clients et lecteurs de la façon de me joindre, et ce en trois langues, anglais, coréen et japonais. Grâce à un méga-auto-euro-signal particulièrement commode à utiliser, je pourrais désormais en tout lieu, même au square, et mieux encore, depuis le bac à sable, répondre selon l'humeur du moment à mes appels téléphoniques.

« L'humeur du moment m'inciterait à ne répondre à aucun appel depuis le bac à sable. D'ailleurs, y'a pas un chat qui m'appelle ! »

Et j'ai tourné le dos à la boîte à malices japonaise. Je boudais.

Mais rien ne pouvait réfréner l'enthousiasme d'Enno.

« Je vais te l'installer. Où est-ce que ça sera le plus pratique ? Près du lit ? »

J'ai réfléchi : est-ce que je souhaitais vraiment consacrer désormais mes rares heures de sommeil à des conversations téléphoniques en japonais avec un manager aux yeux bridés assis au beau milieu d'un bac à sable ?

Et j'ai dit d'un ton las : « Non, je te remercie. Je n'en ai pas besoin. Tu n'as qu'à l'offrir à ta mère, comme ça, elle pourra laisser des messages en japonais à tante Gertrude.

— Mais il y a belle lurette que je lui en ai offert un, et à tante Gertrude aussi ! » a répondu Enno.

C'était touchant, j'étais la troisième dans la hiérarchie de ses femmes préférées à avoir l'honneur insigne d'entrer dans le cercle fermé des heureux propriétaires de répondeurs trilingues Nixtaugi. C'était déjà ça...

Enno s'affairait à démêler des câbles, des fils électriques et à monter les éléments microscopiques de l'appareil. Je lui ai alors donné la preuve de mes aptitudes techniques et de mon désir de bien faire en sortant un plat cuisiné du congélateur pour le mettre au micro-ondes.

« Il faut procéder avec méthode ! a proclamé Enno en étalant les huit pages du mode d'emploi sur la table de la cuisine. D'une part, tes éditeurs doivent faire la promotion de ton livre. Ils y ont tout intérêt. Il faut qu'ils impriment un dépliant, jolies photos, biographie, œuvres déjà publiées — enfin, cette rubrique-là, ils peuvent la supprimer — et ensuite, il faut qu'ils t'organisent des séances de signature et des lectures publiques. C'est ce qui se fait dans toutes les maisons sérieuses. Prends contact dès demain avec ton responsable d'édition — voyons, il s'appelle comment ? — avec ce Lange. »

À ce moment-là, nonchalamment appuyée contre sa cuisinière, l'auteur à succès sentait son cœur battre à tout rompre. Il s'appelle comment ?

« Tu penses qu'il faut que je m'adresse à lui directement ? »

Tout en essayant du bout des doigts de sortir du micro-ondes le plat spécial, qui — lui — résistait parfaitement à la chaleur, je me voyais déjà dans le prochain avion pour Hambourg.

« Non, ça ne fera pas assez d'effet. J'ai une meilleure idée : je vais lui parler. C'est moi ton manager ! » a dit Enno.

Dommage. Pourvu que ces deux messieurs restent sur le terrain professionnel sans tomber dans des bavardages trop familiers. Entre hommes, par exemple. Mais aucun risque : Enno ne s'engagerait pas sur le terrain privé, il ne le faisait jamais. Il était capable de révéler des détails intimes concernant son ordinateur, mais parler de moi, ça, jamais ! Quant à Victor ? Un gentleman déguste et se tait.

Enno, assis à la table de la cuisine, bricolait d'un air minutieux les petits éléments de l'appareil japonais et les emboîtait sur la face arrière du répondeur.

« Donc, point numéro un : l'éditeur. C'est moi qui m'en charge. Ça fera mieux dans le paysage. Point numéro deux : ton Wilhelm est prié de s'occuper du ramdam publicitaire, puisqu'il veut faire un film à partir de ton truc !

— Mon *truc* ! » J'ai feint l'indignation et j'ai posé le plat brûlant devant lui. « Bon appétit ! Attention, l'assiette est chaude ! »

Enno a sursauté, il venait de se brûler les doigts.

« Merde ! Tu t'es encore trompée de vaisselle ! »

Mais sans lui laisser le temps de bondir pour m'expliquer à nouveau, en reprenant le ton adapté à quelqu'un d'aussi obtus que moi (« Toi Robinson, moi Samedi ! »), les avantages du micro-ondes et les précautions à prendre, j'ai réussi à le ramener à notre conversation.

« Oui, alors, Wilhelm ? »

Oh oui, Enno l'obligerait à faire la promotion de sa petite femme un peu demeurée et de son minable petit roman, lui qui était si célèbre, je parle de Wilhelm ! Enno l'y contraindrait en recourant aux moyens juridiques appropriés. Et dans ce genre de situation, Enno avait toujours une idée.

« Un instant, a ajouté Enno en se levant lourdement de son siège. Si ce bidule traîne dans la vapeur, les fils risquent de rétrécir, ce qui aurait des conséquences fâcheuses pour la qualité de l'enregistrement. »

Pas possible, une chose pareille !

Pas question d'avoir chez moi un Japonais nasillard affublé d'un défaut de prononciation.

Enno a porté avec respect l'appareil jusqu'au téléphone, puis l'a branché.

« Bon, comme ça, je vais pouvoir manger tranquille ! » Et il s'est mis à engloutir avec satisfaction la masse brûlante désignée selon l'indication qui figurait sur le paquet comme *lasagne al forno*.

« Je ne pense pas que Wilhelm soit prêt à faire de la pub à mon livre, ai-je lancé, tout en regardant Enno qui se brûlait consciencieusement la langue. Il ne voudra jamais prononcer publiquement son titre ! Tant qu'il n'a pas commencé le tournage, on pourrait établir une relation entre le livre et moi. Et ça, son ego ne le supporterait pas. Tu sais, il est très chatouilleux sur la question... »

Enno souffrait, son palais était brûlé au troisième degré.

« Je ne comprends pas. C'est tout à fait dans son intérêt... »

Je le regardais manger, fascinée. Il y avait sans doute au beau milieu de cette masse brûlante un gros morceau encore gelé sur lequel il allait se casser une dent.

« Eh oui, tous les hommes ne sont pas aussi forts que toi. Question d'atmosphère familiale. Wilhelm a eu une enfance très difficile. Une mère dominatrice, un père-sait-tout, tu comprends... Alors que toi, à côté, ta mère t'a toujours aimé, toujours soutenu, elle t'a repassé tes chemises et t'a laissé faire la grasse matinée. Tu n'as jamais eu ni femme ni enfants pour te mettre les nerfs en pièces. Tu n'as jamais été obligé de fuir ton chez-toi, de te réfugier aux Caraïbes, tu ne t'es jamais éloigné d'un centimètre de la maison de ta maman. Tu n'as jamais eu besoin de t'imposer ! » Je voulais le piquer.

« Si, à toi ! » a rétorqué Enno la bouche pleine, d'un air satisfait.

Ce soir-là, nous n'avons pas trouvé le temps d'évoquer les possibilités que j'avais de m'imposer sur la scène internationale. Évidemment, ce répondeur était plus important.

Je m'accoutumais à ce nouveau rôle de femme d'intérieur, et pour me rendre utile, j'ai fait un peu de repassage. Qu'est-ce qu'on était bien ! Voilà comment j'imaginais la vie de famille. Lui satisfait son intelligence et ses dons de bricoleur pendant qu'elle éprouve une intense satisfaction intellectuelle à plier des sous-vêtements. Les petits dorment, ils pourront dès six heures demain matin regarder le programme pour enfants, et tout le monde il est gentil.

Pour ne pas complètement m'étioler intellectuellement, j'ai regardé un vieux film en noir et blanc. Ça se passait à une époque où les dames portaient des chapeaux en toutes circonstances, et où les gens, quand ils n'étaient pas en train de courir et de s'agiter, passaient leur temps à téléphoner en hurlant dans un cornet et en frappant sur le support pour attirer l'attention de la demoiselle du téléphone : « Mademoiselle ? Vous êtes là ? »

J'étais donc en train de repasser, tandis qu'Enno s'adonnait corps et âme à la tâche qu'il s'était fixée, m'installer cet indésirable perturbateur au cœur de ma vie privée. Les idées les plus variées me traversaient l'esprit.

Ce jogging va finir par être trop petit, je devrais le donner.

Le T-shirt a rétréci.

Le fer glisse mal. On dirait qu'il reste collé au tissu.

Je ne sais pas me servir de cet engin à vapeur ultramoderne.

Je ne suis pas douée, c'est tout.

À chaque fois que je repasse un vêtement d'un côté, je fais des faux plis de l'autre.

Toujours.

C'est pareil pour plier : impossible de faire ça de façon symétrique. Ça a toujours l'air d'être à l'envers, que je l'aie repassé ou pas.

Pas grave. Ça godaille toujours.

Jamais plié comme il faut.

Même quand je m'applique.

Ce qui me manque, c'est le coup de main. Une chemise, ça se plie toujours plus sur la gauche ou plus sur la droite, jamais symétrique. Et le col, on dirait une part de fromage qui coule au soleil. Cocasse.

Je n'arrive pas davantage à reproduire l'enthousiasme avec lequel, à la télé, la ménagère respire la bonne odeur du linge fraîchement repassé pour ensuite le serrer avec volupté contre elle.

Parce que moi, je ne jubile pas quand le linge sent bon la poudre à laver. Je ne danse pas le long d'une corde à linge sur laquelle sèchent des kilomètres de draps, je ne triomphe pas d'avoir lavé les polos trempés de sueur de toute une équipe de footballeurs.

Il me manque sans doute certaines hormones féminines.

D'ailleurs je ne fonctionne pas du tout comme je le devrais. Être une parfaite maîtresse de maison, c'est pourtant du dernier chic. Quand on voit toutes les petites bonnes femmes des pubs à la télé !

En repliant une chemise qui une fois de plus avait quantité de faux plis dans le dos et un col qui pendouillait tristement, je me demandais par quelle ruse éviter qu'un tel destin soit le mien pour les années à venir.

Première règle : ne jamais me remarier. N'épouser ni un avocat, ni un garçon de ferme, ni le propriétaire d'un hôtel.

Deuxième règle : engager une gouvernante. Une de ces personnes qui portent une petite coiffe amidonnée, un tablier d'une blancheur immaculée, aux plis impeccables. Et qui, tout au long de la sainte journée, me délivrerait de tous ces gestes que je trouvais si fastidieux et pour lesquels d'ailleurs je me montrais particulièrement maladroite.

Elle se présenterait chaque matin à sept heures tapantes, rayonnante de gaieté et de bonne humeur, elle ferait la toilette des enfants, brosserait leurs mignonnes quenottes, leur mettrait des vêtements dont les couleurs s'accorderaient, puis d'une main douce, mais ferme, conduirait Franz au jardin d'enfants. Ensuite, elle éduquerait Willi à la propreté, recoudrait le bras ballant de son lapin en peluche, irait au marché avec le petit chérubin et son lapin fraîchement lavé et préparerait un repas sain et énergétique que nous prendrions tous ensemble.

Pendant la sieste des enfants, elle mettrait de l'ordre, viderait le lave-linge en fredonnant, et rangerait ensuite dans des armoires époussetées préalablement avec amour des chemises pliées avec le plus grand soin et classées par ordre alphabétique.

Oui, elle ferait tout ça, ce serait merveilleux !

Et pendant ce temps-là, je serais à mon bureau ! Assise à mon ordinateur, j'écrirais les plus divertissants des romans, et l'argent qu'ils me rapporteraient me permettrait de rétribuer la gouvernante à coiffe amidonnée !

Nous serions tous très heureux, la gouvernante, les enfants et moi, surtout si l'on tient compte de ce que l'après-midi, à trois heures, les enfants dans ma remorque, je mettrais le cap sur le petit bois municipal, sans rien demander à personne.

Je n'admettais pas du tout que seuls les hommes puissent s'offrir ce genre d'existence. Après tout, ils ont avec leurs enfants exactement le même lien de parenté que les femmes !

Qu'ils ne veuillent pas rester coincés chez eux, qu'ils ne soient pas des papas poules, bon, d'accord, je comprends, mais alors, pourquoi est-ce qu'on attend obligatoirement cela des femmes ?

Il peut y avoir des êtres de sexe féminin qui ne se lassent pas de se consacrer à leurs bambins si charmants et à leur si coquet pavillon individuel. Je leur accorde de tout cœur le plaisir de passer leurs jours et leurs nuits à effacer les traces qui maculent les fenêtres de la cuisine et à préparer sans se lasser des gâteaux spongieux.

Mais on ne devrait pas condamner toutes les femmes à ce genre de vie. Si l'une d'elles ne veut pas, on devrait lui accorder le privilège de donner un autre sens à son existence. Sans qu'elle doive pour autant avoir l'impression d'être une marâtre ou une souillon.

Voilà ce que je me disais en me livrant au divertissant passe-temps qui consiste à reconstituer des paires de chaussettes : où est la sœur de cette chaussette ? Celui qui la trouve a le droit de les rouler ensemble ! Un point de plus pour celui qui fait preuve d'endurance et d'imagination ! Celui qui a fini le premier de reconstituer les paires et de les rouler ensemble aura le droit de les porter dans le tiroir prévu à cet effet ! Quand le panier sera vide, Cendrillon, t'auras gagné — dans mon cas, ça sera difficile.

Je n'ai pas d'homme.

Je veux dire pas d'homme précis.

Et d'ailleurs, je n'en veux pas.

Je veux dire pas d'homme précis.

Will Gros est tout au plus le père biologique de mes enfants.

Enno les approvisionne en cassettes pour le Game Boy et en jeux vidéo, d'accord.

Quant à Victor, pas question qu'il mette les pieds à la maison.

Avec Victor, je veux pouvoir me rouler sans limites et sans entraves dans les prairies de la luxure. Quand je suis avec lui, je ne veux pas gratouiller le tapis pour récupérer une tétine collée. Jamais.

Eh oui, chère madame, ça risque d'être difficile.

C'est le lendemain que je l'ai rencontrée.

La femme de ma vie.

« Franziska, c'est Wilhelm à l'appareil ! Écoute, je t'appelle de Berlin ! »

Bon, il n'appelle pas des Caraïbes, c'est déjà ça. Je n'ai guère marqué de surprise.

« Oui, et alors ?

— D'abord, bonjour. Ça va ?

— On est en train de faire des arbres en pâte à modeler, les garçons et moi.

— Très bien, très bien, alors écoute. J'ai trouvé un producteur et pour ce qui est du distributeur...

— Maman, tu continues...

— La subvention est assurée. Cinq millions. Faut commencer à se remuer pour le scénario. Allô, tu m'écoutes ?

— Oui. Recommence celui-ci, mon chéri.
— Quoi ?
— Maman, il ne tient pas debout !
— Recommence à le rouler entre tes doigts, ça va le faire grossir.
— Franziska ?
— Je te l'ai déjà dit, on fait de la pâte à modeler.
— J'arrive demain par le premier avion.
— Parfait. »

En disant ça, j'avais mauvaise conscience. Je venais tout juste de me décider à consacrer tout un après-midi à stimuler la créativité de mes enfants en faisant avec eux de la pâte à modeler, et déjà on me dérangeait pour affaires. Que valaient cinq millions de subvention accordée à un film contre le plaisir d'ériger une forêt de zizis sur la table de la salle à manger ?

« Allô, tu m'écoutes ? Il faut que tu cases immédiatement les gamins ! On n'a vraiment pas besoin de les avoir dans les pattes pour notre boulot.

— Oh, rien de plus simple ! Je vais les attacher au premier arbre venu ou les planter là sur une aire de repos d'autoroute. »

Wilhelm n'était toujours pas sensible à ma forme d'humour.

« Très drôle ! a-t-il fait sèchement. Écoute-moi : c'est une chance à saisir. Mets les gosses chez une nounou et arrange-toi pour qu'on soit tranquilles à la maison. La façon dont tu te débrouilles ne m'intéresse pas. J'ai pour ma part des choses bien plus importantes à régler. Est-ce que je peux m'installer chez toi ?

— Je poserai la question à mon avocat. »

J'ai pensé à la période de non-conciliation. Enno se fâcherait si je ne me conformais pas aux consignes qu'il m'avait données.

« OK, règle ça, s'il te plaît. Je trouverais commode de pouvoir travailler avec toi jour et nuit. En tout cas, il faut éloigner les enfants, je ne veux pas les avoir dans les pattes.

— Les enfants habitent ici, pas question qu'ils s'en aillent !

— Si tu veux participer à la rédaction du scénario, j'attends de toi un minimum de disponibilité !

— Maman, regarde, il tient debout !

— Formidable, mon chéri. Mais pourquoi il est tout bleu ?

— Pardon ? Franziska ? Viens me prendre à l'aéroport demain matin, ça nous gagnera du temps. À demain ! »

Clic, il avait raccroché.

Mon époux, mon seigneur et maître. Plus question de vivre avec lui, jamais, la terre pouvait s'arrêter de tourner. Nous resterions tous les trois, Franz et Willi et moi, dans notre mignonne petite maisonnette à l'orée du bois.

Sans oublier le lapin cradingue, ça allait de soi.

Une visite de temps en temps, pourquoi pas. Nous avions une chambre d'amis, fallait qu'elle serve.

Mais Wilhelm n'était plus en aucun cas au nombre de ceux avec lesquels j'étais prête à partager mon dentifrice. Lui, non !

Seulement, je voulais l'écrire aussi, ce maudit scénario.

Mme Mère. Cette fois encore.

J'ai attrapé mon téléphone.

« Allô, Alma ? Excusez-moi de vous déranger !

— Mais vous ne me dérangez pas du tout, mon petit, vous le savez bien. Je suis toujours contente d'avoir de vos nouvelles.

— Voilà, c'est pour une affaire urgente... »

J'étais très gênée de lui demander cela. Mais j'avais le dos au mur. Ou bien je me mettais dès demain à la rédaction du scénario, ou bien, pour le restant de mes jours, je faisais des arbres en pâte à modeler.

« Qu'est-ce qui se passe, mes enfants ? Je suis contente de t'avoir au bout du fil ! Ça me change les idées ! D'ailleurs, on était en train de parler de vous.

— Qu'est-ce qu'il y a, Alma ? Vous n'êtes pas bien ?

— Si si, je vais bien. Mais la tante Gertrude est morte cette nuit. »

Elle n'avait pas vraiment choisi le bon jour, c'était pas sympa de sa part. Alors qu'elle avait au moins atteint les quatre-vingt-quatorze ans. Mais le destin venait de parler.

Fini, le scénario. Faire des arbres en pâte à modeler, au fond, c'était très chouette. C'était une activité bien plus sensée. Maintenant et pour toujours.

« Bon, alors il vaut mieux que nous ne venions pas.

— Si, maman, je veux aller voir Alma ! Je veux !

— Non, Willi, pas possible aujourd'hui, Alma est triste !

— Ben alors, je vais aller la voir et la consoler, a dit Franz en s'empressant de décoller le plus réussi de ses arbres de la table. Je vais lui montrer ce que j'ai fait et elle ne sera plus triste.

— Non, Franz, Alma ne veut pas voir d'arbres en pâte à modeler aujourd'hui. » J'avais répondu d'un ton abattu. Et pourtant, j'avais la certitude que la vue d'une espèce de truc bleuâtre qui penchait un peu aurait remis Alma en joie. Elle avait le sens de l'humour.

« Mais si, venez donc ! Bien sûr que je veux voir des arbres en pâte à modeler ! Et d'ailleurs, je ne suis pas toute seule, il y a Paula, la copine de tante Gertrude, on est en train de prendre le café en mangeant des petits gâteaux. Il en reste encore assez pour vous. »

Manquait plus que ça ! Je voulais profiter d'un instant de tête-à-tête où nous n'aurions pas été dérangées pour demander à Alma si elle acceptait, tout de suite et pour une durée indéterminée, de s'occuper de mes gamins. Si elle avait dit non, j'aurais eu moins de mal à consacrer le restant de mes jours à faire des arbres en pâte à modeler. Au moins, j'aurais fait une tentative pour échapper à ce destin !

Mais comme ça, je ne pouvais même pas lui en parler.

Il fallait que justement aujourd'hui elle soit encombrée d'une vieille mémé larmoyante sirotant son café. Elles étaient sans doute en train de régler les détails des obsèques et de préparer le texte du faire-part. Si ça se trouve, elles allaient même solliciter mes conseils, et peut-être aller jusqu'à me demander de venir à l'enterrement.

« Non, non, ça peut attendre. Je ne veux pas vous déranger. Bien des choses à Paula. »

Je m'apprêtais à raccrocher.

Une fois de plus, Wilhelm Gros ferait carrière tout seul.

Parce que la place des nanas, c'est la cuisine.

Alma avait perçu une sorte de frustration dans ma voix.

« Ma chère Franziska, venez, j'insiste. Ou bien voulez-vous que j'aille vous chercher ? »

Les enfants tiraillaient mes basques.

« On veut aller chez Alma ! »

Je me suis avouée vaincue.

« Bon d'accord, mais juste un petit quart d'heure. »

Je me suis juré de ne pas souffler mot du coup de fil de Will Gros ni des cinq millions de marks de subvention accordés au film, et encore moins de mon intention de me mettre dès le lendemain à la rédaction du scénario avec mon ex-mari.

Il fallait qu'Alma puisse s'abandonner en paix à son deuil. Même si tante Gertrude avait atteint quatre-vingt-quatorze ans.

« Je veux qu'Alma me fasse un avion ! »

Les enfants sautaient de joie autour de moi.

À cause de Paula, qui n'était peut-être plus toute jeune et attachait sans doute de l'importance à ce genre de détails, je les ai embarqués à la salle de bains pour nettoyer leurs petites bouilles crasseuses, et je les ai tartinés de crème Nivéa. Ça leur donne toujours l'éclat de jolies tranches de lard et l'odeur du bonheur maternel. Ensuite, à titre tout à fait exceptionnel, je leur ai fait une raie et j'ai enduit de gel coiffant les cheveux raides qui leur retombaient sur le front : ils étaient à croquer. J'espérais ainsi détourner Paula un moment de son chagrin.

« Bonjour, vous voilà enfin ! »

Alma était tout à fait ravie de nous voir. « Il y a bien trop longtemps que vous ne vous êtes pas montrée, Franziska, je me demandais si vous n'étiez pas fâchée !

— Mais non, ma chère Alma ! C'est moi qui me le demandais !

— Ça n'arrivera jamais, promis ? S'il y a quoi que ce soit, nous en parlerons ! Nous autres, les femmes, nous devons nous serrer les coudes ! »

Nous étions encore sur le seuil qu'Alma nous avait déjà embrassés tous les trois, puis elle nous a poussés vers le salon.

Je me suis arrêtée, stupéfaite : je m'attendais à voir une vieille petite corneille tout de noir vêtue, avec un bec rouge à force d'avoir pleuré, et je voyais dans le fauteuil une petite dame très charmante, un peu rondouillette, tout juste la quarantaine, avec un visage ouvert, presque mutin.

C'était ça, Paula ?

La copine de tante Gertrude ?

Comment avaient-elles bien pu se rencontrer ?

Paula a lancé un cordial « Bonjour » en tendant les bras aux enfants. « Voilà donc Franz et Willi ? »

Elle avait des petites mains si soignées et si fines qu'on aurait pu croire qu'elle était une princesse de sang bleu.

« Oui, a répondu Franz, et toi, t'es qui ?

— Je suis Paula. » Son ton était à la fois cordial et décidé. Une dame du monde, c'était clair.

« Je m'appelle Franziska Herr », ai-je dit, encore troublée, en lui tendant la main. Elle s'est levée, j'en étais presque gênée, et m'a dit d'un ton joyeux :

« Et moi Paula Rhöndorf, enchantée ! »

Je me suis demandé si ces dents d'un blanc éclatant étaient bien les siennes.

« Mme Rhöndorf a été l'amie de tante Gertrude des années durant », a dit Alma en me glissant un siège.

— Ah bon... » ai-je marmonné. Comment diable une mémé de quatre-vingt-quatorze ans avait pu se dégotter une amie si jeune et si charmante. Il fallait bien qu'elles se soient rencontrées d'une façon ou d'une autre !

Paula s'est mise à rire. « Je sais à quoi vous pensez ! Je vais tout vous expliquer : j'étais la dame de compagnie de tante Gertrude.

— Très intéressant », ai-je répondu, l'air absent.

C'est donc à ça qu'elles ressemblent, de nos jours, les gouvernantes des maisons bien comme il faut. Tu parles d'une coiffe amidonnée et d'un chignon austère au-dessus d'un tablier brodé !

Soudain, la vie est revenue dans ma pauvre cervelle abandonnée.

« Hum, ai-je fait en espérant que Franz et Willi allaient se montrer sous leur jour le plus favorable, alors, c'est quoi, le travail de dame de compagnie auprès d'une personne aussi âgée ? » Je pensais à des jeux de société, comme les petits chevaux et Mao-mao, ou le Monopoly, mais y'a pas de quoi tuer un jour de travail !

Alma a cligné de l'œil.

Nous autres, les femmes, faut qu'on se serre les coudes.

Auraient-elles combiné toutes les deux notre rencontre du troisième type ? Évidemment ! Enno avait dû lui parler de cette histoire de scénario.

Mais tante Gertrude, elle n'avait tout de même pas choisi...

Nous autres, les femmes, faut qu'on se serre les coudes.

Avant même que Paula Rhöndorf ait eu le temps de répondre, Alma, se penchant d'un air de confidence par-dessus le dossier de nos fauteuils, disait : « La vie avec tante Gertrude n'a pas dû être toujours très gaie ! »

Je me suis empressée de renchérir : « Non, sans doute, d'ailleurs, il n'y a pas tant de jeux de société que ça ! »

Paula a fait oui de la tête. « C'est vrai, je n'ai pas eu beaucoup de distractions au cours de ces dernières années. Je changerais volontiers d'horizon professionnel. »

Je me suis raclé la gorge en me balançant nerveusement sur le bord de mon siège : « Et vous pensez à quel style de changement ? »

Si elle répondait « hôtesse de l'air » ou « vendeuse dans un magasin de confection pour hommes à Wuppertal », je me mettais à crier.

« J'aimerais travailler avec des personnes plus jeunes, a répondu Paula.

— Combien d'années de moins que tante Gertrude ? » Je brûlais d'impatience. Des gens plus jeunes que tante Gertrude, c'étaient des octogénaires !

D'ailleurs, quel genre de job pouvais-je lui proposer ? Dame de compagnie ? De deux morveux ? Il suffirait qu'ils lui envoient leur ballon dans les nénés, et plus de prestige, la dame de compagnie. Éducatrice ? Ça faisait vraiment sévère ! Cuisinière ? Gouvernante ? Bonne d'enfants ? Tout ça, c'était bien trop spécialisé ! Mère de substitution ? Non, je ne voulais pas de ce terme, j'étais là, moi aussi, et en fin de compte, je n'étais pas du tout prête à rendre mon tablier.

Mais comment l'appeler ?

« Cette fois-ci, il faudrait que ce soient des personnes infiniment plus jeunes, a dit Paula en prenant sa flûte à champagne, en tout état de cause, il faudrait qu'elles puissent me survivre. »

J'ai senti dans mon dos comme une pression.

Alma me poussait pour que j'entre en scène, c'était le signal.

Je me suis forcée à me lever, avant que Paula ait eu le temps de reposer son verre en disant « Bon, va falloir que je vous quitte », et j'ai pris un air solennel.

« Franziska veut vous dire quelque chose, Paula ! »

Alma a toussoté pour masquer son impatience.

Paula m'a regardée d'un air amical. En réalité, elles savaient l'une et l'autre ce que je voulais dire. Au fond, tout ce tralala était superflu. Mais comme il est d'usage de toquer contre son verre avec sa cuiller pour attirer l'attention, c'est ce que j'ai fait.

Vas-y, Franziska. Courage. Mon Dieu, combien pouvait bien coûter une dame de société à sang bleu comme celle-là ? Comment la qualifier ? Impossible de trouver le terme décisif ! Allez, plonge !

J'ai pris une grande inspiration.

« Ma chère Paula, je ne peux croire que notre rencontre en ce lieu et à cette heure soit le fruit du hasard, je crois à la Providence et à la solidarité entre femmes de tous âges... »

Blablabla ! Jamais encore je n'avais parlé sur un ton si ampoulé. Mais comment en venir au point crucial ?

Les deux dames me regardaient d'un air plein d'attente.

« Vous connaissez peut-être ma situation... Je dois prendre aujourd'hui même une décision capitale, qui sera peut-être déterminante pour la suite de mon existence. Mais il ne s'agit pas de moi seule, il s'agit aussi de mes deux enfants...

— Oui ? »

J'ai posé le verre sur la table d'un geste décidé et me suis redressée.

« Voulez-vous être... ma femme ? »

Je suis devenue rouge comme une pivoine. Catastrophe.

Franziska !

Scène complètement loupée !

Rideau !

Mais Paula ne riait pas.

« Comme vous avez bien dit les choses ! a-t-elle commenté en me regardant d'un air amical. Il y a longtemps que je n'ai rien entendu d'aussi gentil. Bon, essayons ! Mais à une condition.

— Laquelle ? » J'ai pensé qu'elle voulait parler d'argent. Mais ce jour-là, nous n'avons pas parlé d'argent. Il s'agissait de temps. Elle avait les mêmes désirs que moi.

« Que je puisse rentrer chez moi tous les jours à deux heures et demie.

— Tous les jours ?

— L'exception confirme la règle.

— OK, ai-je répondu, voilà une proposition qui me va ! »

Puis je me suis affalée dans mon fauteuil et j'ai vidé mon verre d'un trait.

Le lendemain matin, comme prévu, je suis allée chercher Wilhelm à l'aéroport. Il n'a pas eu le moins du monde l'air surpris. Il n'a pas non plus demandé ce que j'avais fait des enfants. Radieux, il m'a expliqué où il en était. La fièvre de l'action l'avait saisi.

Il avait bien avancé : il avait un distributeur, il avait obtenu la subvention, il avait un producteur.

Il ne manquait plus que le scénario. Mais pour ça, j'étais là.

« J'ai déjà quelques acteurs en vue. »

Les hommes ont toujours quelque chose en vue ! Une maison, quelques acteurs, ou tout simplement une poule.

« Ah oui ? Qui donc ?

— Tu le sauras plus tard.

— Pourquoi ?

— Chaque chose en son temps. »

C'était bien lui. Faire acte d'autorité pour marquer dès le début les positions respectives. Moi, chef, toi obéir.

« Autre chose, a ajouté Wilhelm. Je peux m'installer chez toi ?

— Non, Enno a dit que nous devons respecter la période de non-conciliation.

— Et où est-ce que je vais coucher ?

— Tu le sauras plus tard. Chaque chose en son temps. »

Nous avons gardé le silence, chacun de son côté, vexés. Et pourtant, j'aurais pris un plaisir fou à lui expliquer qu'il s'installerait pour commencer dans la chambre où était morte tante Gertrude. C'est Enno et Alma qui avaient trouvé cette solution géniale.

Wilhelm avait voulu acheter une villa de luxe ! Eh bien maintenant, il allait en habiter une. C'était pas de la chance, ça ?

Pendant notre trajet dans mon monospace familial au beau milieu du trafic matinal, je sentais s'installer entre nous deux une tension désagréable.

C'est comme ça que commençait une merveilleuse amitié ?

Toutes ces cachotteries, à quoi bon ?

Pour jouer au plus fort ? On avait tous les deux passé l'âge de ce genre d'enfantillages !

« Pourquoi tu ne me dis pas à quels acteurs tu songes ?

— Parce que tu écrirais le scénario en fonction d'eux. S'ils n'acceptent pas, tu n'auras plus qu'à repartir de zéro. »

D'accord, si on veut.

« Bon, et maintenant, parlons organisation du travail. (Je mettais les choses au point.) Tu peux arriver tous les matins à huit heures. J'ai quelqu'un qui s'occupe des enfants jusqu'à deux heures et demie.

— Huit heures, ça me fait bien trop tôt, a répondu Wilhelm. Pas avant dix heures.

— C'est ton problème.

— Je suis du soir, a poursuivi Wilhelm d'un ton important, tu devrais le savoir.

— Et moi, j'ai des enfants. (Je ne me laissais pas démonter et répondais du tac au tac.) Tu devrais le savoir !

— Bon, alors nous travaillerons la nuit.

— Non, la nuit, je dors. Je suis comme ça, voilà. »

Nouveau silence.

Je savais que Wilhelm se mordait les doigts d'avoir acheté les droits de mon roman. Il ne pouvait pas se douter que derrière Franka Zis et sa plume alerte se cachait sa petite femme à l'esprit limité !

Oui mais voilà, c'était trop tard. Quand le vin est tiré, il faut le boire. Il n'avait plus qu'à s'accommoder d'avoir été berné par la rouerie féminine.

Il fallait qu'il paye, pour moi, mais il n'avait pas le droit d'habiter sa maison, il fallait qu'il travaille en bonne intelligence avec moi, mais il devait tourner les talons à deux heures et demie.

Et tout ça pour transposer mon livre à l'écran, pour m'apporter le succès et la gloire !

Je le reconnais, c'était beaucoup pour un homme comme Wilhelm... En plus, ici, il était coupé de son monde habituel, il ne connaissait personne.

Pour moi, c'était tout le contraire, ma famille, mon foyer...

J'ai décidé d'être un peu plus gentille avec lui.

Au premier feu rouge, je lui ai tendu la main.

« Allez, Will, on fait la paix ! »

Il a marmonné : « OK, mais pour le film, c'est moi qui décide ! »

Le feu était passé au vert.

« D'accord », je lui ai dit en appuyant sur l'accélérateur.

À partir de ce moment-là, quelle vie merveilleuse ! Disons-le tout de suite : Paula était absolument une perle. Jamais je n'aurais cru que cela était possible.

Elle me coûtait le double de la pension que me versait Wilhelm pour les enfants.

Fifty-fifty.

Quel partage équitable !

Pour la période de non-conciliation, Enno Winkel avait obtenu une somme très généreuse, qu'il avait bien entendu calculée d'après les gains d'un metteur en scène à succès au cours des cinq dernières années.

Et l'avocat de la partie adverse, Hartwin Geiger, n'avait pu opposer aucun argument concret à cette demande.

Il était bien trop souvent fourré au sauna avec Enno pour le faire.

J'étais désormais un auteur renommé, et j'avais moi aussi gagné des sommes considérables.

Je trouvais donc cette solution parfaitement juste. Le père des enfants donne à la mère des enfants de l'argent pour pouvoir profiter de sa liberté d'artiste, et la mère des enfants donne de l'argent à la nounou, pour pouvoir à son tour profiter de sa liberté d'artiste. Question d'équité. Et pour finir, la mère et le père s'associent pour rédiger le scénario de l'histoire de leur couple. Quant aux braves gens qui verront le film, ils ne s'ennuieront pas !

Pour la première fois de ma vie, il m'arrivait ce que les hommes considèrent comme tout à fait naturel : ils engagent une femme qui s'occupe de leurs enfants, repasse leurs chemises, répond pour eux au téléphone, prépare les repas et tient écartées de leur chemin toutes les chicaneries du quotidien et toutes les affaires du ménage.

Préalablement, les hommes choisissent la femme qui conviendra.

Le contrat qu'ils signent avec elles est certes bel et bien un contrat de travail, mais il est célébré avec des fleurs et une robe blanche pour donner plus de charme au début de la collaboration.

C'est un rite désuet auquel les gens sacrifient encore volontiers.

La signature qu'ils donnent devant témoins et devant un représentant de l'autorité administrative a même davantage de conséquences que celle qu'ils apposent sur un contrat de travail. Rompre ce contrat-là coûte un temps infini, énormément d'argent et on y laisse ses nerfs. Les parties concernées le savent, mais elles portent des œillères et signent tout de même.

Puis les hommes s'adonnent en toute bonne conscience à une activité qui correspond à leurs aptitudes personnelles et leur apporte même en général des satisfactions. La manière dont les femmes occupent leur temps ne les intéresse pas.

J'agissais de même. Avec cette nuance que ma « femme » était rétribuée pour chacun des gestes qu'elle accomplissait.

Quel sentiment merveilleux !

Il m'était permis désormais, sept heures par jour, d'être moi-même sans avoir mauvaise conscience.

À sept heures du matin, Paula arrivait sans bruit, ouvrant la porte d'entrée avec sa clé.

C'était le plus agréable bruit que j'avais jamais entendu, cette clé qui tournait dans la serrure !

Précédée de la bonne odeur des croissants et du pain frais, Paula montait l'escalier à pas de loup, débarrassait mon lit de deux petits perturbateurs aux fesses souvent humides et froides et refermait la porte en sortant.

Le second bruit le plus agréable de ma vie !

Je me retournais alors vers le mur, ivre de volupté, et m'enfonçais dans mon oreiller en désordre, pour me rendormir deux bonnes heures d'horloge, jusqu'au moment où Paula me réveillait par l'interphone.

« Bonjour ! Il est neuf heures. »

Je m'arrachais à mes agréables rêves matinaux.

J'entendais alors le chœur des voix enfantines :

« Bonjour, maman chérie ! »

Par l'interphone, bien entendu.

Je titubais jusqu'à la salle de bains, où personne ne me dérangeait, je prenais une douche glacée et m'habillais, fredonnant gaiement devant l'immense miroir.

Madame est charmante ce matin !

Parfaitement reposée.

Je faisais alors mon apparition à la table du petit déjeuner. Le journal m'attendait à côté des croissants. J'entendais les enfants rire joyeusement dans leur salle de jeux, au sous-sol, chanter, faire des galipettes. De temps en temps, le bruit d'une chasse d'eau, des verres à dents qu'on entrechoque. Et aussi : des écureuils devant la fenêtre de la cuisine, un merle, des épouses qui vont à vélo au marché.

Le lave-vaisselle ronronnait doucement, discrètement.

Un rêve !

Puis une bousculade de pas dans l'escalier. Les voilà ! Lavés, coiffés, habillés, fleurant bon le dentifrice. Un gros baiser.

Quelques mots échangés. Installé sur mes genoux, Willi voudrait des friandises à grignoter. Franz fait rouler ses petites autos sur les pages du journal que j'ai déjà lues.

Le calme absolu, l'harmonie sans nuages. Comme dans les insipides films de Will Gros qui racontent des histoires de familles.

Mais cette fois, c'est en vrai. Incroyable.

« Qu'est-ce qu'il nous faut aujourd'hui ? Vous avez envie de quelque chose de particulier pour le déjeuner ?

— Oh, faites ce qui vous inspire !

— Est-ce que M. Gros déjeunera avec nous ?

— Je présume.

— Alors, ça sera des biftecks. Au fait, les enfants devraient aller chez le médecin. C'est le moment de leur rappel.

— D'accord, Paula. Avez-vous besoin de ma voiture ?

— Non, merci, je prendrai la mienne. Voulez-vous que je passe au supermarché, à la teinturerie ?

— Il me faudrait cent timbres-poste. Et il faudrait expédier ce paquet en recommandé.

— Parfait. Est-ce que je peux donner une sucette aux enfants, après la piqûre ?

— Bien sûr, et même deux ! »

Le paquet sous le bras, Paula poussait les enfants devant elle. Franz, avec son cartable pour le jardin d'enfants, Willi et son lapin me faisaient joyeusement au revoir de la main avant de monter dans la petite voiture de Paula et de s'y laisser attacher docilement sur le siège arrière.

« Au revoir, mes poussins, vous êtes des trésors !

— Toi aussi ! »

Et voilà, envolés.

Je terminais tranquillement mon petit-déjeuner, je mettais ma tasse dans l'évier, et je m'installais devant l'ordinateur.

À dix heures tapantes.

À ce moment-là, mon collègue Will Gros se pointait.

Il habitait tout à côté, dans la villa de tante Gertrude cachée sous les rosiers. C'était du provisoire, bien sûr.

Je travaillais avec lui jusqu'à deux heures, puis nous déjeunions avec Paula et les enfants.

Nous n'avions jamais mené plus harmonieuse vie de famille. Rencontrer Paula plus tôt aurait peut-être changé beaucoup de choses. Peut-être.

Paula nous quittait à deux heures et demie. Will Gros aussi. Pour respecter la non-conciliation.

À partir de ce moment-là, j'avais du temps pour mes enfants. Aucune tâche ménagère ne m'attendait. La forêt nous appelait. Nous allions presque tous les jours avec notre remorque jusqu'à la maison au bord du lac.

Les enfants faisaient une partie de minigolf. Assise sur le banc, je sentais dans tous mes membres la bonne fatigue du grand air, nous mangions un hot dog avec beaucoup de moutarde, contemplions les arbres qui ondulaient au vent, et je laissais mes pensées vagabonder.

Mon prochain roman prenait forme.

Au coucher du soleil, nous faisions encore une demi-heure de barque ou bien le tour de l'étang voisin. Les enfants grimpaient sur des troncs d'arbres. Le lac s'étendait, tranquille, et brillait dans le soleil du soir.

Nous rencontrions beaucoup de gens charmants qui recherchaient comme nous calme et air pur, et il nous arrivait de nous attarder un peu à bavarder. Puis nous poursuivions notre route.

C'était une liberté si magnifique.

Ça avait été si simple.

Et quelle géniale solution...

Pourquoi n'y avais-je pas pensé plus tôt ?

« Bon, alors pour commencer, on fait sauter toutes ces bêtises autour de ton enfance, aucun intérêt ! »

Will Gros avait pris son ton d'artiste, et s'adressait à moi comme si j'étais sa secrétaire.

J'ai décidé de mettre dès le début les points sur les i.

« Moi, je trouve que ça passera très bien à l'écran. » Je n'étais pas prête à céder. Mes scènes de romance avec Victor !

« Tout ça, intérêt, zéro ! Des histoires de collégienne qui rencontre son prof dans le couloir, à l'écran, ça ne rend pas ! »

J'avais un point de vue différent.

« Et pourquoi ? Ça serait une excellente entrée en matière ! »

Je ne voulais pour rien au monde priver Victor du plaisir de voir un jour notre merveilleuse petite histoire d'amour projetée dans une salle obscure. On irait tous les deux. À la séance de midi. Avec une bouteille d'Asti et des pop-corn. En plus de nous, il y aurait trois ménagères avec leurs sacs de *Prisunic.* Bien entendu, elles me reconnaîtraient et se précipiteraient : « Madame Zis, nous parlions justement de votre livre ! » Elles me demanderaient un autographe sur leur billet de cinéma. Voilà ce que je devais à Victor, il fallait que notre petite romance trouve sa place dans le film. D'ailleurs, je voyais toute la scène très distinctement.

Début du film : éclairage romantique, avec peut-être un filtre pour bien faire remarquer à tout un chacun qu'il s'agit d'un retour en arrière, en tout cas prise en noir et blanc. Du grand art que cette entrée en matière ! Une adolescente, quinze ans, longues tresses, jupe foncée à bretelles et grosses chaussettes, elle traverse la cour et ramasse la serviette que son nouveau professeur, le bas de son pantalon serré par une pince, descendant d'un bond de son vélo, a fait choir de son porte-bagages. Leurs regards se croisent inévitablement, et les spectateurs sont obligés de le comprendre : un grand amour naissait, qui resterait inassouvi. Voilà comment le film devait commencer, comme ça et pas autrement !

Mais Will Gros ne voulait rien savoir.

« Si quelqu'un a l'expérience du cinéma ici, c'est moi et personne d'autre ! disait-il. Le début, faut que ça t'arrache de ton siège, tu comprends ? Tu écris ? Je vais te dicter. »

Tiens donc, voilà comment il s'était imaginé notre collaboration ! J'étais plus que déçue.

« Ton truc, c'est l'écriture, a poursuivi Wilhelm en me tapotant la joue du bout des doigts. Tout ce qui concerne l'aspect ciné, tu peux pas savoir, et d'ailleurs, ça n'a rien d'étonnant ! T'as rien connu de ce qui se passait dans le vaste monde pendant toutes ces années. Bon, alors voilà un point qui est réglé. Maintenant, tu vas nous faire un café, hein ? »

Je me suis levée et suis allée à la cuisine, moins pour préparer un café pour mon seigneur et maître que pour appeler Enno. J'avais besoin de toute urgence d'un conseil juridique.

Enno était au bureau.

« T'as deux minutes ?

— Pour toi, toujours !

— T'as un candidat au divorce devant toi ?

— Naturellement, mais je lui ai donné un casque. Il écoute du Tchaïkovski.

— Tu fais toujours comme ça ?

— Bien sûr. La technique, faut que ça serve ! Alors, ma cliente préférée, que puis-je pour toi ? Wilhelm n'est pas sage ? Il ne veut pas respecter la période de non-conciliation ?

— Il veut que je lui fasse un café ! » Ce qui assurément relevait aussi du paragraphe 213, 1er alinéa, où il était stipulé que les deux parties n'étaient pas autorisées à se faire réciproquement du café et qu'un tel débordement compromettrait gravement le bon déroulement de l'année de non-conciliation.

« Il s'agit là d'un cas manifeste de contrainte », a dit Enno.

Tiens donc. Il allait me faxer une attestation qui établirait par disposition provisoire que sa cliente n'était pas obligée de faire de café ou de préparer quoi que ce soit à la partie adverse, et que cette disposition prenait effet à la minute même.

Enno était formidable. Un homme d'action.

Je collais mon oreille à l'écouteur, pleine de confiance.

« T'as appuyé sur la touche *Deux à quatre tasses* ?

— Hein ?

— Quand tu ne fais que deux à quatre tasses, il faut commencer par enfoncer la touche qui porte l'indication 2-4. L'eau passe plus lentement et l'arôme se développe mieux. Je te l'ai déjà expliqué.

— D'accord. J'ai enfoncé la touche. Alors, ta disposition provisoire ?

— Je pense que tu aurais dû commencer par régler noir sur blanc la forme et l'ampleur de ta participation, a poursuivi Enno d'un ton officiel.

— Ne sois pas toujours si concret ! (Je sifflais entre mes dents.) Will Gros pense et Franziska écrit ! Non, pas d'accord. Pour ce genre de boulot, il peut s'offrir une secrétaire. C'est pas pour ça que je case mes gosses.

— Régler les choses avec effet rétroactif, ça manque d'élégance !

— Et pourquoi ?

— Parce que vous avez de toute évidence établi de façon informelle un style de collaboration qui semble fonctionner, a répondu Enno d'un ton docte. Je te prie seulement de bien veiller à respecter la période de non-conciliation.

— C'est dans mon intérêt que tu parles, ou dans le tien ? » J'étais de mauvaise humeur et lui lançais une pique.

— Le café passe ? (Enno a ignoré mon coup bas.) Je veux dire il passe goutte à goutte, ou il coule ? »

J'ai bougonné : « Il passe goutte à goutte.

— Parfait, alors tu as fait ce qu'il fallait. Je savais que tu étais suffisamment intelligente. Tu as de la ressource.

— Enno ! (J'ai hurlé dans le combiné.) Je te sollicite pour que tu m'apportes un soutien juridique dans l'affaire qui m'oppose à mon époux, je ne te demande ni des conseils d'économie domestique, ni des attestations pour personnel non qualifié.

— Bon, bon, si tu n'es capable de te débrouiller ni avec M. Gros, ni avec ta machine à café, il va falloir que je passe. » Enno avait un ton guilleret.

« Impossible. Pense à Tchaïkovski. »

Il me semblait qu'il y avait urgence à ce qu'il se tourne à nouveau vers le client en quête de conseil vissé sous son casque.

« Il peut attendre ! (Enno était très heureux que j'aie besoin de lui, c'était évident.) Mais en tout état de cause, il faut que tu assistes à la discussion, dit Enno. Ne prends pas la fantaisie de te défiler. »

Alors que c'était exactement mon intention. Je déteste les querelles.

« ... ce serait juste pour jeter un coup d'œil aux enfants...

— Avec Paula, ils sont entre de bonnes mains, ça ne peut pas être mieux ! »

Enno me connaissait déjà assez bien. À chaque fois qu'il voulait jouer les donneurs de leçons, je décidais que c'était le moment de m'occuper des enfants. Ils étaient infiniment plus importants pour moi que tous les contrats, répondeurs, Minitels, règlements financiers, machines à café et ordinateurs du monde.

« Je ne négocierai qu'en ta présence, a dit Enno.

— Bon, d'accord. (Mon ton était devenu conciliant.) Alors, je rajoute une tasse pour toi. » Je m'apprêtais à raccrocher quand la voix d'Enno m'est à nouveau parvenue :

« Dans ce cas-là, il faut que tu enfonces l'autre touche, pour *Quatre tasses et plus* ! Tu entends ? Sinon, la machine va automatiquement s'éteindre au bout de quatre tasses. »

Wilhelm a fait irruption dans la cuisine. « Qu'est-ce que tu fabriques ? Il t'en faut, un temps ! Allez, ouste, avec moi, on travaille, on perd pas son temps au téléphone ! »

Alors que je réfléchissais à une réponse possible dans le plus splendide jargon juridique qui soit, il ajoutait : « À propos, je ne bois que des expressos. Fais bien attention, je vais une fois pour toutes te montrer comment on s'y prend, d'accord ? » Il s'est mis à extraire laborieusement du placard le plus haut la machine à expresso que j'avais réformée et l'a nettoyée avec un torchon.

« Non. » Je me butais, car je n'avais aucune envie de me faire expliquer le fonctionnement d'une nouvelle machine.

« Regarde, a-t-il dit en me mettant sous le nez la machine reluisante. Ici, tu mets la poudre à café. » Il a sorti une petite boîte dorée sur laquelle on lisait des explications en italien. « C'est le café que je bois tous les jours.

— Si ça te fait plaisir. On peut commencer ?

— Je ne suis pas capable d'avoir la moindre idée tant que je n'ai pas bu mon expresso », a dit Wilhelm en préparant avec précaution et presque religieusement son breuvage noir. J'étais debout à côté de lui, je piaffais d'impatience.

« Y'en a encore pour longtemps ? Paula s'en va à deux heures et demie !

— Un bon expresso ne se prépare pas dans la précipitation. C'est tout l'art de vivre italien. Consacrer l'attention qui convient aux choses importantes... »

Pas question de supporter une seconde de plus sa fatuité.

« Quand tu auras fini et que nous pourrons commencer, tu m'appelleras ! »

Et je me suis dirigée vers la cave. J'étais hors de moi.

Ah, les hommes !

« Non, » lui ai-je [illegible] de me faire [illegible] sur le fonctionnement d'une nouvelle machine, « [illegible], » ai-je [illegible] la machine [illegible] à café [illegible] une petite boîte [illegible] l'une des [illegible] en Italie [illegible] le café [illegible] les [illegible].

— Si ça te fait plaisir. On commence ?

— Je ne suis pas certaine d'avoir [illegible] idée tant que [illegible] a dit Wilhelm en préparant avec [illegible] son [illegible] à côté de lui, le [illegible] d'[illegible].

« [illegible] encore [illegible] deux heures et demie !

— Un [illegible] dans [illegible] questions [illegible] important. »

[illegible] supporter une [illegible] de plus je [illegible].

« [illegible] nous pourrons commencer [illegible]. »

[illegible] j'étais [illegible] mon [illegible].

PAULA AVAIT PRIS SES QUARTIERS au sous-sol.

La grande pièce servait à la fois de salle de jeux et d'état-major. Sagement assis à la table, les enfants dessinaient en écoutant des histoires de Papou. Debout devant la table à repasser, Paula triait leur linge.

« Bonjour. » Il y avait dans ma voix comme un appel, je cherchais à me faire consoler.

« Bonjour, a répondu Paula en m'adressant depuis son panier de linge un regard amical. J'espère que vous ne voyez pas d'inconvénient à ce que je trie les vêtements des enfants.

— Non, bien sûr que non.

— Regarde, m'man, je dessine Donald dans la machine à remonter le temps ! » Franz m'appelait, j'ai contemplé avec tendresse le gribouillage de traits bruns, verts et bleus. J'ai commenté : « C'est super ! » et Franz, rayonnant, s'est remis au travail.

Paula a branché le fer à vapeur.

Je m'attendais à une explosion dans les cinq minutes. Je me trompais. Franz dessinait. Le fer à repasser sifflotait doucement. Paula repassait. Quelle scène idyllique !

« Moi aussi, je dessine Donald dans la machine à remonter le temps ! » Willi balançait ses robustes petites jambes.

Son dessin était un rien plus surréaliste, il avait utilisé un feutre jaune avec lequel il avait également décoré la moitié de la table.

« Aucune importance, ça se nettoie ! » avait remarqué

Paula calmement. Elle empilait les affaires des enfants sur le canapé, en mettait d'autres dans des sacs. Puis elle a attrapé mon chemisier rouge. J'attendais, inquiète de voir si elle allait le fourrer lui aussi dans un sac, mais elle avait repris le fer. Elle semblait n'avoir aucune peine à utiliser cet ustensile soufflant et crachotant.

« Arrêtez, vous n'allez tout de même pas... » Je n'étais pas très sincère.

« Pourquoi donc ? » a demandé Paula sans s'interrompre. Le fer à vapeur se baladait paisiblement sur mon chemisier sans laisser traces de freinage, taches de rouille ou de goudron, et un frais parfum de liquide de rinçage s'élevait. « Vous avez peur que je l'abîme ?

— Non, pas du tout ! (Je criais presque.) Mais ça n'est pas dans le contrat.

— Si, tout cela fait partie du domaine d'action d'une dame de compagnie. Vous ne croyez tout de même pas que je vais passer mon temps assise à côté des enfants ? Il faut qu'ils apprennent à jouer tout seuls.

— Ah bon ! » J'avais beau me creuser, il n'y avait rien à redire.

« Salut, m'man ! a dit Franz. Tu pourras revenir quand j'aurai fini mon dessin.

— Oui, mon trésor ! » J'étais tout émue. J'ai regagné le rez-de-chaussée. Enno se garait, je l'ai entendu claquer sa portière. Il arrivait pile, une fois de plus.

J'étais encore dans l'escalier quand j'ai entendu Paula dire : « Maman aura le temps à deux heures et demie. À ce moment-là, où sera la grande aiguille ?

— Là, tout en bas, répondait Franz.

— Et avant, qui va m'aider à faire la cuisine ?

— Moi, moi ! » Franz et Willi avaient répondu en même temps.

Paula avait vraiment les choses bien en main.

Merci, tante Gertrude, mille fois merci.

« Salut ! a dit Enno en posant un baiser rapide sur mes lèvres. Il est là ?

— Oui. »

Wilhelm était toujours occupé à préparer son breuvage selon les règles de l'art de vivre italien. Enno l'a salué en gardant une distance polie. Wilhelm n'arrivait pas à regarder Enno en face, ça m'a frappée.

Ils étaient d'ailleurs très différents : Enno était grand et fort, son visage respirait la santé, on aurait dit qu'il venait de se régaler chez sa maman d'un bon plat de carottes. Il portait un costume certes ringard, mais soigné. Toutes les boutonnières témoignaient de l'œil vigilant de sa mère.

Wilhelm, à côté, était pâle et maigre. Il portait un sweat-shirt, un jean délavé et des sabots orthopédiques. Rien que des trucs faciles à entretenir. Compréhensible : il n'avait pas de Mme Mère, pas davantage de Franziska, et encore moins de Paula pour lui repasser ses chemises ou lui mettre sous le nez, en écartant son journal, un délicieux ragoût mijoté à petit feu. Wilhelm en était réduit à se nourrir de müesli et d'expresso. Et à tout préparer lui-même.

« Alors, a dit Wilhelm. Que puis-je pour vous ?

— Je défends les intérêts de ma fem... de mon amie », dit Enno.

J'étais sûre que le mot « femme » avait failli lui échapper, et qu'il ne s'était souvenu qu'au dernier moment que j'étais encore, aussi regrettable que cela puisse être, la femme de Wilhelm.

Pendant que les deux hommes discutaient avec le plus grand calme et sans la moindre passion de mes droits concernant un texte que j'avais moi-même écrit, je m'étais adossée, détendue.

« Vous êtes donc d'avis, disait justement Wilhelm, que Franziska devrait régler par contrat les conditions dans lesquelles va se dérouler sa collaboration avec moi, qui suis le metteur en scène et le coauteur ?

— Parfaitement, répondait Enno. J'ai apporté un projet de contrat qui prévoit que ma femme... euh... votre femme... je veux dire, Mme Herr touchera en tout état de cause pour sa collaboration à la rédaction du scénario cinquante pour cent de l'ensemble des droits. Pour ce qui est des droits cinématographiques, j'ai déjà conclu avec l'éditeur un contrat séparé dont nous vous ferons volontiers parvenir copie. Franziska y est suivie par un responsable d'édition, M. Lange, avec qui elle s'entend particulièrement bien. (Holà, c'est vous qui le dites !) Le travail de corédaction ne devrait pas durer plus de trois mois. Permettez-moi de vous rappeler qu'elle a deux jeunes enfants qu'une personne étrangère prend provisoirement en charge. »

Wilhelm ne savait plus quoi dire.

« Mais je le sais parfaitement, qu'elle a des enfants. Il se trouve que ce sont les miens. »

Enno s'est un instant détourné des paragraphes de son contrat.

« Plus pour très longtemps, a-t-il répondu d'une voix grave. Ma femme ne se laissera pas détourner d'un pouce de son intention de divorcer. Je tiens à vous prier de respecter la période de non-conciliation sans la perturber par des actes qui dépasseraient les limites de la rédaction commune d'un scénario.

— C'est ma femme qui décidera, a répondu Wilhelm. On ne peut jamais déterminer à l'avance les limites d'une collaboration artistique. Et ça, elle est bien placée pour vous en parler. » Il ricanait d'un air insolent.

Enno riait jaune.

Je souriais avec amusement. Chamaillez-vous tant que vous le voudrez. En tout cas, ma femme à moi, elle est en bas avec les enfants, elle repasse, elle fait la cuisine, et elle dessine des machines à remonter le temps.

La vie est belle !

À partir de là, plus aucun problème.

Nous avancions bien, Wilhelm et moi.

Il se pointait tous les matins à dix heures, préparait son breuvage italien et venait me rejoindre au bureau où j'étais déjà assise devant l'ordinateur, pleine d'ardeur au travail.

Enno m'avait installé un traitement de textes qui permettait en deux temps trois mouvements d'obtenir une mise en page parfaite pour un scénario.

Il y avait de grandes colonnes entourées de belles bordures, et des plus petites pour les scènes intermédiaires. Dans le coin supérieur droit, on pouvait indiquer s'il s'agissait d'une scène d'intérieur ou d'extérieur et si elle se déroulait de jour ou de nuit. C'était important pour l'éclairage. Les scènes étaient bien entendu soigneusement numérotées, car lors d'un tournage, on ne procède pratiquement jamais en suivant la chronologie. Il y avait en outre des raccourcis pour chaque nom, ce qui m'épargnait du travail. Quand par exemple un personnage disait seulement « Hum », cela donnait :

Tom Köttelpeter : Hum.

Il me suffisait à ce moment-là de taper TK pour Tom Köttelpeter puis de taper la touche F3, et d'un seul coup, le nom entier apparaissait.

Enno avait passé des heures à enregistrer chacun des personnages dès sa première apparition sous l'abréviation qui lui correspondait et à le stocker sous F3. À chaque fois par exemple que je faisais C-F3, le nom de Charlotte Kleeberg apparaissait en toutes lettres à l'écran.

Car le personnage principal de mon roman s'appelait Charlotte Kleeberg.

La rapidité avec laquelle l'ordinateur comprenait tout cela était déroutante.

Extraordinaire, tous les raffinements que les gars de l'informatique avaient imaginés !

Enno était absolument enthousiasmé par notre scénario.

Le soir, une fois les enfants endormis, je mettais au propre ce que nous avions élaboré dans la journée, Wilhelm et moi. Enno faisait un saut pour voir si je m'y prenais bien.

J'étais heureuse de l'intérêt qu'il manifestait.

Il ne s'était jamais beaucoup passionné pour mon roman : il s'était certes intéressé à sa diffusion, mais guère au texte lui-même.

Un jour, je lui ai demandé : « Regarde, tu trouves ça comment ? »

Je lui avais donné à lire une scène que nous avions ébauchée l'après-midi même, Wilhelm et moi, en nous tenant les côtes de rire. Nous la trouvions tous les deux d'une drôlerie irrésistible.

Enno l'a survolée, riant de bon cœur. J'étais ravie. Il comprenait vraiment mon genre d'humour — et surtout, il s'intéressait sincèrement à mes gribouillages.

« Tu ris ! (J'étais toute contente.) S'il te plaît, dis-moi ce qui te paraît particulièrement comique dans cette scène.

— Tu ne t'es pas servie de la mise en page automatique ! a gloussé Enno, qui en pleurait de rire.

— Mais c'est où ? » J'étais surprise.

« Nulle part ! Tu ne t'es pas servie de la mise en page automatique ! Tu ne vois pas que les trois premières lignes sont beaucoup plus longues que la quatrième ? Tu sais pourquoi ? La mise en page automatique ! C'est pour ça que c'est complètement comique, trois lignes longues, une courte ! On dirait un fromage grignoté par des souris !

— Et c'est ça qui te fait rire ?

— Bien sûr ! » Enno était tellement hilare qu'il ne tenait plus sur ses jambes. « Pourtant, je t'ai déjà expliqué tout ça en détail. »

Avant de poursuivre sa lecture, Enno m'a réexpliqué comment on utilisait la mise en page automatique. C'était, selon lui, d'une simplicité évangélique.

« Regarde, Franziska, t'es tout de même pas idiote ! »

Si, complètement débile. Typique nana, rien que des futilités en tête, pas le moindre sens de l'essentiel.

« Tu appuies sur cette touche-là... » À chaque fois qu'il me donnait des explications en se penchant vers moi, il parlait si près de mon oreille que je sentais sa barbe me chatouiller et il hurlait comme s'il avait eu affaire à ce pépé dur d'oreille qui avait cherché son soutien dans une affaire de divorce particulièrement difficile.

« Tu appuies là (et il le faisait, ou plus exactement, il écrasait de ses gros doigts vigoureux la pauvre touche si sensible de mon ordinateur), sur "Alt", alors le programme est chargé, tu cherches "Exécuter", non, attends, tu prends (tac, tac) "Spécial", tu vois, c'est un programme d'un raffinement extraordinaire, y'a rien de mieux sur le marché, jusqu'à tout récemment, on ne le trouvait qu'en

Amérique ! C'est d'une telle simplicité d'utilisation ! Voilà, et maintenant, tu vois quoi ? »

Mon beau texte, mon texte si original, était maintenant presque entièrement recouvert d'un champ gris.

« Orthographe, Thesaurus, Séparer, Numéroter, Modifier, Compter les mots, Compter les syllabes, Trier, Calculer, Réglages, Écran graphique, Impression, F1 pour Aide. » Je débitais la liste du ton d'une élève à bout de nerfs.

« Bon, alors, tu veux quoi ? » La voix d'Enno résonnait à mon oreille, surexcitée.

La paix, voilà ce que j'aurais voulu lui répondre, mais ça n'aurait pas été fair-play, Enno prenait ma cause tellement à cœur, à tout point de vue.

« Séparer, ai-je murmuré d'un ton docile.

— Tu vois bien ! (Enno criait d'enthousiasme.) C'est pas plus difficile que ça ! Alors vas-y, "Séparer" ! »

J'ai appuyé sur la touche « Séparer ». La quatrième ligne, qui était trop longue, s'est sur-le-champ retrouvée organisée de façon convenable, et le mot « indéfiniment » a été coupé en « indéfini » et « ment ». La syllabe « ment » s'est retrouvée toute seule sur une cinquième ligne, ce qui ne semblait pas troubler Enno le moins du monde.

« Hmm. » Mon approbation était dénuée d'enthousiasme.

Mais Enno s'animait. « Tu ne sembles toujours pas convaincue des avantages que présente un système aussi performant que celui-ci au plan technique ! Tu n'as qu'à ressortir la vieille machine à écrire grinçante sur laquelle tu avais commencé à écrire ton roman. Si je ne t'avais pas depuis offert un ordinateur portable, tu n'aurais pas encore fini à l'heure qu'il est. Alors que maintenant, on en est à l'adaptation cinématographique de ton livre. Et tout ça, tu le dois à qui ? À moi ! Tu te vois taper ton scénario à la machine ? Hein, tu t'y vois ? »

J'ai essayé de me représenter cette chose impossible, cette catastrophe, cette monstruosité. Sans Enno, je ne serais rien. Un tout petit rien minable et désemparé. Une raison de plus pour ne pas me lier à lui de manière définitive devant un vague employé municipal. Jamais de la vie !

Pendant nos séances de travail, Wilhelm faisait les cent pas, et je passais mon temps assise au clavier. Dès qu'il avait mis en forme les pensées sublimes qui émanaient de son esprit supérieur, mes petits doigts agiles et merveilleusement entraînés s'abattaient au triple galop sur les touches pour ne surtout rien laisser échapper de ses précieuses élucubrations. Mais lorsque Wilhelm décidait d'abandonner une idée, je tapais « Retour » et l'ordinateur engloutissait discrètement toutes les scories de la pensée. Nous avancions à vive allure, et le travail se faisait dans la bonne humeur.

J'étais constamment préoccupée des images de ma — de notre — vie commune, alors que pour Wilhelm, le film qui s'écrivait était un scénario comme un autre. Il ne s'était pas même une seconde senti proche de Tom, le mari infidèle, et n'avait manifestement toujours pas compris qu'il s'agissait de notre histoire.

Je lui demandais parfois comment il voulait adapter telle ou telle scène, mais à chaque fois, il me rappelait mes limites.

« C'est mon affaire, tu ne comprends rien aux problèmes de tournage. »

Notre collaboration baignait dans une harmonie sans aucune mesure avec l'atmosphère dans laquelle s'était déroulée notre vie commune. Je me surprenais parfois à éprouver de la tendresse pour lui. C'était une espèce de grand gamin qui faisait les cent pas devant moi dans ses sandales orthopédiques, mimant certaines scènes et se réjouissant de mon rire approbateur. Au fond, il n'était qu'un charmant petit amuseur seul devant son public. Il m'arrivait même de comprendre parfaitement pourquoi, six ans auparavant, je m'étais amourachée de lui.

Il avait tout de même un peu changé. Depuis son séjour à Berlin, non seulement il empruntait des expressions et des intonations typiques du parler berlinois, mais il donnait dans un certain comique. Je trouvais ça drôle, je riais de bon cœur. Il me rejouait certaines scènes cinq ou six fois, mes éclats de rire devaient y être pour quelque chose. J'avais vite compris qu'en réalité, sa palette n'était pas très riche : c'était toujours lui-même qu'il mettait en scène. Je riais tout de même. Les hommes sont comme ça, ils veulent qu'on les trompe.

J'avais parfaitement conscience de l'importance de ma tâche et travaillais jusque tard dans la nuit à trouver les formulations spirituelles et pointues qui convenaient. Une fois les enfants couchés, je prenais une bière, je me mettais à mon bureau, et au boulot.

Parfois, Enno passait. Il s'esclaffait en me voyant incapable de sélectionner une ligne ou d'effectuer une sauvegarde sur disquette. Pourtant, j'avançais bien.

Quelles belles journées ! Le matin, je travaillais avec Wilhelm, à deux heures et demie tapantes, Paula me rendait la responsabilité des enfants, propres et pomponnés, l'après-midi, je me baladais avec eux dans la forêt municipale et le soir, j'avais rendez-vous avec mon ordinateur et avec Enno.

À deux reprises, j'ai pris l'avion du soir pour aller retrouver Victor.

Ces fois-là, Paula a passé la nuit à la maison. Discrètement, sans faire de commentaires.

Je n'avais jamais été aussi heureuse.

Enno avait élaboré un dépliant de présentation. Avec son ordinateur et son équipement photo, ça avait été un jeu d'enfant. Sous mon portrait format carte postale (« Photo : Winkel »), on lisait, en caractères gras :

Franka Zis, la femme dans le vent.

Quand on ouvrait le dépliant, la couverture de mon livre sautait aux yeux, et la page était barrée en haut, dans le coin, par l'indication : « 100 000 exemplaires vendus ! »

Suivaient, dans un style plein d'entrain, quelques indications essentielles : je présentais mon livre à travers toute l'Allemagne, il allait être porté à l'écran dans une distribution prestigieuse, et j'étais encore disponible pour quelques lectures publiques ; les libraires intéressés étaient invités à prendre contact avec mon agent, maître Enno Winkel, de Cologne, ou avec mon éditeur, M. Victor Lange à Hambourg.

Je trouvais tout ça formidable.

C'est à ce moment-là qu'a eu lieu ma première interview.

C'était pour un magazine féminin de Hambourg : *Les Femmes d'aujourd'hui*.

Pas moyen de distinguer si c'était mon agent maître Enno Winkel ou mon éditeur M. Victor Lange qui avait attiré l'attention de ce journaliste. Mais une chose était sûre : *Les Femmes d'aujourd'hui* n'étaient pas tombées sur moi par hasard.

Un beau jour, peu après le déjeuner, le journaliste, qui s'était annoncé par téléphone, est arrivé, flanqué de son photographe.

Je travaillais au scénario avec Wilhelm.

Les enfants jouaient au sous-sol avec Paula. Il devait être un peu plus de deux heures.

Le journaliste s'appelait Böck, et le photographe Bölk. Ils travaillaient sans doute ensemble à cause de cette similitude, puisque de toute façon, on confondait leurs noms.

J'ai fait entrer MM. Böck et Bölk, deux jeunes types sympathiques à moustache, comme si j'accueillais de bons copains. Ils avaient fait route dans une vieille Citroën. Tandis que M. Bölk sortait de l'auto ses appareils photo, M. Böck avait préparé son magnétophone. Ils ne prêtaient guère attention à Will Gros, que je leur avais pourtant présenté comme il se doit quand les deux compères avaient jeté un œil dans mon garage transformé en bureau.

« Je crois que tu peux rentrer chez toi, le scénario ne va plus guère avancer aujourd'hui... »

Will Gros ne voulait pas rentrer chez lui.

Je me demandais si je devais appeler Enno. Mais je craignais qu'il se lance une fois de plus dans une grande discussion technique avec les deux journalistes sur les qualités du matériel moderne, et je n'en avais vraiment aucune envie. Et puis, enfin une situation qui me permettait de faire quelque chose sans son soutien juridique. Une interview, tout simplement ! Je ne voyais pour ma part aucun inconvénient à ce que Will continue à moisir dans le garage.

Par l'interphone, j'ai demandé à Paula d'habiller Franz et Willi en jumeaux et de monter avec eux pour un rendez-vous photo.

« Pas de problème, a répondu Paula, le café et les gâteaux sont sur la table ! »

Parfait ! Sans que j'aie besoin de le lui demander, elle avait dressé la table avec amour. Tante Gertrude, je vous dois une reconnaissance éternelle !

J'ai insisté pour que les deux journalistes s'installent et se servent largement. Et je me suis précipitée dans la salle de bains pour apporter quelques dernières retouches à mon maquillage.

Étais-je assez photogénique pour *Les Femmes d'aujourd'hui* ? N'allaient-elles pas trouver que j'avais une sale tronche ? Elles ont l'habitude de ne contempler que des jolies filles sans rides, des filles à peau de pêche qui donnent l'impression de sortir de chez Lauro ! *Les Femmes d'aujourd'hui* ne veulent pas contempler le visage d'une Mme Tout-le-monde fatiguée.

Mais mon miroir, mon joli miroir n'avait aucune remarque désobligeante à me faire. Il ne songeait pas même à me dire que les autres femmes auteurs de livres à succès pour public féminin étaient mille fois plus belles que moi.

Tout était parfait. J'avais une mine rayonnante. Cela venait sans doute du fait que, depuis quelque temps, je dormais tout mon saoul. Elles ne sont pas légion, les jeunes mères qui peuvent se vanter d'en faire autant.

Bref, le prototype de la femme pleine d'avenir, au sommet de sa gloire actuelle. *Les Femmes d'aujourd'hui* pouvaient être satisfaites.

L'auteur était plus que présentable.

Moi, Franziska.

Franka Zis.

Parfois, il suffit de modifier son nom, et une nouvelle vie commence.

La plupart des filles y parviennent par le mariage.

Alors qu'il y a bien d'autres moyens de le faire.

Pourquoi *Les Femmes d'aujourd'hui* n'y songent-elles pas plus souvent ?

M. Bölk nous réservait une surprise : nous pourrions, dit-il, faire une photo de famille : « Petit déjeuner au jardin », voilà qui plairait aux lectrices. J'ai réfléchi. Il avait raison. Dans tous les canards qui parlent de célébrités plus ou moins importantes, on retrouve ces fameuses photos de petits déjeuners champêtres et détendus, avec jus d'orange, croissants tout chauds, un délicieux beurre allégé sur la table et un clébard hirsute à l'œil fidèle dessous. Et attablés, la maman, le papa, et deux à quatre enfants dont les vêtements sont choisis en fonction de savantes harmonies de couleurs. Tout le monde sourit béatement à la caméra. Légende : Rosie Porcelaine accorde une grande importance au petit déjeuner et prend le temps de s'occuper de ses enfants Benjamin, Julie et Alexandre. Sur notre photo, on peut voir également son mari Jörn (à gauche) et son chien Axel (à droite).

Quelle idée de génie ! Le photographe a déploré de ne pouvoir photographier une table si joliment dressée, mais la scène devait se dérouler au jardin, et non dans la salle à manger. Ça aurait fait beaucoup trop bourgeois, a-t-il observé, sans vouloir nous critiquer. Nous avons immédiatement débarrassé la table pour la porter tant bien que mal au jardin. Il commençait à brouillasser. Avions-nous une nappe ? Paula a discrètement fouillé, mais jamais encore je n'avais possédé la moindre nappe. Je trouve qu'il s'agit là d'un accessoire totalement superflu, en particulier lorsqu'on a deux jeunes enfants qui risquent, à force de tirer dessus en tous sens, de se brûler grièvement en renversant le café, ou au moins de flanquer par terre toute la vaisselle de porcelaine et son contenu. Une nappe risque d'ailleurs toujours d'être plus ou moins nette. On y lit souvent ce qui a été servi la veille, ou l'avant-veille. Et puis, une nappe, c'est bourgeois. Sans vouloir critiquer qui que ce soit.

M. Bölk insistait : une nappe jaune serait du plus bel effet devant la haie verte fleurie de rhododendrons mauves.

« Nous avons des draps jaunes. » Quelle présence d'esprit, cette Paula !

Sous une pluie battante, nous avons donc recouvert la table d'un drap jaune. Nous avons traîné dehors les enfants, qui attendaient sagement, transporté leurs chaises hautes, et nous avons fait cercle autour de la table. Paula est allée chercher du pain, du beurre, de la confiture, du fromage et des serviettes. M. Böck, qui à ce moment précis n'avait rien à faire, a apporté les tasses et les assiettes.

« Je veux la tasse rouge ! » hurlait Franz.

M. Böck a posé la tasse rouge devant lui en s'excusant de ne pas avoir retenu les règles qui régissaient la propriété des objets usuels de notre famille.

« Moi, je veux la jaune. » C'était au tour de Willi. M. Böck cherchait des yeux une tasse jaune, mais je lui ai expliqué que Willi ne connaissait pas encore les couleurs et qu'en fait, il parlait de la tasse bleue.

M. Bölk a trouvé cela particulièrement intéressant. Il n'avait pas encore d'enfants — du moins, à sa connaissance, ha, ha, quel esprit ! — et m'a demandé, visiblement impressionné, si nous n'avions pas la télé couleur.

Je lui ai répondu d'un ton docte : « Pour l'instant, Willi regarde en noir et blanc. »

« La nappe, elle est de quelle couleur ? a insisté M. Bölk qui ne voulait pas croire une chose aussi extraordinaire.

— Noir et blanc », a répondu Willi en éclatant de rire.

Comme tout le monde riait, il s'est senti obligé de continuer ses pitreries : « Noir et blanc, espèce de caca boudin. »

M. Böck et M. Bölk ont alors voulu lui faire dire la couleur de différents objets, et Willi les a traités de tous les noms d'oiseaux que recelait son vocabulaire. Et ce n'était pas rien !

J'ai mis fin à ces débordements en proposant de passer aux photos avant le déluge.

M. Bölk a demandé à Paula et à M. Böck de s'y mettre à deux pour tenir une espèce de disque recouvert de tissu. On aurait dit le truc que les pompiers bénévoles tendent au pied des immeubles en flammes pour que les gens puissent sauter dedans depuis le dix-septième étage. Mais ils le tenaient verticalement, et on avait plutôt l'impression qu'ils allaient l'allumer pour faire bondir quelques lions récalcitrants au travers.

Les enfants trouvaient qu'il s'agissait d'une distraction aussi sympa que l'émission avec la souris. Et ils se sont mis à manger, parce que après leur émission, c'était toujours l'heure du dîner.

« Vous avez du jus de fruit ?

— Non, les enfants ne boivent que de l'eau.

— Ça ne rend pas si bien à l'image.

— Alors, nous avons du lait, a répondu Paula.

— Bon, d'accord pour le lait. Vous auriez une carafe ou quelque chose d'approchant ? »

Bien sûr que non. À quoi m'aurait servi une carafe ? Quand on la casse, ça porte bonheur, c'est ça ? Paula a lâché le disque et s'est précipitée sur le téléphone pour demander à Mme Mère de nous apporter une carafe, quelques œufs, et un sucrier dans des tons qui s'accordent avec le jaune de la nappe.

Mme Mère est arrivée avec la carafe, le sucrier et les œufs, et nous a contemplés d'un air ravi. Nous avons mis les œufs dans des coquetiers en harmonie avec le jaune de la nappe et avons arboré notre plus beau sourire face à l'objectif. Paula avait repris le disque. Mme Mère, qui voulait se rendre utile, l'avait elle aussi empoigné. Ça ressemblait désormais davantage à une danse populaire du Tyrol. D'une seconde à l'autre, les deux matrones bien en chair allaient se mettre à tournoyer avec M. Bölk en criant « Youkaïdi, youkaïda ! », M. Böck se taperait sur les cuisses et lancerait en l'air les joyeuses commères. Et à ce moment-là, M. Bölk tournerait son objectif vers le groupe folklorique, nous abandonnant, immobiles sous la pluie, pâles devant nos œufs crus.

Un grondement de tonnerre est venu troubler la quiétude de la scène.

M. Bölk regardait par son objectif, d'un air interrogateur. « Il manque quelque chose ?

— Vous n'auriez pas un chien, ou n'importe quel autre animal ?

— Mon lapinot ! » Willi avait hurlé en descendant de sa chaise et a filé chercher sa peluche crasseuse. Il a posé d'un geste énergique les lambeaux de chiffon gris et sale à côté de son œuf.

« Je veux dire un animal vivant, a repris M. Bölk.

— Vous le faut-il jaune, ou doit-il s'accorder d'une façon ou d'une autre avec les couleurs de la haie ? » En même temps, je réfléchissais : où trouver dans l'urgence un canari ?

« Non, répondait M. Bölk. Ce qu'il faut, c'est qu'il ait l'air de faire partie de la famille. »

J'ai envisagé la possibilité d'emprunter, le temps de la photo, le grand chien frisé du numéro 8, mais la pluie qui redoublait de violence m'a fait renoncer.

« Mme Mère et Paula, elles font partie de la famille.

— Non, non. (M. Bölk protestait.) Assez de femmes ! *Les Femmes d'aujourd'hui* ont besoin de la force du contraste. Un animal, ou un homme.

— Et le monsieur qui était là tout à l'heure ? a suggéré M. Böck. Il ne fait pas partie de la famille ? »

Je me suis empressée de répondre : « Non !

— Mais on pourrait tout de même le mettre sur la photo. (M. Böck insistait.) Un petit déjeuner en famille sans homme ou sans animal familier, ça ne rend pas. »

Je commençais à me rebiffer. Will Gros n'avait pas, cinq années durant, daigné s'installer avec nous à la table du petit déjeuner, ni par temps de pluie, ni quand le soleil brillait, il n'allait pas aujourd'hui jouer aux yeux du monde le rôle du père idéal ! Pas question.

« Impossible à cause de la période de non-conciliation. Nous sommes en instance de divorce, M. Gros et moi. Si mon avocat apprend par la presse que j'ai pris avec lui un petit déjeuner champêtre sous la pluie, il risque de renoncer à me défendre. »

Mme Mère a laissé retomber le disque et hoché la tête d'un air approbateur. « Elle a parfaitement raison. C'est totalement impossible. Pour des raisons juridiques autant que privées. »

Paula avait elle aussi laissé retomber le disque, et elle arborait un sourire sarcastique. Les enfants commençaient à s'agiter. Ils tapaient avec leurs petites fourchettes sur leurs assiettes. Ils avaient faim.

« On pourrait au moins prendre la grand-mère, a proposé M. Bölk en essuyant ses lunettes mouillées par la pluie. Si on n'a ni homme ni animal, prenons au moins la grand-mère. *Les Femmes d'aujourd'hui* ont besoin d'un effet de contraste. » Dieu que *Les Femmes d'aujourd'hui* sont stupides, voilà ce que je pensais.

Mais Mme Mère jubilait à l'idée de s'asseoir avec nous sous la pluie autour de la table recouverte d'un drap jaune placée devant la haie. Elle ne voulait pas priver le public de cet instant unique d'harmonie familiale. Elle s'est aussitôt mise à rectifier sa coiffure.

« Il devient urgent que j'aille chez Lauro... »

J'ai en un éclair envisagé les conséquences de cette solution de fortune : Mme Mère sur la photo, dans le rôle de la grand-mère ? Cela reviendrait à une proclamation nationale de mes fiançailles avec Enno. Cela briserait le cœur de Victor. Et le mien par la même occasion.

« Mme Winkel n'est pas la grand-mère, c'est seulement une excellente, une adorable voisine », me suis-je empressée de préciser.

M. Bölk nous a priés de lui prêter la taie d'oreiller assortie à la nappe afin de protéger tant bien que mal son appareil photo de la pluie.

Paula a lâché le disque et s'est précipitée à l'intérieur. J'ai jeté un coup d'œil à ma montre : trois heures cinq.

Premier commandement : les loisirs de Paula respecteras.

« Paula ! ai-je crié. Vous pouvez bien entendu disposer.

— Vous ne croyez tout de même pas que je vais vous laisser tomber maintenant, a rétorqué Paula en tendant la taie d'oreiller à M. Bölk.

— Bon, eh bien nous allons nous dépêcher de faire quelques très jolies photos, a dit le photographe. Mon appareil va être tout mouillé ! Il nous faut un homme ! Qui est volontaire ? »

En fait, pour l'harmonie des couleurs, c'est M. Böck qui allait le mieux, avec son sweat bleu. Quelques minutes plus tôt, Willi avait eu beaucoup de succès en affirmant qu'il était jaune.

Mais bien entendu, on ne pouvait retenir cette idée, car cela aurait pu suggérer que M. Böck avait déjà quelques enfants, et qu'il était au courant.

« Je vais téléphoner à Enno, s'est empressée de proposer Mme Mère. Il peut être ici dans cinq minutes. »

Avant que j'aie eu le temps de réfléchir à la façon d'écarter cette nouvelle catastrophe, mon adorable Willi a volé à mon secours. Il était resté si longtemps tranquille que cela ne pouvait pas durer une minute de plus. Sans se douter qu'il était cru, il a empoigné son œuf qu'il a tapé sur la table pour l'écaler. L'œuf gluant s'est aussitôt étalé sur la nappe jaune, sur les couverts disposés avec art devant lui, et naturellement aussi sur le T-shirt propre de Willi qui s'est mis à pleurer, horrifié. Comment le pauvre petit aurait-il pu distinguer entre l'apparence et la réalité ?

À ce moment-là, Franz, qui lui aussi avait attrapé son œuf, l'a lâché d'un air dégoûté. L'œuf s'est cassé sur l'autre moitié du drap.

Les deux enfants avaient les mains et les genoux maculés d'œuf gluant. Mme Mère se tordait de rire. Paula et moi aussi. Nous avions chacune attrapé un enfant hurlant pour essuyer ses larmes. M. Böck et M. Bölk étaient pétrifiés. Ce n'était pas ce qu'ils prévoyaient ! *Les Femmes d'aujourd'hui* ne voulaient pas dans leur journal d'œufs dégoulinants ni de gamins hurlants ! Elles en avaient à satiété chez elles tous les jours !

Paula et Mme Mère ont emmené les enfants au sous-sol, M. Bölk a remballé son appareil et M. Böck a replié le disque devenu superflu, car pour les photos d'intérieur, ils travailleraient au flash.

M. Böck a commencé l'interview. Il avait une quantité incroyable de questions à poser, le magnétophone tournait et en même temps, il prenait des notes. J'étais pleine d'entrain, d'une humeur radieuse, et je lui racontais avec humour des anecdotes vécues. M. Böck riait beaucoup.

Au bout d'un moment, Will Gros est sorti du bureau et s'est préparé un expresso. Il prenait tout son temps.

« C'est pour quel journal ? a-t-il bougonné.

— *Les Femmes d'aujourd'hui*, répondirent M. Böck et M. Bölk d'une seule voix.

— Pas question de parler du film, a rappelé Wilhelm d'un ton ferme.

— Et pourquoi pas ? » J'étais étonnée. C'était une publicité gratuite qui ne pouvait que lui convenir !

« Tant que ce n'est pas moi que vous interviewez, pas question de parler du film. Pas le moindre mot à ce sujet. » Wilhelm s'entêtait.

« Écrivez ce que vous voulez sur Franka Zis, a-t-il ajouté d'un air grand seigneur. Mais pas un mot de mon film. C'est moi qui décide du moment qui convient pour lancer la pub. »

À ce moment-là, Paula est arrivée avec Willi pendu à ses basques.

« Monsieur Gros ? Mme Winkel et moi avons rendez-vous chez notre coiffeur.

— Pourquoi maintenant ? » Wilhelm tonitruait.

Moi aussi, j'étais surprise. Paula ne venait-elle pas de dire qu'elle n'allait pas me laisser tomber ? Et Mme Mère ? Elle qui avait toujours du temps pour nous ?

« Nous avons pris notre rendez-vous au salon Lauro il y a déjà plusieurs semaines », a dit Mme Mère. Il y avait dans sa voix comme une joie maligne.

« Si nous laissons tomber ce rendez-vous, nous n'en aurons pas d'autre avant la Pentecôte ! » Paula hochait la tête comme pour dire qu'elle regrettait infiniment.

La Pentecôte, ce n'était que dans un mois ! Je regardais l'une puis l'autre, complètement désemparée.

À ce moment-là, j'ai remarqué que Mme Mère m'adressait un très discret clin d'œil.

Je ne me trompais pas ? J'ai regardé Paula. Elle aussi, elle clignait de l'œil droit.

En un éclair, j'ai compris où elles voulaient en venir.

« Au revoir, et bonne chance pour l'interview ! » a lancé Mme Mère, pendant que Paula se penchait vers mes fils :

« C'est votre papa qui va jouer avec vous, vous avez drôlement de la chance !

— Ah oui, chouette ! hurlaient Franz et Willi en sautant de joie dans le couloir.

— Une famille si unie..., disait M. Bölk. Quel dommage de ne pas pouvoir faire la photo maintenant !

— Ça suffira si nous photographions Franka Zis ! a conclu M. Böck.

— Mais pas un mot du film, a grommelé Will Gros d'un ton menaçant. Et il a reposé d'un geste rageur la cafetière sur la commode.

La porte d'entrée s'est refermée.

Nos anges protecteurs s'étaient envolés.

L'espace d'un instant, j'ai eu peur que les enfants ne m'assiègent. Mais Paula avait fait le nécessaire.

« Papa, papa, allez, viens jouer ! J'ai une machine à remonter le temps au sous-sol ! Elle vole ! Je suis le pilote, et tu es Donald Duck ! »

Il s'est alors produit quelque chose d'inouï : Will Gros a pris ses deux fils par la main et est parti avec eux.

En route vers le sous-sol.

C'était la première fois que je voyais une chose pareille. Ce fut aussi la dernière.

Je me suis enfoncée dans mon siège, détendue, et j'ai invité les deux messieurs à se servir. Le bon expresso tout chaud ! Et j'ai continué à répondre aux questions.

Pendant que le flash de M. Bölk crépitait autour de moi, j'adressais avec le plus grand naturel de chaleureux sourires à l'appareil photo.

Je me disais qu'il y a vraiment une justice. Il nous suffit parfois, à nous, « les femmes d'aujourd'hui », de lui donner un petit coup de pouce.

Wilhelm traversait une crise sérieuse.

Non seulement il avait réussi, sans l'avoir voulu, à nous offrir, aux enfants et à moi, une toute nouvelle existence, non seulement j'avais écrit un best-seller et je vivais de mes propres revenus, mais en plus, les projecteurs de l'actualité étaient braqués sur moi ! Franka Zis, qui élève toute seule ses deux jeunes enfants !

Cette crise a commencé sans crier gare.

Nous étions une fois de plus assis ensemble dans notre « garage-bureau » pour travailler à notre scénario. Nous en étions justement arrivés à la scène clé : celle de l'accouchement.

Sa tasse d'expresso à la main, Will Gros me jouait la scène des contractions. Assise à mon ordinateur, je devais transcrire de manière intelligible et cohérente ce qu'il mimait.

« Ça y est, ça y est, une contraction, appelez la sage-femme ! » vagissait-il en poussant de grands soupirs.

J'ai arrêté d'écrire.

« Un mois avant l'accouchement, on n'appelle pas la sage-femme pour si peu !

— C'est moi le metteur en scène ! a hurlé Will. Apportez-moi une compresse froide !

— Je ne peux quand même pas écrire ça ! »

Il ne voulait à aucun prix me laisser rectifier. L'œil dans le vague, vautré sur le canapé, sa tasse de café à la main, il gémissait, jambes repliées.

Je le regardais d'un air compatissant.

« T'as mal ?

— C'est terrible ! Appelez mon mari !

— Votre mari, il est en train de coucher avec Dorothée. (J'avais répondu avec la plus grande froideur.) Si vous posiez votre tasse, je pourrais peut-être vous aider ? »

Will Gros s'est rassis, vexé.

« Si tu as l'intention d'écrire cette scène-là toute seule, je t'en prie, je vais aller faire un tour dans le jardin pendant ce temps-là.

— C'est bon, c'est bon ! (Je voulais le calmer.) Jamais je ne me permettrais d'écrire une scène sans mon directeur artistique. Seulement, pour l'accouchement, j'ai un peu plus d'expérience que toi. »

Mais Wilhelm n'en démordait pas : personne au monde n'avait autant d'expérience que lui et n'avait observé aussi attentivement un accouchement.

« J'y ai tout de même assisté une fois ! a-t-il lancé en se rengorgeant. Et après, la sage-femme m'a dit que si je n'avais pas été là...

— ... le bébé serait encore à l'intérieur à l'heure qu'il est ! » J'ai éclaté de rire.

Je l'avais piqué au vif. « Tu ne te rends pas compte de ce que j'ai fait ce jour-là ! Tu étais entre la vie et la mort, et j'ai été le seul à garder mon calme ! Le médecin m'a dit après coup...

— ... qu'il aurait mieux valu que ce soit toi qui accouches !

— Bon, écoute, a dit Will, ce n'est pas parce que tu as écrit ce livre débile et que tu es une femme que tu dois avoir le dernier mot sur ce sujet. »

Sans me laisser le temps de protester qu'il s'était déjà pas mal exprimé sur la question, il a soudain annoncé : « D'ailleurs, je me demande si je ne vais pas modifier le titre : *Le Bonheur sans mari*, c'est ennuyeux comme la pluie. C'est beaucoup trop terne. Je pense à un titre beaucoup plus expressif. À propos, on va bien sûr changer le prénom, sinon, tout le monde va se douter que c'est toi, ça suffit déjà que la nana de ton bouquin s'appelle comme ça... Je pense à quelque chose de beaucoup plus piquant, par exemple Elisabeth, oui, Elisabeth, voilà un nom d'actualité. Parce qu'il faut que tu saches une chose : ce sont les dix-huit-vingt-cinq ans qui remplissent les cinémas... Il faut un titre accrocheur, c'est capital. Un truc que chacun retienne facilement. »

J'étais complètement butée : « *Le Bonheur sans mari* est exactement le titre qui convient ! »

Wilhelm a hurlé : « Non ! Il faut absolument donner au film une touche intellectuelle, et le titre, c'est sa carte de visite. Tu n'y comprends rien ! »

Je le regardais, désemparée : changer le titre !

Ce qui signifierait que personne n'établirait de relation entre le film et le livre !

Wilhelm ne voulait rien d'autre !

Quelle tactique minable et hypocrite !

La vengeance du petit homme !

Pauvres de nous, nous sommes bien peu de chose !

Je me suis réfugiée à la cuisine pour qu'il ne voie pas que les larmes me montaient aux yeux.

Paula, sa poitrine rebondie au-dessus d'un saladier, faisait une pâte à crêpes. Willi, assis sur la commode, était manifestement heureux d'être près d'elle et de la pâte. J'enviais mon petit bonhomme.

« Alors ? a lancé Paula cordialement, ça avance comme vous voulez ? Je vous entends rire sans arrêt...

— Ah, merde... » J'avais une boule dans la gorge.

« Des soucis ? » Paula a arrêté de travailler sa pâte.

« Il veut changer le titre. » J'avais du mal à parler.

« Il veut changer le titre *Le Bonheur sans mari* ? Pour mettre quoi à la place ?

— Un truc plus intello. »

Paula m'a lorgnée d'un air interrogateur par-dessus la tignasse de Willi qui gratouillait la spatule avec son petit doigt.

« Et qu'est-ce qu'il attend de ce changement ?

— Aucune idée.

— Franziska, m'a dit Paula, et je me suis alors rendu compte que cela me faisait un bien fou qu'elle m'appelle par mon prénom. Est-ce que je peux me permettre de vous donner un avis tout à fait personnel ?

— Bien sûr, volontiers. »

J'espérais qu'elle allait dire que Wilhelm Gros était un crétin. C'est exactement ce que j'avais envie d'entendre.

« Névrose de frustration. »

Elle s'était remise à mélanger sa pâte. Willi avait le droit de tenir le mixer.

« Vous êtes vraiment sûre ? » J'essayais de couvrir de ma voix le bruit de l'appareil.

« Absolument ! (Elle aussi, elle avait haussé le ton.) À votre place, je traiterais M. Gros avec la plus grande prudence ! Je vous entends trop rire tous les deux ! Il croit la partie gagnée ! »

Et une fois le mixer arrêté : « M. Winkel, il dit quoi de tout ça ?

— Névrose de frustration.

— Ça saute aux yeux, a repris Paula. Ne vous laissez pas faire. *Le Bonheur sans mari* est un titre formidable. »

Et le mixer était reparti.

Paula m'a souri d'un air encourageant. « N'oubliez pas une chose : le titre, c'est exactement votre situation ! À vous d'être à la hauteur ! »

Aussitôt, je me suis sentie mieux. Je me suis mouchée, et suis allée dans ma chambre pour téléphoner à Enno. C'était le seul endroit où j'étais sûre que Wilhelm ne me suivrait pas.

Enno avait fait installer ni plus ni moins de dix téléphones dans ma maison, il y en avait même un dans la chaufferie. Il y avait en outre deux téléphones sans fil pour que l'on puisse aussi appeler depuis le jardin, le garage ou les toilettes.

Enno n'était pas au bureau, comme me le dit Beate, sa secrétaire dévouée, en m'exprimant son plus grand regret. J'ai tenté ma chance auprès de Mme Mère.

« Allô, Franziska, oui, Enno est là ! Il est en train de déjeuner, il y a des pommes de terre en robe des champs avec des harengs à la crème ! Mais non, vous ne dérangez pas du tout, Enno va être ravi ! Comment allez-vous ? Et avec Paula, tout se passe bien ?

— Oh, madame Winkel, je voudrais vous embrasser !

— Ne vous gênez donc pas ! a répondu Mme Mère en riant. Je transmettrai le baiser à Enno ! »

Ah, cet amour maternel ! Incapable de rien garder pour soi !

Enno a pris l'appareil. Je croyais sentir la sauce au raifort qui accompagnait son poisson.

« Enno, au secours ! Wilhelm veut changer le titre. »

— *Le Bonheur sans mari* ? Impossible », a répondu Enno sans se troubler. Je l'entendais mastiquer son hareng. « Le titre est protégé par contrat ! »

Quelles douces paroles sortaient de la bouche de mon avocat au milieu des tranches d'oignon. *Le Bonheur sans mari* était protégé par contrat !

Mais pourquoi donc Wilhelm ne me l'avait-il pas dit ? Il voulait seulement me tourmenter un brin, ce vaurien sans cœur !

« Oh, Enno, je voudrais t'embrasser ! » Mes larmes m'aveuglaient.

« Mais n'hésite pas, je n'ai rien contre ! » a répondu Enno.

Lui, par parenthèse, n'envisageait pas de transmettre le baiser à sa mère.

« À la première occasion ! Au revoir, et merci du renseignement !

— Ce Wilhelm ! Il essaye de t'avoir par tous les moyens ! a ajouté Enno à l'autre bout du fil. Pourquoi a-t-il fallu que tu épouses ce type !

— J'le ferai plus, promis ! » J'avais retrouvé ma gaieté.

En rejoignant Wilhelm dans la salle de travail, je ne faisais mine de rien. Je me suis assise à l'ordinateur, un sourire aux lèvres.

« Bon, continuons à pousser ! ai-je indiqué, laconique.

— Je ne suis plus d'humeur, a-t-il répondu en maugréant. Tu as été partie exactement douze minutes.

— Ça peut prendre douze minutes entre deux contractions. »

Will n'avait plus aucune envie de supporter des contractions. J'ai donc fait une nouvelle proposition, dans un but de conciliation.

« Tu ne veux pas qu'on aille faire un tour ? On pourra parler de tout ça. À force, dans ce garage, on étouffe !

— On n'a pas de temps à perdre, a répondu Wilhelm, pas question de s'offrir des balades.

— Toi, au moins, tu vas de long en large dans la pièce en travaillant, mais moi, j'attrape des fourmis dans le fondement à force de rester assise pendant des heures. » J'essayais de plaisanter.

« C'est le sort de toutes les secrétaires », a répondu Wilhelm.

J'ai avalé ma salive de saisissement. Paula avait bien insisté : ne vous laissez pas faire.

Soudain déterminée, je me suis levée :

« J'ai été assez longtemps assise pour aujourd'hui. L'air est trop confiné, j'arrête.

— Tu vas rester ! Il faut absolument que nous terminions aujourd'hui la scène de la salle de travail ! Tu t'y connais mieux que moi, tu l'as dit toi-même. Allez, bon sang, rassieds-toi !

J'allais répliquer quand j'ai entendu des bruits dans le couloir.

« Je vais aller vous chercher mon dictaphone ! » La voix d'Enno ! Ça, c'était un ami ! Aussi attentionné que sa mère.

« Bonjour, Enno ! » J'étais aux anges, et je me suis jetée au cou de mon avocat...

Wilhelm s'est détourné en faisant le dégoûté. Il détestait les scènes trop théâtrales. Il lui fallait du naturel, de l'authentique.

« Ça marche tout seul, a dit Enno, pas moyen de se tromper. C'est le dernier modèle. Impossible de faire une fausse manœuvre. »

Il a aussitôt traversé la rue pour aller chercher son dictaphone.

J'ai lancé à Wilhelm un regard de triomphe. Voilà, mon bonhomme. Ne crois surtout pas que tu vas réussir à me déstabiliser. Moi, j'ai des amis.

« Bon, d'accord, on fait un tour ! a marmonné Wilhelm.

— Le titre, tu ne peux pas le changer. » Je lui ai balancé ça dans le couloir, pendant que nous mettions nos souliers. J'avais envie de lui tirer la langue.

Paula était derrière, avec Willi. Elle m'a envoyé un sourire d'encouragement.

« Il est protégé par contrat.

— Bon, je sais, je sais, a dit Wilhelm sans se troubler le moins du monde. Je voulais juste te faire marcher un peu. » Puis il est sorti de la maison.

Pas difficile d'interpréter le regard de Paula : « Fais-lui sa fête, petite sœur.

— Tu peux me faire confiance. » Mon humeur combative était perceptible. Je me suis rapprochée de mon petit Willi blotti dans les bras de sa Paula et je l'ai embrassé. J'avais bien envie d'embrasser Paula elle aussi, mais nous n'en étions pas encore là.

« À tout à l'heure.

— Bonne chance », a répondu Paula. Je savais parfaitement ce qu'elle voulait dire.

Une fois dehors, j'ai entendu Enno crier. Il s'adressait à Wilhelm.

Il n'était tout de même pas en train de piquer une crise, de jouer les vertus outragées, de l'attraper par le collet en se prenant pour Obélix et de le balancer par-dessus les plates-bandes en lui flanquant des baffes (« Tu vas arrêter d'emmerder Franziska, espèce de crétin ! ») ?

Je me suis rapprochée, pour voir.

Pas du tout. Situation parfaitement normale. Enno expliquait à Wilhelm le fonctionnement du dictaphone.

Ai-je déjà signalé qu'il hausse toujours le ton quand il donne des explications ? Les épaules basses, Wilhelm hochait la tête.

« Bonne chance », a dit Enno en conclusion.

Là aussi, j'ai compris le message.

« Merci ! » J'ai répondu en le gratifiant d'un second baiser sur la joue. Rien que pour prouver à Wilhelm la cordialité de mes relations avec mon avocat.

Enno faisait au revoir de la main en s'éloignant dans son cabriolet. Il nous criait que nous pouvions, si nous avions la moindre question, le joindre à tout moment par bi-bop ou par radio-téléphone.

Nous nous sommes mis en route, Wilhelm et moi.

Enfin, une bouffée d'air pur !

Atmosphère estivale ! Promenade ! Ciel bleu ! Emplir ses poumons ! Toute notre mauvaise humeur allait fondre au soleil. Nous allions enfin avoir une explication.

De femme à homme.

Au moment précis où je voulais commencer la conversation, j'ai remarqué que j'avais au moins dix mètres d'avance sur lui.

Je lui ai lancé par-dessus mon épaule : « Qu'est-ce qui se

passe ? (J'explosais presque du besoin de bouger.) Je marche peut-être trop vite ?

— T'as repris ton allure militaire, a grogné Wilhelm. Pour moi, c'est pas de la promenade, c'est une marche forcée !

— Mais ce que tu fais toi, c'est pas davantage de la promenade. » J'avais répliqué sans la moindre trace d'humour. J'avais un ton encore plus grincheux que lors de nos échanges au cours de la rédaction du scénario. « Bouge-toi un peu, tu te traînes !

— Tu cours !

— Tu rampes !

— Tu fonces tête baissée !

— Tu traînes la patte comme une lavette !

— Espèce de suffragette insensible !

— Espèce de mollasson !

— Espèce de créature soi-disant émancipée !

— Espèce de frimeur, t'as pas fini ta puberté !

— Tu veux porter la culotte !

— Et toi, t'es complètement ramollo ! Toujours du müesli, des expressos, pas question de te bouger !

— Mais tu ne me prépares rien d'autre ! hurlait Wilhelm en courant derrière moi.

— Ça ne me viendrait pas à l'idée ! » Je lui ai balancé ça avec un plaisir non déguisé.

« Tu ne m'as jamais rien préparé à manger ! Je n'ai jamais trouvé auprès de toi la chaleur du foyer !

— Tu n'étais jamais à la maison ! Heureusement, d'ailleurs !

— Fallait bien que l'un de nous deux gagne notre croûte ! J'ai travaillé à la sueur de mon front ! Et toi, comment tu m'en remercies ?

— Moi ? Te remercier ? Te remercier de quoi ? De m'avoir engrossée ?

— Allons, allons ! » Un grand-père qui passait a hoché la tête.

« T'étais bien trop bête pour prendre la pilule ! » hurlait Wilhelm à tous les vents.

Les fenêtres s'ouvraient sur notre passage.

« Parce que tu aurais voulu que je me bourre d'hormones pour que tu puisses assouvir sur moi tes instincts irrépressibles !

— Mais t'aimais ça, avoue !

— J'ai des éléments de comparaison : non !

— Autrement dit, tes orgasmes, c'était du cinéma ? »

Une épouse qui passait à bicyclette, cabas et enfant en bas âge sur son porte-bagages, nous a lancé d'un ton de reproche : « Vous ne pouvez pas vous tenir ?

— Je suis actrice ! » J'avais mis ma dernière énergie dans cette affirmation.

Nous étions en train de nous livrer au duel oratoire le plus efficace de tous ceux qui étaient issus jusqu'alors de notre travail commun de scénaristes.

Le Bonheur sans mari ! Exactement.

Première scène du film.

Mais justement aujourd'hui, pas question d'utiliser pour notre scénario nos idées, tant verbales que mimiques. D'abord, il était parfaitement inutile, à cinquante mètres l'un de l'autre, de continuer à nous balancer à la tête des phrases auxquelles il n'y aurait rien eu à changer, des phrases qui nous sortaient vraiment des tripes. Et deuxièmement, nous étions l'un et l'autre incapables de faire marcher ce maudit dictaphone...

Pour ma première tournée de lectures publiques, j'ai sillonné la Souabe.

La charmante libraire qui m'avait fait part au téléphone, dans un inépuisable jaillissement d'expressions qui fleuraient bon sa province, de sa joie à l'idée de me rencontrer à l'occasion de ma lecture à Sabbach-am-Neckar, devait m'attendre à la gare de Stuttgart. Au cours du trajet en train, des sentiments très mêlés m'agitaient.

Au-dehors, tout verdissait, tout fleurissait, le Rhin courait, ruban bleu entre les vignes, des vedettes chargées de touristes remontaient, descendaient son cours. Je voyageais pour la première fois sans mes enfants — si l'on fait abstraction de mes quelques escapades d'une nuit à Hambourg...

Cette fois, j'étais partie pour un périple solitaire de deux semaines.

Impression étrange, très curieuse. Aucune trace de la joie que je me promettais. Mauvaise conscience, envie de me retrouver chez moi, avec Paula. Je m'ennuyais de mes enfants, ce sentiment m'avait serré le cœur dès le moment où le train avait quitté la gare de Cologne.

Au lieu de m'installer au wagon-restaurant auprès d'un monsieur voyageant seul pour sabler le champagne avec lui, je m'étais réfugiée avec ma petite valise tout au bout du train, où personne ne pouvait m'arracher à mes pensées moroses.

Des enfants sans mère !

Sans père ni mère !

Pour la première fois de leur vie, je les avais abandonnés. Pour ma misérable carrière ! Juste pour me faire un peu encenser dans les terres lointaines de Souabe !

Bon, d'accord, ils n'étaient pas seuls.

Ils avaient Paula, et Mme Mère, et aussi Enno.

En partant, je leur avais laissé une famille complète.

C'est fou comme on est vite remplacée, en tant que mère ! Qu'on ne vienne pas me prétendre que les pauvres bouts de chou en sont perturbés. Bien au contraire ! Depuis quatre semaines, les enfants vivaient dans un foyer si harmonieux que même le psychologue le plus sourcilleux n'aurait pas suggéré de changement.

Paula nous était plus proche que quiconque. Étrange. En à peine quatre semaines, elle nous était devenue indispensable à tous.

Aucun de nous n'aurait pu désormais imaginer la vie sans Paula. Pas même Wilhelm Gros. Il cherchait tout autant que nous trois chaleur et soutien auprès d'elle.

Hier, je l'avais surpris à racler le fond de la casserole de pudding au chocolat. Debout dans la cuisine, devant le plan de travail où nous venions tous nous appuyer quand nous voulions être tout près de Paula, il lui racontait ses aventures aux Caraïbes. Paula lui beurrait des tartines en l'écoutant, avant de repasser deux de ses chemises.

Puis il s'était envolé pour Berlin pour aller choisir les acteurs. Il était grand temps.

Le soir, nous nous étions retrouvées toutes les deux assises à la table de la cuisine, Paula et moi. En guise de merci, j'avais joint à l'enveloppe de son premier salaire un cadeau au nom des enfants et en mon nom propre : un foulard Hermès.

Auquel j'avais joint une photo des enfants, accompagnée de quelques lignes : *Nous te remercions, chère Paula, d'être là.*

« *Te* remercions ? a demandé Paula.

— Bien sûr, croyez-vous que les enfants auraient dit vous ?

— Dans ce cas-là, je voudrais aussi que nous nous disions tu ! a répondu Paula.

— D'accord, va pour le tu. »

Et assises ensemble à la table de la cuisine, nous avions trinqué.

« De toute façon, j'ai le sentiment que nous nous connaissons depuis très longtemps.

— Oui, a répondu Paula, c'est aussi mon impression. Il faut dire que Mme Mère m'avait beaucoup parlé de vous tous.

— Mais comment as-tu rencontré cette famille ? » Ma curiosité grandissait.

Paula m'expliqua qu'elle avait travaillé dans des quantités de maisons intéressantes, chez des conseillers commerciaux, des ambassadeurs, des hommes politiques. Elle avait élevé treize enfants en tout, et quand le dernier de ses petits était entré au lycée, sa famille de l'époque, des ministres, avait été tellement malheureuse à l'idée que Paula pourrait tout au plus s'occuper chez eux de faire le ménage, qu'ils avaient mis une petite annonce dans la revue *L'Esprit du temps :*

« Nous cherchons un nouveau domaine d'action pour notre dame de compagnie, dont les extraordinaires qualités de gouvernante et d'éducatrice nous ont comblés pendant de nombreuses années. Si vous n'êtes pas en mesure de répondre à ses exigences, nous vous suggérons de vous abstenir de répondre à cette annonce... »

Comme on pouvait s'y attendre, personne n'avait réagi...

Personne, sauf tante Gertrude.

Elle vivait seule dans une villa couverte de lierre à l'orée de la forêt municipale. Mme Mère et Enno étaient la seule famille qui lui restait. Elle avait donc avec eux des relations tout à fait privilégiées et chaleureuses. Et elle avait vite fait une place à Paula dans son cœur.

Je comprenais parfaitement. Je ne connaissais Paula que depuis un mois, mais moi aussi, je lui avais déjà fait une place dans mon cœur. La seule question qui se posait était la suivante : Paula aurait-elle assez de souplesse pour oublier les originalités de tante Gertrude et pour se faire aux nôtres ? Je ne pensais pas que nous ayons, tante Gertrude et moi, beaucoup de traits communs — si l'on excepte notre préférence marquée pour le même restaurant...

J'ignore à quoi exactement Paula occupait son temps dans la grande villa recouverte de lierre, à part bien sûr chasser les araignées et faire la lecture à tante Gertrude. Au cours de la conversation que nous avions eue hier, Paula s'était montrée d'une extrême discrétion. C'est une qualité à laquelle on accordait évidemment la plus grande importance chez les ambassadeurs et les ministres. Je devais par la suite apprendre à l'apprécier moi aussi.

« Mais que faisais-tu ? Je veux dire, as-tu passé ton temps à épousseter les lustres de la villa, ou à désherber la planche de légumes du potager ?

— Pas du tout, a répondu Paula. Tante Gertrude avait une employée de maison et un jardinier, un couple d'origine française, des nobles désargentés.

— Ça change tout, ai-je répondu en avalant une gorgée de champagne. À propos, ici aussi, le jardin aurait besoin qu'on s'en occupe un peu... », avais-je repris sur un ton rêveur, pendant que Paula remplissait à nouveau nos verres.

C'était tout à fait vrai. La haie, la pelouse, la mauvaise herbe prospéraient sans entraves. Pour ma part, je n'avais ni le temps ni l'envie de jardiner. Me planter là, gratouiller le sol à la poursuite d'un hypothétique ver de terre, c'était pas mon truc. Je me représentais M. le directeur des espaces verts et des pelouses et Mme son épouse dans mon humble demeure, dans mon modeste jardinet.

Après tout, pourquoi pas ?

Puisque j'avais enfin de l'argent.

Pourquoi me couvrir de vison, ranger dans des vitrines deux cents paires de chaussures dessinées par des stylistes italiens, alors qu'on peut faire tant de choses sensées avec son argent ?

« Tu crois que tu pourrais leur demander si chez nous aussi...

— Bien sûr, a répondu Paula, j'y avais déjà songé.

— Mais ces... je veux dire ces messieurs-dames qui représentent la noblesse paysanne française, de quoi vivent-ils maintenant qu'il n'y a plus tante Gertrude ? » J'y allais prudemment.

« Pour l'instant, ils continuent à s'occuper du jardin et de la maison, a répondu Paula en buvant son champagne à petites gorgées. Nous avons confié la propriété à un agent immobilier.

— Flessenkemper, à coup sûr ?

— Oui », a répondu Paula.

Puis elle a ajouté, comme s'il s'agissait d'un détail totalement dénué d'importance : « Nous sommes, la famille Winkel, M. et Mme Ville et moi-même, héritiers à parts égales de la maison. Mais nous ne souhaitons pas y habiter.

— Quoi ? » Je m'en étranglais avec mon champagne.

Paula, propriétaire d'un tiers de villa ? Et elle travaillait chez moi comme baby-sitter ?

Je me suis levée sans m'en rendre compte. Maintenant, elle allait prendre le foulard Hermès, s'en servir pour essuyer la table et me le secouer au nez en éclatant de rire.

« Paula... mais, vous... tu n'as pas besoin de gagner ta vie. Alors, pourquoi tu fais tout ça chez moi ? »

Et d'un geste large, je montrais ma petite maison minable avec les Lego qui jonchaient le sol, les miettes de gâteaux sur le piano et les albums pour enfants dispersés par terre selon l'humeur des chérubins, les tricycles rouillés devant la porte et le garage transformé en bureau.

« Mais parce que ça me plaît, a répondu Paula. Je vous aime bien, tes enfants et toi. Tu m'impressionnes. Toi non plus, tu n'as pas besoin de travailler ! Maintenant, tu pourrais vraiment te reposer sur tes bénéfices.

— Oh non, pas question !

— C'est pourtant ce que font d'autres épouses divorcées.

— Ce qu'elles doivent s'ennuyer !

— C'est aussi mon avis. Tu veux que je te dise ce qui nous rapproche ?

— Je t'en prie.

— Ce que nous faisons toutes les deux, nous le faisons bien parce que nous aimons le faire. »

Elle avait un sourire désarmant.

« Mais qu'est-ce que tu fais, quand tu arrives chez toi ? » J'étais curieuse.

« Ah oui, tu me rappelles que c'est l'heure... », dit-elle en jetant un coup d'œil à sa montre.

Nous nous sommes embrassées.

« Bon, alors à demain, huit heures ? a demandé Paula.

— D'accord, à demain, huit heures. Bonne nuit. »

Et le lendemain matin, elle m'avait conduite à la gare.

C'était pas plus compliqué que ça.

Je regardais par la fenêtre du compartiment, et j'essayais de comprendre ce qui avait changé dans ma vie.

Il y a six mois, en jeans élimés, avec un pull plein de taches, j'étais dans mon trois-pièces de location, je me traînais, tête baissée, pour récupérer les Lego, les miettes et les sucettes collées sous le canapé.

Et maintenant, j'étais sur le point — tête haute ! — d'entrer dans la belle vie. Et plus important encore, je m'étais fait à moi-même la courte échelle. J'en avais gravi les échelons un par un. Au début, j'y allais très doucement, parce que l'échelle était encore branlante. Enno et Mme Mère la tenaient. Et voilà que je commençais à lorgner par la lucarne pour échapper à ma destinée de femme au foyer.

Fallait-il en sortir ? Rien que pour essayer ? Si j'échouais, je pourrais toujours revenir à quatre pattes sur le faîte du toit. J'aurais peut-être le vertige, j'allais peut-être tomber ?

Paula me retiendrait. Elle m'aiderait à rentrer.

J'aurais peut-être dû emmener les enfants ?

Non. Le voyage aurait été une source de stress et d'agitation, il aurait fallu faire une foule de compromis.

Oui, mais j'aurais eu les enfants avec moi.

Est-ce que c'est parce que je m'ennuyais déjà d'eux que j'agitais ce genre de pensées ? Ou bien était-ce seulement la mauvaise conscience ?

Est-ce que je voulais vraiment avoir les enfants avec moi ? Ou bien valait-il mieux pour eux qu'ils soient dans leur monde habituel ? Paula, c'était leur monde. Elle allait devenir une seconde mère pour eux. Tranquillisée, je me suis enfoncée dans mon siège. Tout était bien qui finissait bien. Ces deux semaines de tournée, elles allaient passer vite.

Et je me retrouverais à la maison.

À Stuttgart, en descendant du train, j'ai regardé autour de moi pour chercher cette dynamique libraire qui devait m'accueillir et dont je n'avais pas du tout compris le nom au téléphone. Une silhouette en imperméable gris, un foulard flottant au vent lui masquant le visage, se faufilait vers moi, en poussant devant elle un chariot à bagages. Elle m'a dévisagée un moment, puis m'a lancé avec entrain : « Fissa ! »

Elle devait me prendre pour quelqu'un d'autre ! J'allais poursuivre ma route, quand la femme m'a rattrapée par le col de ma veste.

« Madame Zis ?

— Oui, ai-je répondu d'un ton étonné.

— Alors, fissa ! » Avec toujours autant d'énergie, elle montrait le chariot à bagages.

Je ne suis pas idiote, me disais-je. En plus, elle me parle sur un drôle de ton.

« Faut qu'on se dépêche un peu, haletait la silhouette grise dans de grandes envolées de manches, pour empêcher son foulard de se coller sur ses lunettes. Je suis en stationnement interdit.

— Un instant », l'ai-je interrompue. Je commençais à me poser des questions : « Vous êtes de la librairie du Neckar ?

— Mais bien sûr, s'est-elle écriée, je suis Mme Fissa, nous nous sommes téléphoné ! »

Un peu ahurie, je titubais derrière cette pile électrique souabe. Sa façon de naviguer entre les passants avec son chariot à bagages me rappelait Tootsie. D'ailleurs, elle lui ressemblait tout à fait quand elle courait. Mais la ressemblance disparaissait dès qu'elle se mettait à parler le dialecte souabe !

Sa Renault blanche était arrêtée sur le trottoir, devant la gare, feux de détresse allumés, toit ouvert. Un policier zélé s'était occupé de l'objet du scandale et était en train de demander par radiotéléphone l'enlèvement du véhicule. « Quand la fourrière arrivera, on sera loin ! » s'est exclamée Tootsie-Fissa en balançant ma valise par le toit ouvert sur le siège arrière et en bondissant pour s'installer au volant. Je me suis glissée à côté d'elle.

La petite voiture est descendue du trottoir en cahotant, puis a pris sa place dans le trafic de la fin de journée.

« C'est formidable que vous ayez réussi à avoir une place dans ce train, on se demandait si ça allait marcher, parce que normalement, le vendredi, il est bondé, on avait peur que vous soyez obligée de venir par la route. Et dans ce cas-là, on se serait manquées. (Mme Fissa était surexcitée.) Vous avez fait bon voyage ?

— Excellent, merci !

— Nous avons passé l'après-midi à installer des chaises dans la librairie, nous avons distribué des invitations à tous nos clients, il y a des affiches dans toute la ville... On attend beaucoup de monde ! »

Tootsie éperonnait sa Renault qui gravissait à grand fracas la pente en hurlant de douleur.

« C'est pas tout plat, ici, hein ? (La brave femme était toute réjouie.) C'est moins plat que chez vous, à Hambourg !

— Cologne !

— Ah bon, je croyais que vous habitiez à Hambourg. C'est vrai, c'est monsieur... Comment s'appelle-t-il, déjà ? Le monsieur de la maison d'édition ?

— Lange.

— Tout à fait. Vous le connaissez ? »

J'ai répondu « Oui », et mon cœur en était tout réchauffé.

« Et comment l'avez-vous rencontré ? Je veux dire, comment fait-on pour qu'un éditeur lise un manuscrit ?

— On couche avec. » J'avais répondu sur un ton parfaitement détaché.

La Renault de Tootsie a fait un bond et Tootsie s'est mise à rire comme un carillon. « Oh ! la la ! Je suis tombée dans le panneau ! Mais c'est bien vous, madame Zis, votre humour si particulier ! » Elle se tordait de rire.

Nous avons pris la direction de Sabbach-am-Neckar, Tootsie déversait sur moi un flot de paroles qui clapotait à mes oreilles sans y pénétrer. Elle m'indiquait le nom de telle colline, telle cheminée d'usine, m'informait de la date à laquelle avait été construite une déviation et me donnait un aperçu de l'enseignement en Souabe, du fonctionnement des librairies, du système éducatif dans son ensemble. Et pendant ce temps-là, je pensais avec une grande intensité à Victor. Quel dommage que Hambourg soit si loin !

Elle regrettait infiniment de ne pas pouvoir me faire visiter sa ville natale, Renningen. Elle allait me déposer dans une pension de famille très simple, mais propre, tout en lisière de ville. Par temps clair, de là, on voyait Ludwigsburg.

Je ne souhaitais rien tant que passer le reste de la journée à contempler Ludwigsburg, assurément.

Quand la loquace libraire m'eut déposée devant la coquette petite pension de famille, je me suis sentie soudain très seule. Ici, on était au bout du monde, on ne voyait à perte de vue que champs de blé ondulant au vent d'été.

« La lecture commence à huit heures, je passerai vous prendre à sept heures et demie », s'est exclamée Mme Fissa joyeusement. En klaxonnant et en faisant de grands signes de la main, Tootsie s'en est retournée dans sa Renault au toit ouvrant. Son foulard gris flottait au vent. Et je me suis retrouvée toute seule devant la maison.

La porte de la pension de famille était seulement tirée. À l'intérieur, le carrelage brillait de propreté. Sur une crédence, dans l'entrée, une coupe pleine de pommes vertes. J'en ai pris une que j'ai mise dans ma poche.

Un escalier, trois portes fermées. L'une portait l'inscription « Privé », sur les deux autres on pouvait lire « WC ». Je suis entrée, il régnait une odeur printanière de toilettes fraîchement nettoyées. Sur le rebord de la fenêtre, un rouleau de papier hygiénique de réserve caché sous une housse au crochet.

J'avais le sentiment que d'une minute à l'autre, une porte allait s'ouvrir et que mes enfants se précipiteraient vers moi. Mais rien. Le silence faisait mal.

« Y'a quelqu'un ? »

Ma voix m'était renvoyée en écho par le carrelage brillant.

Je me suis regardée dans le miroir accroché derrière les pommes vertes. Franka Zis, l'auteur à succès. Quel accueil triomphal !

C'est à ce moment-là que j'ai remarqué un plateau sur lequel étaient posées trois clés. Sur un petit carton était écrit avec application :

M. Schäuberle, chambre 3
Mme Zis, chambre 4
M. Waiblinger, chambre 5.

Messieurs Schäuberle et Waiblinger n'était manifestement pas encore arrivés. La maison était on ne peut plus vide. J'ai attrapé la clé de la chambre 4 et me suis engagée dans l'escalier. Au premier étage aussi, on pouvait lire « Privé » sur toutes les portes, mais j'ai eu plus de chance au second.

En plus de la salle de bains et des WC, il y avait trois portes : les chambres 3, 4 et 5. Sur une petite table, des vieux magazines lus et relus, et contre le mur, un réfrigérateur. Je l'ai ouvert, pour voir. À l'intérieur, trois bouteilles d'eau minérale, avec chacune une petite étiquette : chambre 3, chambre 4, chambre 5. Eh bien, ça allait être l'orgie, ce soir.

Ma chambrette était claire, agréable, et donnait sur le champ de blé ondulant au vent évoqué ci-dessus. En arrière-plan, des cheminées d'usine et l'écran d'un cinéma de plein air. Voilà, je pouvais regarder aussi longtemps que je le voudrais dans la direction de Ludwigsburg. Ciel bleu, hirondelles traçant de joyeuses orbes à travers le firmament.

Je me suis débarrassée de mes vêtements poussiéreux et j'ai pris une douche. Puis je me suis allongée sur le lit d'une blancheur immaculée. Personne pour me déranger. Personne pour m'appeler : « Maman, du lait ! » Personne pour se glisser sous ma couette, me donner un coup dans l'œil avec le coin de son livre d'images en me réclamant « Maman, tu me lis une histoire de Papou ? » Personne pour crier : « Maman, où est mon lapin ? » Pas de larmes. Pas de hurlements. Pas de pieds nus qui courent à travers le couloir. Le silence. J'écoutais mon cœur battre. Je regardais le plafond. Un plafond blanc, des poutres de bois sombre. Au-dessus du lit, un tableau avec un cerf bramant d'un air vexé. Sur la commode contre le mur, un petit téléviseur. Sur la table de nuit d'une propreté absolue, un téléphone.

Ils me manquaient. J'en étais malade, à en perdre le souffle.

J'ai téléphoné à la maison.

« Vous êtes bien chez Franziska Herr.

— Allô. (Je n'en pouvais plus.) C'est moi.

— Bonjour, comment vas-tu ? a demandé Paula d'un ton joyeux. C'est gentil de nous appeler. »

Je lui ai raconté le voyage, je lui ai parlé de la libraire et de ses bavardages. Je lui ai dit qu'au début, je n'avais pas compris qu'elle s'appelait « Fissa ».

« Elle s'appelle Firssat, a dit Paula.

— Comment tu le sais ?

— Parce qu'elle a rappelé ce matin ! Elle voulait savoir si tu venais par le train ou en voiture, je lui ai dit que tu avais pris le train.

— Et t'as compris son nom du premier coup ? » J'en étais baba.

« Pas du tout, a répondu Paula, mais je lui ai demandé de me l'épeler.

— Ah bon ! » J'étais épatée.

« C'est une habitude que j'ai prise chez tante Gertrude. Je répondais toujours au téléphone, je lui notais qui avait appelé. Je fais d'ailleurs pareil pour toi. Aujourd'hui, il y a eu deux libraires, l'un de... (J'ai entendu le bruit de feuilles que l'on tourne) Bad Harzburg, et l'autre de Magdeburg.

— Oh !

— Et en plus, un monsieur... Weidler, de Radio Cologne.

— Formidable. »

Paula m'a donné le numéro. J'étais toute contente à l'idée de papoter avec M. Weidler.

« Il y a aussi une lettre de ton éditeur, a poursuivi Paula. Je l'ouvre ?

— Si c'est une lettre manuscrite, tu la refermes. »

Bruit de papier. « C'est une lettre machine. La liste des meilleures ventes.

— Alors ?

— Ton livre est 27e sur la liste des best-sellers, a répondu Paula. Avec une nette tendance à l'amélioration. La semaine dernière, tu étais 33e, la semaine d'avant, 49e, et avant, tu n'y étais même pas !

— Tiens donc ! » (Je jubilais.) 27e ! Pas mal du tout !

— Attends, y'a autre chose : nombre d'exemplaires vendus par jour ! Tu es assise ?

— Vas-y ! Je suis allongée !

— Neuf cent quatre-vingt-sept, a répondu Paula. Par jour, en moyenne. C'est fabuleux ! »

Je dévisageais le cerf vexé. Presque mille exemplaires ! Mille exemplaires par jour ! C'était tout à fait fantastique !

Enfin, les choses bougeaient ! Mon truc, comme avait dit Enno.

« C'est vraiment une bonne nouvelle. (Je m'efforçais de garder un ton détaché.) Et les enfants ?

— Ils jouent au sable, a répondu Paula. Tout se passe très bien. La cave a été inondée. Mais nous avons réglé le problème, Enno et moi.

— Hein ?

— Enno m'a donné par radiotéléphone les consignes pour remettre la pompe en marche, et j'ai nettoyé la cave avec Mme Ville. Pendant ce temps-là, M. Ville faisait quelques réparations.

— Tu es unique. Les Ville aussi. Et Enno aussi.

— Tu veux parler aux enfants ?

— Non, j'aime mieux pas. » Ils allaient se mettre à pleurer, j'en étais sûre, me demander de revenir tout de suite. Et moi aussi, j'allais me mettre à pleurer. Parce que j'aurais des remords de ne pas avoir essuyé la cave moi-même. Et la petite chambre proprette allait s'écrouler sur ma tête.

« Et toi, Paula, tu vas bien ?

— Tout va pour le mieux ! Ne te fais pas de souci pour nous, profite de ta liberté !

— C'est pas si facile, de profiter de sa liberté.

— Eh bien, faut que t'apprennes.

— La chambre est tellement silencieuse !

— Profite du silence.

— J'ai peur que le plafond me tombe sur la tête !

— T'as qu'à sortir et faire un tour ! T'aimes bien te promener.

— C'est difficile, de s'habituer au changement. Vous me manquez tant...

— Il y a un temps pour tout, a repris Paula. Maintenant, profite de ta liberté, une bonne fois. Qu'est-ce que tu crois que je fais tous les jours à partir de deux heures et demie, quand il arrive que je ne sois pas installée chez toi pour deux semaines ?

— Pas la moindre idée.

— Je profite de ma liberté, voyons !

— D'accord, d'accord. »

Nous avons raccroché. Je suis retombée dans les coussins, regardant fixement le plafond. Tout allait pour le mieux ! La cave avait été inondée, mais le problème avait été réglé en deux temps trois mouvements. Je ne manquais à personne. Les livres se vendaient comme des petits pains. Je gagnais de l'argent en ce moment même, allongée sur un lit ! Dehors, le soleil brillait. Et j'étais libre ! Entièrement libre ! Pourquoi étais-je donc incapable de comprendre cela ? Pourquoi ne parvenais-je pas à ressentir cette joie de vivre que j'avais acquise de haute lutte ? Franziska, tu as le droit d'en profiter, criait Franka en tiraillant la couverture. Allez, à toi la vie dans toute sa richesse ! Dehors, l'été commence. Dans ta vie aussi. C'est maintenant que les jours sont les plus longs. Et les nuits sont brèves. Pas question de les gaspiller en dormant. Et encore moins de rester allongée en plein jour dans la chambre d'une sinistre pension de famille en regardant fixement le plafond.

D'un bond, j'ai été debout.

Je me suis habillée de frais et suis sortie.

L'air était neuf et pur. Les hirondelles sillonnaient joyeusement le ciel de Souabe.

J'ai respiré à grands traits.

Puis je suis partie vers les champs, d'un pas allègre.

CETTE TOURNÉE DE LECTURES a été à la fois intéressante et pleine de surprises. Dès le premier soir, j'ai conquis les cœurs de cinquante ménagères souabes. Assise sur le coin d'une table, j'ai lu cinq chapitres de mon livre. Sur la table, Tootsie avait disposé avec art des fleurs, de l'eau minérale et un micro — d'ailleurs superflu, car j'avais pris des cours de déclamation à l'école du théâtre. L'essentiel, c'était que tout le monde puisse me voir. Je ne voulais pas seulement lire, mais raconter, représenter, faire rêver... L'occasion m'était enfin offerte de mettre à l'épreuve mes talents de comédienne ! Ces braves ménagères, elles avaient sans doute aussi peu l'habitude de traiter avec légèreté la langue allemande que les époux superflus, mais après un certain étonnement devant mon attitude, elles manifestèrent bruyamment leur enthousiasme. À la fin de chaque chapitre, j'avais droit à un tonnerre d'applaudissements.

Après la lecture, Tootsie a ouvert le feu :

« Où avez-vous appris à écrire ? »

J'ai failli répondre : « À l'école ! », mais on risquait de prendre ça pour de l'ironie.

J'ai raconté l'histoire d'Enno et de mon manuscrit.

« Mon avocat m'avait suggéré de noter noir sur blanc quelques détails de ma vie conjugale. Je n'ai jamais su être brève, je suis comme ça. J'ai donc écrit trois cents pages. C'était l'hiver, j'étais seule avec les enfants, et le soir, je m'épanchais sur le papier, tout simplement. D'autres vont chez le psy... Bien entendu, mon avocat était beaucoup trop paresseux pour lire tout ce que j'avais écrit, et il a donné mon "manuscrit" à sa mère. Elle a soixante-dix ans, elle a tout son temps. Elle a trouvé que c'était un récit d'une force incroyable et l'a expédié à une maison d'édition, sans rien dire à personne. »

Cinquante ménagères s'esclaffent.

« Et ils l'ont accepté tout de suite ?

— Oui. (Je prenais un ton modeste.) Aussi incroyable que cela puisse paraître.

— C'est l'histoire de Cendrillon, s'est exclamée une auditrice d'un ton rêveur, transposée à notre époque ! »

Tout à fait pertinente, cette remarque !

Était-il opportun d'évoquer l'histoire avec Victor, en disant que nous nous étions revus pour la première fois depuis vingt ans, que nous nous étions regardés dans les yeux, et que, sans autre forme de procès, nous avions fait l'amour, vautrés sur le manuscrit ? J'ai préféré m'abstenir : Cendrillon n'avait sans doute pas batifolé de la sorte avec son Prince Charmant. Je ne voulais pas en demander trop à mes braves ménagères souabes.

« Pas de doute, les meilleures histoires, c'est la vie qui les écrit ! a dit une femme assise tout au fond de la salle. Et c'est vrai, ce qu'on dit, vous vivez seule ? Vous l'avez vraiment fichu dehors, votre mari ?

— Oui, mais en fait, c'est moi qui ai déménagé. C'était la solution la plus élégante.

— Comment réussissez-vous à tout mener de front ? » Deuxième question de Tootsie-Fissa. « Avoir des enfants, les élever seule, tenir la maison, et en plus, écrire des best-sellers ! »

J'ai répondu que j'étais capable de me passionner au point de me consacrer vingt-quatre heures d'affilée à faire quelque chose que j'aimais. « Et en outre, j'ai maintenant une personne qui s'occupe de mes enfants, ai-je ajouté d'un ton satisfait.

— Ah, tout s'explique ! ont commenté quelques auditrices avec envie.

— Et tout ça, c'est autobiographique ?

— Plus ou moins... (C'était une réponse conforme à la vérité.) Je m'inspire de gens, de situations réels, et ensuite, je laisse libre cours à mon imagination.

— Tom Köttelpeter, il existe en vrai ?

— Oui. Bien sûr, pas exactement tel que je le décris. Mais quelqu'un m'a servi de modèle pour ce personnage.

— Il s'appelait aussi Tom Köttelpeter ?

— À peu près. (J'étais satisfaite de ma réponse.) D'ailleurs, il fait du cinéma... (Et j'ai lancé ma bombe :) il est en train de transposer mon livre à l'écran. »

Rires étouffés, applaudissements, enthousiasme...

« Et il sait que c'est lui ?

— Maintenant, oui.

— Les hommes, ils sont drôlement bêtes ! a dit une autre en soupirant.

— Qui est-ce qui va jouer votre rôle ?

— Aucune idée. Moi aussi, je suis très impatiente de le savoir !

— Vous avez tout de même votre mot à dire ?

— Bien sûr ! Tom Köttelpeter est très ouvert, il n'est pas du tout autoritaire !

— Alors, c'est pas comme ce qu'on lit toujours, que l'auteur et le scénariste s'engueulent sans arrêt ?

— Non. Pour nous, ça ne se passe pas comme ça. Chacun reconnaît les compétences de l'autre. Vous savez ce qu'il m'a écrit récemment ? “On est condamnés à s'entendre !” »

Une des auditrices a réagi :

« Je trouve ça vraiment super ! Divorcer, et faire un film ensemble, oui, c'est vraiment super ! »

Moi aussi, je trouvais ça super.

Ma tournée m'a menée à travers tous les hauts lieux du pays souabe.

Un jour, il m'est arrivé quelque chose de très sympa. En pénétrant dans le wagon de première, j'ai tout de suite remarqué la couverture de mon livre. Pas dans les mains d'une brave ménagère souabe, non, dans celles d'un monsieur tout à fait bien, un monsieur dans la fleur de l'âge. Il y avait d'autres places libres dans le compartiment, mais je me suis assise à côté de lui, cœur battant.

Il était arrivé à la page 150 et souriait en lisant.

« Vous lisez ce livre ? »

Dans l'urgence, je n'avais pas réussi à trouver de question plus intelligente.

Et j'avais piqué un fard.

« Oui. (Regard jovial vers ma modeste personne...) Oui, pourquoi ? Vous le connaissez ?

— Oui. (Domine-toi, ma fille, domine-toi !) Et vous le trouvez comment ?

— Très, très sympa, très distrayant. Je l'ai acheté ce matin à Hambourg, et j'en suis déjà... à la page 150.

— C'est le passage où Tom Köttelpeter rencontre la belle Dorothée dans le Transsibérien ?

— Exactement, et c'est alors que je rencontre dans le train régional à destination de Stuttgart la belle... ?

— Franka Zis... » Ça m'avait échappé.

Aucune réaction de la part de ce charmant monsieur, qui venait de Hambourg.

« Il va falloir que je réfléchisse, pour savoir comment je préfère passer le temps du voyage : avec ce livre, ou en votre compagnie... »

Tout à fait charmant, tout à fait élégant. Ah mes enfants, comme ça fait du bien. Encore, encore !

« Mais les deux à la fois... » Pas besoin de choisir !

Les autres passagers faisaient mine de ne pas écouter, mais ils n'en perdaient pas une miette.

« Vous savez quoi ? Je m'assieds en face de vous, et je vous regarde lire », ai-je dit, et j'ai changé de place. Le monsieur a ri, il a poussé ses jambes qui n'en finissaient pas. Mon étrange attitude ne le déroutait absolument pas. « Je vous en prie, faites donc ! Je me demande seulement si je vais pouvoir continuer à me concentrer. »

Deux autres voyageurs me regardaient d'un air inquiet en lorgnant par-dessus leur journal.

« Mais si ! Concentrez-vous ! Vous allez maintenant découvrir comment fut résolu un grave conflit dans la salle de restaurant non chauffée d'un hôtel russe de troisième catégorie. »

Le monsieur bien mis m'a regardée d'un air interrogateur. Soudain, la lumière s'est faite, il a retourné le livre, a lu mon nom sur la couverture : « Franka Zis, c'est vous ?

— Oui. » Comment dirait Franz ? T'as gagné !

À droite et à gauche, les journaux se sont abaissés. Des yeux d'hommes d'affaires me considéraient avec curiosité. « Eh bien, ça alors ! »

Il était content, mon lecteur. Et moi aussi. Nous étions terriblement contents tous les deux. Je lui aurais sauté au cou ! Cachés derrière leurs journaux, les hommes d'affaires se réjouissaient eux aussi. On les entendait glousser.

Mon beau lecteur s'est présenté : « Axel Meise ! » Il a voulu se lever pour s'incliner devant moi. Mais il était si grand qu'il devait rentrer sa tête dans ses épaules.

Nous nous sommes serré la main avec effusion.

Mais j'arrivais à destination. J'ai rapidement dédicacé l'exemplaire du grand M. Meise : « Pour Axel, que j'ai surpris en flagrant délit » et j'ai ajouté : « Bonne lecture ! » Il m'a remerciée, m'a souhaité beaucoup de succès et était encore tout réjoui quand j'ai sauté sur le quai, ma petite valise à la main. Tous les passagers du compartiment souriaient. Axel Meise m'a fait des grands signes de la main jusqu'à ce que le wagon disparaisse dans un tournant.

Quel charmant intermezzo !

Le ciel était en accord avec mon humeur. Tout était si paisible, si ensoleillé, si calme et heureux. J'appréciais tellement ma solitude ! J'avais tant de sentiments et de pensées à rattraper. On aurait dit que le temps s'était arrêté. Les enfants étaient en bonnes mains. Et maintenant, j'étais libre d'agir à ma guise, je l'avais bien mérité...

Partout, on m'accueillait chaleureusement. Tantôt c'était une bibliothécaire surexcitée qui m'attendait sur le quai, agitant mon livre, tantôt un libraire radieux, un bouquet d'églantines à la main. Tous paraissaient à la fois heureux et fiers. On s'empressait de me débarrasser de ma petite valise, on me déposait dans une pension coquette avec des pommes vertes sur la crédence et un parfum de muguet ou de cerisiers en fleur dans les toilettes. Et même, un jour, une tarte maison décorée de l'inscription « Bienvenue à Franka Zis » m'attendait ! Tout le monde se préoccupait de façon si touchante de mon bien-être ! Quelles journées merveilleuses ! Le soir, devant cent personnes, ou bien devant douze, je lisais des extraits de mon livre. Public à quatre-vingt-dix pour cent féminin. Assises à mes pieds, mes lectrices me regardaient d'un air plein d'attente. Les rares hommes présents avaient l'air d'avoir été traînés là de force.

Mais je réussissais à les faire rire eux aussi. La lecture était toujours suivie d'une conversation pleine de spontanéité.

« Vous n'êtes pas une suffragette renfrognée, c'est ça votre force ! m'a dit un jour un monsieur. Avec vous, pas de sujet tabou. Et vous savez rire de tout !

— Quand j'ai eu refermé votre roman, j'ai cru que je quittais une amie ! » a renchéri une jeune femme assise au deuxième rang. J'étais profondément touchée. Y a-t-il plus beau compliment pour un auteur ?

« Vous êtes tout à fait comme j'imaginais la Charlotte de votre livre ! observait une autre.

— Vous avez une voix sublime... », a remarqué un monsieur d'un certain âge. Je lui ai envoyé un baiser.

« Je pourrais continuer à vous écouter pendant des heures ! a ajouté sa femme.

— En lisant, j'ai oublié tous mes soucis...

— J'ai passé votre livre à mon mari. Et après, nous avons de nouveau réussi à parler ensemble.

— Mon amie vous a lue à l'hôpital. Aussitôt, elle s'est sentie mieux.

— Restez comme vous êtes !

— Pour quand, votre prochain roman ? »

Quel sentiment merveilleux.

Bien mieux que quand on a réussi à repasser une chemise sans faire de faux plis !

Au cours des séances de signature, les femmes me racontaient à mi-voix leur propre histoire. Je mettais toujours une dédicace personnalisée.

Pendant la journée, je déambulais à travers des petites villes pittoresques, visitant châteaux, églises et musées. Partout, dans les vitrines et sur les colonnes Morris, je voyais des affiches avec ma photo. On pouvait y lire mon nom, imprimé en gros. En dessous, une reproduction de mon livre et en caractères de même taille : Éditions des femmes dans le vent. Puis, une indication en général manuscrite donnait le lieu et l'heure de la lecture.

Parfois, je me retournais doucement pour voir si quelqu'un allait me reconnaître ou même m'adresser la parole. Mais nul ne m'accordait la moindre attention. La photo ne devait pas me ressembler le moins du monde. Ou bien alors, en Souabe, il n'est pas d'usage d'adresser la parole à des inconnues sous prétexte qu'elles vous sourient depuis une colonne Morris.

Après m'être suffisamment adonnée à la visite de villes petites et moyennes, je prenais un plaisir fou à parcourir des kilomètres et des kilomètres à travers la campagne. Quelle belle région ! Quel plaisir de pouvoir enfin marcher ! Bras ballants, avancer à bonne allure à travers champs dans l'atmosphère printanière, tant d'arbres fruitiers en pleine floraison ! Sans pousser une voiturette avec deux gamins bien nourris dedans ou traîner un époux râleur ! Il s'agissait seulement d'avancer, toute seule. J'étais légère comme une plume. C'était merveilleux.

Soudain, je l'ai vu.

En chair et en os.

Tout seul.

C'était Papou.

« Vous ici !

— Oh, a-t-il répondu d'un ton joyeux, la fée du lac gelé en robe d'été ! » Puis il a regardé autour de lui comme pour chercher quelqu'un.

« Où sont donc Franz et Willi ? »

Il avait retenu leurs prénoms !

« À la maison, à Cologne !

— Mes enfants aussi sont à la maison, à Cologne. » Impossible de retrouver leurs noms. Je me souvenais seulement que la petite fille était gênée par ses nattes. Et je revoyais sa femme. La femme d'affaires tirée à quatre épingles avec sa queue de cheval bien lisse et ses bottines bordées de fourrure.

« Qu'est-ce que vous faites donc ici ?

— Je fais une tournée de lecture. » Nous avions posé la question et donné la réponse ensemble.

Nous nous sommes regardés.

« Je suis... Franka Zis, ai-je balbutié en lui tendant la main comme un automate.

— Ah, c'est donc vous ! J'ai vu vos affiches, je me disais bien que j'avais déjà vu cette tête-là quelque part. » Il riait.

« Mais sur l'affiche, j'ai l'air complètement débile.

— D'accord, a répondu Papou, vous me plaisez plus au naturel. Je m'appelle Martin Born, a-t-il ajouté en me serrant la main.

— Moi, c'est Franziska Herr. » J'avais répondu sans lâcher sa main.

« Franziska... Franka Zis... Génial, comme pseudo !

— Papou, c'est pas mal non plus !

— Ça a été le premier mot de ma fille. »

Martin ne m'avait toujours pas lâché la main.

Et nous sommes allés manger une choucroute.

Nous avons constaté que nous suivions l'un et l'autre à peu près le même itinéraire. Il était déjà passé à Ludwigsburg, Esslingen et Pforzheim, mais de mon côté, j'avais déjà derrière moi Stuttgart, Sabbach-am-Neckar et Weil-der-Stadt. Il restait encore cinq étapes, nous allions nous y retrouver en même temps.

La plupart des librairies organisaient des rencontres avec Papou l'après-midi et les lectures de Franka Zis le soir, ce qui leur permettait de régler en même temps la mise en place des chaises et la vente des billets.

Entre deux, les femmes avaient le temps de coucher leur progéniture, de clouer leurs maris au poste de baby-sitter et de se rendre à ma lecture, pour découvrir le bonheur sans mari...

« J'ai lu ton livre, a dit Papou. Il est partout ! »

Dès le début du repas, nous étions passées au « tu ». Je trouvais stupide de voussoyer Papou, le meilleur copain de mes enfants.

« Alors, tu en penses quoi ?

— Je l'ai trouvé plein d'esprit, impertinent et drôle. Ma femme n'a pas aimé. C'est sans doute parce que j'avais passé toute la nuit à le lire. »

Ça ne m'étonnait pas d'elle. Ces femmes ambitieuses tirées à quatre épingles, qui frissonnent dans leur vison, écrasent leur cigarette dans la neige, mon livre ne peut pas les intéresser. Elles lisent des traités de philosophie, des romans intellos, ou bien feuillettent de gros livres d'art.

« Vous n'allez pas bien ensemble. » J'étais péremptoire.

Martin a acquiescé d'un signe. « Nous nous sommes mariés trop vite. Notre fille était en route.

— Pareil pour nous. Notre fils était en route. Mon mari a toujours été en route lui aussi. Maintenant, c'est moi.

— Chacun son tour ? » Il riait.

« Exact. »

Il a repris : « Nous ne pouvons pas divorcer, d'ailleurs, nous ne le voulons pas.

— Je comprends. » Leur enfant-problème.

« Pas si facile de songer au divorce avec un enfant handicapé. Ça soude un couple.

— Tu ne dois pas être le même genre de père que Will Gros.

— Je suis devenu un autre genre de père. (Papou s'est passé la main dans les cheveux.) Nous avons voulu tout de suite un autre enfant. Le deuxième est en bonne santé.

— Votre petit garçon.

— Oui, Benedikt, un gentil p'tit bonhomme. Il entre à la maternelle. Sabine souhaitait à tout prix recommencer à travailler. Moi, j'ai arrêté ce que je faisais avant. J'avais l'impression que tout ça, c'était de ma faute. »

Il avait une façon si émouvante de se frotter le visage que je me retenais pour ne pas lui caresser les cheveux.

« Comment ça s'est passé ? »

Martin a expliqué qu'avant, il travaillait dans un tout autre domaine. Il avait étudié la musique classique et chantait Mozart tous les soirs. Papageno, son rôle fétiche. Je n'avais aucun mal à l'imaginer dans son costume de plumes, avec sa flûte de Pan, entonnant : « Je suis le gai pipeur d'oiseaux... » Il avait rencontré sa femme lors d'un festival, quelque part en Suisse. Sabine travaillait à l'organisation du festival. Elle avait fait des études de commerce.

« Une femme extraordinaire, elle a toujours su ce qu'elle voulait.

— Et ça n'a pas changé, n'est-ce pas ?

— Oui, elle ne veut pas renoncer à son métier. »

Ça m'impressionnait quand même.

« Et toi, tu as renoncé au tien ?

— J'en ai cherché un autre. Un métier qui aille pour Katinka. »

Katinka. Tout de suite, j'ai retrouvé la chanson de Papou avec les trois petites mouches : « À droite Inka, à gauche Minka, et au milieu Katinka ! »

Papou m'a raconté la naissance de Katinka. Le travail avait duré quarante heures. Pendant ce temps-là, il avait joué son rôle de Papageno, deux représentations. Pas moyen de trouver de remplaçant, il fallait qu'il joue, qu'il le veuille ou non.

« Papageno... » Entre ses passages sur scène, dans son costume de plumes, il se ruait sur le téléphone. « Toujours rien ?

— Non, les contractions diminuent. »

Papageno était au bord du désespoir. Pourquoi ne pouvait-il pas être auprès de sa femme à ce moment-là ? Qu'est-ce que c'était que ce foutu métier ?

Dans l'intervalle qui séparait les deux représentations, il s'était démaquillé rapidement et était allé à l'hôpital. Tout respirait le calme, en ce beau dimanche après-midi. C'était l'été, les bouleaux plantés à l'entrée se berçaient doucement dans le vent. Les couloirs de l'hôpital étaient vides. De temps en temps, on croisait un visiteur à la recherche d'un vase.

« Demain, moi aussi je serai ici en train de chercher un vase, se disait Papou, demain, relâche ! »

Il avait sonné à la porte de la salle de travail, qui portait l'inscription « Accès interdit ».

La voix d'une sage-femme : « Vous désirez ?

— Je suis Martin Born, le mari de Sabine Born.

— Elle dort. Vous voulez la voir ?

— Non, je dois retourner à l'Opéra, la représentation va commencer.

— Je peux faire une commission ?

— Papageno voudrait une petite fille... »

Rire étouffé de l'autre côté de la porte. « Je vais transmettre. »

Papou était reparti à toute allure pour la représentation du soir.

Il avait par deux fois téléphoné pendant les entractes. Rien.

Puis on l'avait fait prévenir : « Les douleurs ont recommencé. Votre femme n'est pas bien. Essayez de venir au plus vite. »

La représentation avait continué, inexorablement. Les gens riaient, applaudissaient. Lorsque enfin il avait pu saluer le public, trempé de sueur, laissant monter vers lui les applaudissements, il avait eu l'impression d'agir en rêve. Au lieu de s'incliner à nouveau, il avait quitté la scène et s'était rué sur le téléphone. Il connaissait par cœur le numéro de la maternité. Occupé. Sans même se démaquiller, sans se changer, il avait sauté dans sa voiture qu'il avait laissée en stationnement interdit, il avait gravi quatre à quatre les marches jusqu'à la cage de verre où trônait la surveillante de nuit... Tout le monde le regardait d'un drôle d'air. Il avait dû se passer quelque chose ! Des infirmières, des infirmiers, deux, trois blouses blanches se hâtant... Oui, eux tous, ils savaient quelque chose et le lui cachaient. Sabine était peut-être morte ? Il ne se rendait pas compte que personne, dans les étages inférieurs, ne pouvait être au courant de ce qui arrivait à Sabine. On le regardait d'un drôle d'air parce qu'il entrait en trombe, à minuit, en costume à plumes, pas démaquillé, et fonçait à travers les couloirs.

Il avait sonné à la porte verte. « Salle de travail. Accès rigoureusement interdit. » La voix de la sage-femme par l'interphone. « Vous désirez ?

— Martin Born, le mari de Sabine Born ! » L'ouverture automatique de la porte avait couvert ses dernières paroles.

Puis le silence. On entendait seulement l'écho de ses pas dans le couloir reluisant comme un miroir.

La sage-femme, venant au-devant de lui.

Pourquoi se taisait-elle ?

Elle le regardait fixement. Ah oui, son costume de plumes, le maquillage, la sueur. Son regard fou.

« Il est arrivé quelque chose ? avait demandé Martin d'une voix rauque.

— Vous avez une petite fille. C'était ce que vous vouliez !

— Alors ?

— Elle ne va pas très bien... »

J'ai longuement regardé Martin. Il était très loin, quelque part dans une salle d'accouchement, à cinq années de moi. Je fixais sa main. Ses doigts qui jouaient nerveusement avec la fourchette. J'ai doucement reposé ma fourchette et glissé ma main dans la sienne.

Martin. Papageno. Papou.

Ces cheveux de barde. Une fois, les toucher.

Il avait un peu sursauté avant de sourire.

« Nous sommes très heureux comme ça.

— Je sais. Sinon, Papou ne pourrait pas rendre d'autres enfants heureux.

— Tu viens ? »

Il n'avait pas lâché ma main au moment de régler l'addition.

Nous avons chacun payé notre écot. Chacun de sa main libre.

Nous sommes sortis, main dans la main, et avons gagné les champs. Ça montait un peu, nous ne parlions pas.

Le chemin devenait de plus en plus étroit.

Il m'avait laissée passer la première. Je sentais ses regards fixer mon dos, j'entendais son souffle tout près de moi.

Nous le savions tous les deux, nous nous étions retrouvés au moment qui convenait. Après des jours entiers — que dis-je — des années de solitude passées à nous creuser la cervelle pour trouver un sens à la vie.

Maintenant, c'était la vie, rien que la vie, tout simplement.

Devant nous, une barrière en bois.

La fin du chemin ?

Un chemin, ça ne se termine que si on le décide. Si on ne veut pas qu'il s'arrête, on ouvre la barrière.

J'ai ouvert la barrière.

Le chemin se perdait dans l'herbe.

Nous avons continué à avancer en montant. Un bourdon nous a fait un brin de conduite.

À nos pieds s'étendait un paysage merveilleux. Douces collines, petites maisons, arbres en fleurs. Tout devenait de plus en plus petit.

Ici, en haut, le calme était extraordinaire. Quelque part, plus bas, une vache a meuglé.

Un petit ruisseau. Nous l'avons franchi d'un bond. Il m'a tendu la main. Nous nous sommes souri. Il était tout rouge, sa chevelure de barde lui collait aux tempes. Je l'adorais.

Papou et moi.

Le petit ruisseau descendait en décrivant des orbes. Nous remontions jusqu'à la source. Toujours plus haut. Plus essoufflés.

Nous avons atteint le sommet. Un avion de tourisme passait au-dessus de nos têtes en ronronnant. Sinon, pas un bruit.

Rien alentour. Pas un nuage.

Et tout en bas, les hommes. Ceux qui nous connaissaient. Et ceux qui ne nous connaissaient pas.

Si loin.

L'été. La saison de la plénitude. Pour la vie et pour le reste.

Il s'est laissé tombé à terre, m'entraînant. S'il n'avait pas commencé, c'est moi qui l'aurais fait. Pas de problème de répartition des rôles. Pas avec Papou.

Attention, des orties ! Nous avons glissé un peu à droite. Le ruisseau. Papou m'a aspergé le visage. Quelle agréable fraîcheur ! Mon sang battait à mes tempes. J'ai éclaboussé à mon tour le luron assis à côté de moi. Son T-shirt avait pris des allures de buvard complètement imbibé. Il l'a arraché.

Comment séduire un jeune auteur de livres pour enfants ? Prendre un T-shirt trempé et le lui flanquer à la figure.

L'auteur de livres pour enfants méditait sa vengeance. Il s'est jeté sur moi, assoiffé de vie.

Exactement ce que je voulais.

D'ailleurs, ces temps derniers, il ne m'arrivait que des choses que j'avais voulues ! C'était fabuleux. Rendez-vous compte, si je n'avais pas écrit de livre... Je ne serais pas partie en tournée de lecture, je n'aurais pas découvert le bonheur d'être toute seule. Imaginez que j'aie épousé Enno et me sois installée avec lui dans une maison individuelle. Là, d'un seul coup, je prenais vingt ans. Ou même, imaginez que je sois restée dans mon trois-pièces dans la maison d'Else Schmitz. Imaginez que j'aie complètement oublié de commencer à vivre !

Papou n'avait pas oublié de vivre, lui non plus !

Il avait un pied dans le ruisseau.

De l'autre, il dégageait sa tennis et la repoussait nonchalamment. Elle est descendue un peu le long de la pente avant d'achever sa course dans l'eau. Des tennis, ça flotte bien ; surtout des tennis appartenant à un auteur de livres pour enfants. En moins de temps qu'il n'en faut pour le dire, elles sont emportées par le courant. J'ai réfléchi pour savoir si je devais informer ce monsieur en train maintenant de me couvrir de baisers passionnés et qui avait une peau si merveilleusement salée de ce qu'il allait devoir regagner ses pénates en chaussettes, ou au moins à clochepied. Je l'ai fait.

« À propos, cher collègue, avant de quitter votre pantalon, il serait préférable que vous rattrapiez votre tennis qui vient de disparaître derrière un coude du ruisseau. »

Mais Papou ne faisait pas mine de me lâcher.

« Il faut être capable d'accepter des sacrifices », a-t-il murmuré.

Nous nous sommes aimés avec passion. Parfois, nous éclations de rire. Nous essayions de ne pas nous retrouver dans la fourmilière, dans le ruisseau, ou dans les orties.

Nous deux, la femme dans le vent et l'auteur de livres pour enfants.

C'était merveilleux. Comme si nous nous étions connus depuis des années.

D'ailleurs, je le connaissais vraiment depuis des années. Et lui me connaissait aussi. Après, nous sommes restés assis un long moment.

« Dis ?

— S'il te plaît, ne parle pas.

— Sais-tu où est ma tennis ?

— Peut-être à Schröpfingen.

— Schröpfingen ? Je trouverai. »

Il voulait se lever. Je l'ai retenu.

« *Il était grand, il était beau, il sentait bon le sable chaud...*

— Tu en rajoutes !

— Enfin, tout est relatif. Pour un faiseur de chansons qui mettent de bonne humeur, tu es plutôt beau gosse.

— Mais toi aussi, femme dans le vent qui mets de bonne humeur, enfin..., si on veut !

— Quelle galanterie !

— C'est une de mes qualités les plus appréciées ! »

Nous nous sommes à nouveau embrassés avec effusion. Ensuite, il s'est mis à contempler sa chaussure solitaire...

« Tu me porteras pour redescendre ?

— Si tu dépasses quarante kilos, pas question.

— Je pèse un tout petit peu plus.

— Alors c'est non. Les grands garçons peuvent marcher. C'est ce que je dis toujours à Franz et à Willi. En plus, je n'ai pas ma remorque. C'est le plus beau cadeau que j'aie jamais reçu. »

Il me regardait de toute sa hauteur d'un air amusé.

« C'est quand, ton anniversaire ?

— Le 2 août.

— Moi aussi. Et je voudrais aussi une remorque à bicyclette.

— J'avais deviné.

— On se ressemble, tu ne trouves pas ?

— Ne te fais pas d'idées. Je suis plus vieille que toi.

— Je te trouve parfaite. Ton âge, t'as pas à le cacher !

— J'ai trente-quatre ans.

— Et moi, trente-trois.

— Je m'en doutais.

— Pourquoi ?

— Les gars qui perdent leurs tennis en faisant l'amour sont en règle générale plus jeunes que moi.

— Tu dois être accoutumée à des messieurs d'âge plus mûr ?

— Oui. » Un instant, j'ai pensé à Victor.

L'espace d'un tout petit instant, j'ai eu mal à l'idée que je pouvais l'avoir trompé.

Non, je ne l'avais pas trompé. Victor, c'était Victor.

Et Papou était Papou.

« Dis, Papou ?

— Oui, Franka Zis ?

— Notre histoire, tu me la donnes ?

— Tu veux l'accommoder à ta façon, en exclusivité ?

— Absolument. Si tu n'y vois pas d'inconvénient.

— Pas du tout. À condition que tu me trouves un nom qui convienne. Pas question de Martin.

— Pourquoi pas ? C'est comme ça que s'appellent une foule d'auteurs de livres pour enfants. Tu n'as qu'à ouvrir l'annuaire.

— C'est à cause des impôts. S'il leur revient aux oreilles que je suis passé par ici juste avant la lecture, pas question de déduire les tennis...

Nous sommes retombés dans les bras l'un de l'autre.

Vivre, vivre ! C'est si rare !

Je me disais que même sans Papou, j'aurais trouvé les prairies souabes merveilleuses. Mais avec lui, elles étaient tout simplement féeriques.

En rentrant, nous nous sommes promis de ne parler à personne de cet extraordinaire après-midi de folie...

D'ailleurs, personne ne nous avait vus.

Sauf les quelques fourmis dont nous avions troublé le labeur. Et le gros bourdon qui voletait autour de nous.

Il n'en parlerait à personne, lui.

Une semaine plus tard, notre rêve a pris fin. Nous avions passé ensemble chacune de nos minutes de liberté. Maintenant, dans le train, assis face à face, nos jambes se touchant, fatigués, heureux et tristes à la fois, nous nous taisions. Nous nous étions raconté notre vie, dans les moindres détails, la nuit, à l'hôtel, chuchotant sous la couette. Nous avions ri et pleuré, et nous nous étions aimés à la folie.

Et nous avions parfois un peu embelli la réalité.

Nous savions parfaitement que tout ça se terminerait en même temps que le voyage.

Ne pas en parler, c'était rester dans l'illusion.

Il était arrivé à Papou de se pointer à l'une ou l'autre de mes lectures publiques. Je le traitais alors comme un de ces époux qu'on y avait traînés de force, je l'honorais tout juste d'un regard, ou je répondais avec une politesse impersonnelle à ses questions d'une merveilleuse stupidité. J'avais souvent du mal à éviter le fou rire. Nous étions de plus en plus téméraires. Et de plus en plus jeunes. Chaque jour qui passait nous ôtait six mois.

Quand j'allais à ses lectures — en cachette, je restais tout au fond —, je retrouvais mes dix ans. Ou mes sept ans. J'aimais m'imaginer qu'il aurait pu être le père de mes enfants. À ces moments-là, je m'ennuyais terriblement de Franz et de Willi. Et je me disais que nous allions nous revoir. Le père, la mère, les quatre enfants. Rire ensemble, chanter, faire les fous, grimper, gratouiller sous l'écorce des arbres pour chercher des insectes, nous balancer sur des branches, ramasser des feuilles de toutes les couleurs et des marrons, patauger dans les flaques, détacher des blocs de glace et les faire glisser sur la mince couche qui recouvre l'étang gelé de la ville. Ce rêve fou s'étendait sur les quatre saisons.

Un rêve insensé, merveilleux et irréalisable. Qui s'achevait ici. Le train roulait vers la vraie vie. La vie sans Papou.

Une fois passé Bonn, nous n'avons plus parlé.

Parfois, nous nous regardions. Nous serrions plus fort nos mains.

Je sentais me venir aux yeux ces maudites larmes que l'on a envie de verser quand on se complaît dans la mélancolie.

Il y avait deux autres passagers dans le compartiment. Une femme lisait *Le Bonheur sans mari* de Franka Zis. Cette fois, je ne trouvais pas ça drôle.

Tout avait été dit.

Pas de : « Au revoir, je t'écrirai. »

Ni : « Je t'appellerai, j'ai ton numéro. »

Encore moins : « Bonjour chez toi ! »

Rien.

Dehors s'étirait le paysage industriel. Le ciel était gris. Les rails se ramifiaient. Le train s'est mis à freiner.

Nous nous sommes à nouveau serré les mains à les briser.

Puis nous nous sommes levés, avons descendu nos affaires du porte-bagages.

Dans le couloir, les gens se bousculaient. Nous nous sommes appuyés l'un contre l'autre.

Les quais. La gare. Tous ces visages.

Ah, les voilà ! Franz, Willi, Enno, Paula et Mme Mère et le chariot à bagages. Tous pour moi.

Je me suis détachée de Papou.

Jambes tremblantes, je me suis pressée derrière les autres voyageurs pour atteindre la porte étroite.

ILS ACCOURAIENT au-devant de moi.

« Maman, maman ! »

Comme ils avaient grandi ! Les cheveux coupés court. Des vrais grands garçons robustes et vigoureux ! Mes fils ! Mes petits ! J'en avais les larmes aux yeux.

J'ai lâché sacs et valises, tendu les bras et me suis accroupie pour les serrer contre moi.

Franz et Willi sont arrivés presque ensemble. Deux petits visages bien ronds, doux, chauds, contre mes joues.

« Maman...

— Ça y est, je suis revenue !

— Tu nous a rapporté un cadeau ?

— Bien sûr, tout plein d'histoires de Papou. »

Quatre petites mains potelées se sont mises à tirailler mon sac avec impatience pour y trouver les albums convoités.

Au même moment, Enno, un bouquet de roses à la main, arrivait à ma hauteur.

Suivi par Paula et Mme Mère, qui poussaient un chariot à bagages.

Nous nous sommes tous embrassés.

Paula exhalait les effluves d'un parfum élégant. Son foulard Hermès flottait au vent. Elle me souriait, sans dire un mot. Mme Mère sentait bon, c'était l'odeur de la maison, l'odeur d'Enno. Elle s'est écriée joyeusement que j'avais une mine superbe et Enno, de son côté, m'a demandé si la tournée s'était bien passée. Perchés sur le chariot à bagages, les enfants s'arrachaient les albums des mains.

J'ai pris les roses que me tendait Enno, elles piquaient. Dans le brouhaha général et dans le bruit des haut-parleurs, Enno m'a crié que j'étais cinquième sur la liste des best-sellers tandis que Mme Mère hurlait que les enfants avaient été tout à fait adorables. Enno l'a interrompue pour une importante nouvelle : depuis l'avant-veille, Will Gros avait pris ses quartiers chez moi, dans la chambre d'amis, ce qui risquait de retarder sérieusement le divorce. Il m'a aussi annoncé que nous avions désormais un fax qui me permettrait de recevoir sans délai la liste des best-sellers. C'était un appareil très facile à utiliser, il allait m'en expliquer le maniement, et je pourrais m'amuser à expédier des fax à Victor Lange. Lui, il en envoyait toujours à sa mère pour la prévenir qu'il arrivait pour le repas. À ce moment-là, j'ai senti une main dans mon dos. Je me suis retournée.

Papou. Papou, avec ses deux enfants dans les bras.

La blonde Katinka et le petit brun, Benedikt.

« Voilà mes petits... »

Je les ai regardés tous les deux, je les connaissais si bien maintenant, eux et leur papa.

« Salut, vous deux. »

Ils ont tourné la tête et l'ont enfouie dans l'épaule de Martin.

Je jetais des regards à la dérobée à sa femme. Elle se tenait un peu à l'écart et regardait sa montre d'un air maussade. Cette fois, pas de queue de cheval. Un serre-tête brillant. Des jeans d'une grande marque, un chemisier de soie, des sandales vernies.

« Bonjour ! » lui ai-je lancé.

Elle ne souriait pas.

« Nous avons fait connaissance dans le train », ai-je dit. À moins que ce ne soit lui. Je n'en sais plus rien. De toute façon, personne ne nous écoutait.

« Et maintenant...

— C'est la fin du voyage.

— Bonne chance ! »

Le visage de Martin, ses yeux, sa bouche. Tellement familiers que j'en avais mal. Et déjà à nouveau étrangers. Ce qui faisait encore plus mal.

« Bonne chance !

— On se reverra peut-être...

— Peut-être... » Des larmes derrière les verres de ses lunettes de soleil. Ou bien était-ce moi qui pleurais ?

Je me suis détournée, j'ai regardé Paula. Elle m'a regardée, elle a compris. A lancé un regard à peine plus appuyé, a souri, fait signe de la tête.

« On devrait y aller, non ?

— D'accord. » Ma voix était rauque comme après un gros rhume. J'ai fouillé dans mon sac pour en extraire mes lunettes de soleil. À ce moment-là, des hurlements ont retenti. Nous avons sursauté. Franz et Willi, assis sur le chariot à bagages, serraient de toutes leurs forces leurs livres contre leur cœur. Les enfants de Papou les avaient aperçus en passant et tendaient les mains pour les attraper. Katinka était en train d'essayer d'arracher son livre à Willi. Il hurlait, terrorisé et scandalisé.

« Mon Papou !

— Non, c'est le mien ! Lâche-le !

— Le livre est à nous !

— Pas vrai, c'est ma maman qui l'a rapporté ! »

La petite fille refusait d'avancer. Sa mère la tirait par le bras.

Martin, qui s'occupait des bagages, est revenu vers nous. Il s'est accroupi, a parlé à Willi, puis à Katinka. Le calme est instantanément revenu. Katinka a lâché le livre et Willi l'a donné à Papou.

Je me suis accroupie à mon tour.

Papou m'a donné le livre.

Nous nous sommes souri.

Je pouvais enfin exprimer ce que j'avais voulu dire depuis le début : « Merci !

— De quoi ?

— D'être comme tu es !
— Merci à toi aussi », a répondu Papou.
Nous nous sommes relevés, souriants.
Chacun a hissé ses enfants sur le chariot à bagages d'un geste décidé.
Puis les deux familles s'en sont allées, chacune dans sa direction.

Quel bonheur d'être de nouveau à la maison. J'avais beaucoup de courrier. Des lettres de lecteurs, des lettres de mon éditeur — dans l'intervalle, le tirage avait atteint trois cent mille exemplaires —, des lettres de librairies qui m'invitaient à des lectures.
L'enveloppe la plus agréable de ce matin-là contenait un chèque du producteur du film, ma part des droits cinématographiques.
J'ai mis le chèque de côté, j'étais incapable d'y penser de manière rationnelle. Enno saurait bien quoi faire de l'argent. Il était infiniment plus important de savoir que tout s'était bien passé pendant mon absence.
Comme par hasard, le premier dimanche qui suivait mon retour, c'était la fête des mères. Pour l'occasion, Paula avait préparé avec un soin tout particulier la table du petit déjeuner. Elle ne voulait pas prendre sa journée, en tout cas pas avant deux heures et demie. C'était son cadeau pour la fête des mères : un merveilleux petit déjeuner du dimanche.
Elle avait un don particulier pour transformer des serviettes en papier en fleurs de rêve, et dans chaque tasse avait éclos un nénuphar jaune. Un gâteau maison s'ornait d'une inscription en sucre fondu : « Bienvenue, chère petite maman ! » sous laquelle les enfants avaient collé des cœurs. Il y avait aussi deux dessins dans mon assiette, entourés également d'un grand cœur rouge. J'ai trouvé particulièrement charmant un petit vase qu'ils avaient décoré avec des taches faites en trempant leurs doigts dans la peinture. Paula y avait disposé un bouquet d'églantines. Comme ils étaient gentils, tous.

« Tu l'as bien mérité ! a dit Paula. Pendant cinq ans, personne ne t'a souhaité la fête des mères. Alors, profites-en, tout simplement. »

J'avais moi aussi un cadeau pour Paula : un élégant sac à main en cuir fin, avec le portefeuille assorti. Pour Mme Mère, j'avais acheté du parfum, que je voulais aller lui porter l'après-midi.

« Quoi de neuf ? » ai-je demandé une fois les premières effusions passées. Les enfants mangeaient leur tartine d'un air satisfait.

« M. Gros s'est installé ici provisoirement, a dit Paula en versant du chocolat dans la tasse de Franz. C'est un garçon absolument charmant.

— Oui, c'est vrai. Et à part ça ? » Si j'avais été Will Gros, je me serais moi aussi installée à titre provisoire chez Paula. Paula, c'était comme une merveilleuse maman poule toute douce, et sous son aile, il y avait place pour une foule de poussins, qu'ils aient deux ans, cinq ou trente-cinq ou quatre-vingt-quatorze ans, comme tante Gertrude. Paula rayonnait d'une chaleur que je n'avais encore trouvée chez personne au monde.

Elle avait sans doute offert à Will Gros le moment le plus merveilleux de toute sa vie. Lui qui avait eu une mère tellement dominatrice et un père tellement autoritaire... Avant de tomber sur moi, la nana émancipée totalement incapable de tenir une maison.

Paula avait penché la tête et me regardait d'un air presque implorant par-dessus la verseuse pleine de chocolat :

« Vous ne voulez pas essayer encore une fois, tous les deux ?

— Non, ai-je répondu, pas question !

— Paula, qu'est-ce que maman doit essayer de faire avec M. Gros ? » C'était clair, Franz avait tout de suite senti qu'il se passait quelque chose. Ce qui était intéressant en tout cas, c'était qu'il parlait de « M. Gros ».

« Rien, mon chéri. Il faudrait qu'ils essayent de s'entendre.

— Là, aucun problème. Pour le reste, je ne parlerai qu'en présence de mon avocat.

— À propos d'avocat, M. Winkel est passé plusieurs fois pour installer différents appareils : une imprimante laser dans le garage, un jeu vidéo dans la chambre d'enfants et un téléviseur dans les toilettes pour invités.

— Oh ! la la ! Sans oublier le fax ! » Nous avons ri.

« Et un super train ! » a ajouté Franz.

Paula m'a ensuite appris que les Ville étaient déjà venus plusieurs fois pour s'occuper de la maison et du jardin. Quand la cave avait été inondée, ils avaient spontanément proposé de donner un coup de main et en avaient profité pour remettre de l'ordre. Dans la foulée, ils avaient aussitôt entrepris de descendre les sièges de jardin du grenier pour les nettoyer et les installer sur la terrasse. Ils avaient rempli la pataugeoire d'eau, changé le contenu du bac à sable et trié les jouets cassés. Ils avaient rangé la tonnelle et installé un gril de plein air. Ils avaient lessivé les fenêtres, briqué les dalles de la terrasse et lavé l'auto. Extérieur et intérieur, ça va de soi.

« Ils m'ont même permis de tenir le jet d'eau ! » Franz était ravi.

« Mais il y a des stations-service pour ça ! » Je suis restée la fourchette en l'air, troublée.

« Les Ville, tu ne les changeras pas, a dit Paula d'un ton joyeux. Ils aiment faire les choses eux-mêmes, et les font avec amour. »

Voilà ce qui avait permis à tante Gertrude d'atteindre quatre-vingt-quatorze ans ! Quand on rencontre autant de sollicitude et d'amour, on n'a pas la moindre envie de passer l'arme à gauche. Je ne me séparerais jamais de mon plein gré de ces gens-là. Quatre-vingt-quatorze ans, c'était un âge tout à fait enviable ! D'un seul coup, la vie qui s'offrait à moi valait la peine d'être vécue, à fond. Et le plus formidable, c'était que les enfants avaient tout à fait leur place dans mon bonheur tout neuf.

Une paix profonde, ensoleillée, s'était emparée de notre maison.

Tout brillait, tout reluisait, au-dehors comme au-dedans.

Même mon armoire à vêtements avait été rangée — toutes mes affaires s'empilaient sur les planches, soigneusement pliées ou suspendues bien en ordre sur leurs cintres.

Un rêve.

Mon rêve de toujours.

Un nid douillet...

« Paula... (Je l'ai regardée au fond des yeux.) S'il te plaît, j'ai une question à te poser. »

Paula se taisait, étonnée.

Je me suis raclé la gorge d'un air important. Puis je lui ai pris la main.

« Paula, veux-tu une augmentation ?

— Oui, a répondu Paula en rougissant légèrement, oui, je veux bien. »

Le soir venu, assis confortablement sur la terrasse, nous bavardions, Enno et moi. Il voulait que je lui raconte tout, dans les moindres détails. Enfin, presque !

Les enfants dormaient en haut, fenêtres grandes ouvertes. Les oiseaux chantaient leur chant du soir, les arbres ondoyaient au vent du crépuscule en faisant entendre de mystérieux craquements. Tout était beau à en avoir le vertige.

« Tu veux une bière ? » Enno s'est levé, l'air préoccupé.

« Volontiers. Et rapporte-moi donc la couverture rouge. »

Je m'étirais avec volupté sur ma chaise longue. C'est vraiment chez soi qu'on est le mieux !

« Je suis tellement heureuse d'être de nouveau à la maison ! ai-je dit au moment où Enno revenait avec les deux bières. On est à cinq minutes du centre-ville, et pourtant, tout est tellement tranquille, tellement vert ! »

Je m'attendais à ce qu'Enno lève les yeux vers les arbres ou vers le ciel du soir. Quelle erreur !

« Tu es devenue un personnage public, a commencé Enno, il ne faut pas prendre de risques inutiles.

— Qu'est-ce que tu veux dire ?

— Tu devrais faire installer un système de surveillance électronique de la maison.

— Mais Enno, c'est parfaitement superflu !

— Oh non, ma chère ! Nous sommes dans un quartier où les risques de cambriolage sont particulièrement élevés.

— Pas ma petite maison qui ne paye pas de mine ! Il y a des villas qui ont beaucoup plus d'allure. » Je pensais avec une joie mauvaise à Will Gros qui — si du moins il pouvait encore se le permettre après le divorce — allait passer le restant de ses jours derrière les barreaux en fer forgé de tante Gertrude.

Enno avait l'air impatient et surexcité.

« Tu n'as rien remarqué ?

— Non. » J'ai regardé autour de moi d'un air interrogateur. Des barbelés ? Des systèmes de tir automatique ? D'énormes dobermans affamés dans des cages qui s'ouvriraient toutes seules ? Je me suis redressée sur ma chaise. Est-ce qu'une sirène d'alarme allait se mettre à pousser son hurlement hystérique ? Des hommes-grenouilles sauter du balcon ?

Mais Enno avait imaginé une installation beaucoup plus subtile. Des jalousies à fermeture programmable. On ne les distinguait bien sûr pas immédiatement, surtout maintenant qu'elles étaient encore remontées. Pour mieux goûter le spectacle qui allait se dérouler sous nos yeux, Enno s'était installé sur une seconde chaise longue à côté de la mienne, savourant à l'avance la surprise qu'il me réservait.

À la fraîche, dans leur jardin d'agrément, monsieur l'avocat spécialisé dans les divorces et madame sirotent une petite bière. Sans quitter leurs fenêtres des yeux.

« Tu veux un bout de couverture ?

— Volontiers ! » Enno s'est blotti contre moi. J'ai glissé la couverture sous ses épaules. Ah mes enfants, qu'est-ce qu'on est...

« Regarde l'heure ! » Dix, neuf, huit, sept, six, cinq... feu, partez !

Neuf heures tapantes !

Craquements, grincements de chaînes, cliquetis...

Les joies de la nature...

Comme mues par la main d'un fantôme, toutes les jalousies descendaient en même temps.

Assise dans ma chaise longue, je serrais fort mon verre de bière en contemplant cet impressionnant phénomène naturel.

Une éclipse de lune, c'était rien à côté.

Enno se rengorgeait, levant son verre d'un air solennel. « Alors ? C'est futé, non ? Le système dernier cri. Jusqu'à présent, on ne le trouve qu'en Améri... » Enno avait bondi, s'était jeté par terre. Son verre avait éclaté avec bruit.

Ça n'avait duré qu'une fraction de seconde. Que s'était-il donc passé ?

Au secours ! Des terroristes ! Au meurtre ! Police ! Une balle tirée par un fusil à lunette ?

Enno rampait à une allure étonnante compte tenu de sa corpulence. À la dernière seconde, il avait disparu sous le volet roulant qui se refermait devant la porte de la terrasse.

Nuit béante.

Silence pesant.

Enno, Enno, mon chéri ! Je viens à l'instant même de constater à quel point tu comptes pour moi ! J'ai besoin de toi ! Sors donc de ce trou noir ! Comment continuer à vivre sans toi ?

Au même moment, le volet roulant de la terrasse se relevait lentement et l'ombre d'Enno se dessinait peu à peu dans la lumière du séjour.

En un éclair, j'ai tout compris.

Si Enno n'avait pas fait preuve d'une aussi folle présence d'esprit, nous étions enfermés dehors ! Nous aurions dû passer la nuit entière sous la couverture rouge, assis sur la terrasse. Tandis que les enfants dormaient en toute innocence à l'intérieur !

Et s'ils s'étaient réveillés ? Quel choc indescriptible — seuls dans la nuit noire, abandonnés, enfermés, de quoi devenir claustrophobes !

Drame, tragédie familiale, troubles persistants ! Voilà ce qu'Enno nous avait évité, à la dernière seconde.

Je me suis levée, toute tremblante, et j'ai attendu que les jalousies soient relevées.

Puis je me suis réfugiée contre sa vaste poitrine. Il m'a entourée d'un bras vigoureux.

Non, pas possible de vivre loin de cet homme-là.

Jamais je ne serais heureuse sans lui.

« Tu es invitée à une table ronde », a annoncé un beau jour Enno en passant comme souvent au moment du déjeuner.

J'étais une fois de plus penchée sur une des dernières modifications du scénario, et ne voulais pas être dérangée.

« Quel genre de table ronde ? » Je m'imaginais un cercle tout à fait intime dans la salle communale de la petite ville voisine avec le maire, le capitaine des pompiers volontaires du coin, et la mère Teresa locale, discutant du sujet : « L'homme vaut-il encore quelque chose ? »

« Je m'aime, moi ! » a proclamé Enno d'un ton triomphant en jetant une lettre sur la table. Sur un papier à l'en-tête d'une chaîne de télé et sous la référence *Objet : Votre participation à l'émission « Je m'aime, moi »*, on lisait que les responsables de cette émission seraient très heureux si j'acceptais de me rendre le mercredi suivant à onze heures du soir à l'hôtel *Maritime* pour échanger quelques idées avec une danseuse nue, un homme politique et l'ex-époux d'une actrice connue. La conversation serait orchestrée par M. Muller, le célèbre animateur. La production me verserait bien sûr un honoraire, et m'offrait la nuit dans une des suites de l'hôtel *Maritime*...

J'ai regardé Enno d'un air interloqué. « Mais comment m'ont-ils dénichée ?

— Regarde », a-t-il répondu fièrement en posant une chemise plastique à côté de la lettre d'invitation. On pouvait y lire, sur un élégant parchemin et en gros caractères : « Promotion de Franka Zis », et en plus petit, en dessous : « Maître Enno Winkel ».

Quelle surprise ! Ça faisait très pro.

« Voilà comment ça marche, et pas autrement. » Enno, pas peu fier, me regardait de haut.

« Quand tu fais quelque chose, tu ne le fais pas à moitié. » Je ne cachais pas mon admiration.

« Pour la peine, j'aurai un baiser ?

— Bien sûr. »

Et comment donc !

« Merci, merci, mon gentil petit Enno ! » Et je l'ai embrassé comme du bon pain.

« Ça me fait plaisir de m'occuper des affaires d'une femme aussi formidable que toi ! (Enno rayonnait.) Tu vas t'habiller comment ?

— Aucune idée. » La danseuse nue, qu'est-ce qu'elle allait mettre ?

« Je pense que nous devrions t'acheter une tenue de circonstance. (Enno avait pris un ton inspiré.) Paula est là jusqu'à quelle heure ?

— Deux heures et demie, comme d'habitude.

— Après, les garçons peuvent aller chez ma mère. (Enno avait décidé.) Beate n'a qu'à déplacer mes rendez-vous de l'après-midi. Je vais lui envoyer un fax. »

Une fois de plus, quelques candidats au divorce verraient leur espoir de connaître le « bonheur sans époux » remis à plus tard.

Beate leur offrirait un lot de consolation : un livre sur la question. Elle en avait toute une pile dans la salle d'attente de maître Winkel.

Enno et moi, nous faisions l'un pour l'autre un excellent travail de promotion.

Seulement, il y avait un problème.

Je ne voulais pas que les enfants passent une fois de plus l'après-midi chez Mme Mère. Pendant toute la matinée, je m'étais réjouie d'être avec eux. Et surtout, je ne voulais pas qu'Enno, encombré de mon sac à main, l'air énervé, la sueur lui perlant au front, faisant le guet devant une cabine d'essayage de C & A qui sentait le renfermé, écarte discrètement le rideau pour me demander : « Alors, chérie ? Ça ne va pas ? » Je déteste que des hommes m'assistent de leurs conseils quand je m'achète des fringues. C'est moi qui sais ce qui me va.

Mais d'autre part : est-ce que je pouvais contrarier ainsi Enno, alors qu'il avait tout organisé ? Il m'ouvrait la porte d'une carrière internationale, il était donc convenable que je l'emmène à C & A et que je le laisse faire le pied de grue devant le rideau de ma cabine d'essayage qui sentait le renfermé. Pour citer Will Gros, on est condamnés à s'entendre. Nous avons donc déposé les enfants chez Mme Mère, qui était justement en train de tondre son gazon. Elle a aussitôt attelé les deux gamins devant la tondeuse. L'attelage s'est mis à zigzaguer sur la pelouse comme un gros mille-pattes maladroit. Mme Mère avait toujours des idées géniales. Intégrer les enfants, c'était la solution ! Pourtant, quand je suis montée en voiture avec Enno, le petit Willi courait derrière moi en pleurant, il ne voulait plus tondre la pelouse.

J'étais bouleversée. Madame part faire des courses en ville avec son avocat, tandis que ses petits chéris sont abandonnés à une étrangère qui les attelle à la tondeuse à gazon. Tout barbouillés de larmes, les pauvres chérubins tendent avec désespoir leurs petits bras vers leur maman...

Allez, Franziska, secoue-toi, ronchonnait Franka. Tu sais bien que tout ça ne tient pas debout. Tu n'as pas tourné au coin de la rue que ton petit Willi t'a déjà oubliée. Mme Mère n'a qu'à l'appeler en lui faisant signe avec son râteau, et envolé, son chagrin. D'ailleurs, Franz ne s'est même pas retourné pour te dire au revoir, il est complètement fasciné par l'aspirateur à herbe. Ce soir, ils seront méconnaissables, accoutrés des culottes de peau d'Enno, en train de cogner des couvercles de casseroles et de se remplir les joues de patates !

Nous ne sommes pas allés chez C & A, bien entendu, mais dans une boutique élégante de la rue principale. Une boutique pour femmes du monde.

En deux temps, trois mouvements, nous avions choisi un ensemble saumon tout à fait adorable, jupe mini et veste longue qui met la silhouette en valeur. Quand Enno a expliqué à la vendeuse pour quelles circonstances nous achetions cet ensemble saumon, elle m'a conseillé, sans cesser de mâchonner son chewing-gum, de prendre aussi un body ultra chic avec un ravissant décolleté.

Mais je n'avais aucune envie d'un body ultra chic avec un ravissant décolleté. Nous avons donc choisi un pull à col roulé noir sans manches, au risque de détruire le savant équilibre d'une coiffure spécialement élaborée pour le petit écran.

Des pulls à col roulé noir sans manches, ça va avec tout, a affirmé Franka. Et à côté de la danseuse nue, tu auras des allures de dame comme il faut.

Comme tu voudras, a répondu Franziska, pendant que nous attendions à la caisse. J'avais gardé mon ensemble de Mme Franka Zis.

« Vous payez comment ? a demandé sans la moindre marque d'émotion Mme Chewing-Gum, espèces, carte de crédit, chèque ?

— Carte de crédit, a répondu Enno qui avait déjà sorti son portefeuille.

— Chèque. » J'avais répondu en même temps, et je farfouillais dans mon sac.

Nous nous sommes regardés.

« Je peux bien te faire un petit cadeau, a dit Enno d'un ton vexé.

— Non. Je ne t'offrirai pas non plus de robe pour fêter ton millième divorce ! »

La vendeuse s'est arrêtée un instant de ruminer, nous lançant des regards d'incompréhension.

J'ai rempli mon chèque d'un air tout à fait décidé, et je l'ai posé devant la caisse.

On ne peut tout de même pas écrire un livre sur l'émancipation de la femme, se présenter à la télé sous les traits d'un auteur à succès qui a trouvé le bonheur sans mari et porter des nippes payées par un mec avec qui on n'a pas le moindre lien de parenté. Faut rester logique.

En flânant bras dessus, bras dessous avec Enno, à travers la zone piétonne, je me suis dit que nous avions tout à fait l'allure du couple idéal dont le monde entier semble rêver, tout au moins si l'on en croit certains romans féminins ou les publicités pour l'UAP, le champagne Mumm ou les serviettes périodiques Camélia. Pour une femme, il ne doit pas y avoir plus grand bonheur au monde que de flâner au bras de son époux dans une zone piétonne, perchée sur des talons hauts et balançant au bout de son bras le sac d'un magasin chic, c'est bien connu...

Nous sommes passés devant la grande librairie où j'avais quelques semaines auparavant vécu une frustration majeure avec cette vendeuse qui ne connaissait pas Franka Zis.

« On y va ? »

Nous étions aussi curieux l'un que l'autre.

Une fois entrés, nous avons lancé autour de nous des regards interrogateurs.

« Je peux vous aider ? » C'était la vendeuse de l'autre fois, toujours affublée de ses grosses lunettes ! Elle ne m'avait évidemment pas reconnue, car il n'y avait aucune ressemblance entre la mère surmenée en anorak qui s'était installée avec ses deux mioches dans le coin réservé aux enfants pour leur lire des histoires de Papou et cette élégante en tailleur saumon qui, consciente de son charme irrésistible, entrait sur ses longues jambes au bras de son époux sûr de lui. Cependant, si cette fois encore la vendeuse se plongeait dans son catalogue, je lui flanquerais des coups de sac sur le crâne !

« Vous cherchez un titre particulier ?

— Franka Zis, s'est contenté de répondre Enno.

— *Le Bonheur sans mari* ! » La réponse de la vendeuse avait jailli comme une balle d'un revolver. « Il y en a des piles entières dans la cage d'escalier, et puis en bas sur les tables où sont présentés les best-sellers, et au premier, il y a une table qui lui est réservée, catégorie "Littérature féminine" ! Nous l'avons aussi en vitrine ! Il existe d'ailleurs depuis peu une édition reliée !

— Merci, a répondu Enno, c'était juste pour savoir. » Nous nous sommes dirigés vers la sortie. J'avais grand-peine à contenir mon allégresse triomphante. Bien fait pour toi, espèce de serpent à lunettes versatile !

« Mais vous ne voulez pas l'acheter ? C'est un titre que je vous recommande absolument ! C'est extraordinairement drôle, nous en vendons plus de trois cents par jour !

— Nous n'en demandons pas davantage », ai-je répondu en tirant mon compagnon par la manche.

« On va d'ailleurs bientôt en faire un film ! » La vendeuse ne savait plus quel argument utiliser. Qu'est-ce qu'elle pouvait bien avoir fait comme erreur ?

« Nous sommes au courant... », ai-je lancé par-dessus mon épaule d'un ton cassant en m'éloignant à petits pas, perchée sur mes échasses.

Enno a porté à son comble le désarroi de la vendeuse frustrée : « Parce que justement, c'est nous ! »

Nous étions déjà sortis de la librairie qu'elle fixait encore la porte d'un air ébahi.

« Qu'est-ce que tu veux dire, c'est nous ?

— Le bonheur sans mari, a dit Enno, c'est nous, non ?

— Oui ! (Je rayonnais.) Tu as parfaitement raison ! »

Enno a stoppé net et m'a regardée d'un air tout à fait sérieux.

« Tu sais, c'est toi qui m'y fais penser... mais... ma mère en parle toujours... Tu ne veux vraiment pas que je t'épouse ? Je veux dire, après ton divorce ?

— Enno, tu veux que je te dise quelque chose ? » Je me suis hissée jusqu'à son oreille : « Je t'en prie, ne m'épouse pas !

— Ça peut s'envisager ! a répondu Enno. D'ailleurs, c'est le plus simple pour moi.

— Je sais, mon chéri ! »

Et nous avons poursuivi notre promenade, bras dessus, bras dessous.

Will Gros me faisait la gueule. En arrivant à la maison, je l'ai tout de suite senti. Il m'a interpellée :

« T'as l'air de quoi ?

— Ben, d'une dame du monde, tiens donc ! Pourquoi ? Qu'est-ce qui se passe ? Et d'ailleurs, pourquoi tu n'es plus dans ta villa ? »

Il la trouvait sans doute trop froide et trop vide. Les salles aux murs habillés de marbre résonnaient de ses pas et les grilles en fer forgé des fenêtres jetaient des ombres fantomatiques. Pas trace d'une Paula qui lui aurait préparé un petit bouillon ! Il se sentait rejeté par tout le monde.

Et mon pauvre Wilhelm se retrouvait en jogging sur ma terrasse, il avait l'air abandonné d'un gamin qui rentre seul chez lui, avec sa clé autour du cou. Vilaine, méchante marâtre qui laisse le pauvre petit tout seul pour aller avec le riche voisin d'en face s'acheter des fringues hors de prix !

Le pauvre gars avait à la main un magazine.

« Qu'est-ce que tu lis ? Tu t'ennuies ? »

Je le considérais avec compassion. Il était livide. Ce qui lui manquait, c'était un peu d'exercice au grand air, par exemple tondre une pelouse ! S'ébattre dans sa future propriété, voilà qui lui conviendrait parfaitement ! Surtout maintenant que la famille Ville ne travaillait plus dans la villa de tante Gertrude, mais ici !

Will Gros avait noté avec une certaine contrariété ces changements de situation tout à fait déplaisants.

« Tu joues les grandes dames, c'est ça ? » Il me dévisageait sans aménité.

Après avoir passé cinq années dans la peau d'une bonne femme en jean et en pulls distendus, j'endossais avec un plaisir évident une tenue plus soignée, et je ne me suis pas gênée pour le lui dire. De temps en temps. Quand l'occasion s'en présentait. Par exemple pour une émission à la télé.

J'éprouvais en lui parlant un sentiment de triomphe assez indescriptible.

Le regard qu'il m'a lancé était tout aussi indescriptible.

Wilhelm Gros a ouvert le journal. C'était *Les Femmes d'aujourd'hui*.

« Tiens donc..., ai-je dit d'un ton réjoui en tendant la main.

— Qu'est-ce que tu lui as raconté comme conneries, à ce type ? a demandé Wilhelm, agressif.

— Pourquoi ?

— Ce qu'il y a là-dedans nuit à mon film d'une manière certaine. »

Je ne me sentais absolument pas coupable. Je m'étais contentée, devant une tasse de café, de raconter au charmant M. Böck une quantité d'anecdotes cocasses et joyeuses qui avaient toutes à voir de près ou de loin avec moi, avec mon livre, mes enfants, mes histoires de couple, ma vie, et *last but not least*... avec son film. J'avais même peut-être dit par mégarde « notre » film. Oui, c'était sans doute ça. J'avais sûrement laissé échapper ce genre de bévue, bavarde impénitente que j'étais. Mais enfin, c'était pardonnable !

« Montre ! »

Will Gros m'a tendu le journal de l'air d'un père qui montre à son fils la lettre par laquelle le proviseur l'informe que cet élève perturbe les cours, vole, ment et frappe les autres enfants.

Sur la couverture, mon portrait s'étalait en pleine page. Il n'était pas aussi lénifiant que celui qu'avait fait Enno pour l'affiche. Mon sourire exprimait beaucoup plus d'assurance.

« Une femme de caractère », telle était la légende qui l'accompagnait.

Et sur la page suivante, une photo format carte postale nous présentait, les enfants et moi, assis sous la pluie, en train de prendre notre petit déjeuner et d'écaler des œufs crus : « À la maison, c'est elle qui donne le ton, Franka Zis, la femme dans le vent ! »

Est-ce que c'était là ce qui contrariait si fort mon ex-mari et néanmoins associé ? Toutes les femmes chefs de famille donnent le ton chez elles quand elles écalent les œufs du petit déjeuner avec leurs enfants. Sinon, y'a problème.

L'article s'étendait sur trois pages. Je l'ai survolé, cherchant à repérer aussi vite que possible ce qui expliquait la hargne de Will Gros.

On lisait en gros que Franka Zis était une femme d'action qui, au bout de cinq ans d'une existence confinée dans les tâches ménagères, avait courageusement pris sa vie en main et avait, de la main gauche en quelque sorte, rédigé un best-seller qui allait être transposé à l'écran dont cette extraordinaire « Mme Cent mille volts » avait même, cette fois de la main droite, écrit le scénario. Elle était d'ailleurs aussi actrice : ne serait-il pas tout naturel qu'elle joue elle-même le rôle principal ?

« Ça, je ne l'ai jamais dit ! C'est inventé de toutes pièces !

— En tout cas, je te le garantis, le rôle, tu ne l'auras pas ! a dit Will Gros.

— C'est clair, je connais tes prérogatives.

— Tu peux faire de la figuration, avec les enfants. Mais tu ne diras pas un mot. »

J'ai assuré Will Gros que je n'avais pas l'intention de dire le moindre mot dans mon, pardon, dans son film et que je regrettais infiniment que cet insolent et stupide M. Böck ait pu écrire de telles inepties. Puis j'ai repris ma lecture.

Cette comédie serait bientôt sur tous les écrans allemands. Le metteur en scène étant Will Gros, le succès était garanti.

« Mais c'est parfait, où est le problème ? »

Wilhelm a bougonné : « Trop de fleurs avant l'heure.

— Je ne comprends pas. Si la presse est bonne, ça ne peut pas faire de mal ?

— Le moment est mal choisi, a grommelé Wilhelm. Le film ne sera pas sur les écrans avant le début de l'année prochaine. Si tous les journaux en parlent dès maintenant, en janvier prochain, ça n'intéressera plus personne. »

Je me disais que pour toujours trouver un cheveu dans sa soupe, il fallait avoir un don particulier.

Wilhelm, mon époux et néanmoins ami au grand cœur et à l'extraordinaire perspicacité, le possédait dans des proportions tout à fait exceptionnelles.

« Mais c'est juste ce canard-là qui parle de ton film, c'est pas la presse tout entière », ai-je corrigé pour tenter de le radoucir. Comment faut-il parler à un gars qui a des problèmes d'ego ?

« Il reste trois cents journaux pour le présenter en janvier, ai-je gentiment ajouté.

— Je t'avais formellement interdit d'y faire allusion. (Wilhelm avait pris un ton renfrogné.) Le film, c'est mon affaire. »

Sur ces mots, il s'est levé et s'est dirigé vers l'escalier en traînant la savate.

« Ces jours-ci, j'ai d'ailleurs consacré beaucoup plus de temps au scénario que toi ! Je veux donc être cité en premier sur la bande-annonce.

— Doucement, doucement... (Je le suivais d'un pas décidé.) Jette un coup d'œil au contrat. L'ordre dans lequel nos noms seront mentionnés y est clairement indiqué : Franka Zis et Will Gros. »

J'envoyais en pensée des baisers à Enno Winkel... Je n'aurais jamais eu toute seule l'idée de ce genre de raffinements. Je n'aurais pas perdu une seconde à me demander lequel de nous deux devait être cité en premier, j'aurais trouvé que comme intérêt, c'était une question niveau école maternelle.

Ce n'était pas le point de vue de Will Gros.

« Bien, alors nous allons rédiger un rectificatif par lequel tu donneras ton accord pour que mon nom apparaisse en premier. »

Je le trouvais pitoyable.

« OK, si c'est pour toi d'une telle importance !

— Mon nom apparaît toujours après le tien ! Dans ton interview débile, tu n'as même pas jugé utile de me nommer ! » Will Gros se dirigeait vers la chambre d'amis en pleurnichant.

« Un instant ! » J'avais haussé le ton et l'avais suivi jusque sur le seuil sur lequel je m'étais arrêtée, soucieuse des convenances.

« Bien sûr que je t'ai cité, regarde, ton nom, ici ! *Et le metteur en scène sera le talentueux et célèbre Will Gros*. Je te cite toujours ! On est condamnés à s'entendre !

— Mais tu ne me cites pas en premier... », a répété Will d'un ton amer en me claquant la porte au nez.

Je me demandais si j'allais frapper discrètement à la porte — voyons, chéri, ce n'est pas ce que je voulais dire, et de nous deux, c'est toi qui es le plus important, naturellement ! — et j'étais prête à la grande scène de l'explication en m'affalant sur le bord de son lit. À ce moment-là, j'ai entendu dans le jardin les petits pas des enfants, qui m'appelaient de leurs voix claires. Je suis redescendue d'un pied léger pour leur ouvrir. Mme Mère avait bricolé un cerf-volant qu'elle traînait derrière elle.

« Vous êtes dans le journal, Franziska, Paula m'a téléphoné pour me le dire, je suis aussitôt allée l'acheter.

— Oui, je sais, je l'ai déjà vu.

— Vous voulez que je vous dise : je suis vraiment fière de vous. Quel succès ! (Elle s'est mise à rire.) Mais vous savez, nous en profitons tous, vous nous avez vraiment changé la vie. »

Je l'ai prise dans mes bras, j'étais très émue. Puis j'ai embrassé les enfants.

« On a tondu le gazon, on a fait un cerf-volant, on a mangé des tartines et du fromage et on a lu des histoires de Papou !

— Formidable ! Vous avez fait tout ça ?

— Ils sont tellement drôles, a dit Mme Mère en riant. On a passé un après-midi merveilleux. Ça me rajeunit...

À ce moment-là, elle a remarqué mon nouvel ensemble. « Quel chic ! Il a drôlement bon goût, mon Enno ! »

J'ai bien compris qu'elle ne voulait pas seulement parler de l'ensemble... Mme Mère était capable de reconnaître sans la moindre trace d'envie que juste après la guerre, elle était loin d'avoir la même allure.

Mme Mère avait du style.

Mme Mère était capable de se réjouir du bonheur des autres.

C'est une qualité plutôt rare de nos jours.

Nous nous sommes adressé un sourire complice.

Les enfants, fonçant dans la maison comme des ouragans, retiraient leurs chaussures sans ralentir leur course. Une habitude que Paula leur avait inculquée.

« Vous n'entrez pas ? » D'un seul coup, j'avais compris que Mme Mère était ma meilleure amie. En dehors de Paula, bien sûr, qui était ma super meilleure amie.

« Non, non, merci. Enno m'attend à la maison pour dîner. Il a offert à chacun des enfants un baladeur pour qu'ils soient tranquilles pendant le dîner. Vous n'avez plus qu'à les baigner et hop, au lit !

— Les écouteurs, ils sont étanches ? » Mme Mère a ri en entendant ma question et m'a proposé de demander à Enno.

« Non, non ! Il est capable de venir dans les cinq minutes pour tout m'expliquer ! Et dans ces cas-là, il se passionne et oublie les enfants. »

Mme Mère m'a alors suggéré de raconter moi-même une histoire à Franz et à Willi. Après la guerre, quand il n'y avait pas encore de baladeurs, c'est ce qu'elle faisait toujours.

Elle a fait au revoir de la main aux enfants. Leurs écouteurs les avaient empêchés de prendre part à la conversation. Puis elle s'est éclipsée. Quelle belle-mère idéale ! Peut-être qu'on pourrait l'acquérir en location-vente, Enno aurait sûrement une solution à me proposer : adoption d'une belle-mère sans mariage préalable avec le fils. Enno était plein de ressources, il avait de l'idée.

C'était là une qualité qui nous était commune ! Même si ses idées étaient d'une nature complètement différente des miennes.

Ou justement pour cette raison-là.

Je l'aimais vraiment beaucoup.

Pendant que je faisais couler l'eau du bain, et que les enfants jouaient à « pipi qui se bat » au-dessus des toilettes, je me suis rapidement regardée dans la glace.

C'est vrai, Enno avait bon goût. Et pas seulement pour l'ensemble saumon ou la décoration de ma maison...

Mais pour les écouteurs et les baladeurs, dont les couleurs juraient avec le carrelage de la salle de bains, ça se discutait... Je les ai discrètement récupérés pour les cacher tout en haut de l'armoire. Et les enfants ont joué dans le bain avec leurs canards en plastique : ils ne semblaient même pas avoir remarqué que leurs oreilles n'étaient plus inondées par un jet continu de musique.

Au fond, l'accord était parfait, il n'y avait pas la moindre raison de vouloir y changer quoi que ce soit.

Non, vraiment pas.

MA PREMIÈRE TABLE RONDE à la télé, quel événement ! Un chauffeur envoyé par la production est venu nous prendre vers vingt-deux heures, Enno et moi, alors que nous possédions l'un et l'autre un permis de conduire, une voiture, et les capacités intellectuelles requises pour non seulement trouver le chemin de l'hôtel *Maritime* mais aussi parcourir le trajet sans accident. Les responsables de l'émission avaient sûrement l'expérience d'invités se pointant en retard ou pas du tout, parce qu'ils avaient oublié de faire le plein ou de vérifier la pression des pneus tellement ils avaient le trac. Les enfants dormaient, après avoir inondé la salle de bains et m'avoir poussée au bord de la crise de nerfs en dansant nus comme des vers à travers toute la maison. Mme Mère lisait le journal. Elle avait prévu d'allumer la télé à onze heures. Enno lui avait expliqué comment se servir de la télécommande. (« Pas la peine de parler si fort, mon fils, je ne suis pas sourde ! »)

En franchissant la porte-tambour, j'ai aperçu la première caméra, en train d'immortaliser sur la pellicule mon entrée en scène. Perchée sur mes talons aiguilles, je m'avançais avec toute l'assurance dont j'étais capable en prenant des allures de grande dame.

Une jeune femme, un talkie-walkie accroché à la ceinture de son jean, nous a accueillis et nous a conduits à nos appartements. Il y avait un salon avec fauteuils club et canapé en cuir, téléviseur et sur une table d'angle, des amuse-bouche. Quel confort ! Enno a aussitôt ouvert un paquet de cacahuètes et s'est affalé sur un des canapés en cuir. Comme un automate, il a attrapé la télécommande pour zapper d'une chaîne à l'autre, puis il s'est plongé dans l'étude des possibilités qu'offrait le magnétoscope.

Je me suis mise à me pavaner devant le miroir, j'étais de plus en plus nerveuse, je tiraillais la jupe saumon sur mes genoux, je suais à grosses gouttes, je retirais la veste, je rentrais le ventre. Je faisais la roue comme un paon vaniteux. Est-ce que la doublure dépasse ? Ou bien l'étiquette ? Pas de tache de réglisse sur les fesse ? Un fil sur l'épaule ? À quoi ressemblent mes jambes ? Pas de maille qui file ? Après avoir dit au revoir aux enfants, j'ai toujours une maille filée. Pas de jaune d'œuf sur l'épaule ? Pas de fromage blanc sur le devant de la jupe ? Tout est parfait, comment est-ce possible ? J'ai placé une chaise devant le miroir et me suis entraînée à jouer « Mme Franka s'assied avec distinction », à croiser les jambes, à poser mes pieds l'un à côté de l'autre, à me lever, trois pas en avant, juchée sur mes hauts talons, un petit tour et puis s'en va.

« Quelle classe ! s'est écrié Enno, la bouche pleine. Regarde, cette télé, son écran a cinq centimètres de plus que la nôtre. C'est le tout dernier modèle, ça vient d'Amérique !

— Sûr que demain, tu t'achètes la même ! » Comme un fait exprès, je n'éprouvais en ce moment précis pas le moindre intérêt pour ces raffinements techniques. Enno a superbement ignoré mon commentaire.

« Et regarde comme c'est pratique ! La télécommande te permet de programmer tout ce que tu veux voir sur deux semaines, et après, le téléviseur s'allume tout seul, si par hasard tu as oublié ce que tu voulais regarder. »

J'ai jeté un regard poli à cette télécommande qui s'ornait d'une centaine de boutons minuscules portant chacun une mention abrégée en anglais.

« Très intéressant », ai-je marmonné, mais je contenais difficilement mon trac.

Enno m'a fait asseoir par terre. Enfin, disait-il, il allait pouvoir, sans être gêné par les jérémiades des enfants, me donner en toute tranquillité quelques explications techniques.

Je trouvais au contraire que ce n'était pas du tout le moment et me suis relevée à grand-peine. Ma jupe était pleine de faux plis et de miettes de cacahuètes.

Heureusement, la charmante personne au talkie-walkie est revenue, et avant même qu'Enno ait eu le temps d'ouvrir la bouche, elle m'avait attrapée par le bras et m'entraînait vers le couloir.

« Voudriez-vous me suivre pour le maquillage, je vous prie ?

— Volontiers. » J'avais le ton de quelqu'un qui fait ça tous les soirs. Je l'ai suivie à petits pas.

Dans le salon de maquillage, on se serait cru chez Lauro, sauf qu'il y avait des poudriers, des pinceaux, des Cotons-Tiges un peu partout. Ma maquilleuse était un vrai fil de fer, elle portait une robe à fleurs genre champêtre fermée par une rangée de gros boutons de nacre, des tennis d'une élégance discutable et des grosses chaussettes tricotées main, et était complètement hirsute. Au premier coup d'œil, elle a compris que je jouais la dame du monde et s'est emparée d'un fer à friser incandescent. Dommage, au fond. J'étais allée le matin même exprès chez Lauro, je m'étais fait faire une coiffure super et j'en avais eu pour cent quatre-vingt-neuf marks. Lauro avait l'intention de regarder l'émission de ce soir avec son copain. Rien que pour me voir.

À côté de moi, un vieux monsieur se faisait lui aussi maquiller. Ses rares cheveux blancs lui pendaient sur le front, tout mouillés et en désordre. Il avait des poches sous les yeux et ses mains ridées étaient chargées de bagues énormes. Je lorgnais à la dérobée dans sa direction. Qui était-ce donc ? L'homme politique ? Le présentateur ? L'ex-époux de la célèbre actrice ? Au hasard, j'ai choisi cette dernière hypothèse.

On commençait tout juste à sécher ses maigres mèches en les enroulant sur des brosses soufflantes quand il s'est avisé d'extraire de sa serviette des dessins qu'il a fourrés sous le nez de la coiffeuse.

« Qu'est-ce que tu dis de ça, Hilde ? Qu'est-ce que je montre pendant l'émission ?

— Tout ! a répondu Hilde.

— À chaque fois, c'est Martha », a dit le vieux mec ridé, fier comme un coq.

Sans tourner la tête, j'ai lorgné sur ses dessins. Des gribouillages infantiles comme Franz, et même Willi, auraient été capables d'en faire. En regardant attentivement, on retrouvait toujours les rondeurs d'une grosse bonne femme. Le centre, le cœur de l'œuvre, c'étaient toujours des fesses, des seins, le personnage n'avait presque pas de tête, ou alors, elle était toujours exagérément petite.

« Là, c'est Martha au bain, expliquait l'ex-époux, là, elle cueille des églantines. Et ça, c'est celui que je préfère : Martha à la fontaine. »

Je louchais dessus : la grosse nana sans tête se penchait, les fesses à l'air, sur une auge en pierre, ses seins s'étalaient, informes, sur le rebord de la fontaine.

« Que c'est beau ! » Hilde était pleine d'admiration.

« Moi, je trouve ça d'un mauvais goût..., a dit ma maquilleuse filiforme, et je lui ai lancé un regard d'approbation.

— Oh, mon petit, lui a lancé l'ex-époux d'un ton méprisant, vous ne vous y connaissez vraiment pas ! Vous ne comprenez rien aux formes féminines. C'est vrai que, en fait de formes, vous n'êtes pas gâtée ! » Et il lui a tapoté les fesses d'un air condescendant. Elle s'est écartée avec dégoût, me brûlant avec le fer à friser.

À ce moment-là, la porte s'est ouverte et une tornade à la chevelure d'un roux flamboyant s'est engouffrée... Près de cinquante-neuf ans, un tempérament d'enfer, Mme Elvira Thumb-Moddelmog, l'étoile effeuilleuse !

« Salut, les enfants ! a-t-elle susurré d'une voix flûtée. J'arrive du plateau ! »

Elle n'a pas perdu de temps pour se rhabiller, voilà ce que je pensais. Tout de noir vêtue, elle avait une sacrée allure, c'était indiscutable !

Mme Thumb s'est affalée sur un des fauteuils et a commencé par s'allumer une petite cigarette. À ce moment-là, elle a avisé dans le miroir l'ex-époux de sa rivale Martha, poudré de frais. On était justement en train de lui retirer ses bigoudis et de crêper ses mèches humides en arrière.

« Hé, Bodo chéri ! lui a-t-elle lancé avec affectation par miroir interposé, je ne savais pas que tu serais là aussi ! »

J'étais sûre qu'elle mentait de façon éhontée, nous avions bien dû tous recevoir les mêmes indications de la production, et on y lisait en toutes lettres les noms des participants à la table ronde.

« Salut, Elvira », a dit Bodo nonchalamment, pendant qu'on lui mettait des paquets de fond de teint pour masquer les poches qu'il avait sous les yeux.

« Et notre petite Martha, roucoulait Elvira, toujours aussi grassouillette ?

— De plus en plus depuis que je l'ai quittée, a répondu Bodo avec satisfaction. Avant, il lui arrivait parfois de suivre un régime.

— Quelle contrainte, ces régimes incessants ! gémissait la danseuse nue sur le retour. De plus en plus souvent, je me demande si je préfère devenir une vieille chèvre ou une vieille truie ! Seulement voilà, mon corps, c'est mon capital ! »

Moi, quand je serai vieille, je serai une femme aussi formidable que Mme Mère, aussi loin de la chèvre que de la truie !

Mon capital, c'était ma tête. La maquilleuse chétive dans sa blouse fleurie était en train de me demander de regarder en l'air sans cligner des yeux. Elle peignait le bord de mes paupières inférieures, ce qui avait pour effet de me faire pleurer. La charmante visagiste m'a tendu un Kleenex.

Je me demandais si le moment n'était pas venu de me présenter à mes deux futurs partenaires, car ils n'avaient pas l'air décidés à m'accorder la moindre once d'attention.

Juste à ce moment-là, la porte s'est rouverte et la dame au talkie-walkie a fait entrer l'homme politique. C'était un jeune quinquagénaire portant beau qui me rappelait beaucoup Victor Lange. Lui aussi avait une mèche en travers du front et arborait un sourire un peu moqueur. D'une certaine manière, il inspirait confiance.

Il a salué tout le monde avec courtoisie. C'est même à moi qu'il a serré la main en premier. J'étais prête, et il s'est installé à ma place en disant d'un ton enjoué à la capillicultrice fleurie : « Un shampooing-brushing, s'il vous plaît ! »

Pendant que je m'éclipsais, Elvira roucoulait : « Ah, monsieur le Ministre ! » et paradant comme un coq, Bodo tendait mollement sa paluche pleine de bagues en marmonnant : « Il n'est sans doute pas nécessaire que je me présente ? »

Quand j'ai retrouvé Enno, il n'avait pas bougé : il était toujours assis par terre et changeait la programmation du téléviseur. J'ai jeté un coup d'œil au miroir : dame Franka ne se distinguait plus en rien de la reine des hôtesses de l'air. J'ai prudemment ébauché une révérence de cour et adressé des sourires à des milliers de courtisans imaginaires.

« T'es superbe ! m'a lancé Enno sans se retourner. Regarde, j'ai programmé la troisième chaîne du Pakistan, on passe justement *Ben Hur* en V.O. sous-titré en arabe. Comment tu trouves l'image ?

— Superbe. » J'avais répondu machinalement.

Soudain, la panique m'a envahie. D'ici quelques minutes, la moitié de la planète allait me voir, moi, sur le petit écran, en train de franchir le seuil du studio dans mon tailleur saumon. Même au Pakistan, à condition bien sûr qu'il y ait parmi les cheiks et les grands vizirs un type aussi mordu de technique que mon Enno, qui tripoterait les boutons de son téléviseur jusqu'à trouver une Franka bien nette.

Peut-être que j'allais glisser en entrant et me casser la figure. Ou bien planter mon talon aiguille dans un conduit d'aération où il resterait coincé et poursuivre mon chemin pieds nus. Quand j'allais m'asseoir, on verrait peut-être ma culotte ! Et qu'allais-je réussir à dire ? Peut-être que j'allais oublier ce que j'avais préparé...

Peut-être qu'on ne me donnerait même pas la parole...

Si Mme Flessenkemper décelait la moindre faille, elle s'en tiendrait les côtes de rire, son mec enregistrerait l'émission au magnétoscope et ils passeraient la moitié de la nuit à examiner ma tenue à la loupe en faisant des arrêts sur image. Mme Mère allait me voir, et bien sûr aussi Wilhelm Gros, et les mères du jardin d'enfants et du club de gym, et Beate la secrétaire, Annegret, celle de Hambourg et naturellement Victor. Et aussi Papou. Et son élégante Sabine. Et plein d'autres encore. Soudain, je me suis senti la gorge sèche, je me suis mise à avaler ma salive, la panique me tordait les boyaux. Je voulais m'éclipser discrètement en direction des toilettes quand la charmante dame au talkie-walkie est réapparue, équipée d'un second appareil. Je croyais qu'elle voulait le prêter à Enno pour l'occuper pendant l'heure suivante, mais c'est à ma ceinture qu'elle l'a accroché. Elle a fait passer le fil sous ma veste et a fixé adroitement le micro miniature au revers de mon col. Voilà, j'étais prête à entrer en scène.

« Je viens vous chercher dans cinq minutes, a dit gentiment la chef opératrice. S'il vous plaît, vous ne mangez ni ne buvez plus rien, d'accord ? » a-t-elle ajouté en jetant un regard aux sacs froissés et aux bouteilles à moitié vides qui entouraient Enno. Plongé dans l'examen d'un talkie-walkie qu'il avait emprunté à un coursier croisé en arrivant au studio, il ne m'accordait pas la moindre attention.

Quand je suis sortie dans le couloir, toute l'équipe technique faisait cercle. C'est à ce moment-là que j'ai vu pour la première fois le présentateur, M. Muller.

Enno avait réussi, oh surprise, à sortir de son méli-mélo de câbles pour venir me souhaiter bonne chance, et il m'a poussée en avant : « Il faut que tu te présentes ! Tu as ton livre ?

— Arrête de m'énerver ! » Ma réponse avait sifflé. J'ai discrètement replacé le câble sous la veste de mon tailleur et tiré sur ma jupe.

M. Muller ne marquait pas le moindre intérêt pour les images que Bodo étalait devant lui en les commentant abondamment. Il avait complété sa tenue par des bottes de cow-boy, et une lourde chaîne de montre se balançait sur sa brioche rebondie.

« Ça, c'est Martha en train de ramasser des myrtilles dans la forêt, et les taches bleues, ici, c'est du jus de myrtilles, c'est évidemment une note d'un érotisme tout particulier. Martha est une nature d'un érotisme merveilleux. Là, c'est mon tableau préféré, Martha à la fontaine. »

Et il a extirpé une fois de plus le tableau de fesses et de nichons sur lequel M. Muller a jeté un coup d'œil en disant : « Très bien, très bien, on va pouvoir en parler tout de suite, avant de se détourner d'un air d'ennui.

— Vas-y ! » répétait Enno en me poussant de nouveau. J'étais morte de trac et j'ai laissé passer l'occasion de faire remarquer ma présence à M. Muller, car c'était désormais Elvira Thumb-Moddelmog qui monopolisait le présentateur. « J'ai toujours voulu jouer un rôle sérieux, roucoulait-elle d'une voix enjôleuse. Voilà trente ans que je porte l'étiquette de la frivolité. J'ai pourtant moi aussi des qualités dignes d'être prises au sérieux.

— Très bien, très bien, on va en parler tout de suite, a dit M. Muller en s'éloignant.

— Vas-y, c'est le moment ! », et de nouveau, Enno me poussait. J'avais les mains moites.

Au-dessus des portes, les lampes s'étaient mises à clignoter.

« Silence ! Direct ! Accès réservé à l'équipe de production. » Partout des signaux lumineux, l'essaim des maquilleuses bourdonnait autour de nous, puis il y eut un tonnerre d'applaudissements — M. Muller avait bondi comme un diable qui surgit de sa boîte : il était onze heures tapantes.

Quand les applaudissements frénétiques se sont calmés, il a lancé d'une voix retentissante : « Bonsoir, mesdames et messieurs. Aujourd'hui encore, nous recevons quatre personnalités particulièrement intéressantes... » Je me demandais si j'étais du nombre ou si le quatrième, c'était lui-même.

« Donne-lui ton livre ! » insistait Enno derrière moi. Mais, dans ma naïveté de débutante, je n'avais pas songé à me munir d'un seul exemplaire de mon roman ! Je ne maîtrisais pas encore l'art de se mettre en scène soi-même !

J'ai bafouillé : « Souhaite-moi bonne chance ! » Mes jambes se dérobaient sous moi.

Enno a tourné les talons et s'est éloigné au pas de course. Il voulait certainement s'installer dans le public. Je me retrouvais toute seule, mes interlocuteurs continuaient à m'ignorer, Bodo classait ses peintures de fesses et de tétons, Elvira, la beauté fanée, tiraillait son décolleté. J'ai pris une profonde inspiration. Mon Dieu, quel stress ! Et au milieu de tout ça, les questions se précipitaient : Est-ce que les enfants étaient couchés ? Peut-être que la maison brûlait ? Est-ce que Mme Mère arrivait à faire marcher la télécommande ? Franz avait-il fait un cauchemar, assis en pleurs sur le bord de son lit ? Avec le raffut de la télé, Mme Mère n'allait sans doute pas l'entendre !

Mais l'émission commençait. Perchée sur ses échasses, les bras tendus vers le public en transes, la diva des revues déshabillées avançait à petits pas et Muller lui serrait la main avec effusion. Quand l'enthousiasme a été un peu calmé, la star du nu a déclaré en minaudant qu'en fait, depuis son plus jeune âge, elle avait toujours rêvé de rôles sérieux. À quatre ans, c'était la dure discipline de la barre — sa mère, seule avec elle, faisait des ménages pour lui offrir une solide éducation artistique — à cet instant, la voix s'est brisée, et on a sorti les mouchoirs dans le public et dans les chaumières. Mais voilà, c'était juste après la guerre, rien ne s'était passé comme prévu. En ce temps-là, une gosse qui avait de l'allure pouvait se faire de l'argent facile et Jochen, son agent artistique du moment, lui avait dit : « Mon petit lapin, quand on a un corps aussi fabuleux que le tien, on ne s'empoisonne pas avec des trucs aussi ringards que Faust ou Schiller. »

« Et il avait raison, mon cher Dieter... (C'était le prénom de Muller.) En ce temps-là, j'étais si jeune, si ignorante, j'avais un tel appétit de vivre... J'ai saisi ma chance, et quand Jochen m'a fait poser nue... Jochen, je l'adorais, il était tout pour moi... » Sanglots, torrents de larmes...

À ce moment-là, on a diffusé quelques extraits assez minables de ses films pour lui laisser le temps de se ressaisir. Applaudissements. Elvira a déclaré alors avec modestie qu'il s'agissait d'une étape révolue, et qu'elle était désormais en quête d'un producteur capable de reconnaître ses véritables qualités artistiques et de lui proposer enfin le rôle de Marguerite dans *Faust*, ou tout autre rôle à sa mesure.

Le public applaudissait, mais c'était plus par pitié que par enthousiasme. Une Marguerite rouquine de cinquante-neuf ans en train de débiter d'une voix sucrée la complainte du rouet, quelle tristesse, vraiment !

À ce moment-là, M. Muller a jugé opportun de faire diversion en donnant la parole au cow-boy peintre. Il a proclamé d'un ton triomphant : « Nous avons réussi à obtenir sa présence sur notre plateau ! Il va nous dévoiler des secrets insoupçonnés ! Il est le seul à la connaître sous son jour véritable, le seul qui a eu le privilège de faire des centaines de fois son portrait, saluons tous ensemble l'ex-époux de... (et des roulements de tambour firent monter la tension qui devenait insoutenable)... de Martha Schmoll ! »

Tonnerre d'applaudissements.

Le cow-boy est entré en scène d'un pas chaloupé. Nous nous sommes donc retrouvés en tête à tête, l'homme politique et moi. Les maquilleuses apportaient leurs dernières retouches.

J'étais ébahie de constater à quel point l'enthousiasme se déchaînait pour un simple ex-époux ! Qu'est-ce que ça aurait été si on avait invité la grosse Martha en chair et en os ! Mais elle n'a sûrement plus besoin de ça, ai-je pensé avec envie. Elle s'est retrouvée tellement souvent devant les caméras que si elle vient en personne, elle risque même de nuire à son image ! Le vieux coq vaniteux se rengorge parce qu'il a été marié avec elle, il y a bien trente ans de ça. Un jour, Will Gros finirait par être invité à la télé en sa qualité d'ex-mari de Franka Zis ! Eh oui, voilà ce qui nous attendait ! Il se prélasserait à l'ombre de ma gloire, et pendant ce temps-là, dans ma propriété de Cornouailles, j'écrirais roman sur roman !

Sur le plateau, le vieux beau paradait. C'était la troisième fois de la soirée qu'il étalait ses images en expliquant que le postérieur rebondi et les tétons débordant sur la margelle en briques, c'était *Martha à la fontaine*, son tableau préféré. Mais il ne manqua pas de mentionner la scène où l'on voit la star cueillir des myrtilles dans la forêt.

Les cameramen virevoltaient autour de lui pour présenter en gros plan ces barbouillages puérils à des millions de téléspectateurs, ils recherchaient l'angle le plus favorable. Sur leurs tapis, les cheiks devaient baver de concupiscence tandis que les téléspectateurs allemands levaient les yeux vers le plafond d'un air excédé.

Et voilà, au moins trois millions de lecteurs potentiels qui éteignent leur télé ! J'étais furieuse. Pourquoi est-ce qu'on ne m'avait pas fait intervenir en premier ? « Ladies first », tu connais, Muller ? Mais ça ne vaut sans doute pas pour l'auteur d'un bouquin féministe !

Pas moyen que le coq s'arrête de caqueter. Quand Bodo a eu fini de présenter complaisamment ses œuvres à la caméra, M. Muller l'a prié de parler un peu de ses autres activités artistiques, car n'entendait-on pas dire que Bodo Ambrosius était un artiste protéiforme ! À ce moment-là, Bodo a précisé, sans lésiner sur les détails, qu'il remplissait lui aussi, comme sa chère ex-épouse, un théâtre, en lisant des lettres de Mozart, choisies bien sûr parmi les plus coquines, il pouvait d'ailleurs proposer un petit aperçu si on le souhaitait...

Hélas, M. Muller l'en a instamment prié. Trois cent mille spectateurs de moins, sans compter les cheiks, qui malheureusement n'avaient guère non plus d'inclination pour la prose mozartienne.

Puis Muller a voulu ramener la conversation sur Martha : il a demandé à Bodo qui, de lui ou de Martha, avait entrepris de séduire l'autre lors de leur première rencontre — c'est-à-dire il y a un demi-siècle.

« Martha a toujours cherché à séduire tout le monde, a lancé Bodo d'un ton hargneux. Dès que quelqu'un entrait dans sa loge, c'était le grand jeu !

— Oh, voyons..., a dit M. Muller, gêné. Mais revenons donc à vos tableaux... »

Pitié, ai-je soupiré en coulisses. Et les maquilleurs, éclairagistes, rédacteurs et autres responsables soupiraient avec moi. Nous levions ensemble les yeux au ciel et nous adressions des signes sans équivoque : Bodo, c'était une grande gueule, mais pour la cervelle, on pouvait repasser !

Pendant ce temps-là, l'heure tournait. Le précieux temps imparti à l'émission s'écoulait. Il allait y avoir une pub, et l'homme politique et moi, on resterait en rade tous les deux !

« Je préférerais aller prendre un verre avec vous », ai-je déclaré à Son Excellence le ministre.

Et le ministre a répondu galamment : « Moi aussi ! »

Quel homme charmant ! Quel sourire ! Il me rappelait Victor Lange ! Comme il était sympathique ! De toutes les personnes présentes, il était le seul être sensé et modeste — à part moi, bien sûr. J'en avais le cœur tout réjoui. Au moment même où je caressais l'idée de lui demander s'il avait des projets pour la soirée, Enno a ressurgi, me glissant dans la main un exemplaire de mon livre.

« Tu le présenteras à la caméra ! Si Bodo Ambrosius se fait de la pub, tu en es capable toi aussi ! » Il était hors d'haleine.

L'homme politique a jeté un œil à la couverture du livre, il a souri : « *Le Bonheur sans mari* ! Ma femme est en train de le lire. »

J'étais ravie. « Et elle le trouve comment ?

— Pst ! a sifflé la technicienne du son, puis j'ai entendu mon nom.

— Et maintenant, tous ensemble, applaudissons... Franka Zis ! »

Enno et le ministre m'ont poussée vers la scène.

Je me suis alors avancée comme une grande dame sur le tapis rouge, souriant au public, oubliant tous les voyeurs comme Müffi Flessenkemper, Mme Mère, Victor et Papou, et j'ai rejoint l'animateur. Je m'efforçais de ne pas fixer stupidement la caméra. En vraie dame du monde, j'ignorais purement et simplement les petites boîtes noires. Des yeux morts, vides, rien de plus ! Et j'avais complètement oublié que ces yeux vides et morts permettaient à quelques millions d'individus de me dévisager. Je me suis donc dirigée d'un pas résolu vers le présentateur. Je voulais au moins lui serrer la main, puisque jusqu'à présent, il n'avait pas daigné accorder la moindre attention à ma petite personne.

Je me suis arrêtée dans mon élan, pétrifiée. L'animateur ne me gratifiait pas même d'un regard ! Il lui était pour le moment impossible de bouger, car Bodo faisait son portrait.

« Je vous en prie, prenez place », a-t-il dit en nasillant, impassible, raide et immobile sur son siège.

Je me suis assise sur la chaise restée libre à côté de l'artiste, en tiraillant sur ma jupe. Je louchais avec curiosité par-dessus l'épaule de Bodo. Ce n'était qu'un de ses habituels gribouillis : quelques traits jetés à la va-vite. En y mettant de la bonne volonté, on distinguait un visage et une chevelure en désordre, mais M. Muller n'avait pas la moindre ressemblance avec l'œuvre en devenir : tout au plus pouvait-on déceler quelque lointaine parenté avec le disciple préféré du Christ.

« C'est moi ? » demandait Muller d'un ton enjoué sans quitter la pose. Personne n'aurait pu le prétendre, même avec beaucoup d'imagination. Il y avait à peu près autant de traits communs entre un apôtre et Muller qu'entre le président de la République et un nounours en guimauve.

J'ai répondu : « Si on veut. De toute façon, ça ne vous coûtera rien ! »

Elvira riait d'un rire hystérique.

« Franka, a dit M. Muller pour lancer le débat, vous avez écrit un best-seller. »

Une chance que la charmante personne au talkie-walkie lui ait soufflé *in extremis* cette précision.

« *Le Bonheur sans mari* », et j'ai brandi le volume devant les caméras. Enno allait être content. Bodo a levé les yeux de son dessin, furieux qu'on ose lui piquer la vedette.

« Et comment en vient-on à écrire un livre ? demandait Dieter Muller, l'air coquin.

— Aucune idée de ce que font les autres, moi, c'est parce que mon avocat avait besoin de quelques précisions noir sur blanc.

— Moi aussi, j'ai toujours voulu écrire..., gémissait Elvira.

— Et moi donc ! a jeté Bodo le peintre d'un ton hargneux. J'ai écrit au moins dix livres, mais personne n'a voulu les publier ! »

Je me disais : si tu écris comme tu peins, ça n'a rien d'étonnant.

« Franka Zis, a dit le meneur de jeu, reprenant les rênes de la discussion, c'est un pseudonyme ?

— Oui, en fait je m'appelle Franziska. » J'ai réfléchi : fallait-il me faire mousser en précisant que j'étais l'ex-épouse de Will Gros, le metteur en scène de *soap operas* de renommée internationale ? J'ai décidé que ce n'était pas pour cela qu'on m'avait invitée.

« Franka Zis pour Franziska ! » s'exclamait M. Muller.

Bodo ironisait : « C'est tout simplement génial ! »

La star du nu a eu un rire forcé. Les caméramen se sont empressés de se précipiter pour faire un gros plan.

« Et ce titre, le bonheur sans homme, pourquoi ? »

Je me suis hâtée de faire la mise au point qui s'imposait : jamais, au grand jamais, je ne serais heureuse sans homme — à moins d'avoir atteint un stade de décrépitude physique extrême —, et je tenais à souligner qu'il y avait une différence non négligeable entre « sans mari » et « sans homme ».

M. Muller a fait « Oho ! » en guise de commentaire, puis il a tourné la tête : c'était le premier regard dont il daignait m'honorer. Ma théorie semblait lui convenir.

« Et votre livre va être porté à l'écran ?

— Bah, a ironiquement commenté Elvira. Et par qui donc ?

— Par mon ex-mari, c'est lui qui fait la mise en scène. » J'avais répondu d'un ton guilleret.

Le public se tordait de rire.

M. Muller trouvait lui aussi cela très drôle.

« Dans ce cas, il y aura sûrement un rôle sérieux à offrir à Mme Thumb-Moddelmog ?

— Qu'elle aille se présenter. Mais je tiens à l'avertir : il y aura de la concurrence. »

Ma réponse était tombée, péremptoire.

Elvira a répété : « Bah ! » et Bodo a ajouté entre deux traits de pinceau que s'il n'y avait pas de scène déshabillée, Elvira n'avait aucune chance.

M. Muller a proposé de me poser une dernière question avant l'écran publicitaire : est-ce qu'il me paraîtrait envisageable de travailler le scénario avec mon ex-mari ?

« C'est fait. »

Murmures d'approbation joyeuse dans la salle.

« Et alors ? a poursuivi M. Muller, qui avait complètement oublié qu'il devait garder la pose, c'était comment ? Je veux dire, ça fait quoi d'écrire avec son ex-mari un scénario sur son ex-vie commune ? »

Il regardait autour de lui, ravi d'avoir trouvé une formulation d'une telle originalité.

« Ça aurait été pareil avec n'importe qui. »

M. Muller ne voulait pas s'avouer battu.

« Vous n'êtes vraiment plus ensemble ?

— Non, pas "vraiment", on ne l'est plus du tout. »

Rires du public. Qui d'ailleurs riait à tort et à travers.

« Pourtant, vous n'êtes pas encore "vraiment" divorcés ? »

Aïe, c'était pourtant vrai.

Dans le public, quelques rires isolés. J'ai compris : ils voulaient des détails croustillants.

« Ça vous fait quoi ? Pas mariée, pas divorcée... vous êtes assise entre deux chaises...

— Je vais merveilleusement bien. Je suis heureuse sans mari. Et j'ai bien l'intention de le rester ! »

À ce moment-là, les cheiks avaient sans doute atteint la limite du supportable. Fous furieux, ils gesticulaient devant leurs téléviseurs d'un air menaçant.

« Allons, allons... », a commenté Bodo avec mépris, mais sans lever les yeux de sa toile.

« Bah », a redit Elvira.

Les gens applaudissaient. Surtout les femmes. Certaines se laissaient même aller à des débordements d'enthousiasme pour se faire repérer par la caméra.

M. Muller s'est levé, m'a serré la main et m'a demandé, tout en jetant un regard indifférent au gribouillage de Bodo :

« Et monsieur votre ex-régisseur se nomme ?

— Will Gros, pourquoi ?

— Nous n'avons plus l'antenne, dommage, j'aurais dû vous poser cette question plus tôt.

— Oh non, pas de lauriers prématurés, sinon mon ex-mari va finir par se fâcher. »

M. Muller considérait d'un air dubitatif l'œuvre de Bodo. « Au fond, heureusement que nous n'avons plus l'àntenne ! Grand merci, mesdames, monsieur, pour votre si intéressante participation. Grand merci à vous tous... » Et il nous a serré la main.

« C'est déjà fini ? gémissait Elvira.

— Est-ce que tout ceci était bien nécessaire ? marmonnait le cow-boy en rassemblant son attirail de peintre.

— Restez à vos places, a dit M. Muller en s'adressant au public, après les spots publicitaires, je ferai entrer M. le ministre. »

« TU AS ÉTÉ FORMIDABLE, particulièrement télégénique. Tellement naturelle. Je suis fier de toi. »

Après avoir regardé au moins une douzaine de fois ma prestation de la veille à la télé, Enno s'était levé et déballait un de ses cadeaux pleins d'originalité.

Je redoutais le pire.

Je venais d'entreprendre de préparer un dîner équilibré et riche en vitamines pour mes enfants et la lutte avec les autocuiseurs programmés par ordinateur avait commencé. L'angoisse de l'échec me donnait des sueurs froides. Les enfants attendaient, assis à table, et faisaient slalomer leurs petites voitures entre les assiettes vides.

« Regarde ce que je t'ai apporté ! » Pour me distraire, sans doute, ou pour contribuer à mon édification spirituelle, Enno brandissait sous mon nez un petit boîtier noir plein de boutons.

« Encore une télécommande. » Pas la moindre trace d'émotion dans ma voix.

— C'est une télécommande qui télécommande quoi, maman ?

— Aucune idée. Demandez à Enno.

— Enno, c'est une télécommande qui télécommande quoi ? Un jeu de Super Mario ?

— Non, c'est un cadeau pour votre maman ! Un téléphone portable.

J'ai soulevé le couvercle de la cocotte pour vérifier la

cuisson. Tout allait bien, les pommes de terre baignaient dans l'eau bouillante. Pendant ce répit, je me suis plongée dans l'étude du compte-minutes incorporé au couvercle.

— Oh, Enno, pourquoi me fais-tu toujours des cadeaux ?

— Parce que t'es une supernana ! » a-t-il répondu en me prenant dans ses bras.

Nous nous sommes embrassés.

Après mes débuts sensationnels à la télévision, les émetteurs n'ont pas tardé à se manifester. Tous m'avaient vue sur la chaîne concurrente et trouvaient que ma participation à un de leurs programmes leur apporterait indiscutablement un plus esthétique.

Mon tailleur saumon a bientôt été rejoint par un ensemble bleu, un noir et un caramel. J'achetais bien entendu les chaussures assorties et étais devenue un des piliers du salon Lauro. Dès que j'arrivais, on plantait là les autres clientes sous leurs bigoudis, pour ne pas m'imposer une attente superflue.

Je participais à des émissions publiques, la salle était remplie de bus entiers de retraités qui s'étaient gavés de pâtisseries avant l'émission. Certains animateurs me noyaient sous les compliments, d'autres au contraire arboraient une indifférence hautaine. J'avais appris à répéter inlassablement les mêmes balivernes avec un enthousiasme constant. Plus rien ne pouvait me déconcerter. J'étais en passe de devenir une pro des médias, parfaitement cool et détendue. Et ça m'amusait énormément.

Un jour, une dame du magazine *La Dame* avait téléphoné pour demander si j'accepterais que son journal, dans le cadre d'une série d'articles sur les femmes qui réussissent tout en soignant leur look et leur ligne, publie une photo de moi accompagnée de précisions sur le régime que je suivais et le genre de gym d'entretien qui me permettait de garder la forme. Je lui ai fait répéter deux fois sa question avant de répondre : « Je ne suis aucun régime.

— Mais vous fréquentez bien un centre de mise en forme ! m'encourageait la dame de la revue du même nom.

— Non, je vous jure que non !

— Alors, quel est votre secret ? insistait la journaliste.

— Une petite bière tous les soirs », ai-je dit, excédée.

Elle a ri.

« Comme c'est spirituel. Mais soyons sérieux : d'où tenez-vous votre forme si remarquable ?

— J'ai deux jeunes enfants. Nous allons très souvent nous promener dans le petit bois près de la ville ! J'ai une espèce de remorque pour bicyclette, je les mets dedans tous les deux et je les balade pendant des kilomètres, un grand tour chaque jour quand le temps le permet.

— Eh bien, nous avons la solution de l'énigme ! m'a interrompue la dame. C'est l'exercice idéal ! Des petits enfants, ça maintient la forme ! »

Puis elle est partie d'un grand éclat de rire, avant de me remercier pour cette intéressante conversation.

Je venais de raccrocher quand le téléphone a sonné à nouveau. Elle rappelait sûrement pour me demander quelle taille je faisais et j'étais décidée, une fois n'est pas coutume, à rester un peu en dessous de la réalité.

Mais ce n'était pas *La Dame*.

C'était une voix d'homme.

Et quelle voix.

Cette voix chaude, profonde, que j'aimais tant.

Papou. Mon cœur battait la chamade.

En épluchant les pommes de terre, il était tombé sur un article dans *Le Week-End de la ménagère* et il avait découvert une superbe photo qui montrait Franka, dans une pose lascive, sur son canapé rouge, un gamin tout brillant de crème Nivéa dans chaque bras, et cette idylle familiale sans mari était surmontée d'un encart publicitaire pour *Le Bonheur sans mari*.

Dire qu'il avait failli utiliser ce journal pour emballer les épluchures de pommes de terre ! Au-dessus de l'article, on pouvait lire en gros caractères, comme de coutume dans ce magazine :

« Franka Zis écrit avec ses tripes ; les hommes, elle leur demande seulement de la tendresse. »

Comment la journaliste du *Week-End de la ménagère* avait-elle donc fait pour trouver ça ?

En tout cas, Papou avait été enthousiasmé.

« Il faut absolument que je te voie.

— Moi aussi.

— Comment vas-tu ?

— Super.

— Moi aussi. Surtout quand je te téléphone.

— Quand es-tu libre ?

— Tout de suite.

— Tu es seule ?

— Non, et toi ?

— Bien sûr que non. Alors, rendez-vous à trois heures au zoo.

— D'accord, au bassin des phoques et des otaries. J'ai tellement envie de te voir.

— Moi aussi ! »

Et nous nous sommes retrouvés, Papou en jeans et tennis et Franziska en jeans et tennis. Promenant la même remorque à vélo.

Il était près du marchand de glaces italiennes. Sagement assis dans leur remorque, les enfants nous regardaient en dégustant leurs glaces. J'ai emmené ma remorque lentement dans leur direction et l'ai arrêtée à côté d'eux. Six semaines s'étaient écoulées, et pourtant, nous nous étions quittés la veille... Alors, aucune raison de se précipiter. Deux remorques identiques, huit yeux d'enfants attentifs. Et son visage tant aimé.

« Bonjour, toi ! »

Nous nous sommes regardés un long moment sans rien dire. Des retrouvailles pleines d'effusion, des baisers dignes d'une scène de théâtre... la présence des enfants suffisait à les rendre inopportuns.

Alors, Papou s'est accroupi.

« Salut, Franz et Willi. Comment va ?

— Super, monsieur caca boudin ! » a répondu Willi. Ça a fait rire tout le monde, y compris les enfants de Papou, ravis.

« T'as déjà vu les otaries ? a demandé Franz.

— Non, a répondu Papou, allons-y. »

Et nous avons poussé notre progéniture adorable, spirituelle et trop flemmarde pour marcher jusqu'aux otaries.

« Voilà, maintenant, tout le monde descend ! »

Katinka a opiné du chef, elle est descendue la première. Elle a mis sa main dans la mienne. Le petit a suivi. Je lui ai tendu la main, il l'a prise. Mes deux loustics sont descendus à leur tour et se sont précipités vers Papou. La surprise me rendait muette. Pourquoi les enfants étaient-ils si familiers ?

« Où est votre maman ?

— Partie, a répondu Katinka.

— Notre papa aussi, il est parti, a dit Franz.

— Dans les Caraïbes, a ajouté Willi.

— N'importe quoi, il est parti ailleurs.

— Partir, c'est toujours partir ! » a commenté Papou.

Nous avons assis les enfants sur le rebord du bassin aux otaries. Il tenait les miens, je tenais les siens. Tout naturellement, comme s'il n'en avait jamais été autrement.

Le papa, la maman, et les quatre petits.

Pas de cris, pas de jalousie, pas de disputes.

C'était l'heure du repas des otaries. Les enfants regardaient, fascinés. Ils avaient fini leurs glaces, Papou leur a essuyé le menton, aux miens et aux siens.

« Où est donc ta femme ?

— Au festival de Bregenz. Elle est responsable de toute l'organisation. C'est plutôt stressant. Ces chanteurs, ils ne se prennent pas pour rien. »

Qui se ressemble s'assemble...

« Et qui s'occupe des enfants ?

— Moi, a répondu Papou.

— Bien sûr ! » Je posais vraiment des questions stupides.

Nous avons regardé les otaries jongler avec des balles, les rattraper du bout de leur museau humide, se précipiter pour attraper les poissons et se laisser glisser dans l'eau, surexcitées. À un moment donné, Papou a posé sa main sur mon bras, exactement comme pendant notre retour en train. J'ai fermé les yeux...

Puis nous sommes allés aux jeux d'enfants.

Les garçons ont tout de suite voulu grimper sur la grosse locomotive. Papou les a accompagnés, guidant d'une main assurée leurs petits pieds, comme si faire des acrobaties sur un engin aussi énorme avec trois petits gars était la chose la plus naturelle du monde. Les trois garçons avaient réussi à grimper tout seuls. Même mon gros petit Willi. Avec moi, ça n'aurait jamais marché. Je l'aurais hissé sur la locomotive à la sueur de mon front, et je l'aurais retenu d'une main ferme, de peur qu'il ne tombe. Avec Papou, les enfants prenaient confiance en eux-mêmes de façon tout à fait naturelle. Il ne pouvait rien leur apprendre de plus précieux.

Je m'étais assise sur un banc avec Katinka et je tenais sa petite main dans la mienne en lui racontant une histoire. Elle me regardait de ses doux yeux de biche et ma présence suffisait à l'apaiser. Malgré son handicap, elle était aussi peu compliquée que pouvait l'être un enfant de Papou.

C'était un petit être paisible et chaleureux. Dès notre première rencontre, je l'avais senti.

Quand les enfants ont été fatigués, Papou est allé chercher les deux remorques. Nous avons installé les enfants dedans et les avons promenés côte à côte à travers les allées du zoo.

Papou nous a raconté son dernier livre. C'était l'histoire d'une tortue et d'un papillon. Depuis des années, la tortue ne se laissait plus approcher par âme qui vive, elle était vieille et toute fripée, et avait peur des autres bêtes. Un beau jour, le papillon avait atterri par erreur sur sa carapace et s'y était arrêté. Il avait trouvé la tortue très intéressante. Jamais encore il n'avait rencontré de bête portant ainsi son armure ! Curieuse, la tortue avait pointé le nez, considérant le papillon. Elle l'avait trouvé superbe, avec ses ailes ornées de motifs si étonnants. Elle l'avait regardé droit dans les yeux, ce qui n'était pas dans ses habitudes. Et ils étaient tombés sur-le-champ amoureux l'un de l'autre. Ils étaient tout à fait différents, et pourtant ils s'apportaient mutuellement beaucoup et s'amusaient follement ensemble. Pour la première fois de sa vie, la tortue éclatait sans arrêt de rire. Elle riait à gorge déployée. Quant au papillon, il se trouvait si bien sur la carapace de la tortue, il s'y sentait tellement en sécurité, qu'il ne pouvait plus s'imaginer vivre loin d'elle. Mais il arrivait au papillon de faire une escapade, et dès qu'il s'en allait, la tortue se sentait toute misérable. La fin de l'histoire était triste : la tortue, cachée sous sa carapace, s'était à nouveau retirée du monde. Au début, le papillon ne la comprenait pas. Tout ratatiné, les ailes lasses, il restait posé sur la carapace de son amie des journées entières et implorait la tortue de sortir la tête, une fois, rien qu'une fois. Mais la tortue demeurait inflexible. Elle n'avait plus jamais sorti la tête. Jamais plus, car elle aurait pu voir combien le papillon était triste. Le papillon avait compris alors qu'une tortue et un papillon ne peuvent pas s'accorder, tout simplement. Il avait attendu que la brise soit favorable, avait ouvert ses ailes multicolores et pris son envol.

« Mais c'est très triste, pourquoi racontes-tu aux enfants une histoire qui finit si mal ?

— Parce que c'est la vie, tout simplement. »

Comme il avait raison ! Où serait-il écrit qu'on ne doit servir aux enfants que des histoires qui finissent bien, dans la paix et l'harmonie ?

Et d'un seul coup, je l'aimais encore un peu plus qu'avant.

J'ai demandé : « Et maintenant, on fait quoi ? » Il était six heures, le zoo fermait.

« Ça vous dit de nous ramener à la maison ? a répondu Papou. On est venus en métro. »

Papou n'avait pas de voiture. Bien sûr que j'allais les raccompagner chez eux. Je brûlais de curiosité de voir comment c'était. Nous avons démonté les remorques, les avons fourrées dans le coffre de ma monospace. Les enfants se sont serrés à l'arrière. On les a attachés deux par deux. Le lecteur de cassettes faisait retentir les accords tonitruants de la chanson de l'autobus jaune. Les enfants reprenaient le refrain et se dandinaient en rythme sur leurs sièges, ils étaient emballés. Me retrouver sans préavis si fort amoureuse de Papou, quelque part, ça faisait mal. Je n'étais peut-être d'ailleurs amoureuse que de sa voix. Je me suis arrêtée net de chanter.

Martin m'a lancé un regard en coin, lui aussi, il s'est arrêté de chanter.

« Voilà, ça pourrait être comme ça !

— Oui. (J'avais la chair de poule de la pointe des orteils jusqu'à la racine des cheveux.) Oui, mais c'est pas comme ça ! »

Nous n'avons plus dit un mot jusqu'à chez lui.

Qu'est-ce qu'on aurait bien pu ajouter ?

Martin et Sabine Born habitaient en dehors de Cologne, dans un village à flanc de colline, au bord d'une rivière. Je n'avais jamais vu un village aussi charmant. Leur maison ancienne à colombages était immense. Nous avons admiré la gigantesque surface de jeu qu'offrait le sol en parquet, le piano à queue installé près d'une des fenêtres, le trampoline près de l'autre. Les enfants étaient ravis. Nous avons chahuté avec eux, nous étions tous en nage. Papou avait le visage aussi rouge que lorsque nous avions remonté le cours du ruisseau, dans les montagnes. Ses cheveux lui collaient aux tempes.

« Voilà comment ça pourrait être... », a-t-il dit en riant au moment où nous nous enroulions l'un l'autre dans le tapis. Les enfants gloussaient de plaisir. Willi s'était jeté sur moi et me martelait le dos de ses petites mains potelées.

« Oui, j'ai fait en toussant parce que le tapis était plein de poussière, mais c'est pas comme ça ! »

Après, on a préparé tous ensemble le dîner dans la grande cuisine-salle à manger. Puis, pendant que Martin s'affairait aux fourneaux, j'ai lavé huit petites mains poisseuses. Les enfants ont porté soigneusement assiettes et tasses sur la table, j'ai rassemblé verres et couverts. Devant la plaque de cuisson, Papou s'occupait de ses casseroles en homme de l'art, et j'essayais de m'y retrouver dans cette maison étrangère.

J'ai apporté sur la table une bouteille de vin entamée que j'avais trouvée dans le frigo.

Faut c'qu'il faut !

Et nous nous sommes tous installés. Nous étions très affamés.

Martin avait bricolé quelque chose qui sentait très bon. Un regard rapide dans la vieille cuisine paysanne. Pas trace d'appareils programmables ou télécommandés. Les enfants avaient un vrai appétit d'enfants bien portants. Moi aussi, j'avais une faim de loup. La dame du magazine *La Dame* se serait arraché les cheveux ! Martin a rempli nos assiettes. J'ai servi aux enfants du jus de pomme naturel. Mes aïeux, quelle scène idyllique !

Nous avons chanté en chœur :

À table, à table
Les grands et les petits !
À table, à table,
À tous, bon appétit !
Merci !

Mes enfants étaient à croquer. Surtout Willi, avec ses petits yeux en boutons de bottines, ses joues de pomme d'api. Et Franz, mon grand, tout guilleret avec sa brosse de hérisson.

La famille heureuse ! J'étais émue aux larmes.

Nous avons levé nos verres en nous regardant, Martin et moi.

« Voilà comment ça pourrait être ! » Nous avions parlé en même temps.

« Oui, a dit Franz avec détachement la bouche pleine de pommes de terres, mais c'est pas comme ça ! »

Merci, mon petit gars, pour la sagesse de tes cinq ans. La tension devenait presque insupportable ! Nous avons éclaté d'un rire nerveux et les enfants nous ont imités. Rien que des bouches grandes ouvertes. Mon Dieu, comme je les aimais tous !

Après, Papou a disparu à la salle de bains avec les petits. Je les entendais s'éclabousser. Qu'il lave donc Franz et Willi, pendant qu'il y est, me disais-je. Tous dans le même bain. Et pendant ce temps-là, je m'occupais de la vaisselle.

Tout en accomplissant cette tâche qui, ces derniers temps, m'était presque devenue étrangère, je suivais mes pensées.

Oui, c'était merveilleux, d'être ici tous ensemble.

C'était si gai, si simple, si évident.

Franz et Willi étaient conquis.

Seulement voilà : ce n'était pas le papa de mes enfants. C'était le papa de Katinka et de Benedikt. Et il y avait encore un détail : c'était le mari de Sabine.

Et ça, c'était quelque chose que je ne voulais pas remettre en question, pas une seconde.

J'ai essuyé les tasses, je les ai rangées sur l'étagère. C'étaient leurs tasses, leur étagère. Dans leur armoire, j'ai cherché des torchons à vaisselle propres et j'ai fait briller leurs verres, je les ai frottés jusqu'à ce qu'ils chantent. Puis j'ai pris leur éponge, j'ai nettoyé leur plaque de cuisson, leur table, j'ai remis leurs chaises en place et balayé par terre, j'ai jeté les miettes du repas dans leur poubelle. J'ai briqué leur cuisine avec un soin que je n'avais encore jamais consacré à la mienne. Je ne sais pas d'où me venait ce besoin soudain de tout nettoyer, de faire disparaître jusqu'à la moindre trace de notre repas ensemble.

J'ai voulu porter les ordures dans leur conteneur. J'avais laissé la porte entrebâillée. J'ai fait le tour de la maison pour le chercher. Tout était paisible, idylle campagnarde. Les grillons chantaient. En face, sur la place du village, une vieille fontaine murmurait sa chanson solitaire. Une auto ronronnait au loin. Sinon, pas un bruit. À côté, une chèvre à son pieu. Elle m'a dévisagée, l'œil critique, comme pour dire : « T'as pas le droit d'être ici, hein ? Dépose vite ton sac d'ordures, et ne touche pas cette poubelle. C'est celle de Sabine ! »

Derrière les collines, au bord de la forêt, la lune se levait.

Il va être temps de rentrer, me suis-je dit. C'est l'heure de coucher les enfants.

Soudain, j'ai eu l'impression que c'était Sabine qui me regardait de ses grands yeux de chèvre depuis le champ du voisin, et qu'elle voulait me mettre en garde.

La nuit, le vin, la fatigue.

Je me suis précipitée à l'intérieur.

Calme, silence.

J'ai entrouvert doucement la porte de la chambre d'enfants. On n'entendait plus que Papou qui chuchotait dans l'obscurité.

Je n'en croyais pas mes yeux : les enfants étaient couchés tous les quatre, sur le grand matelas, tous frais baignés, en pyjama. Un mobile tournait doucement au-dessus de leurs têtes et dessinait sur leurs visages des ombres mystérieuses.

J'ai tout de suite repensé à la chanson des petites mouches.

Benedikt avait déjà les yeux fermés. À côté de lui, Willi tournicotait d'un air fatigué les oreilles de son lapin. Katinka suçait son pouce. Franz m'a tendu les bras et m'a donné un de ses incomparables baisers mouillés.

« M'man, cette nuit, on dort ici !

— Ils furent très heureux et eurent beaucoup d'enfants », disait Martin en me lançant un regard d'une ambiguïté irrésistible. Il s'est levé sans bruit et m'a entraînée.

J'ai chuchoté : « Martin, je voulais rentrer ! »

Papou m'a doucement poussée hors de la chambre d'enfants.

« Pas question, maintenant ! Tu restes, que tu le veuilles ou non !

— Mais je veux bien ! » Plus aucune résistance.

Nous nous sommes assis à la table de cuisine, que j'avais astiquée à la faire briller.

Nous nous sommes regardés. Il a mis sa main sur ma joue. Je l'ai serrée.

Nous avons bu le vin, sans rien dire.

Pas même : « Voilà comment ça pourrait être ! »

Et encore moins : « Mais c'est pas comme ça ! »

C'EST LE LENDEMAIN qu'a commencé le tournage. Will Gros avait réussi à engager des acteurs vraiment extra. Il y avait quelques artistes prestigieux, et surtout l'incomparable Udo Kudina. Il devait jouer le principal rôle masculin. Will Gros avait donc renoncé, à ma grande surprise, à interpréter lui-même ce personnage.

Ils se ressemblaient à peu près autant que Boris Becker et Konrad Adenauer, mais c'était sans importance.

L'essentiel, c'est qu'Udo Kudina allait faire tomber des espèces sonnantes et trébuchantes dans les caisses des cinémas. C'était l'acteur du siècle. Autre chose m'excitait bien davantage : j'allais enfin rencontrer ma Charlotte Kleeberg ! Sonia Soleil !

Elle interprétait le rôle féminin principal. Elle n'était pas encore très connue, mais dans le film *Docteur Frank Martin, médecin à bord*, elle était irrésistible en hôtesse de l'air. Tous les retraités allemands étaient amoureux d'elle. Sonia Soleil était une beauté aux boucles noires tout à fait particulière, avec ses grands yeux de biche. Le reste du pays allait succomber à son charme irrésistible, aucun doute.

Will Gros, dans sa grande bonté, m'avait autorisée à venir sur le tournage aussi souvent que j'en aurais envie. J'y voyais un signe tout à fait immérité de sa mansuétude sans bornes.

C'est avec grande curiosité mêlée de respect que j'ai pour la première fois pénétré en ce lieu où naissent les rêves du grand écran... Il s'agissait dans notre cas d'un vaste hangar, dans une usine désaffectée. On y avait reconstitué un grand appartement. C'était là qu'allaient être tournées toutes les scènes qui se déroulaient dans mon ancien trois-pièces. Même ma voisine Else Schmitz et son clebs gueulard, King Kong, y apparaissaient en bonne place : les décorateurs avaient posé une plaque de cuivre à côté de la porte de l'appartement de Charlotte, sur laquelle on pouvait lire : « Else et King Kong Schmitz, deuxième étage ».

Slalomant entre des véhicules de location, des câbles, des rallonges, des projecteurs, des gens qui rôdaient avec des mégaphones, des accessoiristes, des maquilleuses, et d'autres qui glandaient, la cigarette au bec, je suis parvenue, après avoir traversé une arrière-cour et sans que personne ne m'arrête, à l'intérieur du hangar. Toutes les vitres étaient peintes en noir. Partout, des projecteurs plongeaient l'intérieur de l'appartement dans une lumière crue. Il régnait une chaleur insupportable.

Will Gros — je ne connaissais personne d'autre — était assis dans un fauteuil pliant qui portait l'inscription « Régie ».

J'ai supposé qu'il était important pour lui qu'aucun figurant ou traîne-savates ne s'asseye sur ce fauteuil.

D'un œil de connaisseur, Will Gros fixait un écran devant lui.

Le caméraman, assis sur un tabouret à roulettes, écrasait sa joue contre la caméra et lorgnait d'un œil dans l'objectif. Will Gros pouvait voir exactement la même chose que lui sur son écran, au poil près. Génial !

Il a remarqué ma présence, et s'est écrié :

« Silence ! Voilà l'auteur. Elle va assister au tournage, d'accord ? »

Mon cœur battait à tout rompre.

C'était l'histoire de ma vie qu'on allait tourner !

Ils étaient au moins quarante à en reconstituer des épisodes, à les éclairer, à les filmer.

« Alors, Franziska, si on t'avait dit ça y'a un an ? m'a demandé Will Gros d'un ton paternel.

— Inimaginable ! » J'étais complètement abasourdie.

Un charmant jeune homme en T-shirt, l'inévitable talkie-walkie à la ceinture, s'est approché et m'a demandé si on m'avait déjà présenté les acteurs. Il se nommait Uwe Heinzelmann, et dirigeait les prises de vues.

« Bonjour, j'ai répondu, non, pas encore ! » J'étais tellement excitée que j'avais du mal à parler.

L'assistant régie s'est précipité et nous a demandé si nous ne pouvions pas aller discuter ailleurs, ici, on travaillait.

Uwe Heinzelmann m'a entraînée en me tirant par la manche.

« Allons dans les loges. »

Mon cœur battait à tout rompre, ce qui, d'habitude, ne m'arrive que quand je m'assieds dans le fauteuil du dentiste.

J'allais les voir !

Toutes ces célébrités, descendues du haut de leur Olympe cinématographique pour me porter assistance dans mon entreprise de mise à l'écran de ma vie tout entière.

Hajo Heiermann jouait mon Victor Lange adoré et le concierge de l'école était Heinz Rührseel. Ils n'étaient pas sur le plateau aujourd'hui, d'ailleurs, ils n'avaient rien à faire dans l'appartement de Charlotte. Ce qui n'était pas le cas des deux acteurs principaux, Udo Kudina et Sonia Soleil ! C'était eux les héros, et ils étaient censés s'engueuler comme des chiffonniers dès le premier jour du tournage.

« Entrez ! »

Drapée dans un peignoir, Sonia Soleil était assise devant un gigantesque miroir. Deux énormes maquilleurs s'affairaient autour d'elle avec un professionnalisme manifeste, ils enroulaient sur des bigoudis de toutes les couleurs la somptueuse chevelure noire de Sonia. Je le savais : incontournable ! Quand un couple se dispute, elle a toujours la tête hérissée de bigoudis, et pendant ce temps-là, il est assis devant la télé, en maillot de corps, une bière à la main. Un vieux cliché. Mais qui fonctionne à chaque fois !

Appuyé près de la fenêtre, Udo Kudina, vêtu en tout et pour tout d'un caleçon noir, feuilletait un magazine automobile. Sur la couverture, une fille paradait avec un plaisir évident, les seins à l'air, assise sur le capot d'un petit coupé.

À notre entrée, Udo Kudina et Sonia Soleil ont levé les yeux.

« Voilà l'auteur, a dit Uwe Heinzelmann.

— Salut », a lancé Udo Kudina avant de se replonger dans sa lecture.

En revanche, Sonia Soleil a bondi, joyeuse. On aurait dit un ange aux yeux d'or descendu du ciel avec ses bigoudis sur le crâne pour chanter les louanges de tous les coiffeurs de ce bas monde. Elle m'a serrée dans ses bras avec fougue. Elle était encore plus belle au naturel. Ses yeux brillaient. Est-ce que la dame de *La Dame* lui avait déjà demandé quel genre de régime elle suivait ? Mais elle était peut-être trop jeune pour qu'on lui pose ce genre de question ? Elle devait avoir cinq ou six ans de moins que moi.

« Franziska ! s'est-elle écriée, ravie. J'ai beaucoup entendu parler de toi !

— Ah bon, et par qui donc ?

— Will, évidemment ! (Elle riait aux éclats.) J'ai lu ton livre au moins trois fois. J'ai adoré ! »

Udo a de nouveau levé les yeux d'un air absent. Sans doute pas pour me signifier que lui aussi avait lu mon livre plusieurs fois, mais parce que Sonia, de toute évidence, le dérangeait dans son étude des bancs d'essais comparatifs de son magazine auto.

« Pst ! Pas si fort, y'a des gens qui travaillent ici !

— Allez, viens, assieds-toi », a dit Sonia en m'entraînant vers un siège libre à côté d'elle.

Elle m'a présenté les maquilleurs — « Ça, c'est Detlev, et voici Gabor » — qui m'ont tendu une main molle en me souriant chaleureusement. « Sans eux deux, je ne tourne plus rien ! a affirmé Sonia, ce sont les seuls qui savent prendre soin de ma peau hypersensible. Avec tous les autres, je récupère une dermite. »

Udo s'est raclé la gorge d'un air accablé.

« Je suis folle de joie de faire enfin ta connaissance. T'es quoi comme signe ?

— Lion, pourquoi ?

— C'est fou, moi aussi ! » Sonia ne retenait plus son enthousiasme. « C'est quand, ton anniversaire ?

— Le 2 août.

— Moi aussi, moi aussi ! » a lancé Sonia avec allégresse. Elle s'est à nouveau précipitée sur moi pour m'embrasser. Quel hasard extraordinaire. Sonia avait sept ans de moins que moi, au jour près, même si elle faisait bien plus jeune. Pas sorcier, elle n'avait pas d'enfants. Sept années décisives, les fameuses sept années. Sans Will, ma vie n'aurait sans doute pas été la même. En ce moment, blottie dans le peignoir, je m'abandonnerais aux mains expertes de Detlev et de Gabor qui me maquilleraient pour le tournage. J'aurais le rôle principal. Et Udo jouerait l'un de mes nombreux amants.

Sonia me tirait par le bras, rayonnante. Son enthousiasme ne connaissait plus de limites.

« On va organiser une grande fête pour notre anniversaire ! J'inviterai la presse ! Charlotte Kleeberg ! Voilà un nom que l'histoire du cinéma retiendra ! Tu vas voir, le film va faire un tabac. Même un metteur en scène à l'eau de rose comme Will Gros n'arrivera pas à gâcher le sujet. »

Elle était d'une spontanéité contagieuse. Une jeune femme si sympathique, si naturelle. L'actrice idéale pour jouer Charlotte.

Je me suis adossée, détendue, heureuse. Nos images se souriaient dans le miroir.

Deux visages radieux.

« Il paraît que tu as des petits garçons ?

— Oui, Franz et Willi.

— Comme c'est mignon... Alors, un jour, tu t'es installée à ton bureau, et tu t'es mise à écrire ta vie ? Tout simplement ? Avec tes deux gamins dans les jambes ? Tu sais, je trouve ça super. Ton livre, je l'ai lu et relu, je l'ai déjà offert une bonne vingtaine de fois. J'aime particulièrement la fin, quand Charlotte prend ses cliques et ses claques et quitte son trois-pièces. Ça, c'est envoyé, la solution est tout simplement géniale. Et le message est clair : nous autres, les femmes, nous ne nous laissons plus traiter n'importe comment, et nous nous débrouillons toutes seules, le cas échéant. »

Je me suis dit qu'il fallait absolument que *Les Femmes d'aujourd'hui* publient de telles déclarations. Sonia leur accorderait sûrement une interview.

« Will Gros m'a dit qu'il nous fallait remanier la fin, les spectateurs ont besoin d'un happy end.

— N'importe quoi ! a répondu Sonia, c'est tout lui ! Complètement conventionnel, notre pauvre Will à l'eau de rose. Mais tant que c'est moi qui joue le rôle principal, pas question de happy end, je te le garantis. »

Près de sa fenêtre, Udo Kudina, manifestement de mauvaise humeur, s'est à nouveau raclé la gorge avec insistance.

« Si on vous dérange, je peux sortir », lui ai-je dit poliment. Parce que après tout, c'était sa loge. La manière dont il occupait les pauses pendant le tournage ne regardait que lui.

« Attends, je viens avec toi ! m'a lancé Sonia en mettant les bigoudis restants dans les mains molles des deux coiffeurs. De toute façon, il faut que j'aille discuter mon rôle avec l'auteur, c'est capital. »

Nous sommes donc sorties dans la cour.

« Ali, tu me passes une cigarette ? » Visiblement, Sonia connaissait tout le monde sur le plateau. Elle était à tu et à toi avec le moindre assistant-éclairagiste et ne semblait absolument pas imbue d'elle-même. Je la trouvais tout simplement adorable.

« Udo, il ne devrait pas se prendre au sérieux comme ça ! » a-t-elle dit en s'appuyant à une balustrade rouillée, ses bigoudis sur le crâne, son peignoir serré autour d'elle. Elle fumait en tirant à grands traits sur sa cigarette. « Le rôle principal, c'est moi ! Udo, Will n'en a besoin qu'à cause de son nom, il remplit les salles. C'est du Will Gros tout craché, ce genre de calculs ! Il n'est pas capable de réaliser tout seul un projet comme celui-là. »

Ensuite, Sonia m'a raconté que dès aujourd'hui, dès le premier jour du tournage, elle allait être obligée de se retrouver au lit avec ce stupide Udo, que c'est comme ça qu'allait démarrer leur première scène : sur une dispute.

« Ma pauvre, c'est sûrement pas facile, alors que vous vous connaissez à peine !

— Là, t'as raison, une scène un peu tendre avec un type que je ne connais pas, aucun problème, mais une engueulade, et en plus avec un mec que je ne peux pas sentir, c'est à peu près ce qu'on peut demander de plus difficile à une actrice. À propos, t'as pas fait du théâtre toi aussi ? Alors, tu vois ce que je veux dire... Bon, excuse-moi, mais faut que je me replonge à fond dans mon rôle. Sinon, tout à l'heure, au lit, je n'arriverai pas à pleurer pour de bon. Et ces crétins de journalistes vont de nouveau écrire que Sonia Soleil en est réduite à se mettre des gouttes dans les yeux pour avoir des larmes. Ces journalistes, tous les mêmes, je pourrais t'en raconter des vertes et des pas mûres. Je ne les laisse plus m'approcher, je te le jure, c'est fini !

— Mais à l'instant, tu viens de dire que tu voulais... »

Elle a écrasé sa cigarette et a jeté d'une pichenette le mégot dans la cour.

« Je te téléphone. Je veux absolument venir te voir chez toi. On a plein de choses à se dire. Et je veux voir tes enfants ! Will Gros m'a montré une photo d'eux. Ça fait des mois que je la trimbale partout avec moi, je l'ai dans mon portefeuille. Tiens, regarde ! »

Elle a tiré une photo toute froissée de son sac à main. Pas croyable, Franz et Willi à Noël, il y a deux ans.

Sonia Soleil, si chaleureuse, si spontanée, ma nouvelle amie.

Et quelle amie, intelligente, franche, douée, sûre d'elle, célèbre... et jolie de surcroît !

Elle m'a de nouveau serrée dans ses bras et s'en est retournée dans son appartement en carton-pâte. Elle s'est couchée dans le grand lit et les larmes qu'elle a versées étaient authentiques.

Des heures durant.

En assistant à la scène, je me suis dit que c'était formidable de pleurer par personne interposée.

Will Gros était debout à côté de moi, dans le chœur de la cathédrale de Cologne. Nos mains se frôlaient presque. Nous assistions au mariage de Sonia Soleil et d'Udo Kudina.

« Alors ? Est-ce que tu t'imaginais que ça finirait comme ça ?

— Non, jamais je ne l'aurais cru !

— Tu es contente ?

— Oui, vraiment. »

Je me retenais pour ne pas lui sauter au cou. Je lui devais tant ! D'abord nos deux magnifiques enfants, et maintenant, le mariage de mes rêves, cette romantique cérémonie dans la cathédrale de Cologne !

D'accord, nous n'étions pas directement concernés. D'autres se mariaient à notre place, certes, mais c'est tellement plus chic !

« Assieds-toi donc, m'a dit Will Gros, grand seigneur.

— Tu crois ? Sur ta chaise ?

— Exceptionnellement. »

J'ai posé une demi-fesse sur son fauteuil pliant, consciente de l'honneur qui m'était fait. J'en avais la chair de poule. J'étais assise, moi, l'auteur, sur la chaise du metteur en scène. Et c'était lui, lui-même, qui m'y avait expressément conviée. J'assistais à la cérémonie de mon propre mariage. C'était fou !

« Regarde sur l'écran de contrôle ! »

Un rêve.

Au bras d'Udo Kudina, Sonia Soleil, dans sa blanche robe de mariée, entrait dans le chœur, aux accents de l'orgue. Deux cents figurants soigneusement choisis se pressaient sur leur passage. Parmi eux, il m'a semblé reconnaître des hommes politiques, des maires, des présidents de gouvernements fédéraux, et même d'anciens terroristes, toutes les personnalités de la vie publique que Will, grâce à ses relations privilégiées avec les milieux du pouvoir, avait pu rassembler. Une candidate aux fonctions de chancelière fédérale chantait même l'Ave Maria du haut de la tribune.

Les assistants metteurs en scène brandissaient des pancartes qui indiquaient les jeux de scène : « Pleurer ! » ou « Émotion générale ! ».

Sonia Soleil adressait un sourire d'ange à son partenaire si antipathique et, toute charmante, avançait à son bras vers l'autel. Ses boucles noires jaillissaient de sous un voile d'une blancheur éblouissante. Quelle merveilleuse actrice !

« Ça te plairait de jouer dans notre film, toi aussi ? me demanda Will Gros, saisi d'une soudaine générosité.

— Comment, tu veux dire que je... ? Tu veux me donner un rôle dans ton film ?

— Tu pourrais figurer parmi les invités de la noce, répondit-il en me dévisageant comme s'il me voyait pour la première fois. T'es pas mal.

— T'as mis du temps à t'en apercevoir ! (Je n'avais pas pu me retenir.) Et Franz et Willi ! Il faut absolument qu'ils y soient aussi ! Plus tard, ils pourront raconter à leurs enfants qu'ils ont joué dans le film de leur mère.

— De leur père !

— Ah oui, pardon !

— Ils pourraient porter la traîne de la mariée, mets-les en costumes marins.

— Quelle excellente idée !

— Il te faut combien de temps pour aller les chercher ?

— Une heure maximum.

— Bon, c'est d'accord. »

Il a hurlé dans le mégaphone : « Pause ! Tout le monde ici dans une heure ! (Et, à Uwe Heinzelmann, le sympathique chef-opérateur :) Les gars de la presse sont là ?

— Ils poireautent dehors.

— Wilhelm, c'est super ce que tu viens de faire !

— C'est bon, c'est bon, allez, bouge-toi. Les enfants, propres, coiffés, costumes sombres. Toi... (À nouveau, il me jaugeait d'un œil critique.) « Récupère un truc rose, tu feras une demoiselle d'honneur.

— Pas de problème ! » Je suis sortie en trombe de la cathédrale, contournant les figurants qui restaient plantés là, indécis, et je me suis précipitée sur la cabine téléphonique la plus proche.

À l'extérieur de la cathédrale, une meute de journalistes attendaient. Uwe Heinzelmann, l'adorable chef-opérateur, les a fait entrer.

« S'il vous plaît, par ici ! »

Et la meute avide s'est engouffrée dans la cathédrale.

J'ai téléphoné à Paula, j'étais complètement survoltée.

« Paula, habille les enfants en tenue du dimanche et sautez dans un taxi. Will Gros nous propose de jouer dans son film.

— Tout de suite !

— Ne perds pas de temps, c'est le plus beau jour de ma vie ! » Je criais presque d'excitation.

« Je suis si heureuse pour toi », a répondu Paula.

Ensuite, j'étais tellement contente que j'ai appelé Enno.

« Fabuleux, j'arrive tout de suite ! Ne fais aucune déclaration en mon absence !

— Enno, mets un costume sombre, tu auras sûrement un rôle toi aussi ! »

Évident, il me fallait un cavalier, puisque j'étais demoiselle d'honneur.

J'ai foncé vers un taxi.

« Vite, le magasin le plus chic pour mariages et cortèges. »

Une demi-heure plus tard, j'étais de retour devant la cathédrale de Cologne, dans un vacarme de pneus crissant sur la chaussée, au moment précis où les journalistes se dispersaient. Ils repartaient avec leurs interviews, leurs photos. Un soupçon m'a effleurée : et si Will Gros avait tout manigancé pour m'éloigner pendant la conférence de presse ? J'ai bien vite chassé cette vilaine idée. Non, il n'agirait pas de façon aussi mesquine. Il était peut-être un peu brusque, mais pas mesquin. Je suis descendue du taxi avec précaution pour ne pas faire de faux plis dans ma merveilleuse robe de demoiselle d'honneur. Je suis entrée dans la cathédrale à petits pas, perchée sur mes hauts talons, retenant ma capeline que le vent menaçait d'emporter. Les deux cents figurants étaient justement en train de reprendre leurs places. Enno, Paula et les enfants m'attendaient près d'un confessionnal baroque. Comme ils étaient beaux ! Enno tout en noir, Paula dans un ensemble classique bleu foncé, les enfants avec leurs costumes marins... Ce brave Enno avait battu le rappel de tous ses amis et connaissances : Beate, la secrétaire, très chic en robe de cocktail, Mme Mère dans l'ensemble qui masquait si bien ses rondeurs, les Ville en gris passe-muraille et même une des caissières du supermarché en tenue de tous les jours. Très intimidée, Else Schmitz se cachait dans un coin. Ils s'étaient tous mis sur leur trente et un, ils voulaient être de la partie, en mon honneur. Il ne manquait que tante Gertrude...

« Enfin, te voilà ! (Enno piaffait d'impatience.) Tu es méconnaissable !

— Quelle belle chemise de nuit ! a sifflé Willi, admiratif.

— Ça ne passe pas inaperçu, hein ? »

Ça avait coûté un max. Aucune importance. Une fois n'est pas coutume.

Mon mariage, le plus beau jour de ma vie !

« Allez, avançons ! » J'entraînais les autres, pleine d'assurance.

Car ils n'avaient pas mon expérience de la caméra. À force d'hésiter, on n'est jamais dans le champ.

Les vrais pros le savent bien.

Le petit Willi me serrait la main très fort. Tant de monde, les projecteurs, les mégaphones, les maquilleurs qui se faufilaient dans tous les sens, les assistants réalisateurs, les éclairagistes et accessoiristes et tous ceux qui se contentaient de hurler : « Silence ! »

Et cette acoustique extraordinaire de la cathédrale de Cologne. Mon petit bonhomme serrait bien fort son lapin chéri. Franz, de l'autre côté, considérait cette agitation avec beaucoup plus de détachement.

Derrière nous suivaient Enno et Paula dans son ensemble bleu foncé. Le couple de témoins idéal.

C'est à ce moment-là que nous avons vu les mariés.

Qu'ils étaient beaux ! Même Udo Kudina et ses mèches rebelles semblait à peu près soigné, avec son chapeau haut de forme, et Sonia Soleil était la mariée la plus charmante qu'on puisse imaginer.

Soudain, elle m'a vue et s'est précipitée vers moi en faisant de grands signes, plantant là le fiancé.

Les deux cents figurants célèbres se dévissaient le cou pour la suivre dans sa course.

Quelle entrée en scène !

« Franziska ! »

Nous sommes tombées dans les bras l'une de l'autre. Il ne manquait plus que le crépitement des flashs. Mais où étaient donc passés les journalistes ?

« Tu es merveilleuse, Sonia ! La plus belle mariée du monde. Liz Taylor va en pâlir de jalousie ! »

Le rire de Sonia s'est élevé, limpide comme un carillon de clochettes. Les voûtes gothiques résonnaient en écho.

« Ce sont tes deux petits ? Franz et Willi ? Mais ils sont a-do-rables ! »

Elle s'est accroupie et les a pris dans ses bras, tandis que l'habilleuse se précipitait pour protéger sa robe de la poussière qui recouvrait le sol de marbre.

Udo Kudina, adossé contre une des stalles, prenait avec flegme cette nouvelle interruption de la cérémonie.

« Tout le monde en place ! »

Les figurants se sont rués vers les bancs et Sonia a regagné son fauteuil avec grâce. L'habilleuse empressée réglait l'ordonnancement des plis de sa robe.

« Trop de bruits en arrière-plan, hurlait l'ingénieur du son du haut de son perchoir. Maintenant, silence absolu ! »

Une seconde, me suis-je dit, fébrile, on ne nous a pas encore placés.

Udo Kudina s'est levé d'un air renfrogné, a écrasé sa cigarette, puis est venu rejoindre la tête du cortège en maugréant. L'habilleuse, professionnelle, a lissé son haut-de-forme. Une coiffeuse s'est précipitée pour redonner d'un geste preste du gonflant à ses mèches éparses.

« Hmm ! » J'essayais discrètement d'attirer l'attention. Will Gros ne nous accordait pas même un regard. Il ne m'avait peut-être même pas reconnue ?

« Son ?

— C'est bon !

— Caméra ?

— OK !

— Alors... Moteur ! »

Le cortège s'est lentement ébranlé.

Sans nous ! Will Gros nous avait purement et simplement oubliés.

Alors que j'avais dépensé une somme folle pour m'acheter une robe que je ne remettrais jamais.

Sonia, par pitié, au secours ! J'adressais à la ravissante mariée des regards implorants.

« Hé, Will..., a crié Sonia au beau milieu du recueillement général, et Franziska ? »

Will Gros a levé les yeux de son écran et nous a regardés d'un air furibard.

« Ah, vous voilà ? Stop, tout le monde reprend sa place. »

Udo Kudina, qui avait déjà retiré son haut-de-forme, s'est affalé sur un banc avant d'allumer une nouvelle cigarette.

Sonia Soleil est retombée à genoux devant mes enfants :

« Qu'est-ce qu'ils sont mignons ! »

Willi, intimidé, se cachait dans les plis de ma robe rose, et Franz lui souriait d'un air enjôleur.

« T'as quel âge ?

— Cinq ans.

— Tu vas déjà au jardin d'enfants ?

— Oui. » Il n'avait pas ajouté « poil au zizi », je l'aurais embrassé.

« Qu'est-ce qu'il est mignon ! »

Will Gros discutait à voix basse avec l'assistant réalisateur. Il n'allait tout de même pas descendre de son piédestal pour venir s'occuper de nous en personne ! L'assistant nous a priés de le suivre. Franz et Willi se sont retrouvés avec la traîne de la mariée dans les mains.

« Voilà, vous tenez bien fort, compris ?

— Pas de problème, a répondu Franz en tortillant la précieuse étoffe dans ses petites pattes.

— Mignon, mignon ! »

Mais Willi ne voulait pas lâcher son lapin chéri. Le gentil assistant tenta de le lui arracher discrètement ; il faut dire que l'animal gris de crasse n'était pas du plus bel effet sur le fond de satin blanc...

Wilhelm, quant à lui, se souciait comme d'une guigne de ce genre de bagatelles. Il avait posté Paula et Enno derrière les enfants pour que leur surveillance soit assurée au mieux. Je me demandais s'il avait l'intention de me placer devant les jeunes mariés, ou à côté, ou même peut-être entre eux deux, pourquoi pas ? L'auteur, drapée dans une robe rose à cinq mille marks, entre les jeunes mariés… ça serait un gag réussi !

On pourrait peut-être même faire brièvement apparaître une flèche avec l'indication « l'auteur », ça ferait un effet terrible !

Mais Will Gros se démanchait le cou, il cherchait quelqu'un dans la foule des figurants.

Son regard s'est arrêté sur un grand type, deux mètres dix au moins.

« Vous, là-bas, le monsieur en costume noir…

— Mais les hommes sont tous en costume noir !

— Le grand, là !

— Ah, le géant !

— Oui, bon sang, l'échalas ! Qu'il arrive ! »

Et le type de deux mètres dix a été invité au premier rang, au grand regret de la femme politique qui était à son bras.

Je le connaissais, j'en étais sûre. Où donc l'avais-je déjà vu ?

Y'a pas tant de beaux grands mecs comme ça !

On s'était déjà parlé… Où donc ?… Un débat télévisé ? Non ! Ah, ça y est, je savais.

Le train ! À Stuttgart ! Le grand lecteur sympa de première classe !

Meise ! Axel Meise !

Qu'est-ce qu'il fichait là ?

« Chère madame, me permettez-vous de vous offrir mon bras ? »

Et comment ! Allez donc !

« Ça alors, quelle surprise !

— Je voulais vous revoir, madame Zis, tout simplement. Et nous nous sommes tous fait engager comme figurants, mes collègues et moi, c'était le moyen le plus sûr…

— C'est fou, monsieur le Ministre !

— Pas de monsieur le Ministre, appelez-moi Axel, je vous en prie...

— Comme vous voudrez, Axel ». J'étais toute rougissante. Quand je raconterais ça à mon club de gym « Maman-bébé » !

Will Gros a mis fin à nos retrouvailles chaleureuses. Il a conduit le grand Axel vers Paula et a uni le couple : les heureux parents de la mariée. Puis il a hoché la tête, satisfait. « Voilà, parfait. »

Paula avait trois têtes de moins qu'Axel.

Il nous a ensuite placés derrière, Enno et moi.

Enno a pris position derrière le ministre des Transports, derrière lequel il disparaissait complètement.

Et pourtant, Enno mesurait au moins un mètre quatre-vingt-quatorze.

Ça ne lui était sûrement encore jamais arrivé, quelqu'un de plus grand que lui ! Il souriait de cette situation. Il savait réagir en parfait homme du monde !

Moi, j'étais derrière Paula.

On ne voyait plus ma robe rose en mousseline, mais j'étais heureuse pour elle. Elle avait tout à fait mérité d'apparaître au premier plan, ma fidèle Paula.

Seulement, Wilhelm n'était pas encore complètement satisfait.

« Paula, je vous prie, permutez avec votre cavalier ! »

Paula m'a regardée, elle ne savait plus que faire.

M. le Ministre Meise ne comprenait pas ce qui lui arrivait.

L'assistante régie secouait la tête d'un air incrédule, elle a chuchoté quelque chose à Wilhelm.

« C'est moi qui décide ! » La réponse est tombée, péremptoire.

Et Axel Meise est passé devant moi. Je lui atteignais à peine les omoplates. À côté de moi, Enno dépassait Paula de deux têtes.

« Bien ! a dit Will Gros satisfait, chacun à sa place ! »

Udo Kudina a éteint sa cigarette en la plongeant dans un bénitier. La maquilleuse s'est faufilée derrière lui.

Les jeunes mariés avaient pris place dans l'allée centrale.

Le petit peuple les suivait, recueilli.

Sonia rayonnait, un sourire d'ange flottait sur ses lèvres. Udo regardait autour de lui d'un air d'ennui.

« Son ?

— C'est bon !

— Caméra ?

— OK !

— Moteur ! »

Le cortège s'est ébranlé. Je ne quittais pas des yeux le costume noir d'Axel Meise.

Alors, Franziska, tu aurais aimé te retrouver au premier plan ?

Mais Will Gros n'a pas voulu, ma jolie !

Enno me serrait le bras : « Sur le plan juridique, nous ne pouvons rien faire.

— Je sais bien. » J'étais dépitée.

Les assistants agitaient des pancartes : « Émotion ! » « Souriez ! »

Enno arborait un sourire pincé. Moi, on ne me voyait même pas. Dommage, j'étais dans les dispositions idéales pour verser quelques larmes authentiques, des larmes de colère et de rage.

Les jeunes époux avaient atteint les marches de l'autel. Ils les gravissaient, radieux, la belle rayonnante et le beau ténébreux. Juste derrière eux, Franz et Willi avançaient en trottinant. Pourvu que le lapin chéri soit dans le champ, qu'on voie au moins un petit quelque chose de nous...

Soudain, des hurlements... Willi avait trébuché.

« Coupez ! Merde, c'était presque fini. »

Paula et moi nous sommes frayé un chemin vers les premiers rangs pour relever Willi, qui hurlait comme un cochon qu'on égorge.

« Je me suis fait mal ! »

Mon petit Willi me tendait les bras : « J'ai mal, j'ai mal, tu me consoles...

— Quel trésor... », susurrait Sonia.

Udo Kudina cherchait une cigarette.

L'habilleuse lui avait pris son haut-de-forme et profitait de cette pause pour le lisser.

J'ai examiné le genou de mon rejeton, rien !

« Ça va, Wilhelm, on peut continuer. » Mais Willi se serrait contre moi et sanglotait bruyamment.

« Allez, courage, mon grand, tu es un vrai pirate ! »

Il s'est aussitôt arrêté et je lui ai remis la traîne de la mariée dans les mains. « Fais attention, il y a trois marches.

— Je ne veux pas que tu partes !

— Mais je ne pars pas, regarde, je suis juste derrière le grand monsieur.

— Non, hurlait Willi en se remettant à pleurer, je ne peux pas te voir, reste à côté de moi ! »

Udo Kudina avait extirpé sa revue de sa poche. Quelques figurants, las d'attendre, s'étaient affalés sur les bancs.

« Franz, calme ton frère, Paula est juste derrière vous. »

Franz s'est mis à pleurer à son tour, ça voulait tout dire : ce n'était pas vraiment un enfant timide, et il n'avait rien contre Paula, bien au contraire. Mais il sentait bien que quelque chose clochait. Les enfants, ça a un sixième sens.

« C'est toi qui dois être derrière nous, c'est pas Paula ! » Il pleurnichait.

Lâchant le bras du ministre des Transports, Paula a tranché : « Allez, Franziska, on change de place !

— Mais on ne te verra pas !

« Ce n'est pas moi l'auteur », a répondu Paula d'un ton péremptoire, en jetant à Will Gros un regard de mépris.

Il a sursauté. Les figurants chuchotaient.

Les enfants pleuraient.

Enno se demandait comment nous faire profiter de son soutien juridique, mais dans l'urgence, impossible de trouver un texte de loi adapté à la situation. Désemparé, le chevalier Enno en costume de cérémonie restait planté là, il était touchant. Pour la première fois, il n'avait pas de solution.

« Will ! a dit Uwe Heinzelmann, le sympathique chef-opérateur, la location de la cathédrale de Cologne coûte cinq cents marks la minute ! Et toutes ces vedettes de la politique ! Il y a vingt hélicoptères sur le toit de la cathédrale.

— OK ! », a dit Will d'un ton excédé en me faisant signe de me mettre derrière mes enfants. Ses yeux lançaient des éclairs. Comme par enchantement, Willi et Franz ont cessé de pleurer et ont sagement attrapé les bouts de la traîne.

« Tu es sublime ! a murmuré Enno à mon oreille.

— Madame, vous êtes merveilleuse ! a chuchoté le ministre.

— Mais vous aussi, monsieur le Ministre ! répondis-je d'une voix sucrée.

— Chacun à sa place ! hurla Will Gros dans son mégaphone. Franziska, tu regardes en arrière !

— Pardon ? »

Je me suis retournée pour regarder en direction de la caméra.

« Non, regarde en arrière, je viens de te le dire !

— Comment ça, tu veux que je tourne le dos à la caméra ?

— Si cela ne t'ennuie pas... »

— Mais cela m'ennuie beaucoup ! Je veux regarder vers la caméra, comme les autres !

— Il faut que ça fasse tout à fait vrai, tout à fait naturel. Tu bavardes avec M. le Ministre, donc tu te tournes vers lui pour lui parler.

— Pendant la prise de vues ?

— Mais oui, t'es bouchée ou quoi ?

— Pendant que j'avance derrière les jeunes mariés, tu veux que je leur tourne le dos ? Mais pourquoi ?

— J'ai mes raisons, des raisons artistiques. »

Nous avons échangé un regard lourd de sous-entendus, Paula, Enno et moi.

« Son ?

— C'est bon !

— Caméra ?

— OK !

— Moteur ! »

Udo Kudina a donné sa cigarette à Uwe Heinzelmann, le sympathique chef-opérateur.

Et le cortège s'est ébranlé.

Quel merveilleux cortège. Le plus beau jour de ma vie...

Une jeune mariée souriante, rayonnante, qui versait des larmes d'émotion presque vraies...

Un jeune marié tout à fait pro, qui tournait nerveusement entre ses doigts son paquet de cigarettes.

Deux adorables petits bonshommes tenant la traîne.

Enno et la demoiselle d'honneur tout de rose vêtue, luttant elle aussi contre des larmes, authentiques celles-là, tout à fait convaincants en témoins des jeunes mariés, et qui avançaient à reculons. Quelle force symbolique : l'auteur de *Le Bonheur sans mari* et l'avocat à succès spécialisé dans les divorces vont à reculons à l'autel, en signe de protestation ! Derrière nous, Paula et Axel Meise, parents très sincèrement indignés des jeunes époux. Paula essuyait ses yeux, elle versait de vraies larmes de solidarité, et le ministre des Transports hochait la tête d'un air scandalisé.

Et pourtant, jouer ainsi devant les caméras, ça faisait une impression extraordinaire ! Des millions de gens allaient me voir, de dos ! C'était la gloire internationale !

À force de rester ainsi, la tête tournée en arrière, j'ai attrapé un torticolis carabiné.

Mais ce qui est surtout dommage, c'est qu'au montage, Will Gros a coupé la scène.

Pour des raisons selon lui purement esthétiques : elle n'allait pas dans ce contexte.

Tout simplement.

LE SECOND MOMENT fort du tournage, nous l'avons vécu le 2 août : Sonia Soleil fêtait ses vingt-huit ans, moi mes trente-cinq printemps.

Elle avait déjà annoncé que nous allions faire une grande fête, une fête énorme. Tous les participants au tournage étaient invités, sans exception.

On avait commencé au champagne dès le début de la journée.

Sonia Soleil, jupe grise à bretelles et chemisier blanc, riait de son rire cristallin et trinquait avec tous les éclairagistes et machinistes, tous les maquilleurs et coiffeurs.

« Santé, Kowalsky ! » avait-elle lancé à Heinz Rührseel, lorsque le comédien s'était installé à la table de maquillage. Il lui avait répondu d'un sourire paternel.

Tout le monde adorait Sonia, ça sautait aux yeux.

À ce moment-là, Will Gros a attrapé son micro pour annoncer officiellement que la vedette fêtait son anniversaire, et toute l'équipe a entonné le refrain traditionnel :

« Happy birthday to you, Sonia ! »

Debout dans cette cour d'école, entre les portiques de gym et les tables de ping-pong, nous chantions à gorge déployée.

J'étais tellement heureuse ! C'était l'été, le jour de mes trente-cinq ans... Je me retrouvais fière et heureuse, face à mon œuvre, mon premier roman, qui était porté à l'écran.

« Alors, y'a un an, tu aurais imaginé tout ça ? a demandé Will en passant près de moi avec un caméraman.

— Non, jamais de la vie !

— Fritz, je te présente Franziska, mon ex-femme.

— Je sais, nous nous sommes déjà vus, a répondu Fritz. C'est elle l'auteur. »

Will Gros a fait mine de ne pas entendre.

« Essaye de te mettre là. Tu vas jusqu'où ?

— J'ai besoin de balayer la scène depuis la salle de classe. Ça marche ? »

Je voulais m'éclipser discrètement quand Will Gros a répété :

« Y'a un an, tu aurais imaginé tout ça ? »

Je le savais, il attendait que je lui dise merci, et encore merci, toute rougissante de confusion, et que je baise le bout de ses souliers. Mais je n'en avais pas la moindre envie. Surtout aujourd'hui.

« Il y a exactement un an, tu partais tourner ton feuilleton-fleuve aux Caraïbes. Je m'en souviens parce que c'était le jour de mon anniversaire.

— Alors, c'est ton anniversaire aujourd'hui ? a commenté le gentil caméraman en me tendant la main du haut de son fauteuil roulant. On ne me dit rien ! Bon anniversaire !

— Merci, Fritz ! » Sympa, ce caméraman.

« Dis donc, si ça fait pile une année, on a franchi le cap de la période de non-conciliation ! a ajouté Will.

— Possible.

— On ne me dit rien !

— Je croyais que tu le savais. »

Will est parti rapidement.

Le caméraman le suivait des yeux, il n'y comprenait rien.

« Le bonheur sans mari ! » a-t-il ajouté en secouant la tête. Nous avons tous les deux ri de bon cœur.

« De toute façon, vous n'alliez pas ensemble », a jugé Fritz avant de reprendre le réglage de sa caméra.

J'ai murmuré : « Tout à fait d'accord. »

Puis je me suis éloignée rapidement pour ne pas le déranger davantage dans son travail.

Je me suis promenée à travers les classes. Une vieille école, pour de vrai. Comme les bancs étaient petits ! Et les salles de classe ! Il y régnait cette odeur caractéristique d'encre et de craie, et dans les couloirs résonnaient les pas et les voix. Je me revoyais, en jupe à bretelles grise, courir à travers les couloirs, cherchant, en secret, à croiser Victor Lange... J'ai frissonné. Mon cher vieil internat, il y avait vingt ans ! Comme le temps avait passé vite ! Mes quinze ans, c'était hier. Les cours de danse, avec Victor. À cette époque-là, personne d'autre ne comptait pour moi... Victor, rien que Victor...

Et maintenant ?

Une idée folle m'est alors venue.

Victor...

C'était aujourd'hui qu'on allait tourner notre scène.

Il fallait que Victor soit là.

J'ai couru jusqu'à la salle des profs, il y avait un téléphone.

J'ai jeté un coup d'œil autour de moi : partout, des costumes, des ustensiles de maquillage, mais personne, j'étais seule. Maintenant ou jamais ! J'ai composé le numéro de Hambourg. Si Annegret me demandait quel temps nous avions à Düssel...

« Victor Lange à l'appareil !

— Victor !

— Franziska ! Meilleurs vœux, bon anniversaire ! Je n'ai pas réussi à te joindre... Je n'ai pas arrêté de penser à toi depuis ce matin !

— Moi aussi, je pense à toi ! »

J'ai regardé autour de moi à la dérobée. Non, personne, seulement des peignoirs pendus aux portemanteaux, comme des fantômes...

« Victor, tu sais ce qui me ferait plaisir ?

— Non, mon petit... vas-y, dis-moi... »

Je n'osais pas. Dommage.

« Pour ça, faudrait que tu viennes ici.

— Tu es toute seule chez toi ?

— Non, pas chez moi, à Düsseldorf, au lycée Beethoven... »

Silence à l'autre bout du fil, craquements et crépitements sur la ligne.

« Mais alors, nous ne serons sans doute pas seuls...

— Bien sûr que non, toute l'équipe du tournage est là, ça grouille d'acteurs ! Et cet après-midi, cinquante figurants en pleine puberté vont débarquer. Victor, on tourne notre scène, l'internat, le cours de danse...

— Je m'en doutais, puisque tu me donnes rendez-vous dans une école...

— Victor ! »

Je l'entendais penser.

« Avec toi, les vieux fous retrouvent une seconde jeunesse », a murmuré Victor.

Comme j'aimais sa voix !

« Tu n'es pas un vieux fou ! Fou peut-être, mais pas vieux, Victor ! Je t'aime. C'est toi que je veux en cadeau d'anniversaire. Toi, rien que toi ! Est-ce trop demander ?

— Pas du tout !

— Alors, tu viens ?

— Bien sûr ! De toute façon, je voulais venir vérifier comment se passait le tournage, simple visite de travail. Il faut bien que je calcule si nous devons augmenter le tirage.

— Bien sûr qu'il faut augmenter le tirage ! Tu peux en prévoir cent mille de plus. » Je criais presque. « Et puis, tu es terriblement curieux de voir à quoi ressemble l'acteur qui joue ton rôle, avoue-le ! » J'avais peine à réfréner ma joie. « C'est Hajo Heiermann, si tu veux tout savoir !

— Il est comment ? Plus jeune et plus beau que moi ?

— Aucune idée. Plus jeune, peut-être, mais plus beau, c'est pas possible. En tout cas, il est loin d'être aussi sexy !

— Tu l'as déjà vu ?

— Non. Allez, va vite prendre ton avion. C'est toi que je veux, aujourd'hui, tout de suite, ici.

— Dans la salle des profs ? Sur les pages du synopsis ?

— Parfaitement, respectons nos traditions ! »

À ce moment-là, j'ai remarqué que je n'étais pas toute seule.

Hajo Heiermann.

Immobile, assis parmi les manteaux et divers accessoires, près des étagères chargées de livres. Impénétrable. Sans dire un mot, il m'a tendu son synopsis.

Aïe...

« Victor, je... il faut que je te quitte...

— Ça tombe bien, j'ai un vol à deux heures, d'après Annegret. Il fait un temps splendide à Hambourg, elle m'a chargée de te le dire et te demande si c'est pareil à Düsseldorf ?

— Un soleil fou..., ai-je répondu en un souffle.

— Bon, alors pas besoin de parapluie. À tout de suite ! Je prendrai un taxi. Comment s'appelle ton lycée ? Lycée Beethoven ? Je trouverai.

— Bon, à tout à l'heure ! »

J'ai raccroché. Ah, mes amies, je défaille ! Mon cœur battait à tout rompre, je restais comme pétrifiée, à côté du téléphone.

« Je regrette, je ne savais pas qu'il s'agissait d'une conversation à ce point privée, a lancé Hajo Heiermann sans la moindre trace d'émotion. Mais je n'ai pas écouté. J'étais en train de méditer. » Pas écouté, tu parles...

« Désolée de vous avoir dérangé dans votre méditation.

— Bien, alors... », a conclu Hajo Heiermann. Il ressemblait un peu à mon Victor. En plus jeune, en plus mignon. Mais en plus insaisissable, une beauté de cinéma.

« Alors...

— Vous n'avez pas besoin du scénario ? » Il continuait à me le tendre. Complètement insaisissable, ce type.

« Hum... non, je crois que la question est réglée.

— Je peux sortir si vous le souhaitez...

— Non, non, continuez à méditer !

— Bien, comme vous voulez... » Insaisissable comme une anguille.

C'est la seule conversation que j'ai eue avec le Victor Lange du film pendant toute la durée du tournage.

Il me fallait d'urgence me préoccuper d'un hôtel adapté à la circonstance.

Pas un hôtel de passe, je vous prie !

Par exemple, toute l'équipe du tournage était descendue au *Ramada*.

Même Sonia Soleil, Will Gros et Hajo Heiermann. Seul Heinz Rührseel logeait à l'*Hôtel de la Cour d'Angleterre*.

Plutôt que de risquer de rencontrer demain matin au petit déjeuner toute l'équipe et de voir Hajo me tendre le scénario par-dessus la table en me demandant d'un ton indifférent si j'en avais toujours besoin, je m'offre le *City Club Hotel* ou le *Park Hotel*, ou quelque chose d'équivalent.

Après tout, mes trente-cinq ans, je ne les fêterai pas deux fois !

Je me suis précipitée sur la cabine téléphonique la plus proche, j'ai appelé Paula et je lui ai demandé si elle voulait bien, pour mon anniversaire, passer la nuit avec les enfants.

« Sans problème, a répondu Paula. Amuse-toi bien. On soufflera tes bougies demain ! Mais attend, je te passe Willi qui veut te souhaiter bon anniversaire.

— Paula, est-ce qu'aujourd'hui je t'ai déjà dit que je t'aimais beaucoup ?

— Non, pas encore, et c'est toujours agréable à entendre. »

Les haut-parleurs diffusaient une valse lente. Tous les figurants étaient élèves d'une école de danse de Düsseldorf très renommée, on s'en rendait compte à leur aisance. Là-haut, où nous étions, il y avait tout au plus trois ou quatre éclairagistes à quatre pattes qui ne nous gratifiaient pas même d'un regard. On avait une vue superbe sur la foule qui s'agitait à nos pieds dans une lumière crue. Assis sur son fauteuil de régisseur, Will Gros donnait par mégaphone ses instructions aux figurants surexcités. Les assistants réalisateurs couraient en tous sens et plaçaient les couples, corrigeant tel ou tel détail de costume, Uwe Heinzelmann collait des bandes de ruban adhésif sur le sol pour délimiter les zones où les jeunes figurants devaient se tenir. Ils étaient tous vêtus style années soixante-dix, ce qui donnait à la scène une allure assez irréelle. Sonia Soleil en minijupe, un peu raide sur ses longues jambes, et Hajo Heiermann en pantalon pattes d'ef' se perdaient dans la foule. La jupe à bretelles et la coiffure à raie au milieu n'arrivaient pas à enlaidir Sonia. Elle esquissait quelques pas de danse avec Hajo Heiermann, qui n'était pas particulièrement à son aise sur la piste, cela sautait aux yeux ! Quelle lourde erreur de distribution ! D'autant qu'ici, c'était Sonia qui avait la force et l'assurance. Autrefois, c'était Victor. Cependant, Hajo Heiermann et sa raideur avaient quelque chose d'émouvant parmi tous ces jeunes qui se balançaient au rythme de la valse. D'un seul coup, il ne me semblait plus aussi insaisissable que dans la salle des profs. Au fond, depuis un siège de cinéma, dans une salle obscure, on devait tout à fait pouvoir s'amouracher de lui, malgré son pantalon pattes d'ef' et son manque de sens du rythme.

Sonia Soleil m'avait remarquée et me faisait de grands signes joyeux.

Je lui ai répondu discrètement.

Ses regards demandaient : « C'est lui ? »

Du haut de mon balcon, je lui ai renvoyé son sourire en faisant oui de la tête. Nous avons ri sous cape comme deux gamines complices, chacune son Victor au bras.

Alors, tu le trouves comment ?

« Son ?

— C'est bon.

— Caméra ?

— OK.

— Et... moteur ! »

Tout le monde valsait et tournoyait dans la salle. Pendant quelques secondes, l'écran allait donner place à toute une belle jeunesse pleine de vie et de mouvement.

Et Victor Lange était à côté de moi ! En chair et en os. Le jour de mon trente-cinquième anniversaire !

Ici, tout en haut, dans la pénombre, parmi les câbles et les rallonges, loin des feux de la rampe, comme deux voleurs, nous goûtions notre bonheur secret et tardif.

À nos pieds, Sonia Soleil et Hajo Heiermann tombaient amoureux l'un de l'autre.

Nous les contemplions.

C'était comme ça que ça s'était passé, ou presque.

Il y avait vingt ans.

Et ça avait duré, jusqu'à aujourd'hui. Et ça durerait encore demain, et après-demain.

Et dans vingt ans.

C'était ça le plus formidable, cette certitude.

Nous nous regardions sans rien dire.

Et nous avions l'impression d'être immensément riches.

Pendant la pause, j'ai entraîné Victor dans les vestiaires, je tenais absolument à le présenter à Sonia.

« Tiens, tiens..., a dit Sonia en jaugeant Victor d'un regard un peu amusé. Vous jetez un coup d'œil à notre travail ?

— Oui, exactement. »

Hajo Heiermann était assis dans un coin, à côté des peignoirs, sans doute en train de méditer. De toute façon, il n'écoutait pas ce qui se disait, pas de problème.

Devais-je faire se rencontrer le vrai et le faux Victor ? Qu'auraient-ils à se dire ? Le faux reconnaîtrait-il le vrai ? Ou bien allait-il lui demander : « Vous venez voir ce que nous faisons ? » tandis que le vrai répondrait : « Oui, exactement. » Quelle originalité !

Pourquoi avais-je eu l'idée débile de traîner mon Victor à moi derrière le décor ? Personne ne le trouvait formidable, personne ne s'intéressait à lui !

Il avait été mon secret pendant vingt ans. Qu'est-ce qui m'avait poussée à le dévoiler maintenant ?

« Vous êtes une Charlotte Kleeberg tout à fait charmante », avait dit Victor à Sonia, en parfait homme du monde. À cet instant précis, elle faisait preuve d'un charme tout ce qu'il y a de médiocre, car elle avait retiré sa robe à bretelles et sa perruque, histoire de se détendre. En combinaison, les cheveux collés sur les tempes, elle était assise à sa coiffeuse.

J'ai senti une très basse jalousie me pincer le cœur en entendant Victor décerner à Sonia, qui avait tout de même sept ans de moins que moi, un tel compliment !

Parce que après tout, la charmante Charlotte Kleeberg, c'était moi...

Sonia Soleil jouait mon rôle, rien de plus.

Bizarre. Jusqu'à présent, je n'avais pas une seule seconde été jalouse de Sonia. Il avait suffi que mon Victor gratifie des accents de sa voix de velours cette beauté livide à demi nue, et j'étouffais d'une jalousie qui me restait en travers de la gorge.

Alors, j'ai repris, histoire de dire quelque chose : « J'aurais voulu être aussi jolie en ce temps-là, et avoir autant d'assurance que toi, Sonia ! »

Elle m'a répondu, cassante : « Je joue le rôle de Charlotte comme je le sens. Si tu t'identifies à elle, je n'y peux rien ! »

D'un seul coup, je n'avais plus en face de moi une copine sympa, pleine d'allant, une amie chaleureuse et sans arrière-pensées.

D'un seul coup, un iceberg.

Une étrangère.

Comme je regrettais ce qui s'était passé au cours de la dernière demi-heure...

« De toute façon, nous avons modifié quelques scènes, Will et moi, a continué Sonia. Parfois, c'est seulement pendant le tournage qu'on trouve la bonne solution. »

Tiens donc... sans m'en informer ? Alors qu'elle n'avait pas cessé de souligner qu'elle ne pouvait pas sentir Will Gros ?

« Sonia, je... »

On a frappé à la porte.

Uwe Heinzelmann a passé la tête. « Salut, Franka, ça fait plaisir de te voir ici !

— Salut, Uwe !

— Sonia dit toujours que tu lui apportes un tel calme, qu'elle ne pourrait pas continuer le tournage sans toi, pas vrai, Sonia ? »

Sonia était très occupée à se repoudrer le nez.

« Ah bon, Sonia dit ça ? »

Les deux Victor ne se sont pas mêlés à la conversation. Ni le vrai, ni le faux.

« À propos, Sonia, un journaliste t'attend, il voudrait savoir ce que cette histoire a d'autobiographique. »

J'ai sursauté.

« Une seconde, je vais lui parler », a répondu Sonia.

Elle a jeté un peignoir sur ses épaules.

« Sonia ! (Je l'ai attrapée par le bras.) Je suis désolée, je déteste les disputes. »

Tout avait si bien commencé. Des heures entières

passées chez moi autour d'un verre de rouge, à parler, à rire ! À casser du sucre sur le dos de Will Gros ! Je l'avais conduite à fond la caisse à l'aéroport, le jour où nous avions oublié l'heure...

Être et paraître. Film et réalité — les limites, où sont-elles ? Je les avais perdues de vue. Et toi ?

Sonia ne m'entendait pas.

Elle est allée dans le couloir où l'attendait un de ces paparazzi. Et dire qu'il y a un mois tout juste, elle me jurait ne plus vouloir jamais se commettre avec eux.

« Viens, m'a dit Victor de sa voix feutrée. Allons à l'hôtel. »

Un instant, c'est ce que j'ai souhaité. Partir, lâcher prise. Jeter l'éponge. Qu'elle grille à petit feu dans sa vanité, qu'elle se dissolve en contradictions, qu'elle perde la face, peu importe qu'elle sourie sur tous les écrans. Laisse-la donc prétendre qu'elle a écrit elle-même cette histoire.

Mais ma fierté a fini par l'emporter.

Si Sonia Soleil voulait faire croire au journaliste que c'était son histoire que l'on portait à l'écran, qu'elle le fasse devant moi !

Je l'ai donc suivie d'un pas décidé.

Les deux Victor sont restés en arrière, méditant ou au moins se taisant, au beau milieu des peignoirs.

Le type du journal avait l'air sympa. Il aurait pu être le frère jumeau de mon M. Bölk. Sonia me tournait le dos.

J'ai tendu l'oreille. En l'entendant, j'ai eu l'impression de prendre une gifle.

Sonia affirmait qu'elle avait tout écrit elle-même. Il y avait certes eu un canevas, mais le scénario, c'étaient Will Gros et elle qui l'avaient élaboré pour l'essentiel.

Tiens donc...

Je me suis postée de façon qu'elle ne puisse pas me voir.

Le journaliste griffonnait avec ardeur. Il voulait savoir de quoi le film parlait.

Sonia a répondu d'un ton maussade qu'elle n'avait pas le droit de le lui dire, que si elle révélait l'intrigue, les gens n'iraient plus voir le film. Et de toute façon, la presse déformait toujours ses paroles, elle en avait déjà fait l'expérience.

Le journaliste s'est excusé au nom de l'ensemble de la profession.

Il a remarqué que l'on tournait en ce moment des scènes qui concernaient manifestement l'enfance de Sonia Soleil. Avait-elle réellement été interne ?

Pas exactement, a répondu Sonia, mais elle allait à la cantine et restait à l'étude, et elle ne rentrait que tard chez elle, ça revenait au même.

Et les cours de danse, elle en avait pris à quatorze ans ?

Évidemment, elle ne pensait qu'à ça ! Sonia s'était mise à rire. Dans son école de théâtre, elle avait aussi travaillé la comédie musicale, la danse de ballet et de jazz, elle avait même failli devenir danseuse.

« Vous êtes un talent universel. (L'admiration du journaliste était manifeste.) Danseuse, actrice, écrivain ! Et chanter, vous chantez ?

— Oui, je m'étonne parfois moi-même !

— Vous m'autorisez à rapporter vos propos à nos lecteurs ? »

D'un signe de tête, Sonia a généreusement accordé l'autorisation demandée.

J'ai campé mes deux poings sur mes hanches.

M'apercevant, Sonia a ajouté rapidement : « Je suis pressée, et il ne fait pas très chaud ici. Si vous n'avez plus de question... »

Le type du journal m'a regardée, interloqué.

Si Enno avait été là, il m'aurait poussée en avant.

Allez, Franka ! Pas de fausse modestie.

Devoir de rétablir la vérité, paragraphe tant. Plainte pour calomnie, article trois !

Je me suis approchée d'un pas hésitant.

« Voici Franziska Herr, a lancé Sonia en s'en allant.

— Franka Zis. » J'avais pris un ton aimable, mais au fond de moi-même, je bouillais.

« Ah, c'est vous Franka Zis ! (Le type était ravi.) Pourquoi dites-vous cela maintenant seulement ? Je vais vous faire photographier ensemble toutes les deux ! Mais où est donc mon photographe ?

— Dommage ! a lancé Sonia.

— J'aurais tellement voulu avoir sur la même photo l'actrice principale et l'auteur… ça aurait fait un effet sensationnel ! »

Le journaliste regardait autour de lui, désespéré.

« Bon, pas de solution, a crié Sonia depuis le bout du couloir. C'était pour quel journal ?

— *Beauty*.

— Merde. (Sonia s'est arrêtée.) Nous avons une photographe sur le tournage, a-t-elle proposé, comme saisie d'une inspiration soudaine. Uwe ! Fais-nous venir Anita ! »

Anita est arrivée, encombrée de ses appareils et de ses objectifs.

« Prends-nous toutes les deux en photo ! a dit Sonia. C'est pour *Beauty*.

— C'est que… faut d'abord que je demande à Will Gros, a répondu Anita, timide et inquiète.

— Il est dans le gymnase, il prépare la mise en place de la prochaine scène, a précisé le toujours serviable Uwe Heinzelmann.

— Va lui demander, a ordonné Sonia. J'ai pas envie de prendre racine !

— Mais pourquoi il ne serait pas d'accord ? » a demandé mon Victor qui s'était rapproché sans faire de bruit.

Je n'avais aucun mal à imaginer ce qui pourrait empêcher Will d'être d'accord, mais je voulais l'entendre de sa bouche.

Uwe a pris son talkie-walkie, et j'ai saisi au vol des bribes de conversation.

« Portrait de Sonia… pour *Beauty*… tirage de deux millions d'exemplaires… Il arrive. Mais aucun problème. »

Anita a sorti son attirail, a préparé le flash, puis elle a cherché devant quel fond nous faire poser tandis que Sonia courait au vestiaire pour rectifier sa coiffure.

J'attendais dans le couloir, indécise, avec Anita, Victor, Uwe, et le journaliste.

« Devant la fenêtre, c'est pas terrible à cause du contre-jour », jugea Anita.

Je me suis campée devant l'autre mur.

« Le fond est trop chargé, a trouvé le journaliste.

— C'est mon problème », a rétorqué Anita d'un ton sec. Elle commençait à s'énerver.

Je me sentais très mal à l'aise.

Sonia ne revenait pas. Qu'est-ce qu'elle pouvait donc fabriquer ?

À ce moment-là, Will Gros a surgi au bout du couloir, m'a vue et s'est arrêté, interloqué.

« Anita !

— Oui ?

— J'ai besoin de vous immédiatement ! »

Personne n'y comprenait plus rien. Uwe Heinzelmann venait pourtant de nous dire qu'il n'y avait pas de problème pour la photo...

« Allez, immédiatement ! »

Qu'est-ce qui empêchait Will de s'approcher, et pourquoi s'époumonait-il ainsi ?

« Mais où donc avez-vous besoin de moi ? » Anita semblait excédée. Elle allait être obligée de ranger tout son matériel.

« Au gymnase, immédiatement ! » a hurlé Will Gros en tournant les talons.

Anita l'a suivi à contrecœur.

Will Gros, surexcité, lui parlait en gesticulant et en me montrant du doigt, puis il a disparu.

Anita est revenue, elle a rangé ses appareils en silence.

« Pas de photo, ai-je dit aux autres.

— Mais pourquoi ? C'était super, l'actrice principale et l'auteur sur la même photo ! regrettait le type de *Beauty*. Un tirage de deux millions d'exemplaires... Ça aurait fait une publicité terrible au film ! »

Victor Lange était tout à fait de cet avis, et Uwe Heinzelmann aussi, d'ailleurs. Mais personne ne lui demandait son avis.

Anita a haussé les épaules. En fin de compte, elle n'était pas là pour réfléchir, mais pour exécuter des ordres.

Sonia Soleil est réapparue, maquillée et coiffée, au moment précis où Anita avait fini de ranger tout son bazar dans ses sacoches.

« *What's the matter ?*

— Pas de presse pour elle », a répondu Anita en me désignant du menton.

LE DIVORCE a été prononcé par un froid matin de décembre.

À la charnière de deux années, en quelque sorte.

Une semaine plus tard, le 2 janvier, ce serait la première du film.

Mais pour le divorce, une question d'importance se posait : qu'est-ce que j'allais mettre ?

J'ai fini par me décider pour un ensemble gris avec jupe sous le genou et boutons dorés. De quoi faire craquer le juge le plus sévère. Ça faisait tout à fait sérieux. C'était, du moins, le point de vue de Paula.

« On peut pas dire que ça soit d'une élégance folle, mais c'est de circonstance. Après, tu le bazarderas !

— Évidemment. »

Elle tiraillait mon col, l'air empressé.

« Madame a-t-elle le temps de recevoir une rapide visite de condoléances ? Mme Mère est en bas, elle veut te souhaiter bonne chance. »

Nous sommes descendues.

« Vous êtes superbe !

— Oh, n'exagérons rien ! »

Mme Mère m'a serrée sur son cœur.

« Vous allez bien vous en sortir.

— C'est surtout Enno qui va m'en sortir...

— Pour sûr, d'autant qu'il faut que je vous dise quelque chose : c'est son millième divorce ! »

Nous nous sommes regardées, Paula et moi, interloquées.

« C'est fou !

— Faut informer la presse ! »

Mme Mère, très émue, m'a glissé dans la poche un mouchoir d'Enno fraîchement repassé, au cas où je ne parviendrais pas à retenir mes larmes.

Le millième divorce d'Enno.

Quel grand jour pour lui ! J'aurais peut-être tout de même dû mettre mon ensemble saumon ? Non, je ne voulais pas me faire accuser de tentative de corruption de fonctionnaire !

Une demi-heure plus tard, je traversais dans mon ensemble austère les couloirs froids du tribunal. Enno marchait à mes côtés, traînant sa robe derrière lui comme Charlie Brown sa couverture dans les Peanuts.

J'étais de plus en plus nerveuse. On voyait des ombres errer dans ces couloirs, en attente de condamnation ou d'absolution. Quels drames se nouaient en ces lieux !

Nous avons fini par atteindre la salle où allait se traiter notre affaire.

Will Gros et son avocat étaient déjà là. En nous voyant approcher, les deux conspirateurs se sont tus.

Will Gros fixait le sol. Il était tout pâle, le pauvre.

Une semaine avant la première du film ! Tout était de ma faute. J'aurais bien aimé lui tapoter l'épaule en signe d'encouragement, mais Enno m'avait déconseillé une attitude trop familière.

« Salut, Hartwin ! a lancé Enno à l'avocat de la partie adverse en lui tendant la main.

— Salut, Enno, vieux frère ! répondit Hartwin, un petit bonhomme au visage de fouine, le crâne parsemé de touffes grises. Alors, on ne te voit plus au sauna, ces temps-ci ? »

Quelle entrée en matière habile, cela détendait tout de suite l'atmosphère.

Puis nous nous sommes tous serré la main. J'ai même été vers tous les candidats au divorce qui attendaient en même temps que nous et vers leurs avocats, et j'aurais volontiers serré la main de la femme de ménage flegmatique qui passait avec son balai.

Enno et Hartwin discutaient des avantages comparés du bain de vapeur romain et du sauna finlandais, il s'agissait de savoir si la température optimale était 90 ou 95 degrés...

À ce moment-là, un représentant des organes de presse s'est approché. Appareil photo, magnétophone, regard inquisiteur J'avais appris à les repérer du premier coup d'œil.

« C'est le divorce *Le Bonheur sans mari* ? Je serais ravi de pouvoir faire une photo... »

Le mec de la presse était enthousiaste.

« Quel journal ?

— *Metropolitan.* Tirage : deux millions d'exemplaires.

— OK. (J'avais répondu d'un ton plein de bienveillance.) Enno, viens voir ! Ce monsieur voudrait nous photographier tous les deux ! Comment avez-vous appris que c'était son millième divorce ?

— Mais je ne le savais pas... »

Enno avait enfilé sa robe. « Et comment saviez-vous que je m'occupais aujourd'hui du divorce d'une personnalité si importante ?

— Mais voyons, c'est la femme de...

— Elle n'est pas importante en tant que femme de quelqu'un, elle l'est parce qu'elle a écrit le best-seller *Le Bonheur sans mari*, a rétorqué Enno. Vous ne semblez pas vous rendre compte de la chance qui est la vôtre.

— Non. » L'homme était troublé.

Enno a pris la pose à côté de moi, passant son bras autour de mon épaule. « Le fond vous convient ?

— C'est-à-dire que... je pensais... je me disais que le réalisateur...

— Y'a pas de réalisateur qui tienne. *Le Bonheur sans mari*, c'est avec moi, pas avec le réalisateur !

— Bon, dans ce cas, puis-je vous demander votre nom ? »

Je ne lui ai pas laissé le temps de répondre.

« Enno... Maître Enno Winkel, l'avocat le plus renommé de toute la ville en matière de divorces. »

Enno a fait surgir un bouquet de roses de derrière son dos. « Oh, Enno, ai-je murmuré. Il ne fallait pas... »

Éclairs de flashs.

Il y avait de plus en plus de monde autour de nous. Les autres candidats au divorce nous regardaient d'un air d'envie. Même la femme de ménage renfrognée venait droit sur nous en jouant du balai, pour satisfaire sa curiosité.

Les charmes du bain de foule, comme je les appréciais. Être célèbre, quelle volupté ! Ça doit être les sentiments qu'éprouve Liz Taylor à chacun de ses divorces.

Will Gros revenait des toilettes, blafard.

Personne ne lui prêtait la moindre attention, sauf la femme de ménage qui lui demanda d'un ton rogue d'éviter de marcher à l'endroit où elle venait de passer la serpillière.

J'ai réfléchi : fallait-il lui faire signe de nous rejoindre pour élargir le cercle des gens qui réussissent et sont heureux sans le mariage ? Mais je m'en suis abstenue. Qui sait, il n'aurait peut-être pas apprécié.

Le greffier s'est approché en demandant s'il pouvait se permettre de nous déranger un instant : le juge Habbelrath nous attendait. Nous sommes tous entrés dans la salle du tribunal, vaguement impressionnés.

Le juge, qui trônait derrière une large table, feuilletait une montagne de documents avec un manque d'enthousiasme évident.

J'avais envie de rire.

Ainsi, ce M. Habbelrath, qui s'était sans doute contenté de jeter un rapide coup d'œil à une pile de dossiers pendant son petit déjeuner, allait décider du destin de deux personnes qu'il ne connaissait ni d'Ève ni d'Adam.

Heureusement, les choses étaient claires. Divorce par requête conjointe, séparation de biens, etc.

Enno et moi, nous avons pris place d'un côté, Will et Hartwin de l'autre.

Les curieux se bousculaient dans le prétoire, au milieu des caméras et des flashs.

À l'entrée de la Cour, nous nous sommes levés.

« Toutes les personnes concernées par l'affaire Herr-

Gros contre Gros sont-elles présentes ? » a demandé le juge avec un très fort accent de Rhénanie.

Nos avocats ont répondu par l'affirmative sur le ton solennel qu'exigeaient les circonstances.

Le juge a constaté notre présence.

Puis il a demandé à Enno et à Hartwin si le désaccord était définitif ou si les époux étaient prêts à faire une tentative pour reprendre la vie commune.

Enno et Hartwin ont fait non de la tête d'un air scandalisé.

« Désaccord », a dit Hartwin sans la moindre once d'humour.

« Désaccord », a grogné Enno de son côté.

Qui aurait pu imaginer que le mardi suivant, ils seraient ensemble au sauna, copains comme cul et chemise !

« Désaccord », a décidé le juge d'un ton sans réplique, et d'un bref signe de tête, il a enjoint la greffière de noter son jugement pour la postérité.

Elle s'est précipitée sur les touches de sa machine à écrire.

Saperlotte, ça n'a pas traîné, me suis-je dit.

Je me suis levée, et ai ramassé mes roses rouges. Je voulais les offrir à Paula.

Enno m'a rattrapée par ma robe. « Assise ! »

J'ai regardé autour de moi, étonnée. Ça n'était pas fini ? Mais enfin, tout était dit !

Divorce pour incompatibilité d'humeur, au nom du peuple !

En fait, ce n'était que le début, et le juge avait soigneusement préparé son affaire. Il avait dû commencer à potasser les dossiers la veille, en regardant le foot à la télé. Il s'est mis à déballer la situation familiale : de ce mariage étaient nés deux enfants, qui vivaient avec leur mère depuis leur naissance, et cela n'allait sans doute pas changer.

« Oui, on peut laisser les choses en l'état ! » J'étais intervenue d'un ton satisfait.

Enno m'a balancé un coup de pied sous la table.

Le juge a regardé autour de lui en louchant par-dessus ses lunettes.

Tout le monde hochait la tête, le juge Habbelrath

regardait la secrétaire, et la secrétaire travaillait pour la postérité.

Le juge s'est remis à feuilleter ses dossiers, en faisant glisser ses lunettes sur le bout de son nez pour regarder plus facilement par-dessus. À sa place, je les aurais carrément retirées.

« Il convient néanmoins d'examiner une requête particulière du demandeur... »

Qu'est-ce qui nous attendait encore ? Le demandeur, c'était qui ? Et que pouvait-il bien demander ? Tout avait été demandé !

« ... concernant la résidence de la jeune mère et de ses deux enfants dans la maison de la rue... (Le juge essayait de déchiffrer...)

— ... Mendelssohn, numéro 9 ! » J'avais volé à son secours.

Enno m'a de nouveau envoyé un coup de pied sous la table. Silence !

Ah bon. Pardon !

J'espérais ne pas avoir fait mauvaise impression à la Cour !

Je fixais des yeux le bout de table devant moi d'un air humble et je tiraillais la rude étoffe grise sur mes genoux.

Mais je m'énervais de plus en plus à voir ce monsieur le juge Habbelrath refuser de s'adresser à moi. Il faisait comme si je n'avais pas été là. J'aurais peut-être dû mettre mon tailleur saumon...

« La maison est à moi ! a lancé Will.

— Qu'est-ce qui m'empêche d'y rester ? » Cela m'avait échappé. Le juge semblait constater avec étonnement que je savais parler.

« Je vous prie d'éclairer votre cliente sur les circonstances de l'acquisition de cette maison », a-t-il suggéré à Enno.

Enno s'est penché vers moi comme pour une confidence. Je l'ai repoussé.

« Mais je ne suis pas idiote !

— C'est moi qui ai payé la maison ! aboyait Will Gros dans son coin. Avec mon argent ! »

Hartwin Geiger tiraillait la manche de son client furibard, lui demandant de se calmer et d'éviter d'intervenir à tort et à travers.

Le juge a prié la greffière de noter le désaccord des parties sur ce point.

La greffière continuait à tapoter avec ardeur.

Enno a enfin pu parler. Je l'ai trouvé très habile. Il a peint sous des couleurs très évocatrices ma vie de privations et de solitude avec mes enfants, Franz et Fritz. « Franz et Willi ! » Je n'avais pu m'empêcher de rectifier. Leur éducation m'avait interdit de m'accomplir sur le plan professionnel, tandis que mon époux, de son côté, était devenu un réalisateur à succès, avait tourné plusieurs séries qui lui avaient rapporté des sommes rondelettes. Il était logique que cet argent soit partagé de manière équitable.

Je battais des mains. Bravo, Enno, bravo !

« Mais être mère, c'est un très beau métier ! » a lancé d'un ton aigre l'avocat de Will Gros.

J'ai approuvé en opinant du chef, l'air béat.

« Bien, je considère donc comme établi que la jeune mère continue à occuper la maison, a tranché le juge.

— Bravo ! » Je l'avais interrompu, et j'ai ajouté à l'intention de l'avocat de Will : « Merci ! »

Enno s'est rassis et m'a donné une bourrade joyeuse. Tu vois bien, ma jolie, c'est quand tu te tais que tu es la meilleure !

À ce moment-là, le petit bonhomme gris qui défendait la partie adverse a lancé une bombe. Il n'était pas complètement évident que la jeune mère reste ainsi dans la maison de la rue... de la rue Mendelssohn, car son client s'apprêtait à être de nouveau père, et il lui fallait préparer au nouveau-né un nid douillet.

« Deux nids douillets ! s'est écrié Will, j'attends des jumeaux !

— Will ! (Je n'avais pu retenir mon émotion.) Tu as attendu si longtemps pour nous annoncer la nouvelle ? »

Le juge m'a demandé de m'abstenir de tout commentaire.

Qui pouvait bien être l'heureuse maman ? Sans doute une de ces beautés des Caraïbes aux yeux en amandes et à la peau de velours. Je me réjouissais pour lui ! Voilà pourquoi il avait exprimé tant de joie en apprenant que le divorce allait être prononcé sous peu. Évidemment. Il voulait pouvoir aussi vite que possible épouser la mère de ses rejetons café au lait ! J'étais très émue.

Je l'aiderais, financièrement s'il le fallait, s'il n'arrivait pas à payer tout seul la villa de tante Gertrude.

Le juge Habbelrath avait poursuivi en soulignant que s'il trouvait que le client d'Hartwin Geiger s'honorait tout à fait de vouloir faire profiter sa descendance de la maison rue Mendelssohn, il ne devait pas oublier que Franz et Fritz...

« Willi ! » J'avais rectifié spontanément. Enno a soupiré.

...Franz et Willi faisaient eux aussi partie de sa descendance.

Et en conséquence, le juge avait décidé, au nom du peuple souverain, que la maison et ses dépendances devenaient propriété exclusive de la demanderesse.

« Et la pension alimentaire ? » demanda Enno. Le juge jeta un coup d'œil d'ennui sur la pendule.

Tout ça traînait beaucoup trop, nous aurions pu depuis un bon moment être installés autour d'une petite bière avec le juge Habbelrath.

« Il n'est pas prévu que mon client en verse une, a indiqué l'avocat de Will. Mme Herr écrit des best-sellers qui lui permettront de pourvoir à sa subsistance sans aucune difficulté. »

Je me suis aussitôt tournée vers les représentants de la presse : « Vous avez entendu ? J'écris des best-sellers. En série.

— Oui, et vous reconnaissez que votre premier livre a même été adapté pour le cinéma ! Sous quel titre ?

— *Le Bonheur sans mari* ! »

Hilarité générale. Même le juge n'a pas pu s'empêcher de rire. Quelle ambiance sympathique.

« Pour éviter de perdre du temps sur ce point précis, je voudrais dire que je renonce à réclamer une pension alimentaire à M. Gros, sauf pour les enfants, bien entendu. »

Enno a levé les yeux au ciel. Le juge a fait prendre note de mon intervention, puis a de nouveau regardé l'heure.

Il semblait considérer l'affaire comme réglée. Voilà, pas

plus compliqué que ça. Mais ce qui nous attendait valait son pesant de cacahuètes !

Hartwin, le petit bonhomme gris et lunatique, a réclamé pour son client le personnel de maison.

« En la personne de... » Le juge essayait de garder son calme.

« En la personne de Paula Rhöndorf.

— Jamais ! (J'étais hors de moi.) Il ne saurait en aucun cas être ici question de la personne de Paula Rhöndorf ! »

Le juge nous considérait avec effort en clignant des yeux par-dessus ses lunettes.

« C'est l'employée de maison de qui ?

— C'est la mienne !

— Faut être fair-play ! a hurlé Will. Tu en as profité assez longtemps !

— Mais tu n'as qu'à te remarier !

— À toi de te remarier !

— Pas question !

— Moi non plus ! Une employée de maison, ça revient moins cher, à tous points de vue !

— Du calme, du calme ! a lancé le juge Habbelrath qui ne cachait pas sa désapprobation.

— Tu aurais pu y penser plus tôt. »

Le juge tapait énergiquement sur la table avec son petit marteau et réclamait le silence. Aussitôt, le calme est revenu dans le prétoire.

« En admettant que nous suggérions à Mme Gros de se remarier, a dit le juge avec sagesse, cela n'impliquerait pas automatiquement qu'elle épouse un homme de ménage. Mais dans votre cas, monsieur — il s'adressait à Will —, on peut imaginer que c'est ce qui va se passer, car les femmes sont bien plus habiles en matière domestique que les hommes et y mettent beaucoup plus de bonne volonté, les statistiques le prouvent.

— Je n'ai nullement l'intention d'épouser une employée de maison, a grogné Will.

— Il y a un commencement à tout ! ai-je lancé.

— Les femmes ne sont plus ce qu'elles étaient », a remarqué le juge d'un ton amer, ce qui a fait rire tout le monde.

J'ai repris : « Moi, j'épouserais volontiers Paula, mais on ne m'y autorise pas ! »

Le juge a écarté d'un geste ma remarque, cela ne relevait pas de sa juridiction.

Il a jeté un dernier coup d'œil à la pendule, et a proclamé, en s'essuyant le front, que le tribunal m'attribuait Paula, la maison et les enfants. Ces derniers toucheraient une pension de leur père jusqu'à leurs dix-huit ans accomplis, le mariage était dissous par divorce et la demanderesse renonçait à toute autre exigence. Les dépens seraient supportés par la partie adverse et les débats étaient clos.

Et vlan, un dernier vigoureux coup de marteau.

Voilà, tout était réglé.

Je voulais gagner le milieu de la salle pour serrer la main à mon adversaire ainsi qu'au juge, mais celui-ci avait déjà quitté les lieux en faisant voler les pans de sa robe.

Will Gros me jetait un regard vide, il avait de tout petits yeux. Il est sorti avec Hartwin Geiger pour discuter avec lui des suites à donner à l'affaire.

Avant que j'aie eu le temps de faire ouf, la presse nous entourait à nouveau.

« Et c'est votre millième divorce ? Ça vous fait quelle impression ?

— Comme d'habitude ! répondit Enno avec son habituelle bonne humeur.

— C'est toujours lui qui gagne, notez bien ! » J'avais glissé ma remarque, mine de rien.

J'ai ramassé mon bouquet de roses qui avait glissé sous ma chaise.

« Et avez-vous l'intention d'épouser votre cliente ? a demandé un journaliste avide de sensationnel.

— Pas dans l'immédiat, cela nuirait à mes affaires ! » a répondu Enno en riant.

— Parce que j'imagine les titres ! a lancé le journaliste de *Metropolitan*.

— Je finirai peut-être par y arriver », a reconnu Enno.

Puis il a passé son bras autour de mon épaule et nous avons quitté le tribunal.

À CÔTÉ DE MOI, c'était une permanente.

Aujourd'hui avait lieu la première du film !

Les journaux ne parlaient que de ça. « Sonia Soleil va-t-elle savourer encore longtemps "le bonheur sans mari" ? » demandait *Voici* dans la rubrique « Les gens dont on parle ».

La photo de couverture de *Marie-Louise* montrait Udo Kudina, toujours aussi maussade, avec la question : « D'où vient son charme irrésistible ? »

Je me le demandais bien, moi aussi !

Heinz Rührseel, qui avait accordé une interview à *Bravo*, affirmait qu'il n'avait qu'un tout petit rôle, mais le journaliste ne le croyait pas. « Le grand acteur allemand joue un concierge, et une comédie de mœurs du monde moderne se noue sous ses regards sévères. »

Dans *Caroline,* la journaliste expliquait que Sonia Soleil retrouvait dans son premier grand film l'austérité de ses années de jeunesse au pensionnat, et que ce rôle permettait à son jeune talent de s'exprimer dans toute son ampleur. Sonia démentait par ailleurs avec vigueur des rumeurs selon lesquelles elle nourrissait depuis sa prime jeunesse des tendres sentiments pour Hajo Heiermann. « Mon cœur penche dans une tout autre direction », confiait-elle aux lecteurs.

Quant aux quotidiens de la région de Cologne, ils consacraient des pages entières à cet événement de portée mondiale. C'est ainsi que j'ai appris que, pour la première, toutes les invitations avaient été distribuées au gratin de la politique et des affaires.

Mais justement : moi, je n'en avais pas reçu, d'invitation.

Je me suis tortillée sous mon casque, j'ai pointé la tête et j'ai demandé à Lauro de m'apporter le téléphone.

« Mais très volontiers, chère madame, ne bougez pas ! »

Il m'a tendu un téléphone sans fil et j'ai appelé Enno à son cabinet.

« Enno (j'étais obligée de hurler pour couvrir le bruit du casque), pour ce soir, tu as des invitations ?

— Non, je croyais que c'était toi qui les avais.

— Enno (j'en bégayais), j'étais tout à fait persuadée que puisque c'était moi l'auteur, nous pourrions entrer.

— C'est incroyable, tu vas réussir à te faire refouler pour la première de ton propre film ! (Enno était furieux.) Faut vraiment que je m'occupe de tout ! »

J'ai murmuré : « C'est la première du film de Will Gros. »

« Écoute, Enno, ça doit pas être bien compliqué, je vais appeler la production et leur demander de nous en déposer deux au contrôle, c'est tout ! D'ailleurs, ils vont sûrement me répondre qu'ils m'ont réservé toute une rangée de fauteuils. Quand même, Enno, c'est moi l'auteur !

— Tu ne le connais pas encore, ton ex ? Tu sais bien qu'il a la rancune tenace !

— D'accord, Enno, Will est parfois un peu brusque, mais pas calculateur. Si nous n'avons pas reçu d'invitations, c'est qu'il a tout simplement oublié !

— Qu'est-ce que tu peux être naïve ! Occupe-toi de nous en récupérer, je n'ai pas le temps, j'ai un client en face de moi !

— OK, j'en demande deux.

— Deux ? Il nous en faut au moins quatre, on emmène Mme Mère et Paula !

— Et qui va s'occuper des enfants ? » Il avait déjà raccroché.

Je me suis tournée vers Lauro, qui tiraillait avec indifférence les mèches de la cliente assise à côté de moi.

« Il s'imagine que nous n'allons pas réussir à assister à la première du film ! Mais il est tout de même très sympathique ! Mille divorces dans la paix et l'harmonie ! »

Lauro n'avait pas bronché.

« Je peux passer un autre coup de fil ? »

Lauro a fait oui de la tête.

J'ai composé d'un doigt tremblant le numéro de la production.

Personne.

Pas étonnant, ils étaient tous chez le coiffeur.

Personne non plus chez le distributeur.

Pas étonnant, ils étaient tous dans l'avion.

Le cinéma ?

Personne.

Will Gros ?

Il était sûrement encore fâché à cause du divorce. Il n'avait même pas réussi à se faire attribuer Paula. En ce moment, il devait être en train de repasser lui-même sa chemise blanche pour la première ! Je ne voulais surtout pas risquer de le déranger.

Sonia ! C'était la solution ! Elle, au moins, elle ne m'avait jamais laissée tomber. Enfin, presque jamais.

Je l'ai trouvée au bout du fil dans sa chambre d'hôtel.

Elle dormait.

« Sonia, mille excuses, je ne voulais pas te réveiller, juste avant une soirée si importante ! C'est à propos des invitations... »

Je lui ai expliqué en deux mots la situation.

« Écoute, je n'y peux rien ! a répliqué Sonia d'une voix ensommeillée. Ce navet ne m'intéresse plus du tout. J'ai assisté il y a quelques jours à une projection devant la presse. Je me suis dit ça va, il n'y a pas à en rougir, on peut le présenter au public. Mais en dehors de cela, plus aucun intérêt pour moi, de toute façon, aujourd'hui, il faut que je m'occupe d'un autre projet.

— Mon Dieu, Sonia, tu n'arrêtes pas ! » Ma voix vibrait d'admiration.

Il m'est alors venu une idée de génie. « Si tu ne vas pas à la première, tu n'as plus besoin de tes invitations. Alors, plutôt que de les mettre au panier...

— Ouais, a grogné Sonia.
— Sonia, tu es mon amie, je le savais bien !
— D'ailleurs, je crois que je vais d'abord refaire un petit somme, je ne suis pas en superforme aujourd'hui.
— Comment ? Je ne te comprends pas... Le casque fait un de ces raffuts... Qu'est-ce que tu dis ? »
Lauro s'est approché, il a arrêté le casque. Je l'ai remercié de la tête.
« Ma mère vient exprès de Hanovre, et mon frère de Braunschweig... je réussirai peut-être à passer en coup de vent...
— Bon, d'accord, dans ce cas-là... » J'étais complètement découragée. « Tu comprends, c'est moi l'auteur, j'aurais tellement aimé assister à la première...
— Will Gros, tu ne l'as pas ménagé, tu ne voudrais tout de même pas que ce soir, il déroule le tapis rouge en ton honneur !
— C'est-à-dire...
— Alors, peut-être à ce soir, peut-être pas », a dit Sonia en raccrochant.
Échec sur toute la ligne ! Avec mes cheveux qui partaient dans tous les sens, j'avais l'air d'un épouvantail, et je n'avais pas la moindre invitation pour la première du film tiré du livre dont j'étais l'auteur !
Moi, Franka Zis !
Comment il m'avait appelée, Enno ? La supernana ?
Qu'est-ce qu'elles font, les supernanas, quand elles ne sont pas invitées aux premières de leurs films ?
Elles font un scandale. Ça va de soi.
Liz Taylor et les autres divas divorcées tendent une main lascive vers le téléphone et informent la presse de boulevard.
Je me suis levée d'un bond, j'ai arraché à un des messieurs qui attendaient leur tour la feuille de chou dans laquelle il était plongé et je l'ai feuilletée fébrilement.
« Pardon, je cherche juste un renseignement. »
Voilà ce qu'il me fallait. Les commérages. Léo Micro, à l'écoute de toutes vos confidences, le spécialiste ès ragots et cancans de toutes sortes. Numéro de téléphone...

« Allô, Léo Micro ? Franka Zis à l'appareil.

— Plaît-il ? »

J'en ai avalé de travers. Allons, courage, faut y aller.

« Je suis l'auteur de *Le Bonheur sans mari* !

— Ah, enchanté ! Et que puis-je pour vous, chère madame ?

— Je n'ai pas été invitée à la première ! À la première de mon propre film ! Qu'est-ce que vous dites de ça ? »

Diva offusquée en peignoir, avec mes cheveux en bottes de paille, j'étais mûre pour une bonne petite crise de nerfs tout à fait photogénique. Le papy dont j'avais récupéré le journal s'était écarté de moi d'un air apeuré.

Je me suis regardée dans le miroir. Des taches rouges dessinaient la colère sur mon visage encore vierge de tout maquillage.

« Formidable ! a commenté Léo Micro. Voilà qui change tout, parce que jusqu'à présent, je me demandais ce que j'allais bien pouvoir dire de ce film.

— Écrivez que c'est un SCANDALE ! Je suis outrée. C'est pas des façons, ne pas m'inviter à la première, tout ça parce que nous venons de divorcer !

— C'est effectivement un peu fort de café. (Léo Micro était ravi.) Je tiens absolument à vous rencontrer ce soir lors de la première. Mais n'en parlez à personne. »

Je me suis calmée sur-le-champ, et j'ai rendu sa feuille de chou au papy terrorisé.

Et pour faire les choses comme il faut, j'ai rappelé Enno.

« J'ai les invitations. Y'a pas eu de problème ! »

Puis Lauro m'a remis le casque sur le crâne.

Quand je suis arrivée à la maison, Paula m'a annoncé qu'un journaliste avait téléphoné.

« Léo Micro ?

— Oui, il faut que tu le rappelles le plus vite possible.

— D'accord. Dis donc, il est deux heures et demie, tu peux disposer.

— Je ne suis pas à dix minutes près. Ce soir, c'est la première de ton film, pas du mien. » Puis elle s'est engouffrée avec Franz et Willi dans l'escalier de la cave. Pour repasser l'ensemble que j'avais prévu de mettre.

Paula, qu'est-ce que je deviendrais sans toi !

J'aurais tellement aimé qu'elle vienne aussi ce soir, mais la deuxième invitation, je la devais à Enno, ça ne se discutait pas.

Léo Micro m'a remerciée de l'avoir rappelé si vite.

Il s'était précipité à l'aéroport, m'a-t-il annoncé d'une voix vibrante d'excitation, et il avait demandé aux représentants de la société de production qui arrivaient pour la première s'ils trouvaient normal que l'auteur du livre n'aie pas été invitée.

« Et alors ? » Ma voix tremblait d'impatience.

« Ils étaient très ennuyés ! Ils m'ont affirmé qu'il ne pouvait s'agir que d'une très regrettable erreur, a dit Léo Micro, visiblement content de lui.

— Quelle bande de menteurs ! » J'étais hors de moi.

« Je sais. Et comme ils étaient plutôt gênés aux entournures, ils m'ont fait parvenir pas moins de dix invitations. Pour que je ne parle pas de l'incident, vous comprenez. Vous en avez besoin ? Sinon, je les donnerai à l'Association des mères nécessiteuses. Y'aura toujours des volontaires.

J'étais enthousiasmée. « Dix invitations ! Monsieur Micro, je voudrais vous embrasser.

— Vous pourrez raconter l'anecdote dans votre prochain livre, a répondu le journaliste d'un ton amusé.

— Je le ferai, parole d'honneur.

— Les invitations seront déposées à votre nom au contrôle. Le directeur de la production m'a promis de s'en occuper personnellement.

— Ça me paraît correct. » J'avais pris un ton détaché.

« J'ai été très heureux de pouvoir vous être agréable, chère madame, a conclu Léo Micro. À ce soir. Mais encore une fois : tout ceci reste entre nous. »

La façade du cinéma resplendissait du feu des projecteurs.

« Première mondiale » : l'inscription brillait en grosses lettres au fronton du bâtiment. Et il y avait des photos du film : Sonia Soleil et Hajo Heiermann pendant le cours de danse ; Sonia en train de bavarder à la cuisine avec Dagmar Orange ; Hajo Heiermann et Sonia dans une prairie. Mais l'image la plus splendide, c'était celle du mariage dans la cathédrale de Cologne.

Portant la traîne, sur les marches, un peu flous, mais tout de même reconnaissables, mes deux petits ! J'en étais tout émue.

Et la tache rose dans le fond, on ne distinguait rien de plus, c'était moi !

Des limousines amenaient les invités de marque. Les curieux montaient la garde devant l'entrée. Enno et moi, nous sommes restés quelques instants en retrait.

Puis je me suis avancée fièrement vers le contrôle et j'ai demandé les invitations au nom de Mme Zis. « Pas d'invitations à ce nom-là. — Alors peut-être Mme Herr ? — Pas davantage. »

Enno s'est approché, menaçant.

« La presse va être informée.

— Ah, c'est vous. Je suis au courant », a dit une des dames du contrôle en me tendant une enveloppe qui portait l'inscription : Mme Gros.

Venant de Will, plus rien ne pouvait m'énerver.

Nous nous sommes acheté un énorme cornet de pop-corn, ça fait partie du plaisir d'aller au cinéma. Nous laissions les hautes personnalités nous dépasser. Quelques héros de séries cinématographiques passaient d'un pas nonchalant.

Des sénateurs, des directeurs, des hommes politiques, des consuls, des réalisateurs télé et d'autres personnalités de la vie publique entraient dans la salle. Nul ne nous gratifiait d'un regard.

Puis arrivèrent les centaines de figurants qui avaient participé au tournage, les élèves de l'école de danse de Düsseldorf, les éclairagistes, les perchmen et autres personnages indispensables sans qui ce film n'aurait jamais pu voir le jour. Ils avaient tous leur invitation, depuis longtemps.

L'espace d'un instant, j'ai trouvé aux pop-corn une certaine amertume.

Enno m'a serré fort la main.

« Calme-toi, tu as gagné sur toute la ligne. Et tu as aussi gagné en expérience, en profondeur humaine.

— Oui », lui ai-je répondu, reconnaissante.

À ce moment-là, j'ai aperçu Paula.

« Où donc sont donc les enfants ? » m'a demandé Enno, inquiet. Voilà qu'il se posait lui aussi ce genre de questions !

« Chez Else Schmitz... Paula, on est là ! » Elle m'a vue et s'est frayé un chemin jusqu'à nous.

Elle était très élégante, je ne lui avais encore jamais vu cette robe-là. Dans son sillage, on remarquait deux messieurs, qui avaient vraiment de l'allure.

« Tu es superbe ! Tu vas réussir à me ravir la vedette !

— Tu crois ? » Paula s'est mise à rire. Je regardais à la dérobée ses deux cavaliers. L'un d'eux semblait tout droit sorti d'un catalogue de mode pour quadragénaires.

L'autre, son jeune collègue, se retournait pour suivre d'un œil de connaisseur Dagmar Orange en train de gravir les marches dans une robe qui soulignait de façon extraordinaire la grâce de ses formes.

« Gerd, je te présente Franziska !

— J'ai beaucoup entendu parler de vous ! » a répondu Gerd.

Je lui ai tendu la main en lui lançant un regard interrogateur.

« Franziska, je te présente Gerd.

— Qui est Gerd ?

— Mon mari. »

J'ai failli m'étrangler avec un pop-corn.

« Ton mari ? Pas possible !

— Si. C'est une cause de licenciement ?

— Pas du tout... simplement... tu es mariée ? Pourquoi ne m'en as-tu jamais parlé ? »

Paula a éclaté de rire.

« Je ne pouvais tout de même pas travailler chez l'auteur du *Bonheur sans mari* et passer mon temps à lui raconter combien j'étais heureuse avec le mien, de mari !

— Tu es mariée ? (Je n'y comprenais plus rien.) Mais depuis combien de temps ?

— Depuis vingt-deux ans, a répondu Paula. Tu viens, Konrad ? »

Le plus jeune des deux messieurs s'est approché de nous, très élégant dans son costume sur mesure. Il m'a serré la main.

« J'ai beaucoup entendu parler de vous...

— Paula, tu ne vas pas me dire que c'est ton fils ?

— Mais si !

— C'est fou ! »

En un éclair, j'ai vu mes deux petits, en costume sur mesure, grands, minces, polis. Ce n'était qu'une question de quelques années.

Ah, Paula, ne nous quitte pas !

Puis nous avons découvert Mme Mère. Elle portait de nouveau cette robe qui masquait si avantageusement ses rondeurs. Et elle aussi sortait de chez Lauro. Elle avait exactement la même coiffure que le jour où j'avais fait sa connaissance, il y avait seulement un an de cela.

« Gerd, mon cher ami, je suis ravie de vous revoir ! Que devient notre maison ? L'acheteur est solvable ?

— On pourra lui poser la question au cours de la soirée », répondit Gerd dans un sourire.

Des serveurs en livrée bleue circulaient parmi la foule et proposaient de la bière ou du champagne. Partout, les flashs crépitaient, faisant briller des dents en or. Konrad est allé nous chercher des bières. Quel gentil garçon ! J'étais pleine d'admiration. Paula allait-elle réussir à faire de mes deux diablotins des jeunes gens aussi charmants ?

« À ta santé ! s'est-elle écriée.

— À notre santé à tous. » J'étais redevenue sérieuse.

« À la première de ton film ! » a dit Enno, joyeux.

Puis il m'a regardée. « À tout ceux qui sont heureux ce soir ! »

Oui, j'étais heureuse.

J'avais trouvé une famille. La première de mon film, à côté, c'était du vent !

« Sonia Soleil ne va sans doute pas venir. » Il y avait une pointe de regret dans ma voix.

« Mais si, a dit Konrad, elle vient de descendre de sa limousine en grand tralala, elle est avec Will Gros. Elle porte un manteau de fourrure blanc, ça la grossit terriblement. Ils sont justement en train de donner une interview. »

J'ai vidé mon verre. J'avais sans doute des plaques rouges sur le visage, comme à chaque fois que quelque chose me touche de près. La diva courroucée du salon Lauro avait de nouveau laissé place à la petite Franziska timide. Je sentais mes genoux se dérober sous moi. Qu'allait-il arriver si nous nous croisions ?

Ah mes amies, je défaille ! Paula, donne-moi la main !

Je regardais les nouveaux arrivants à la dérobée.

« Tourne le dos à l'entrée. Je te préviendrai quand je les verrai. »

Cette Paula...

Les messieurs bavardaient. Paula, Mme Mère et moi, nous contemplions les photos du film.

« En regardant de très près, on reconnaît vos garçons. (Mme Mère était toute contente.) Quand ils seront grands, ils seront fiers de leur maman ! »

Je n'ai pas ajouté : « Et de leur papa aussi ! »

Je ne le disais plus.

Je continuais à lorgner dans la foule. Je ne voulais certes pas croiser Will Gros, mais il y avait des gens que je voulais voir.

J'attendais notamment avec une joie fébrile mon invité d'honneur, Victor Lange.

Sur les dix cartons d'invitation, j'en avais réservé deux aux Éditions des femmes dans le vent.

J'avais adressé un fax à Annegret : « Il y a des cartons d'invitation pour vous au contrôle, je vous attends tous les deux à la première du film ! »

J'espérais tant qu'ils viendraient !

Et je m'étais encore permis une autre petite joie. J'avais envoyé un fax du même genre à un collègue qui écrivait des livres pour enfants, dans une jolie maison à colombages.

Aujourd'hui, jour de mon triomphe secret.

Je le sais bien, Will Gros, c'est toi que l'on honore.

Tu as réuni cinq cents invités.

Moi, j'en ai dix. À chacun les honneurs qui lui reviennent. Parmi tous ceux qui sont rassemblés ici, il y a dix personnes qui sont venues pour moi. Cela me suffit.

La sonnerie a retenti.

Nous avons posé nos verres et nous nous sommes joints à la foule.

Il y avait des toilettes d'une élégance...

Je portais mon ensemble saumon, je n'avais pas hésité une seconde. Il avait affronté plus d'une caméra de télé. Avec cet ensemble, je regarderais sans complexes mon ex droit dans les yeux.

« Franziska, attends, voilà Léo Micro ! »

Je me suis arrêtée sur place, évitant de peu la collision avec la personne qui me suivait. Quelle cohue !

« Pardon ! »

Cette voix-là, je la connaissais.

« La dame du lac gelé en costume de première, pas mal non plus ! » a murmuré Papou.

J'ai souri. Un fax, c'est vraiment précieux ! Enno le dit depuis longtemps.

« Sabine, je te présente Franka Zis, une collègue. Franziska, c'est ma femme, Sabine.

— Nous nous sommes déjà rencontrées une fois, au bord de l'étang, il y a un an... »

Un rapide regard en coin vers Papou : comme j'aimais son bon visage.

« Ah oui, a répondu sa femme. Le jour où tout était gelé. Il faisait un froid de canard. » Elle tremblait rien que d'y repenser.

Moi aussi, je frissonnais un peu. « Je vous souhaite de bien vous amuser pendant la projection. Nous nous verrons après.

— Je suis ravi de connaître une personne aussi charmante ! » disait Papou d'un ton joyeux, mais Sabine l'avait tiré par la manche et l'entraînait dans la salle de cinéma.

Léo Micro était un petit bonhomme mal rasé avec une grosse veste en cuir. Il m'attendait en fumant, appuyé au comptoir, et m'a dit tout de suite que M. Gros n'avait pas la moindre intention de m'appeler sur scène après la projection.

« C'est bien lui ! a remarqué Paula, qui m'avait suivie à tout hasard.

— Ce serait pourtant la moindre des choses, a ajouté Enno, qui m'avait également accompagnée, lui aussi à tout hasard. L'auteur a sa place sur scène !

— Enno, laisse tomber ! »

Mon ministre préféré, M. Meise, était en train d'approcher. On voyait sa tête qui dominait la foule.

« Hého, Axel ! » Je lui faisais de grands signes.

« Franka ! m'a répondu le ministre et il a joué des coudes pour nous rejoindre. J'ai failli ne pas pouvoir venir, mais j'y tenais absolument... »

Il nous a fait un baisemain, à Mme Mère, à Paula et à moi.

La diva nageait dans le bonheur. « Monsieur le Ministre, permettez-moi de vous présenter ma famille et mes amis...

— Tiens, a chuchoté Enno à mon oreille, il va te faire monter sur la scène, lui !

— Mais non, c'est Will Gros qui va m'appeler, il sera bien obligé ! Il faut suivre la règle du jeu !

— Comment, il ne veut pas ? disait Mme Mère. Mais il est stupide ! Vous devriez vous entendre, tous les deux !

— Il faudra bien ! Qu'en pensez-vous, monsieur Micro ? »

M. Micro ricanait.

« Il faudra bien. » Il m'a fait un clin d'œil et s'est éloigné. Quoi qu'il arrive, il avait son titre pour l'édition du lendemain.

Ou bien : « Scandale : le réalisateur n'a pas fait venir l'auteur du scénario sur scène ! »

Ou bien : « On évite de justesse le scandale : le réalisateur fait *in extremis* venir l'auteur du scénario sur scène ! »

Je trouvais les deux formules également réussies. Et très médiatiques.

Nous sommes entrés bons derniers dans la salle.

On nous avait réservé tout le rang huit.

À la place d'honneur, surexcitée et agitée comme une gamine, Sonia Soleil. Elle avait déposé sur le siège à côté du sien le manteau de fourrure qui la grossissait.

Comme j'étais contente qu'elle ait tout de même réussi à passer en coup de vent !

« Franziska ! (Elle m'appelait à travers la foule.) Je suis ravie que tu sois là. Tu es superbe ! »

Will Gros, assis à côté d'elle, n'avait pas vraiment l'air ravi, lui.

Je cherchais discrètement une beauté café au lait dans les parages. Mais Will était seul. Elle était peut-être en train d'accoucher ?

J'ai fait des grands signes à Sonia. Quelle fille sympa !

Will Gros n'accordait pas la moindre attention à nos effusions à distance. Il détestait les grands débordements pleins d'emphase, pour lui, l'essentiel, c'était d'avoir l'air naturel.

Nous nous sommes assis.

À ma gauche, Enno, qui m'avait prise par la main.

Pour me calmer, je grignotais des pop-corn. Paula et Mme Mère et leurs deux élégants compagnons étaient au milieu de la rangée.

Les deux places de droite étaient restées libres.

La lumière s'est éteinte, le rideau s'est levé.

La musique du film a retenti, et on a pu lire en grandes lettres d'or qui barraient tout l'écran :

Les films XYZ Production présentent :
LE BONHEUR SANS MARI
Un film de Will Gros.

En lettres tout aussi grosses, suivaient le nom d'Udo Kudina, la coqueluche du public, puis celui de Sonia Soleil, qui avait pourtant un rôle beaucoup plus important. Elle devait être furieuse. Et une foule d'autres noms. Nous attendions avec impatience, assis à notre huitième rang, la rubrique « Scénario ».

Qui est apparue presque à la fin. Là, j'ai eu la surprise de lire :

Scénario : Franziska Gros et WILL GROS.

J'ai trouvé le gag assez débile.

Mais Enno et moi étions les seuls à avoir remarqué cette faute de goût.

Enno avait fait établir par contrat que je serais citée en premier...

Seulement voilà, il n'avait pas fait figurer au contrat la taille des caractères, ni le nom sous lequel je devais être citée.

Même un fin renard comme Enno n'aurait pas imaginé de ruse aussi minable que celle-ci. On en apprend tous les jours...

Je me suis adossée confortablement dans mon fauteuil. Après tout, j'étais si contente de voir cette comédie de bout en bout, accompagnée par les rires et les applaudissements du public !

Au moment précis de la leçon de danse, une porte latérale s'est ouverte, livrant passage à Annegret et à Victor. Mon bonheur était complet.

Ils m'avaient apporté un énorme bouquet de roses blanches.

Nous nous sommes serré la main, Victor et moi, puis nous nous sommes laissés entraîner par le film.

C'était merveilleux.

Nous en avions parfois les larmes aux yeux.

Enno ne pleurait évidemment pas aux mêmes moments que Victor.

Victor, ça a été quand les deux amants se regardent pendant qu'en fond sonore, une voix anonyme chante « Merci à toi... ».

Et Mme Mère et Paula en voyant que la scène avec les enfants avait été coupée.

Mais quand il s'agissait de rire, nous étions tous d'accord.

Will Gros avait un sens particulièrement aigu de ce qui plaît au public. Je l'ai toujours admiré pour ça.

La seule scène que j'ai trouvée peu logique et d'ailleurs contraire à nos accords, c'était la fin, le mariage entre Sonia Soleil et Udo Kudina, le mariage solennel dans la cathédrale de Cologne, qui constituait le point d'orgue du film *Le Bonheur sans mari...* Il y avait comme une contradiction !

Mon livre se terminait tout autrement.

Mais Sonia m'avait mise en garde. Elle m'avait signalé d'autres légères modifications.

Dans une lettre à Enno, le producteur avait prétendu que je n'étais plus suffisamment disponible pour être consultée.

De plus, le public réclamait un happy end, et un happy end, c'est un mariage avec tout son tralala. Sauf les quelques demoiselles d'honneur et enfants qui avaient été coupés au montage, bien entendu.

Mais au bout du compte, il s'agissait d'un divertissement très réussi !

Un film à aller voir en famille !

Quand le mot « Fin » est apparu sur l'écran, des tonnerres d'applaudissements se sont élevés, qui se sont poursuivis tout le long du générique. Nous avions mal aux mains à force d'applaudir. Tous les participants au tournage étaient nommés, jusqu'au dernier éclairagiste. Ensuite, il y a eu les remerciements, à l'école de danse de Düsseldorf, aux jardins et parcs de la ville, à tous les passants qui avaient changé de trottoir pour ne pas gêner le tournage.

Et tout à la fin, alors que le rideau se refermait, on a vu, en tout petits caractères, tout au bord de l'image :

« D'après un roman de Franka Zis, publié aux Éditions des femmes dans le vent. »

« Ton nom apparaît en 158e position, a constaté Enno, toi qui es la créatrice de toute l'histoire !

— Faut savoir relativiser ! » ai-je répondu.

Mais déjà, les stars étaient invitées à monter sur scène.

Will Gros a remercié en faisant des courbettes dans tous les sens.

Tonnerre d'applaudissements.

Je serais tellement contente pour toi que le film soit un succès, Will, me disais-je. Ça te permettrait peut-être de payer la maison de tante Gertrude et une gouvernante pour tes jumeaux café au lait par-dessus le marché. Attends, quand tout ça va être calmé, on va tous se retrouver dans le même bac à sable.

Pour éviter toute gaffe, on a ensuite appelé tous ceux qui, de près ou de loin, avaient participé au tournage.

Malheureusement, le responsable commercial de la production, qui était un peu rondouillet, s'est retrouvé par terre, tellement il y avait de monde, mais dans la confusion générale, sa chute est passée inaperçue.

Une fois que tous les ministres, chanteurs en renom et autres figurants ont été rassemblés pour recevoir l'hommage du public, Will Gros s'est acquitté de la dernière tâche qui lui incombait, et qui ne lui était pas particulièrement agréable.

« Avant mon film, il y a eu un livre... »

À ce moment-là, Enno m'a donné une bourrade : « Allez, en avant, c'est à toi ! »

Mme Mère et Paula applaudissaient à tout rompre, et les paroles qui ont suivi se sont perdues dans le fracas de l'ovation.

Je me suis avancée, tête haute, me frayant un passage parmi tous ceux qui avaient porté mon récit à l'écran, et j'ai tendu la main à Will Gros.

Devant les caméras. Comme une vraie pro.

J'ai cherché les miens dans la foule des visages. Et je les ai trouvés.

Ils me souriaient pour m'encourager : Enno, Mme Mère, Paula et ses hommes, Victor avec Annegret, Papou et Sabine.

C'est pour moi qu'ils étaient venus et ils savaient tous ce que j'éprouvais en ce moment.

« Je voudrais faire une déclaration ! » s'est écriée Sonia au beau milieu des applaudissements en s'avançant vers le micro.

Enfin, elle va mettre les choses au point, voilà ce que je me disais.

Mais ça ne s'imposait pas. C'est vraiment une fille bien. Je la regardais, détendue et soulagée, et elle a commencé :

« Je salue tout particulièrement ma mère et mon frère... »

La curiosité croissait.

« ... et je voudrais vous annoncer, à vous tous... (Elle regardait autour d'elle...) que j'attends un heureux événement ! C'est pour dans cinq mois ! »

Tumulte, murmures dans la salle. J'ai senti mes jambes se dérober sous moi.

« J'attends des jumeaux ! » a-t-elle crié, et ce qu'elle a dit ensuite s'est perdu dans les acclamations et les bravos qui fusaient de toutes parts.

Elle a couru vers Will, lui a pris la main et l'a levée bien haut comme les arbitres le font lors des matchs de boxe quand ils présentent le vainqueur à la foule en délire.

Sonia Soleil et Will Gros.

Bientôt, elle s'appellerait Sonia Gros-Soleil...

Léo Micro s'est précipité vers le podium, l'enthousiasme était à son comble. Quel titre pour la prochaine édition de son journal ! Et quels étaient les prochains projets de Sonia Soleil en matière de tournage ?

« Pour commencer, nous allons nous marier, mon Will et moi ! a confié Sonia à ses fans. La cérémonie aura lieu à la cathédrale de Cologne ! Par chance, son divorce a été prononcé tout juste avant la première du film. »

Nouvelle vague d'applaudissements. Je n'étais pas la dernière à applaudir.

Puis Léo Micro est venu vers moi.

« Et vous, quels sont vos projets ? Vous venez de divorcer du réalisateur de ce film promis à une brillante carrière. Mais quand toute l'agitation sera retombée, vous allez vous retrouver bien seule ! Allez-vous regagner votre foyer ?

— Puisque vous me posez une question aussi directe, monsieur Micro, je serai franche. » Je m'étonnais moi-même de l'assurance avec laquelle je faisais résonner ma voix devant cette foule assemblée. « Oui, je regagne mon foyer, je retrouve ma famille. Mais c'est aussi pour écrire un nouveau roman. Je suis sûre que j'en ai tout à fait la matière. »

Les applaudissements ont recommencé de plus belle.

J'ai arraché le micro des mains de M. Micro.

« Merci, merci à vous tous, vous êtes ma vie, et c'est la vie qui écrit les plus belles histoires ! »

Puis je suis redescendue du podium et je suis retournée au huitième rang.

Là où étaient ceux qui m'étaient chers.

Ceux que j'aimais.

Le huitième rang, là où était ma place.

Les personnages et les événements de ce roman sont le fruit de mon imagination et de mon invention, en toute sincérité.

DANS LA MÊME COLLECTION

Sabina
Karsten Alnaes

Ex utero
Laurie Foos

Cherche homme impuissant pour relation longue durée
Gaby Haupmann

Le Legs de Giovanni
Bradford Morrow

À quoi rêvent les blondes
L'Île des femmes de ménage
Mon père et autres imposteurs
Milena Moser

Le Crépuscule de l'amour
Elaine Clark McCarty

La Possession de Delia Sutherland
Barbara Neil

La Sauvageonne
Isabel-Clara Simó

De si bonnes amies
Les Liens du sang
Joanna Trollope

Une autre femme
En suivant les étoiles
Anne Tyler

Photocomposition : CMB *Graphic (Saint-Herblain)*
Achevé d'imprimer en mai 1998
sur les presses de Brodard et Taupin à La Flèche
pour le compte des éditions Calmann-Lévy, 3, rue Auber, Paris 9e

N° d'impression : 1646U-5
Dépôt légal : mai 1998
Imprimé en France